The Awakened Genius Girl
And The Pieces That
Were Supposed To Be Lost
悪役令嬢は
しゃべ
ん
The Villai
Never Speak
1
覚醒した天才少女と
失われたはずの駒
著 由畝 啓
Illust ミユキルリア
JN105228

The Villainess Never Speaks

Contents

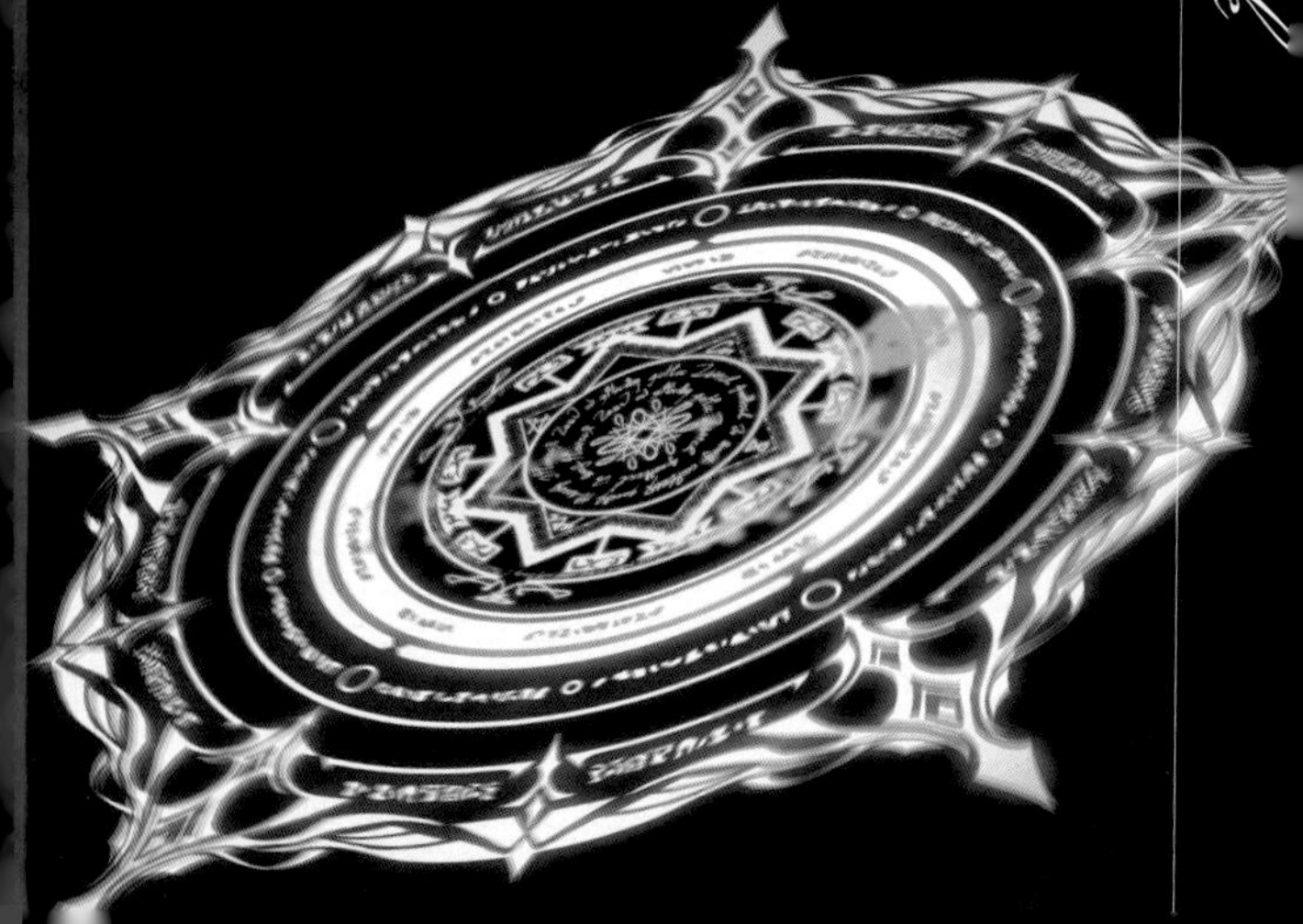

悪役令嬢はしゃべりません

1．覚醒した天才少女と失われたはずの駒

由畝 啓

OVERLAP

悪役令嬢はしゃべりません

The Villainess Never Speak

リリアナ・アレクサンドラ・クラーク

乙女ゲームの世界に転生した悪役令嬢。三大公爵家の一つ、クラーク公爵家の長女。流行り病の高熱で声を失い、前世の記憶を思い出す。

ペトラ・ミューリュライネン

魔導省所属の魔導士。リリアナの期間限定護衛を務めることとなった。東方帝国出身の移民。

ライリー・ウィリアムズ・スリベグラード

スリベグランディア王国の王太子。騎士への憧れが強く、賢王と呼ばれた祖父（先王）を尊敬している。

ジルド

最強と言われる傭兵。元孤児で大の貴族嫌い。ひょんなことからリリアナと出会うが――？

オースティン・エアルドレッド

三大公爵家の一つ、エアルドレッド公爵家の次男。ライリーの近衛騎士を目指す。

マリアンヌ・ケニス

リリアナの専属侍女。ケニス辺境伯の末娘。自立するために侍女の仕事を始めたが、今では敬愛するリリアナの嫁ぎ先に付いて行く気満々。

Domestic Politics

of The Villainess Never Speak

- 国王（代替わりを機に弱体化）
  - 宰相（国王代理）
  - 法務院
  - 顧問会議
    - 魔導省
    - 財務省
    - 内務省
    - 軍事省（王立騎士団）
    - 国務省
  - 宗務院（神殿）
    - 教会
    - 修道院

Faction Structure
of The Villainess Never Speak

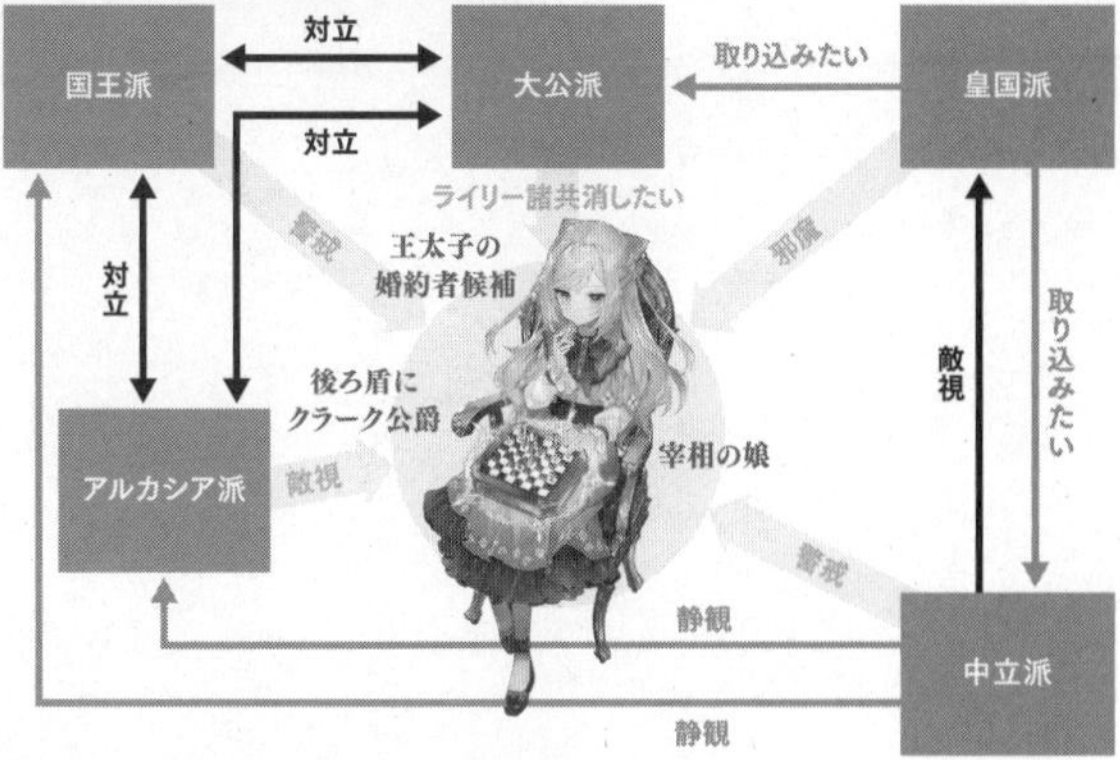

World Map
of The Villainess Never Speak

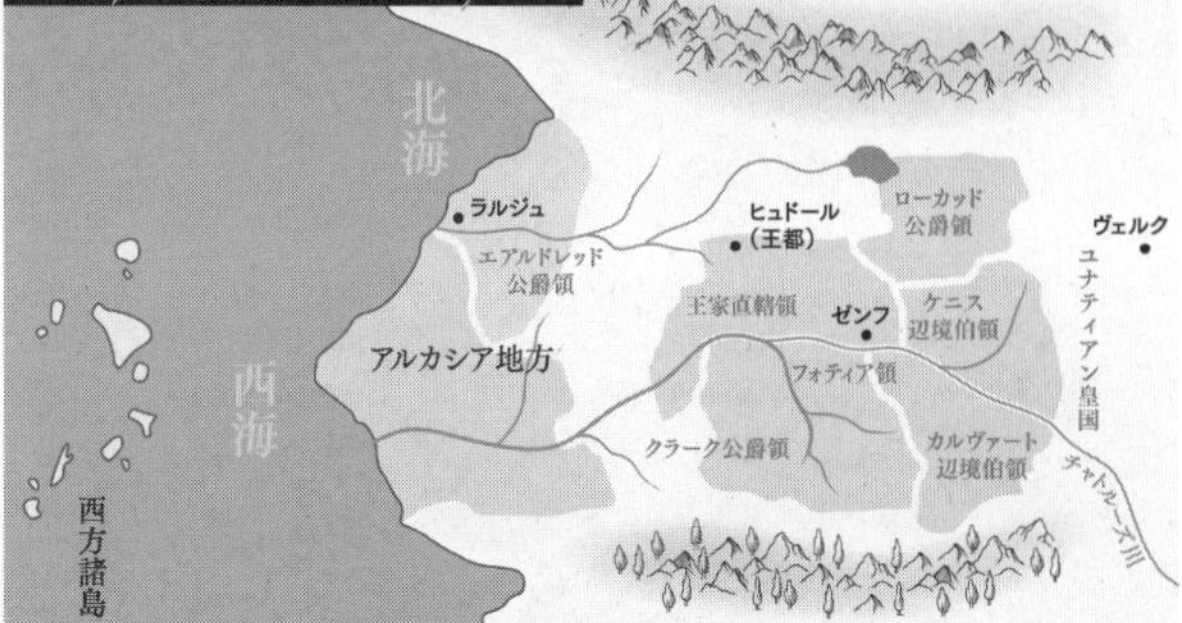

イラスト／ミユキルリア

第一章　公爵令嬢リリアナと失われた声

これは、一体何だろうか――。

彼女は茫然《ぼうぜん》と、目の前の光景に魅入られる。

◇　◇　◇

わたくしは目の前に積み上げられた薪《まき》を茫然と見つめていた。背中で縛られていた両腕は解放されたが、すぐに横に広げられて太い木材に括《くく》り付けられる。十字型に組み合わされた大きな木に両足も縛り付けられ、わたくしの体は地上から離れた。地面に十字型の木材が埋め込まれ、足元には先ほどわたくしが眺めていた薪が積み上げられる。

「リリアナ・アレクサンドラ・クラークは闇魔術を用いた国家反逆の咎《とが》により、火刑に処せられる」

読み上げられる罪状。強い魔力を持ち闇魔術に手を出したわたくしを死刑にする場合、斬首刑では遺体を悪用されないとも限らない。そのため、体は灰にする必要があった。

――それにしても、何故《なぜ》、こうなってしまったのかしら。

考えても答えは出ない。全ては運命だった。避けられない定めだった。きっと、そう。

逃れようと足掻《あが》いても、体に絡み付いた闇の蔦《つた》は一層きつくなるだけだった。

群衆の中に、見知った人々がいる。わたくしの元婚約者、スリベグランディア王国の王太子、ライリー・ウィリアムズ・スリベグラード。その隣に可憐《かれん》な少女、エミリア・ネイビー。二人とも仲睦《なかむつ》まじく寄り添っている。二人の後ろには、近衛《このえ》騎士のオースティン・エアルドレッド。

兵士が二人、松明《たいまつ》を片手に近づいて来る。わたくしは目を閉じた。身に馴染《なじ》んだ闇の気配は、もうない。足元から熱がせり上がる。

わたくしの本意ではなかった。この三年間は、夢を見ている心地だった。とてもとても辛《つら》い、悪夢の日々だった。王太子と結婚して幸福になるはずだったのに、エミリア・ネイビーへの嫉妬に駆られたわたくしは糾弾され、婚約を破棄され、処刑される。何故こんなことになったのか、わたくしには分からない。ただ一つ分かること。それは、もう二度と、わたくしはこの国も、民も、そして愛する人さえも守れないということ。ここでわたくしが死ねば叶《かな》うはずの未来を失ってしまった――そんな気がして、ならないの。

◇◇◇

「――――!!」

リリアナは恐怖で目を覚ました。頭の中が燃えるように熱い。一体どうしたのかと、リリアナは視線を彷徨《さまよ》わせた。見覚えのある天蓋とレースのカーテン。吐く息が熱い。

「お嬢様、お目覚めですか？」

懐かしい声がする。顔を向ければ、リリアナの歪《ゆが》んだ視界に見覚えのある顔が映り込む。シンプルな黒いワンピースは、クラーク公爵家の侍女に支給しているものだった。

「少し起き上がれますか、お嬢様。お水をご用意いたしますね」

リリアナは背中を支えられ、寝台《ベッド》に体を起こした。くらりと眩暈《めまい》がするが、耐える。口元に寄せられたコップからどうにか水を飲むと、喉の痛みが多少良くなった。再び寝台《ベッド》に横たえられ、茫然と懐かしい顔を見上げる。彼女は心配そうにリリアナを見つめ、医師を呼ぶため部屋を出た。

部屋から気配が消え、リリアナはうつらうつらとする。ぼんやりとしている間に医師が来て質問される。口を開くが、声が出ない。医師は険しい表情で考え込むが、「また体調が回復したら確認しましょう」と言い残し部屋を出て行った。侍女のマリアンヌも、共に部屋を去った気配がした。部屋に静寂が満ち、リリアナは目を瞑《つむ》る。体が疲れているようで、いつの間にかリリアナの意識は深い闇の底に落ちていった。

次に目が覚めた時、リリアナが寝ている部屋には誰もいなかった。だが、体はさっぱりしている。熱も下がったようだ。喉は渇いていたが、マリアンヌを呼ぼうにも声が出ず、リリアナは諦めて天井を睨《にら》みつけた。そして、今しがた見ていた夢を反芻《はんすう》する。

夢の中で、リリアナは「日本」と呼ばれる文化も言語も違う世界に生きていた。大人になり大半の友人と付き合いが途絶え、仕事に生きた彼女の趣味は読書だけだった。本であれば、何でもよかった。面白そうだと思えば分野を問わず手を出した。そんな中、細々と連絡を取り合っていたオタクの友人から、一推しだという乙女ゲームを紹介された。ゲームは苦手だったが、話自体は面白く、イラストも好みだった。攻略本や設定資料集が充実していて、ゲーム本体よりも、ファン向けに販売された書籍を隅々まで読み込んだ。

その乙女ゲームは中世ヨーロッパ風の舞台で、アジアやアラブ、北欧の文化も融合された、一種独特な世界観だった。魔術や剣での戦闘もふんだんに取り入れられ、単純な恋愛シミュレーションゲームと一線を画している。ヒロインは男爵家のエミリア・ネイビー。攻略対象者の筆頭が、王太子ライリー・ウィリアムズ・スリベグラード。リリアナは、闇魔術に手を染めた悪役であり、王太子ライリーの婚約者だった。

リリアナは寝台《ベッド》から降りる。多少ふらつくが、体は随分と楽になった。壁際に備えられた姿見の前に立つ。華奢《きやしゃ》な体つきをした、銀髪に薄緑色の瞳をした美少女が映る。抜けるように白い肌は、病み上がりのせいか青白く見えた。

(間違いなくリリアナ・アレクサンドラ・クラークですわね)

ゲームの悪役令嬢の姿が脳裏に浮かぶ。記憶にあるその姿を幼くすれば、姿見に映った少女になるに違いない。思わずリリアナは深く溜息《ためいき》を吐《つ》いた。病み上がりだからという理由だけではなく、気が重い。ゲームでは、悪役令嬢リリアナの未来は暗かった。ヒロインがどの攻略対象者を選んでも、エンディングでリリアナは破滅を迎える。ヒロインにとってのバッドエンドルートでも、リリアナに幸福な未来はない。

ゲームの攻略対象者は、そのほとんどが未《いま》だリリアナの人生に姿を現していない。だが、王太子ライリーとは、二歳の時から最有力の婚約者候補として定期的に面会している。

「――」

最悪だわ、と言おうとしたが、漏れたのは掠《かす》れた吐息だけだった。リリアナは眉を寄せた。再度声を出そうとするが、喉が酷《ひど》く渇いているという理由だけでなく、音が出ない。

(治らなかったのね)

他人事《ひとごと》のようにリリアナは心中で呟《つぶや》く。一度目覚めた時にリリアナを診療した医師は、リリアナが話せなくなっていることに気が付いた。だが、その時はまだ熱が出ていたため、体調が回復した時に再度、診療することになった。

(確か、流行《はや》り病《やまい》で高熱が出たからだと言っていたわね。他人の言葉は理解できるし、声が出なくなったということは、言語中枢の細胞が一部壊れたかしら)

この世界の医学は発達していない。脳医学の知識は、夢で思い出した前世のものだ。それでも、高熱で声が失われるという知識はこの世界にもある。

(非科学的な言い方をすれば、天罰が下って声が出なくなった――ということね。悪口を言ったから喉に病が出るというのは、仏教的な考えだわ。この世界の価値観なら、呪術と言った方が納得されやすいでしょう)

いずれにせよ、言葉を発せない状態は、この世界では致命的だ。憂鬱さに眉根を寄せ、リリアナは姿見から離れてソファーに腰かける。

高位貴族に必須の魔術は、詠唱が必要だ。声が出ないということは詠唱ができないということであり、声を失ったリリアナは魔術を使えないと看做《みな》される。現在は王太子の婚約者候補だが、話すこともままならないリリアナは、魔術はもちろん、王太子妃としての公務も行えない。早い内に婚約者候補から外されるだろう。

（その方が、ゲームの展開からも外れますし、不用意な発言をすることもないですわね）

声を失ったままの方が良いかもしれないと、リリアナは思い直す。乙女ゲームの悪役令嬢リリアナは、嫉妬のあまりヒロインに嫌みを言い、挙句の果てには闇魔術にも手を出した。話せないリリアナには、そのどちらも縁遠い。婚約がなくなれば、ゲーム通りの展開にはならないかもしれない。ただし、問題はそれだけではなかった。

（わたくしに利用価値がないと、お父様とお祖父様《じいさま》に見切りをつけられたり、犯罪に巻き込まれたりしたら、今のわたくしに、身を守る術《すべ》はございませんわ）

クラーク公爵家は三大公爵家の一つだ。リリアナの祖父と父は、高位貴族らしく合理的で冷淡だった。血縁者であっても、利用価値の有無で切り捨てる。前世の記憶が蘇《よみがえ》った今、特に父はサイコパスの気があるのではないかと疑うほどだ。嫡男である兄のクライドが居ればクラーク公爵家は存続する。声を失ったリリアナが王太子の婚約者候補から外れたら、リリアナに残された未来は修道院か、クラーク公爵息女との婚姻に利があると考える貴族との縁組みだけだ。

（国外追放や愛人は醜聞に繋《つな》がりますものね）

王太子の愛人であれば醜聞にはならないが、基本的に国王の愛人は既婚者だ。やはり、このままではゲームのエンディングを逃れたところで、ろくな未来にならない。今のところ使用人たちのお陰で衣食住には困らない点が、唯一の幸運だった。

そこまで考えたところで、部屋の扉が遠慮がちに叩《たた》かれる。リリアナが視線をやると、姿を現したのは侍女のマリアンヌだった。

「お嬢様！　まだ本調子ではございませんでしょう、早く寝台《ベッド》にお戻りください」

気掛かりな表情で言われ、リリアナは大人しくソファーから立ち上がると、寝台《ベッド》に戻ってシーツを被《かぶ》る。マリアンヌは「少々お待ちくださいね」と言いながら、慌ただしく部屋を出た。すぐに戻って来た彼女の手には、水差しとコップを載せた盆がある。彼女の背後には、熱に浮かされていた時に見た医師が居た。マリアンヌに支えてもらいながら上体を起こし、リリアナは水を一口飲んだ。その間に医師は鞄《かばん》を広げて診察の準備を整える。

「失礼しますよ」

言いながら、医師はリリアナの状態をくまなく診察した。最後に声が出ないことを確認し、医師は難しい顔になった。

「やはり、声がお出にならないようですな。恐らく熱が続いたせいでしょう。高熱が続いたあと、声が出なくなる症例は何度か見たことがあります」

「大丈夫ですよ、たいていは治ります。稀《まれ》に治らないケースもありますが――様子を見ましょう。旦那様には私からお話を通しておきます。旦那様はいらっしゃいますかな？」

「まあ――」

悲愴《ひそう》な顔で声を漏らしたのはマリアンヌだ。励ますように、医師は笑みを見せた。

「あ――いいえ、旦那様は滅多にこちらにはお立ち寄りにならないものですから」

マリアンヌは弱々しく首を振る。他の高位貴族同様、クラーク公爵家も家族の交流は少ない。だが、その中でもリリアナは徹底的に家族から避けられている。普段、交流がなくとも、貴族の親子は時折顔を合わせるし、子供は寝室が近いため頻繁に会う。しかし、リリアナは兄クライドとさえ、最後に会った日を思い出せなかった。

（お兄様は、わたくしと違って、お父様やお母様とも交流があると知って、寂しく思っておりましたのよね）

リリアナは、記憶が蘇る前の自分を振り返る。寂しさを抱えていたリリアナは、多少の我《わ》が儘《まま》で周囲を振り回した。高位貴族の令嬢であれば許容される程度ではあったが、記憶を取り戻さなければ、その我が儘は年々酷くなったかもしれない。ただ、リリアナは理想が高く、規範や義務に厳格な面もあったから、傍若無人にはならないだろう。

戸惑うマリアンヌに対し、医師は慣れたものだ。手早く鞄からペンと紙を取り出した。

「それでしたら、症状を書いた手紙を言付けましょう。しばらくは無理をせず、できるだけゆっくりと過ごすこと。また二週間程でこちらに参ります」

マリアンヌは頷《うなず》いた。医師は道具を片付け、リリアナに暇《いとま》を告げる。室外に出たところで、扉を半分閉めたマリアンヌは、医師に押し殺した声で尋ねた。その声が、リリアナの耳にも微《かす》かに届く。

「本当に、お嬢様のお声がいつ戻るかも分からないのですか？　他の、王太子殿下の婚約者候補のご令嬢方と比較しても非常に優秀でいらして、未来の王太子妃の座も確約されたようなものでしたのに」

「いや、今申し上げられることは、先ほどの通りです」

医師の答えは無情だった。扉の外に控えていた侍従が、更に質問をしようとしたマリアンヌを宥《なだ》める。マリアンヌは謝罪し、医師と侍従二人分の足音が立ち去った。

「小鳥のように可愛《かわい》らしいお声でしたのに――それに、六歳のお誕生日を迎えられたばかりで。本当に、不憫《ふびん》でなりませんわ」

呟いたマリアンヌは、目の端に滲《にじ》んだ涙を拭う。一呼吸して落ち着いたところで、室内に戻った彼女はすぐリリアナの傍《そば》に寄った。寝台《ベッド》を整え、リリアナの体を横たえる。

「ゆっくりと――と申し上げても、難しいかもしれませんね。お医者様の手紙を旦那様にお渡しして、しばらく王宮への訪問は控えるよう進言いたしますが」

マリアンヌは優しくリリアナの前髪を額から払った。普通の侍女は、公爵家当主に直接進言などできない。執事に言付ける必要がある。しかし、マリアンヌはケニス辺境伯の末娘だ。常識で考えれば、辺境伯の娘が筆頭公爵家の娘の侍女になるなどあり得ない。だが、以前、マリアンヌは「己に最適な道を進めという家の方針です」と笑ってリリアナに教えてくれた。そんなマリアンヌなら公爵に直談判《じかだんぱん》できるかもしれないが、受け入れられる可能性は低いだろう。

「王太子妃教育が、始まっていなければ宜《よろ》しかったのですが」

　思わずと言ったように、マリアンヌの口から愚痴に似た言葉が漏れる。王太子の婚約者候補たちに施される王太子妃教育は、一部が自宅で、一部が王宮で行われていた。声を失ったため、王宮での王太子妃教育には弊害が出る。国王や王太子に会っても、話せないのだから口上すら述べられない。しかし、父親が教育を継続するよう指示すれば、リリアナは王宮に行かねばならなかった。

（王家とも家族とも、没交渉の方が宜しゅうございますわ。気が付かれないように知識を身に付けて、魔術も習得したいところですわね。破滅を避けるためには、力をつけるに越したことはございませんもの）

　リリアナが受けている教育課程《カリキュラム》では、魔術の講義はこれから行われることになっている。詠唱を唱えられない今、魔術の講義は延期されるかもしれない。それならば、独学でどうにかするしかなかった。

　リリアナは薄目を開けて、寝台《ベッド》の傍で甲斐甲斐《かいがい》しく世話を焼くマリアンヌを見やる。

（これまでは気に掛けておりませんでしたけれど——使用人たちも、もしかしたら、わたくしが破滅を避けるための力となるかもしれませんわ）

貴族にとって使用人は壁紙や花瓶と同じだ。だから、普通は気に留めることもない。しかし、ゲームに出て来なかった使用人たちにも感情はある。好かれておけば、将来リリアナの力になってくれる可能性は大いにあった。

◇◇◇

目覚めてから二週間後、医師の診察を受けたリリアナは、一人で屋敷の図書室に居た。図書室に入ると、視界一杯に書架があった。高い天井まで聳《そび》える棚には梯子《はしご》が備え付けてある。梯子は、書棚の角にある操作盤を動かすことで自動的に所定の場所へ移動する。灯《あか》りも一々火をつける必要はなく、操作盤を動かせば任意の場所を明るく照らし出す。屋敷の他の場所にはない魔道具が、図書室内にはふんだんに使われていた。

（さすが、読書家と名高かった叔父様ですわ。これほどまで魔導書があるとは思っておりませんでした）

書物は高価なのに、所狭しと並んでいる。大半は王国語で書かれたものだが、他国の書物も豊富に取り揃《そろ》えられ、種類も多岐に渡っていた。かつてこの屋敷に住んでいた、今は亡き叔父が求めたものだ。図書室に収まらない書物は裏庭に独立して建てられた書庫に保管されていた。間違いなく、王立図書館を含めたどこよりも蔵書が充実している。

（ゲームのリリアナ《わたくし》は魔術の才がございましたから、まず魔術ですわね）

魔導書は図書室の一角に集められている。一方、スリベグランディア王国で呪術は一般的ではない。そのせいか、わずか数冊しかない呪術書は概説書で、リリアナの興味を引かなかった。リリアナは魔術の入門書を手に取る。頁《ページ》をめくると、魔術は火、風、水、土、光、闇の六つから成り、人には得意な属性が一つあると書かれていた。

（ここでも詠唱は必須となっていますわね。複数属性を操るには対立しない属性であること、術者の相当量の魔力と経験、才能が必要とありますが——本当でしょうか）

ゲームの悪役令嬢《リリアナ》は闇魔術を使った咎で罰せられていた。だが、リリアナの得意属性は風だ。光と闇に適性がある人は非常に少ない。実際、光と闇は特殊属性として扱われ、入門書には詳細が記されていなかった。唯一分かることは、特殊属性の中でも闇魔術は禁術に指定されている術式が多く、大半が使用禁止となっていることだけだ。

（クラーク家は代々、男性が火で女性が風、でしたわね。その中で、ゲームのリリアナは《わたくし》どのように闇魔術を体得したのでしょう）

リリアナは風魔術の項目を確認する。基礎魔術から初級魔術までの内容と詠唱方法が記載されているだけで、詳細は解説されていない。入門書を書棚に戻したリリアナは、基本書、初級、中級、上級と順番に目を通す。難易度は上がっているものの、どれも詠唱や術式だけが記されていた。闇魔術は上級書でようやく数個の術式が紹介されているが、幻術の解除が主だった。幻術は相手を惑わす術で、戦や暗殺の時に頻用される。そのせいか、幻術自体の解説はない。

（闇魔術を学ぶなら、魔導省に保管された書物を読むしか方法はないかもしれませんね）

魔導省は魔術を管理する部門だ。大半が禁術に指定されている闇魔術は、一般に流通している書物では学べない可能性が高い。闇魔術の習得は一旦忘れ、手元にある魔導書で他の属性魔術を習得する方が良いだろう。

（術式の構成を考えると、術式を使って、魔術の稼働に必要な量まで魔力を増幅させ、発動の印象《イメージ》に沿った形に、魔力を具現化しているようですわね。詠唱は術式を音声に起こしているだけ、魔道具は物質に直接術式を書き込んでいる。となると、無詠唱でも魔術は発動するのではないかしら？）

リリアナの仮説が正しければ、声を失っている状態はリリアナに好都合だ。魔術の行使に詠唱が必要だと信じる人々は、リリアナが魔術を使えるとは思わない。リリアナは彼らの意表を突くことができる。敵を欺くことは、戦術として有効だ。

（術式もこの世界の常識で考案されたもののようですし、わたくしの前世の記憶を使えば、属性に囚《とら》われず術を行使できそうですわ。基本的には想像力が重要なのでしょう）

リリアナは手にしていた上級指南書を書棚に戻し、更に難易度が高そうな書物を探す。すると、書棚の上の方に、過去の魔導士たちの研究内容を記した手記が見つかった。内容を確認すると、そのうち数冊が無詠唱の研究だ。結論はいずれも、理論的には可能だが実現は不可能、というものだった。おおよそリリアナの仮説を裏付けている。

（わたくしには魔術の適性がありますし、今は前世の知識がございますから）

前世の記憶が蘇ったといっても、感情の記憶はない。大半が前世の『知識』に関するものだ。だからこそ、その記憶を生かせる気がした。

（魔術は、体内の魔力を術式で具現化して現実に印象《イメージ》を反映する方法ですから、魔力を術式に変換する感覚を習得しなければ）

リリアナは目を瞑り、体内に存在する魔力に集中する。最初は分からなかったが、徐々に、血流とは違う何かを感じられるようになった。次は術の実践だ。

（風の魔術でしたら、物を動かす術がありますわ）

これなら試しやすいかもしれないと、リリアナは数冊の指南書を読み込む。解説は三者三様だったが、結局、空気を動かし物体の均衡《バランス》を取りながら移動させるということのようだ。リリアナは、前世の知識と、魔導書にあった術式の解説を脳内で組み合わせ、魔力を練り出した。リリアナの体内から漏出した魔力が、手元に微かな風を起こす。集中して魔導書に意識を向けると、手にしていた書物がふわりと浮かび上がった。

リリアナはその様子を、目を丸くして眺める。もちろん、集中力は切らさない。

（あら、できてしまったわ）

リリアナの目が煌《きら》めいた。読んでいた本がひとりでに空中を移動して書架に戻る。無詠唱という、人には不可能な魔術をリリアナはあっさりと会得していた。しばらく、リリアナは棚に収まった魔導書を凝視していたが、やがて周囲をきょろきょろと見回した。

（それなら、風属性以外の術はどうかしら？）

珍しく頬を紅潮させ、リリアナは更に魔力を練る。見えない魔力で卓上の書物を包み、光の屈折率を調整させながら、魔導書に書いてあった術式を応用する。

（――やっぱり。書物が見えなくなりましたわ）

仮説が当たったことに、リリアナの口角が上がった。本来、幻術は闇魔術に属する術だ。だが、リリアナは自身の体内にある風の魔力だけで、幻術を成し遂げた。

齢《よわい》六歳の少女が、この世界の常識を覆した瞬間だった。

◇◇◇

リリアナが魔術の特訓を人知れず始めてから一週間、彼女は自室で届けられた手紙に目を通していた。手元には、マリアンヌと意思疎通するための紙とペンが置いてある。茶を卓上に置いたマリアンヌに気が付いたリリアナは顔を上げた。紙に書いた文をマリアンヌに見せる。

〈馬番のミカルに子供が生まれそうなのでしょう。ククサの手配をお願いできるかしら〉

ククサは木のコップだ。庶民の間では、手軽で心のこもった、子供が生まれた家庭への贈り物《プレゼント》として人気を博している。赤ん坊の時は離乳食に、大人になってからは酒や茶を飲むために使う。だが、王侯貴族の間では有名ではない。ミカルと同時期にクラーク公爵家に雇われたため、マリアンヌは驚きながらも、嬉《うれ》しそうに顔を綻ばせた。リリアナが馬番

の子が生まれると知っていることも、信じられなかったのだろう。

それが分かったからこそ、リリアナは苦笑して更に言葉を書き連ねた。

〈あまりに高価だと、ミカルは遠慮するでしょう？　でも、ククサなら邪魔にはならないのではないかしら、と思って〉

マリアンヌは文章を読み終わると同時に、力強く頷いた。

「はい、間違いなく喜ぶと思います」

その返答に、リリアナは嬉しそうな微笑を浮かべる。そして、ククサに刻む模様の指示を細かく書いて、マリアンヌに渡した。その指示書を持って職人を訪れたら、あとはリリアナからの贈り物《プレゼント》としてミカルに渡されるだろう。

〈それから、わたくしの誕生日の贈り物《プレゼント》に対するお礼状は手配が済んでいて？〉

「はい、恙《つつが》なく。贈り物《プレゼント》は別室に保管しておりますが、奥様から贈られた鈴蘭《すずらん》の鉢植えは庭番に渡しております。お礼状の送付状況は一覧《リスト》に纏《まと》めました」

リリアナが倒れたのは六歳の誕生日を迎えた翌日だ。誕生日当日は、祝宴は開かなかったが、執事や侍女長が手配した贈り物《プレゼント》と代筆された手紙が、家族から送られて来た。リリアナは一通り贈り物《プレゼント》を確認したものの、お礼状を出す余裕はなかった。そのため、全ての後始末をマリアンヌに託していたのだ。一覧表を受け取ったリリアナは内容を確認する。全てが滞りなく手配されていた。マリアンヌも若いのに優秀だ。ケニス辺境伯の教育が良かったのだろうと、リリアナは自分より年上のマリアンヌを冷静に評した。

それならばと、リリアナは先ほどまで読んでいた手紙をマリアンヌに差し出す。一瞬マリアンヌは戸惑った様子だったが、受け取ると差出人の名前を見て困惑した。

「――拝見しても、宜しいのですか」

差出人はリリアナの父であるクラーク公爵だ。

〈ええ、良ければ貴方《あなた》もご覧なさい〉

誕生日に贈られた手紙は代筆だったが、今回の手紙は直筆だ。父親の直筆を見たのは久々だったが、体調を崩した娘を気遣う言葉もなく、簡潔に指示だけが書かれている。

「四年後までに声が戻らなければ、王太子殿下の婚約者候補は白紙撤回――でございますか」

愕然《がくぜん》とマリアンヌは呟く。声に出す気はなかったのだろうが、思わず漏れたようだ。

声を失ったのだから婚約者候補から降りるのは当然だ。しかし、四年後まで王太子妃教育は継続するように、とも書かれている。極めつきは、最後の一文だった。本来予定になかった王太子との謁見を明日確保したらしい。声が出ないのに、王太子と会って何を話せというのかと、リリアナは呆《あき》れを隠せなかった。驚きが去ったマリアンヌも呆れ顔だ。マリアンヌは溜息交じりに頷いた。

「ええ、ええ、お嬢様――仰《おつしや》りたいことは良く、このマリアンヌも承知しております」

クラーク公爵の欲深さに呆れを抱いても、拒否することはできない。

「お嬢様、旦那様のお言いつけに従いますと、明日は朝早く出立せねばなりません。どのドレスをお召しになるか、今から決めていただいた方が宜しいかと存じます」

〈そうね。明日の準備をお願いできるかしら。それと、ここの手紙も片付けて頂戴〉

王太子に謁見するのであれば相応の準備が必要だ。マリアンヌは卓上に広がった手紙を纏めると、棚の引き出しにしまう。そして一礼すると部屋を出て行った。衣装室から候補の衣装や宝飾品を持って来るのだろう。

リリアナは、卓上の茶器を口元に運んだ。柔らかな香りに頬が緩む。

(ある意味、僥倖《ぎょうこう》でしたわね。四年経過しても、声が出ない振りをしていれば、自動的に婚約者候補からは外れますもの。本音を言えば、殿下にお会いするくらいなら、魔術の勉強か屋敷の探索をしたいところでしたけれど)

乙女ゲームの記憶を辿《たど》れば、ゲームの開始はリリアナが十三歳の時、断罪されたのは十六歳の時だ。今から四年後、つまりリリアナが十歳の時、上手《うま》く事が運べば、ゲーム開始前に王太子ライリーとの関係は無くなる。父親であるクラーク公爵がどの程度本気でリリアナを王太子妃の座につかせようと考えているか次第だが、リリアナは多少、心が軽くなっていた。

だからこそ、ライリーと交流する時間があれば、屋敷の図書室の本を読み漁《あさ》るか、図書室で見つけた叔父の手記を読み込んで、屋敷にあるらしい隠し部屋や通路を探索したい。

(元々殿下とはよそよそしい関係でしたし、ゲームのリリアナも、執着はすれど親しい関係ではありませんでしたものね)

乙女ゲームでリリアナがライリーに執着していたのは、偏《ひとえ》にクラーク公爵の影響に違いない。しかし、前世を思い出したリリアナにとって、王太子は執着の対象ではなかった。

「お嬢様、お待たせいたしました」

マリアンヌがもう一人の侍女を連れて、衣装と宝飾品を抱え部屋に入って来た。リリアナは並べられた衣装を眺める。華美と色気を意識したゲームのリリアナとは違い、今のリリアナは簡素で質の良い衣装を好む。一つでもゲームと違う道を選ぶことで、運命を自ら切り開いて行きたかった。

◇◇◇

翌日の早朝、リリアナは馬車に乗って王都近郊の屋敷を出た。侍女のマリアンヌは留守番で、父が雇った護衛二人を随行させる。王都近郊の屋敷は、若くして亡くなった叔父の住まいだった。長年無人だったが、リリアナが二歳になり、王太子の婚約者候補に名を連ねた時、リリアナの住居として整えられた。父であるクラーク公爵は王宮近くにある公爵邸と領地を行き来し、母と兄はフォティア領の屋敷に暮らしている。数ある屋敷の中で、贅沢《ぜいたく》を好まなかった叔父の趣味を反映したリリアナの屋敷が一番質素だった。それでも、下位貴族の屋敷よりも遥《はる》かに広大だ。

（心底、面倒だわ）

リリアナは憂鬱な気分のまま、車窓に掛けられたカーテンの隙間から外を眺める。外は嫌みなほど晴れていた。粗相をすれば、護衛二人を通じて父に報告が行くに違いない。父はリリアナを道具のように扱い、母はリリアナを嫌悪している。そんな家族に癒しを感じられるはずもない。

食欲は湧かなかったが、マリアンヌが気を利かせて持たせてくれたサンドウィッチを口に入れる。ライリーとの謁見で軽食がなくとも、十分夕食まで凌《しの》げるはずだ。

昼過ぎになってようやく、リリアナを乗せた馬車は幾つかの濠《ほり》を越え王宮に到着した。正門を過ぎ、限られた者のみが乗り入れを許された乗降場所まで進む。顔馴染みの王宮騎士に挨拶をしたリリアナは、護衛を待たせ、侍女と共に応接間《サロン》へ向かった。

「今しばらくお待ちください」

案内をした侍女が優雅な所作で一礼し、入れ替わりに近づいて来た侍女が茶菓子を二人分、卓上に置く。さすがにライリーが来ない状況で飲食するわけにはいかない。リリアナはその場に立ち尽くしたまま、応接間《サロン》に面する美しい中庭を眺めた。

中庭には四季折々の花が植えられていて、中央に噴水がある。時折、小鳥が飛び立ち、見ているだけで癒された。応接間《サロン》からは見えないが、中庭の奥には温室があり、薬草が育てられている。事前に許可を得て、管理者と同行しなければ入ることはできないが、リリアナも一度だけ行ったことがあった。

（――あら？）

リリアナは首を傾《かし》げる。魔術の訓練を始める前は気が付かなかったが、中庭には結界が張られている。温室の結界は当然、一際《ひときわ》強力だが、噴水周辺の結界も強化されていた。

結界を視認するには一定以上の魔力と素養が必要だ。特に王宮の結界は高度な術式が用いられ、幻術を併用することで見え辛くなっている。そのため、魔導省の魔導士、即《すなわ》ち、スリベグランディア王国の上位数パーセントに入る魔術の能力がなければ、王宮の結界は認識できない。

(温室だけでなく、噴水の結界が強化されているのが気にかかりますわね)

リリアナは違和感を覚えるが、今は謎を解明する時間などない。中庭から廊下へと顔を巡らせる。先ほどから感じていた気配が、曲がり角から姿を現す。それは、侍従を伴った王太子だった。まさに物語の王子様そのものの、金髪碧眼《へきがん》の眉目秀麗な少年がリリアナを認めて微笑を深める。幼少ながら、その美しさは既に社交界に響くほどだ。だが、リリアナにとってはその美しさも心ときめくものではない。そんな思いはおくびにも出さず、リリアナは微笑を浮かべ、優雅に淑女の礼を取って静止した。

「楽にして、リリアナ嬢。久しぶりだね。流行り病に罹《かか》ったと聞いたけど、大丈夫？」

(声が出ないという話は聞いていらっしゃらないのかしら)

ライリーの質問に内心で首を傾げるが、一つ頷くことで答えに代えた。ライリーはほっと微笑を漏らし、椅子を勧めた。リリアナとライリーは対面で腰かける。侍女がポットを手に取り、カップに茶を注いだ。それを尻目に、リリアナは隠しポケットから紙を取り出す。そこには、声が出ないことと、会話ができないことの謝罪を書き連ねていた。リリアナから紙を受け取ったライリーは一瞬で文章を読み終え、リリアナに視線を戻した。

「いや、気にしなくて良い。むしろ、その状態で呼び出して申し訳なかった」

リリアナは首を横に振る。ライリーに謁見を申し込んだのはクラーク公爵だ。ライリーが謝罪する必要はない。そんなことを思いながら、リリアナは白紙の紙とペンを取り出し卓上に置く。

「流麗な文字だね。たくさん練習したのかな？　私にも、たくさん手紙を送ってくれているよね」

リリアナの筆跡を眺め、ライリーが感心したように呟く。もしかしたら、ライリーはリリアナからの手紙が全て代筆だと思っていたのかもしれない。しかし、リリアナはある程度見られる文字を書けるようになってからは、自筆で手紙を出していた。一々説明するのも面倒で、リリアナはただ頷くに留《とど》める。ライリーは微苦笑を浮かべた。

「なるほど。私も練習しているけど、どうにもバランスを取りにくい文字がある」

〈殿下の文字もお綺麗と存じます〉

手早く手元の紙に返事を書いたリリアナは、その紙をライリーに差し出した。ライリーは少し驚いたようにその紙を見つめて、嬉しそうに口角を上げた。今まで見たことのない素の感情が滲む。

「貴方は速記もできるんだね」

〈始めたばかりで慣れぬところもございます〉

見苦しい文字があれば申し訳ないと加えたリリアナに、ライリーは首を振った。まだライリーは速記を学んではいない。自分ができないことを為《な》す年下の少女に、ライリーは感銘を受けたようだ。

「速記でも流麗さを損ねないとは、さすがだと思うよ。私も頑張ろうと思う」

〈勿体《もったい》ないお言葉にございます〉

「本心だよ」

あくまでも謙遜するリリアナに、ライリーは少し困ったように眉を八の字にした。王太子教育を受け、同年代の一般的な子供と比較すると随分大人びているとはいえ、まだ幼少だ。謙遜する相手をさらに褒め称《たた》える台詞《せりふ》は思いつかないらしい。

ライリーはふと気が付いたように目を瞬かせ、眼前の茶菓子と、ペンを持ったリリアナの手元を見る。話してばかりでは、筆記で答えるリリアナは茶菓子を食べることはできない。苦笑して、ライリーは小さく首を振った。

「会話していては、食事もできないね。一旦食べよう」

はいと書く代わりにリリアナは頷き、ライリーがカラトリーを手にしたのを見てから自分もフォークを手に取る。一口サイズにすくった菓子を口に入れる。マフィンのような形だが、中にはドライフルーツが入っていた。予想外の味に、リリアナは目を丸くして口元を綻ばせた。

「これはユナティアン皇国に嫁いだ伯母上から送られたものなんだ。特産品だそうだよ」

美味《おい》しそうに味を楽しむリリアナを見て嬉しそうに笑ったライリーは、簡単に説明する。ライリーの伯母に会ったことはないが、リリアナも名前だけは知っていた。隣国のブロムベルク公爵に嫁ぎ、事あるごとに茶菓子を送ってくれるらしい。今でも甥《おい》を可愛がっているようだ。

ぽつりぽつりと零《こぼ》されるライリーの私的《プライベート》な話に耳を傾けながら、穏やかに茶会は進む。リリアナがライリーの婚約者になってから、初めて二人で過ごした安らぎの時だった。

茶会も終わりに近づいたところで、リリアナは視線を感じた。顔を上げれば、ライリーの後方、中庭を挟んだ反対側の回廊に、二つの人影がある。ライリーの婚約者候補の一人、タナー侯爵の息女マルヴィナだ。愛らしい顔を憤怒と憎悪に歪め、リリアナを睨んでいる。背後には侍女が控えていた。

タナー侯爵家はクラーク公爵家より格は劣るが、長く王家に仕えた忠臣として名高い。確かに、マルヴィナの祖父母や父母は堅実で穏和だ。しかし、マルヴィナや彼女の兄は野心家と噂《うわさ》されている。マルヴィナが王太子の婚約者候補になったのも、王国におけるタナー侯爵家の地位を確たるものにし、影響力を増したいと考えてのことだろう。ただ、マルヴィナ自身は、ライリーに恋情を抱いているようだった。

(事あるごとに、わたくしに敵愾心《てきがいしん》を剝《む》き出《だ》しにしていらっしゃいますものね。わたくしが婚約者候補から外れたら、今度はわたくしを見下げて色々と仰るのでしょうけれど)

リリアナは失笑するが、鉄壁の微笑の下に本音を隠す。上目遣いにライリーを窺《うかが》えば、彼は何も気が付かない様子で、茶を嗜《たしな》んでいた。安堵《あんど》する反面、未来の国王として少し鈍いのではないかと不安が頭をもたげる。だが、ライリーはまだ幼いのだからと、リリアナは思い直した。

（これからの努力次第ですわね）

乙女ゲームのライリーは、しっかりした考え方をしていた。一方で、博愛主義で拘《こだわ》りが少ない、言い換えれば諦めの早い性格だったが、ヒロインと出会うことで変化する。

（そういえば、ゲームにマルヴィナ様は出ていませんでしたわね。わたくしの声も戻っておりましたし。マルヴィナ様はともかく、わたしくの声に関しては、魔導士か自分が治療したのかしら）

リリアナは考え込んだ。

「リリアナ嬢？」

リリアナが思索に没頭しかけたことに気が付いたのか、ライリーが声を掛けた。何も問題はないと、リリアナはにっこりと笑む。一瞬ライリーの耳が赤く染まるが、次の瞬間には消える。リリアナは菓子を食べ終え、何気なく再び回廊に目を向けた。既にマルヴィナの姿はない。帰宅したのだろうかと思っていると、ライリーが誘う声が耳に響いた。

「リリアナ嬢、もし良ければこの後、庭を散策しないか？　新しく花を植えさせたんだ」

もちろん、否やはない。リリアナが快諾すると、ライリーはリリアナをエスコートし、中庭へ移動した。歩きながらそれとなく噴水に目を凝らすが、やはり強力な結界が張られている。しかし、ライリーが立ち止まったことで、リリアナの意識は噴水から目前の花壇に移った。

「新しく植えさせた花はそこにあるんだけど――貴方は、花が好き？」

　リリアナが頷くと、ライリーは嬉しそうに目を細めた。

「どんな花が好きなのか、教えてもらっても良いかな」

　突然の質問に、リリアナは少し考える。好きな花など考えたこともなかった。だから、好ましいと思う花があるかどうか、種々の花が咲き誇る花壇を眺める。やがて、一つの花を見つけた。控え目にリリアナが指し示したのは、華奢な青い花弁が寄り添い華やかに咲き誇っている花だった。

「可憐な花だね。デルフィニウムだったかな。貴方に似ている」

　唐突な賛辞だが、リリアナは動じず、微笑を浮かべて礼に代える。額面通り美辞麗句を受け取るほど子供ではない。遅かれ早かれ婚約者候補から外れるのだから、この程度のことで心をときめかせたくはなかった。

　そんなリリアナの本心に気が付く様子もなく、ライリーは安堵を滲ませた。二人は再び歩き出す。のんびりとした歩調で庭園を進めば、一層花々が咲き誇る区画に入った。ハナビシソウやクレマチスが、涼やかな風に心地好《よ》さげに揺れている。人の気配も全くない。そこで、ライリーは足を止めた。見せたいものがあるのかとリリアナは首を傾げた。だが、ライリーはエスコートしていた腕を外し、緊張を滲ませてリリアナに向き合う。

「リリアナ嬢、貴方に言っておきたいことがある」

どうやら本題があるらしいと、リリアナは目を瞬かせた。無言で先を促す。

「貴方は私の婚約者候補だ。その件について、何か話を聞いた？」

リリアナは頷く。父親からの手紙は一言一句、覚えていた。ライリーは声を潜《ひそ》める。

「貴方の声が四年以内に戻らない場合――婚約者候補から外されるかもしれないと、父上が仰っていた。それはクラーク公爵もご存じだと」

父親の手紙と相違ない。リリアナは肯定する。やはり父は既に国王と話を付けていたのだと、リリアナは内心で安堵した。この様子なら、問題なくゲーム開始前にリリアナは婚約者候補から降りられる。その後の扱いはクラーク公爵の心次第だが、少なくともゲームの通り破滅する未来は避けられるだろう。しかし、心の内はおくびにも出さなかった。ライリーは深く嘆息する。

「だが、父上――陛下は、貴方と婚姻するべきだとお考えだ。クラーク公爵はあくまでも婚約者候補から外すべきだと考えていて、その妥協案が四年という期間だそうだ」

ライリーの告白は、リリアナにとって全くの予想外だった。額面通りに受け取れば、国王は声が出ずともリリアナを婚約者にしたいと考え、一方でリリアナの父親は、リリアナを婚約者候補から外したいと考えていることになる。常識で考えれば、逆になるはずだ。王家として、声の出ない王太子妃は不要だ。それに対し、三大公爵家としてさらに影響力を高めるため、クラーク公爵はリリアナを王太子妃に仕立て上げようとするはずである。

（どういうことなのかしら）

戸惑ったリリアナの眉間にわずかな皺《しわ》が寄る。ライリーは感情を押し殺した声で、淡々と続けた。

「もちろん、私の婚約は、ただの好き嫌いで決められるものではない。それは理解している。それでも、それでも私は——」

言葉を続けることを躊躇《ためら》ったライリーは俯《うつむ》いて唇を噛《か》む。意を決したように、ライリーは顔を上げた。その双眸《そうぼう》は強い意志を宿している。これまでのライリーとは違う表情に、リリアナは驚いた。

ライリーは、真面目ではあるものの大人しく、自己主張をあまり行わない、控え目な性格だった。王太子として心許《こころもと》ないと言う貴族も一部に居る。そのため、鬱屈したところもありつつ、誰に対しても穏やかに接する様子は、乙女ゲーム開始時の王太子《ライリー》と似ていた。しかし、今リリアナの前にいるライリーは、何かが違った。

リリアナはライリーの本心を読み取ろうと目を凝らす。声が出なくなるまで、表情や態度から本音を知ろうとはしなかった。言葉が全てだった。だが、今のリリアナは、言葉以外から相手の本心を読み取れると知っている。

やがて、ライリーの肩から力が抜け、困ったような笑みを零した。

「すまない。貴方に言うべきことではなかった。ただ、私は——そのような利にのみ拘る形で、生涯の伴侶を決めても良いものかと」

そう思ってしまったんだ、と続けられた言葉は掠れていて、辛《かろ》うじてリリアナの耳に届く音量だった。それでもリリアナは理解した。幼いライリーは、王族としての責務と、人間らしい情に板挟みにされ、困惑しているのだろう。だが、それこそリリアナにとっては笑止千万だった。リリアナは隠しポケットから紙とペンを取り出すと、書き辛い状況にも拘《かか》わらず、さらさらと記す。

〈わたくしたちは、自尊と自負に則《のっと》った行動をすべきにございます。それは個人の感情や思いに先立つものにございましょう〉

一体何を書いているのかと首を傾げたライリーは、リリアナから差し出された紙を受け取り、目を通した。そしてわずかに目を見張る。顔を上げたライリーは、二の句が継げずに呆然《ぼうぜん》としていた。

「貴方は――」

リリアナにとっては当然の事実を連ねただけだ。ライリーが何故《なぜ》そんなに驚いているのか理解できなかったが、ライリーが口を開く前に、一つの気配が近づいて来た。

「殿下、いらっしゃいますか」

声を掛けて来たのは女だった。ライリーが応えると、品の良い夫人が姿を見せる。それは、リリアナも良く知る、家庭教師のフィンチ侯爵夫人だった。

「お話し中に申し訳ございません」

「――フィンチ夫人。まだ時間はあるはずだが？」

ライリーの声にはどことなく不機嫌さが感じられる。フィンチ侯爵夫人は一礼して謝意を示し、そのままの姿勢で告げた。

「恐れながら、オースティン様がいらっしゃいました」

「オースティンが？」

予想外だったのか、ライリーは目を瞬かせる。リリアナもライリーから一歩下がったところでわずかに首を捻《ひね》った。

リリアナはオースティンに会ったことはないが、存在は知っている。エアルドレッド公爵家の次男で、乙女ゲームの攻略対象者だ。順調にいけば、将来はライリー唯一無二の右腕となり、専属の近衛騎士になる。だが、年齢を考えても、今はまだ近衛騎士ではない。

（ゲームでも、この時期には既に、私《わたくし》リリアナと顔見知りだったのかしら）

本音を言えば会いたくなかったと、リリアナは内心でぼやく。オースティンルートでも、リリアナは破滅を迎えた。ハッピーエンドではオースティンに刺し殺され、バッドエンドでは魔力を封じられた上で国外追放された。恐らく、リリアナは追放先で命を落としたに違いない。このまま立ち去ろうとリリアナはライリーに顔を向けるが、リリアナが辞去を告げるより早く、ライリーが口を開いた。

「せっかくだから、リリアナ嬢も会って行かれると良い。オースティンは私の幼馴染《おさななじみ》なんだ。気の良い奴《やつ》だから、いつか助けになる日が来るだろう」

（助けになるどころか、わたくし、ゲームでその方に殺されるのですけれど）

複雑な心中を押し隠すリリアナを誘《いざな》い、フィンチ侯爵夫人の先導に従って、ライリーは別の花回廊を進む。リリアナは頬を引き攣《つ》らせないよう顔の筋肉を総動員させ、潔く撤退を諦めた。少し歩くと、休息できるよう設《しつら》えられた、こぢんまりとした四阿《あずまや》に、赤い髪の少年が立っている。

「それでは、私はこれにて御前失礼仕《つかまつ》ります」

ライリーを四阿に連れて来るのが仕事だったらしいフィンチ侯爵夫人が、礼を取りその場を立ち去る。三人だけが取り残された空間で、ライリーはリリアナをエスコートしたまま、オースティンに向かい合った。

「やあ、オースティン。久しぶり。しばらく領地に戻っていたと聞いたが」

「お久しぶりです、殿下。領地にて父の手伝いをしておりました」

丁寧な物言いに、ライリーは苦笑する。

「そんなに畏《かしこ》まるな。普段通りで良い」

その言葉を聞いた途端、オースティンは潑剌《はつらつ》とした笑みを浮かべた。どうやらこちらが素らしく、一気に年相応の雰囲気になる。同時に、ライリーもほっとした雰囲気を纏った。

オースティンの生家であるエアルドレッド公爵家も、クラーク公爵家と同じく三大公爵家の一つだ。領地はスリベグランディア王国の北西部に位置し、王都の遥か遠方である。

肥沃な大地の広がるアルカシア地方の一部だが、アルカシア地方はエアルドレッド公爵の血縁や類縁の土地だ。一方、クラーク公爵家は、王家直轄領が多く存在する王都以南に領土を持っている。

「オースティン、彼女はリリアナ嬢だ。クラーク公爵のご息女で、私の婚約者候補だ。リリアナ嬢、彼はオースティン・エアルドレッド。私の幼馴染で、近衛騎士になる予定だ」

ライリーの紹介を受け、リリアナは淑女の礼を取る。しかし、オースティンは慌てた。

「殿下」

咎める声に、ライリーは笑って肩を竦《すく》める。そして多少横柄とも取れる、見方によれば堂に入った態度で、オースティンを宥めた。

「気にするな。彼女は他言しない」

どうやら、オースティンは「近衛騎士になる」という未確定の情報をリリアナに告げないで欲しかったらしい。しかし、ライリーはリリアナを信頼しているのか、気にしていない様子だ。当然、他言するつもりのないリリアナは、オースティンの険しい視線を受けて、小さく頷いた。とはいえ、何故ライリーが突然、リリアナを信頼して秘密を打ち明けたのかは分からない。

オースティンは複雑な表情を浮かべたが、気を取り直して、リリアナに礼を取った。ゲームとは異なり、オースティンはまだ騎士ではないため、一般的な貴族子弟の所作だ。

「エアルドレッド公爵家オースティンだ。王太子殿下の朋友《ほうゆう》として、今後お目に掛かることもあると思うが、宜しく頼む」

礼儀を守った挨拶だが、声を失ったリリアナには応える術がない。淑女の礼を取ったものの、黙ったままのリリアナに、オースティンは戸惑った。ライリーが口を挟む。

「リリアナ嬢は今、喉を痛めているから話せないんだ」

「へえ、それは気の毒に」

礼を解いたオースティンが申し訳なさそうに言う。リリアナは首を横に振った。丁重な口調と姿勢を崩さなかったオースティンは、名乗ったことで区切りをつけたらしい。

「俺のことはオースティンと呼んでくれ。君のことは――リリアナ嬢と呼んでも？」

オースティンは途端に気楽な口調に切り替える。リリアナは目を瞬かせたが、拒否する理由もなく頷いた。ライリーはどこか不服そうだ。そんな旧友を横目で見たオースティンは楽しげな笑みを深め、リリアナに腰かけるよう促した。ライリーもリリアナの隣に座る。

「可愛い人だな。殿下の婚約者候補でなければ、俺が立候補するところだった。残念だ」

「おい、オースティン」

「本心だよ、リリアナ嬢。その愛くるしい容姿にも、聡明《そうめい》そうな瞳にも惹《ひ》かれる。――もし婚約者候補から外れることがあればすぐに教えてくれ、即座に婚約を調えよう」

唐突に口説くような言葉をかけられ、リリアナは困惑をわずかに見せながら小首を傾げる。ライリーを見上げると、ライリーはすぐに気が付いて不機嫌な顔を緩め、苦笑を浮かべた。

「オースティン、私の婚約者を口説くのは止《や》めてくれ。――すまないね、リリアナ嬢。彼はいつもこの調子だ」

「いつもとはなんだ、ライリー。俺はちゃんと相手は選んでいるぞ」

「どの口がそんなことを言うのか」

「この口だろ」

気安い言い合いは、二人の親しさを如実に示している。だが、ライリーはまだ少し不機嫌だ。リリアナが不思議に思っていると、ライリーは嘆息してリリアナに体を向けた。

「申し訳ない、リリアナ嬢。このまま三人で、とも思ったのだが、私はどうやら狭量だったようだ」

つまり、オースティンの軽薄な言葉に嫉妬するからこの場は辞してくれ、という意味だ。リリアナはこのまま帰宅することを許されたらしい。むしろリリアナにとってはありがたい話である。構いません、と頷いて、リリアナは立ち上がったライリーの手を借り腰を上げる。四阿を出て少し歩いたところで、リリアナは控えていた侍女と合流した。ライリーとオースティンはその場でリリアナを見送る心積もりらしい。リリアナは辞去の礼を取ると、侍女と共に帰路につく。

（なんだか、妙な雰囲気でしたわね）

ゲームの開始にはまだ時間がある。開始以前にどのような出来事があったのか、登場人物たちがどのような性格をしていたのか、リリアナの知識はわずかだ。だから、現時点でゲームの設定と差異があっても、リリアナには分からない。だが、違和感がしこりのように心の中に残っている。

（考えても仕方ありませんわね。四年後までにわたくしが婚約者候補から外れたら良いだけの話ですわ）

　リリアナの最重要事項は、破滅する未来の回避——つまり、死を避けることだ。彼女の思考は、帰宅後に読もうと楽しみに置いておいた、魔術の指南書へと移っていった。

◇　◇　◇

　リリアナが立ち去った後、ライリーとオースティンは再び中庭に戻った。自室よりも中庭の方が、盗聴されるリスクが低い。四阿のベンチに腰かけ、念のため盗聴防止の魔道具を発動させる。

「せっかく婚約者殿と二人きりだったのに、邪魔して悪かったな」

「まだ候補だ。別に構わない。急ぎなんだろう？」

　謝罪したオースティンに、ライリーは気にするなと答えた。オースティンは頰を掻《か》く。

「急ぎというわけでもないんだが、この後、午後から兵舎に行かないといけないんだ」

「兵舎？　ああ、そうか。年明けに入団試験を受けるんだったな」

「それが一番の近道だからな」

　ライリーは納得して声を上げた。王立騎士団の入団試験は年に二回実施される。入団試験の受験者資格には年齢があり、オースティンは受験できる日を今か今かと待っていた。さぞ力が入っているのだろうと納得したライリーとは裏腹に、オースティンは悪そうな笑みを浮かべる。

「だから、それまで遊び倒そうと思ってな」

親友のふざけた様子に、ライリーは苦虫を噛み潰したような表情になった。

「お前は——本当はそんな性質《たち》じゃないくせに、ふざけるのもいい加減にしろ。まだ年齢が年齢だから可愛らしい噂で済んでいるが、社交界に出ればそんなものでは済まないぞ」

「ご婦人方からの情報は捨てたものじゃないぞ。俺は次男だから、兄上より融通が利くしな。時々、ご婦人方の閑話《かんわ》は我が公爵家の影よりも優秀なんじゃないかと思うほどだ」

オースティンは悪びれない。だが、まだオースティンもライリーも社交界に出られる年齢ではない。当然、オースティンの言葉は実体験ではなかった。ライリーは苦笑する。

「誰の教えか想像はつくけど」

「叔父上だ」

あっさりとオースティンは種明かしをする。しれっと言い放った友人に、ライリーは諦めて肩を竦めた。

「あまり彼の真似《まね》をすると、エアルドレッド公爵に嘆かれるぞ」

途端に、オースティンは顔を顰《しか》めた。父であるエアルドレッド公爵は、子供を怒らない。

しかし、彼は悲愴な表情や残念そうな表情を浮かべ、理詰めで何故その行為が褒められたものではないか、懇々と説くのだ。どうにも落ち着かないし、気まずい。

「その時はお前も怒られろ」

オースティンが口をへの字に曲げて言う。ライリーは声を立てて笑った。

「以前、エアルドレッド公爵邸に伺った時のように？」

「あの時はお前が主犯だっただろ。俺はむしろ、お前を止めようとしたぞ」

揶揄《やゆ》するように言ったライリーに、オースティンは呆れを滲ませ片眉を上げた。

「最終的にはお前も乗り気だったんだから、同罪だ」

ライリーはしれっと返した。オースティンも反論できず、肩を竦める。

幼い頃から共に過ごす時間が長かったライリーとオースティンは、『冒険』と称して、本来であれば咎められるようなことを良くしていた。王宮やエアルドレッド公爵邸を、大人の目を盗んで歩き回り、使用人専用の通路はもちろん、使われていない部屋や隠し通路を探検する。鍵が掛けられていても関係なかった。『冒険』のために鍵開けの方法を習得したのはライリーだ。

お陰で二人の行動範囲は広がった。そんな『冒険』の終わりは、エアルドレッド公爵に見つかった時だった。罪人の真似事をなさるな、殿下は規範となるべき人で、息子はそれを支える人となるのだから御諫《おいさ》めしなければならないと、もっともな説教は数時間に渡った。以来、いたずらっ子二人の『冒険』は繰り広げられていない。

ライリーはしみじみと目を細めた。エアルドレッド公爵は領地から滅多に出ない。

「懐かしいな。公爵は、祖父の次に私に王の心構えを教えてくださった人だ。久々にお会いしたい」

「相変わらず、元気に叔父上とチェスをしているよ」

「今でも負け知らずなのだろうね」

オースティンの言葉にライリーは頬を緩める。しかし、すぐに真剣な表情で声を低めた。

「領地はどうだった？」

楽しげだったオースティンは、すぐに苦虫を噛み潰したような顔で「参った」と唸《うな》る。

「父上も頭を悩ませている。敵と味方の選別すら困難だ」

「今日の味方は明日の敵――か」

「良く分かってるじゃないか」

ライリーの台詞を揶揄《からか》うように肯定し、オースティンは身をライリーに寄せた。

「状況が渾沌《こんとん》としすぎている。表立って俺たちの味方をしている奴らが、裏ではアルカシア派だったりするから厄介だ」

アルカシア派はエアルドレッド公爵こそ王位に相応《ふさわ》しいと主張する。王位争いに敗れた先々代の王弟が公爵位を賜ったのだが、先々代の王はユナティアン皇国の姫を母とし、王弟はスリベグランディア王国の公爵夫人を母とした。その公爵夫人の血を辿れば王族に繋がる。そのため、皇国の血が入った先々代よりも王弟の方が血が濃いという主張がアルカシア派の発端だ。更に、当代国王が病弱のため、最近勢力を増していた。一方、国王派は現国王を支持し、次代のライリーに期待を寄せている。

「父上は、国王になんてなりたくないって仰っているのにな」

父上の気も知らないで、とオースティンは不機嫌だ。父であるエアルドレッド公爵も、玉座に興味はない。真剣な表情を浮かべていたライリーは苦笑した。

「本人の意向は無視か」

「権力に目が眩《くら》んだ連中のすることは、古今東西そう変わらない。それに、父上も『プレイステッド卿《きょう》』を無下にはできないからな」

オースティンは肩を竦める。エアルドレッド公爵家とその類縁が支配する、スリベグランディア王国西方のアルカシア地方は国内有数の肥沃な大地だ。当然エアルドレッド公爵が頂点に君臨するが、次の実力者が、公爵の実弟プレイステッド卿である。彼がエアルドレッド公爵に傾倒しているのは有名な話だった。

わざとらしくプレイステッド卿の名前を出したオースティンに、ライリーは曖昧に笑むが、深い溜息は堪《こら》えられなかった。

「頭の痛い問題だな。陛下がご健勝であられたら、事態は違っただろうに」

オースティンは眉根を寄せる。さすがに、聞き流せない台詞だった。

「最近のご様子はどうなんだ。一進一退だと父上も仰っていたが――」

「ここ数日は多少、お元気でいらっしゃる。だが、やはり以前のようには戻らないようだ」

「そうか――」

二人の間に重い沈黙が降りる。ここ半年ほど国王の容体は思わしくない。それを機に、これまで辛うじて国王が抑えつけていた貴族たちの動きが活発化している。アルカシア派がその代表だ。まだ幼い二人には如何《いかん》ともし難い問題だった。だが、否応《いやおう》なしに二人は不安定な政局に巻き込まれている。

オースティンはしばらく眉間に皺を寄せて俯いていたが、意を決したように口を開いた。

「それと、一つ——陛下の件で、気になっている噂がある」

「噂?」

「ああ。医者は、陛下は気鬱と心の臓の病だと言っていただろう」

ライリーは頷いた。突然オースティンがそのようなことを言い出した理由が分からず、戸惑う。オースティンは口をライリーの耳元に近づけ、囁《ささや》いた。

「単なる病ではなく、呪術の可能性はないか?」

驚愕《きょうがく》にライリーは両眼を見開く。

「それは——本当か」

「噂だ」

身を乗り出しかけたライリーを、オースティンは口と手で押し留めた。ライリーは一つ深呼吸し自身を落ち着かせると、「分かった」と口を引き結んだ。

「呪術の可能性も踏まえて陛下に進言しよう。上手く行けば魔導省長官を巻き込めるかもしれない。だが、陛下がお元気になられるまでは、お前も他言は無用だ」

「分かってる。だが、深入りはするなよ」

ライリーはオースティンに返事をせず黙り込む。オースティンは眉根を寄せたが、それ以上言及しても無意味だと悟ったのか話題を変えた。

「それで、リリアナ嬢は？　声が出ないのに王宮に来たんだろ。呼び出したのか？」

ライリーは言葉に詰まり、「ああ――いや」と曖昧に首を振った。少し気まずそうだ。

「体が悪いわけではない。流行り病に罹って高熱が出た後、体は回復したが声が出なくなったようだ。だから、クラーク公爵も遠慮をしないで良いと――そう言っていた」

オースティンは眉根を寄せる。心配そうな表情だが、ライリーを気遣っているのか、リリアナを心配しているのかは、ライリーには分からなかった。

「それは――災難だな。治るのか」

「治って欲しいと思っているよ」

ライリーの意味深な言葉に、オースティンは「ふうん」と、一見興味が失《う》せたような言葉を返した。ライリーは横目でオースティンの様子を窺う。しかし、オースティンの表情は変わらなかった。

「――声が出ないということは、無頼漢に襲われても助けを呼べないということだな」

「分かっている。だが、婚約者ではなく婚約者候補だ。私も表立っては何もできない」

「婚約者候補筆頭の時点で、既に婚約者と同等だろ」

「それを言うな」

ライリーが眉間に皺を寄せる。オースティンは呆れたようにライリーを見た。

「それに、彼女の父親は他でもない、あの『青炎の宰相』だぞ。何も考えてないと思うか？」

『青炎の宰相』という異名を持つクラーク公爵は、先王にその能力を見出《みいだ》された人物だ。元々エアルドレッド公爵と犬猿の仲――オースティン曰《いわ》く、クラーク公爵が一方的に敵視しているだけらしいが――であるため、オースティンが複雑な心境であることは、ライリーも理解していた。リリアナが王太子の婚約者候補筆頭となったのは、クラーク公爵が敏腕という理由もあるが、他の有力貴族に適齢の少女がほとんど居ないからでもある。

逡巡《しゅんじゅん》したライリーがようやく口にしたのは、直接の答えではなかった。

「祖父に――先王陛下に教えていただいたんだ。王は無私であり博愛の象徴であり、そして国と民のためならば魔王すら跪《ひざまず》かせその命を奪うべきだ、と」

オースティンは片眉を上げた。続きを促す沈黙を受け、ライリーは言葉を続ける。

「リリアナ嬢が、先ほどくれた言葉だ」

ポケットから、ライリーは紙片を取り出しオースティンに渡す。そこには、リリアナの直筆で〈わたくしたちは、自尊と自負に則った行動をすべきにございます。それは個人の感情や思いに先立つものにございましょう〉と書いてあった。

「――リリアナ嬢って、俺たちよりも年下だったよな？」

「そうだよ。でも、彼女の考えは素晴らしいと思う。賢王たる先王陛下と、同じことを言ったんだ」

ライリーの頬はわずかに紅潮している。オースティンは微妙な表情だったが、黙って紙をライリーに返した。ライリーが祖父《ちちおや》を尊敬していると、オースティンは良く知っていた。体が弱く、芸術に傾倒した国王よりも、先王《そふ》の方がライリーの身近にいたせいだろう。

「まあ、確かに。年齢を抜きにしても、他の婚約者候補たちより随分王族らしい考え方だ」

そうだろう、とライリーは満足そうだ。オースティンは賢明にも言及を避けた。

「それはそれとして、だ。何でも一人で抱え込むなよ。何かあれば絶対に相談しろ」

「ああ。持つべきものは友だな」

オースティンに軽く肩を叩かれたライリーは素直に頷く。二人は立ち上がった。

「気をつけろよ、ライリー。色々ときな臭いからな。次に会った時にはお前の死体とご対面なんてご免だぞ」

「誰に言っている？　私は昔から毒に体を慣らしている。お前こそ、身辺には気をつけろ」

「言われるまでもない」

オースティンは不敵な笑みを浮かべて言い放った。

◇◇◇

ライリーとオースティンが二人で話し込んでいる時、王宮を出たリリアナは馬車に揺られていた。気にする必要はないと思うものの、ライリーとオースティンの姿が脳裏にちらつく。今日の二人は、ゲームの彼らよりも親密だったように思えた。ゲームと現実の違いなのか、ヒロイン視点のゲームではそう見えていただけだったのか、判別がつかない。

(やはり印象が違いますわね。前世のわたくしもゲームに熱中していたわけではございませんし、記憶が異なっている可能性も、あるいは)

取り留めもなく考えていると、馬車が止まる。まだ屋敷には遠い。首を傾げたリリアナに、馬車の外から護衛の一人が声を掛けた。

「お嬢様、少々お待ちください」

馬車の扉を開けるまでもなく、外の緊張が伝わる。リリアナは、次の瞬間、総毛立った。

(これは、まさか——殺気?)

初めての感覚だが、全身を突き刺す気配だ。殺気は明らかに、馬車のリリアナに向かっていた。リリアナは車窓のカーテンをわずかに持ち上げ、気付かれない程度の隙間から外を窺う。馬車を護《まも》る馬上の護衛が剣を抜いて、飛んで来た矢を切り捨てる。それを契機に、剣戟《けんげき》の音が響き始めた。

少し考えたリリアナはカーテンを下ろし、右手を軽く振った。何もせずとも魔術は使える。だが、まだ魔術に慣れていないため、きっかけがある方が魔力の流れを意識しやすい。

(【索敵《ズーハ》】)

本来、索敵の術は周囲の魔力を感知する。一般には、王宮や屋敷の侵入者探知に使われる。ただし、魔力を持たない者を感知することはできない。そこでリリアナは、魔力だけではなく、体温も感知するよう術式を変更した。魔力を駆使したサーモグラフィだ。リリアナだけが認識可能な地図が眼前に浮かび、人間の位置が表示された。更に個人を識別する魔力識別の術式を組み合わせると、味方と敵を区別できる。

（敵は、護衛と戦っている四人。少し離れて待機中の八人。更に離れた場所に一人。この一人は、襲撃とは無関係かしら。たった一人を襲撃するのに、念の入ったことですわね）

幼少のリリアナが暗殺される原因など、父親関連しか思い浮かばない。巻き込まれる方は堪《たま》ったものではなかった。周辺に無関係な人間がいないことだけが幸いだ。

（護衛の二人も健闘していますわね。さすが、お父様の人選ですわ）

父であるクラーク公爵のせいでリリアナの命が狙われているのだとしても、優秀な護衛を雇ってくれたことだけは感謝できる。だが、すぐに敵も動きを見せた。簡単には標的《リリアナ》を殺害できないと考えたのか、待機していた八人が動き出す。

（念のため、馬車を防御しておきましょう）

さすがに護衛二人では劣勢だ。彼らの守りを突破して馬車を襲撃されては、リリアナも命を落としかねない。だが、リリアナも簡単に殺されるつもりはなかった。独学で習得した魔術を試す好機だ。座学ばかりで、実戦は初めてである。リリアナの気分は高揚していた。とはいえ、たかが無頼漢が十二人程度、襲って来たところで、一瞬で屠《ほふ》れる。ただ、護衛の仕事を奪う気も、リリアナの能力を曝《さら》け出す気もない。

馬車を硬化させたリリアナは、眼前の地図で敵と護衛たちの位置を再確認した。奮闘する護衛は、あっという間に四人を倒し残りの敵を相手取るが、動きが妙だった。

（一人の存在に、気が付いていない――？）

リリアナは眉根を寄せる。明らかに護衛に気付かれる位置の敵一人が、護衛の攻撃を受けていない。この状況から導き出せる答えは一つだ。

（幻術を使って姿を消しているのかしら）

ある程度の魔力と素養がなければ幻術は見破れない。護衛を責めるのは酷だ。だが、体温と魔力で探知する索敵の術は誤魔化せない。リリアナは優雅に唇の端を吊《つ》り上げた。

（色々な魔術を実践できるとなると、試したい術が次々と思い浮かんで困りますわ）

敵の位置を頭に叩き込み、眼前に展開していた地図を消した後、リリアナは姿を消した敵に意識を向ける。一般的に結界は魔術を通さないが、リリアナは馬車を硬化させただけだ。問題なく魔術を敵に放てる。

（【解除《フライゼッツオン》】）

手応えを感じたリリアナがカーテンの隙間から外を覗《のぞ》く。幻術を使っていた敵は、当初リリアナが確認した場所から移動していた。突如、幻術を解除された男は愕然と目を見開いている。護衛が対処するのを待っても良いが、少々位置が悪い。その上、他の敵と剣を交える護衛は背後で姿を現した敵に気が付いていない。

（わたくし自ら、捕縛して差し上げましょう）

リリアナは逸《はや》る気持ちを抑え、更に術を放った。

(【捕縛《グファアレンシャフト》】)

リリアナの目にしか見えない魔力の束が一瞬にして敵を捕らえる。

「な、なんだ!?」

素っ頓狂な声を上げて、男はその場に崩れ落ちた。

一般的に用いられる拘束の術は、草や土などを用いて物理的に相手を動けなくする。だが、それでは魔術の発動が他人に知られてしまう。そのため、リリアナは、相手の筋肉を一時的に制御し、強制的に脱力させる術を開発した。全ての筋肉を【捕縛《グファアレンシャフト》】すると、呼吸も心臓も止まるため、術の対象は四肢だけだ。リリアナが短詠唱を【脱力《ディ・スウエイヒエ》】としなかったのは、範囲を制限できない術で相手を殺さないためだった。

リリアナは再度索敵の術を発動させ、敵を殺した護衛が、最後の一人を捕らえたことを確認した。体温は死後もしばらく残るが、魔力は心臓が止まった瞬間に自然へ還《かえ》る。索敵の術で確認した体温が魔力を纏っていない場合、その存在は魔力なしか、出来立てほやほやの死体かのどちらかだ。

(あの二人は敵を殲滅《せんめつ》したのね。生かして捕らえたら、彼らの背後が分かるとは考えないのかしら)

生き残ったのはリリアナが捕縛した一人だけだ。護衛たちが生け捕りの必要性を考えなかったのであれば、リリアナが考えていたよりも使えない護衛だったということになる。

単にそこまで考えが及ばなかった可能性も捨てきれない。ただ、父であるクラーク公爵が雇ったという事実がリリアナの心に引っかかっていた。

（一旦、様子を見ましょう）

リリアナは小さく嘆息する。護衛たちは生け捕りにした敵の存在に首を傾げていたが、馬車の窓を叩いてリリアナに状況を報告して来た。

「お嬢様、お待たせいたしました。ただいま無頼漢がおりましたが、処理を完了いたしました。このまま捨て置くこともできますが、如何《いかが》いたしましょうか」

〈ご苦労様。連れ帰って、誰の依頼か吐かせなさい〉

「御意」

護衛はリリアナの指示に首《こうべ》を垂れ、厳重に縛った男を馬車の外に括り付ける。再び馬車は何事もなかったかのように動き出した。護衛二人は殺気立っているものの、残りの道中は穏やかだ。

（術の改良が必要ですわね。体性運動神経だけを対象としてニューロンの働きを抑制したら、心筋や平滑筋はそのままに、骨格筋のみ脱力させることができるのではないかしら。神経回路は基本的にイオンの働きだから、術で言うなれば風と土に属するはずですわ）

リリアナは、ゆったりと馬車の椅子に腰かけたまま、自らの術を振り返っていた。

◇　◇　◇

紺の髪を靡《なび》かせる少年は、馬車を襲撃する男たちを、遠く離れた木の上から悠々と眺めていた。

「へえ、結構良い護衛使ってンじゃねェの。ただ、馬車の術だけが厄介だなァ」

気楽な口調は軽薄で、感心しきった言葉とは裏腹に楽しんでいる様子だ。漆黒の瞳は不可思議な気配を纏い、星が煌めく夜空のような色合いに染まっていた。少年は、一見茫然と虚空を眺めている。だが、遠見の術を使っている彼は、襲撃劇を様々な角度からはっきりと眺めていた。

少年の視界では、後続の八人が動き始めたところだった。その内の一人は、姿を消しているのだろう。少年たちのような稼業の者にとって、幻術は十分に価値がある。

「——あ？」

少ししたところで、少年は目を丸くした。幻術で姿を消していた一人が、あっという間に姿を現したのである。

「おいおい、解術かよ」

当人の慌てぶりを見ていると、術を失敗したわけではないようだ。だが、幻術を解術できる人間など、そうそうお目に掛かれない。

「馬車に同乗してる奴の仕業か？　中は見えねェが——もしそうなら、ちょいとばかし面倒だな」

男たちの標的はまだ幼い。魔力が高くとも、高度な魔術を使える年齢ではない。消去法で考えて、優秀な魔導士が居ると考えるべきだった。魔導士は雇われていなかったはずだがと、少年はぼやく。

「げっ」

少年は顔を顰めた。解術された男が、四肢から力を失いその場に倒れた。明らかに物理攻撃ではなかった。魔術だろうことは想像がつくが、そのような魔術は全く一般的ではない。少年は一度だけ似た術を見たことがあるが、術の実行者は人間ではなかった。

「マジかよ。一体どんなバケモンが乗ってやがンだ」

少年は毒づく。だが、すぐ衝撃から立ち直ると笑みを浮かべる。そして、上機嫌に「いいねェ」と笑み交じりに顎を撫《な》でた。

「それでこそ、仕事のし甲斐があるってもンだ。最近の獲物は腕の振るい甲斐がなかったからな」

襲撃者たちは、捕縛された一人を除いて全て絶命している。今は自分の出番はないと、少年は遠見の術を解除した。同時に、瞳の色が漆黒に戻る。

「余計なことは吐くンじゃねェぞ、坊や」

生け捕りにされた当人には聞こえないことを承知で呟き、少年は身軽な動作で木の上から飛び降りた。身長の三倍以上はある巨木から難なく着地した少年は、落下途中にもぎ取った林檎《りんご》の表面を服で拭くと、そのまま齧《かぶ》りつく。

「美味《うめ》ェ」

その言葉と同時に、黒い鳥《からす》がバサバサと羽ばたき、少年の肩に止まった。

「お疲れさん。食うか？」

少年は林檎を鳥に差し出すが、鳥はついと嘴《くちばし》を逸《そ》らす。少年は苦笑して林檎の残りを食べ尽くした。果汁がたっぷりで美味しい林檎だ。少年は肩の鳥に訊《き》く。

「近くにハゲタカは居たかよ？」

鳥は鳴かなかったが、少年は気にせず「人間に見つかる前に食っちまえって、言っといてくれ。十一人も居りゃあ、しばらく腹は膨れンだろ」と告げ、指に付いた果汁を舐《な》めた。

鳥が一鳴きすると、遠くから黒い鳥影の群れが近づいて来た——ハゲタカだ。少年は満足げに口角を上げた。

ハゲタカに食い荒らされた死体を発見したところで、気味が悪いと思う人間はいても、その素性を調べる物好きはいない。今回の少年の仕事は、全ての後始末だった。

少年は、北へ向かう。リリアナを乗せた馬車がやって来た方角——つまり、王都だった。

◇　◇　◇

途中で襲撃される事件はあったものの、その後恙《つつが》なく道中は進み、リリアナは無事帰宅した。生け捕りにした男を尋問し背後関係を調べるよう護衛に言いつけ、自室に戻る。

予定より帰宅が遅くなったため、図書室で書物を読むより先に、夕食である。それに、襲撃の件で疲れてもいた。早々に楽な部屋着へと衣装を替えてしまいたい。

部屋に戻ったリリアナは、マリアンヌの手を借りて着替える。ソファーに腰かけ、茶を飲んでほっと一息つく。マリアンヌが探るように、緊張を滲ませて尋ねた。

「お疲れ様でございました。途中で馬車が襲撃されたとか。お怪我《けが》はございませんか？」

〈護衛の二人が対処してくれたわ〉

手元の紙に簡単に事情を書き、問題ないとリリアナは答える。マリアンヌは、リリアナが怖い思いをしなかったらしいと悟ると、安堵したように緊張を解いた。

「それは宜しゅうございました。久方振りの王宮は如何でしたか？」

〈殿下が気を使ってくださったわ。それから、オースティン・エアルドレッド様にもお会いしたの〉

「まあ。エアルドレッド公爵家の御子息様ですね」

ケニス辺境伯の娘であるマリアンヌは、貴族に詳しい。リリアナは〈知っているの？〉と尋ねた。

「ええ、噂に聞いたことがございます。エアルドレッド公爵様のご次男で、文武に秀でた方だとか。人当たりも良く、女性からも可愛がられているそうですわ。叔父様に良く似ていると噂です」

ゲームのオースティンも、女性から大層人気があるという設定だった。既に今の時分から頭角を現しているのなら、成長してからが末恐ろしい。

「お嬢様、昨夜お読みになられていた書物ですが、図書室からお持ちしております。書き物机の上にご用意いたしました」

マリアンヌの言葉を受けて、リリアナは書き物机に視線をやる。確かに、リリアナが昨日途中まで読んでいた魔導書と、関連した書物が数冊置かれていた。これで図書室に行かずとも済むと、リリアナは目を輝かせた。

〈ありがとう〉

一々指示しなくとも、マリアンヌはリリアナの望みを汲《く》み取ってくれる。以前からその傾向はあったが、リリアナの声が出なくなってからは、頓《とみ》に先回りするようになった。

（マリアンヌは優秀な侍女ですわね。社交界デビュー《デビュタント》も来年だというのに）

初めての仕事で、まだ勤め始めてから数年しか経《た》っていないのに、マリアンヌの成長は著しい。元々の能力も高いのだろうが、本人も相当努力しているに違いなかった。

（マリアンヌが次の勤め先を探す時に、もし本人が望めば、紹介状を書いてあげるのも良いかしら）

そう思う程度には、リリアナもマリアンヌを気に入っている。ただ、マリアンヌはケニス辺境伯の娘だ。本来は公爵家の侍女として働くはずのない立場である。リリアナに仕えている理由は分からないが、ある程度の年数が経てば、普通の貴族令嬢と同じように嫁ぐ可能性も高い。

（そうでなくとも、せめて良い嫁ぎ先が見つかるよう助力しましょう。ただ、本人にあまり結婚する気がないようにも思えますけれど）

リリアナはマリアンヌを一瞥《いちべつ》する。せっせとリリアナの荷物を片付けるマリアンヌは、侍女の仕事を心底楽しんでいるように見えた。恋人が居るかどうか確認したことはないが、居たとしても頻繁に会っているようには思えない。

多少気にはなったものの、リリアナはすぐに思考を切り替えた。手元のカップから漂う香りを楽しみながら茶を飲み終える。

（あまり深く関わることでもありませんし、成り行きに任せましょう）

マリアンヌは空になったカップとポットを盆に載せた。夕食の準備が整うまで、リリアナは部屋で一人だ。その間、リリアナは読書に勤《いそ》しんだ。

夕食を摂《と》った後、刺客の尋問を担当した護衛が報告をしにリリアナの部屋を訪れた。マリアンヌが報告書を受け取り、リリアナはざっと目を通す。

曰く、リリアナの馬車を襲撃した一味の正体は不明。生け捕りにした男は獄中にて服毒し自死。これと言った発見もなく、事件は幕を下ろした。

（本当に、自死なのかしらね？）

己の主がそんなことを考えているなど思いもよらないマリアンヌは、寝室の暖炉に火を入れていた。初夏とはいえ、まだ夜は冷える。ぱちぱちと音をさせ始めた暖炉に、リリアナは報告書を放り込んだ。紙に火が燃え移り、灰へと変わるのを眺めながら、リリアナは小首を傾げた。

「寝所の準備を致しますか？」

尋ねたマリアンヌに首を振り、リリアナは魔導書を手に取る。まだ起きていると態度で示したリリアナに一礼し、マリアンヌは部屋を辞した。これで、リリアナが呼ばない限り、マリアンヌは部屋に来ない。少し様子を見てから、リリアナは部屋に鍵をかけた。

（もう日も暮れていますし、死体は片付けていないでしょう）

獄中で自死した男の遺体はそのまま放置されているはずだ。ただ、地下牢《ちかろう》は広い。少し悩んだ末に、リリアナは地下牢に転移した。難易度の高い転移の術も、リリアナにとってはそれほど難しい技ではない。

（【索敵《ズーハ》】）

死体の魔力感知はできない。だが、遺体に体温が残っていれば場所を特定できる。

（死後十時間以内なら、体温の低下は一時間あたり一度。それなら、到着早々に死亡しても体温は四度から五度程度の低下に止まっているはず。その程度なら感知できますわね）

初夏とはいえ夜の気温は低く、更に地下牢は通年、外部より温度が低い。だから本当に感知できるかは賭けだったが、運命はリリアナに味方した。

（見つけましたわ）

男は地下牢の最奥部に押し込められていた。血と汗とアンモニア、そして、独特の死臭が充満している。鼻が曲がりそうだ。陰鬱な空気も手伝って、すぐにその場から立ち去りたくなる。だが、リリアナは意を決し鉄格子の向こう側へ転移した。男の傍にしゃがみこんで遺体を検分する。

遺体はぼろぼろだった。人間の形を保っていること自体が奇跡だ。護衛はきちんと仕事をしたらしい。

（肌の傷でよく見えないけれど――これは鳥の文様かしら）

魔術の灯りでは多少、視界が心許ない。だが、辛うじて見える男の首の根本辺りに、小さな刺青《いれずみ》があった。見たことのない文様だが、呪術の類《たぐい》に見えなくもない。

（写しを取ったら調べやすいかしら。でも呪術関連なら、写しを取ることでどんな影響があるか分かりませんわね）

魔術ならばともかく、呪術は研究も進んでおらず、未知の分野だ。紙に書き写すだけでも、危険が生じる可能性がある。幸いにも、文様は簡素で詳細まで記憶できそうだった。そもそも、リリアナ自身記憶力は相当高い方だ。

諦めて、リリアナは他の部位を観察する。あくまでも素人の手習いだが、体温と肌、筋肉の状態から、おおよその死亡時刻を推定できた。男は投獄されてから一時間と経たない内に絶命したようだ。外傷はいずれも致命傷ではない。拷問後、護衛たちが席を外した瞬間を狙って自死したと考えるのが妥当だ。周囲を見回せば、獄内に毒瓶は見当たらない。

（報告書にも、毒の瓶はなかったとありましたわね。毒を口に含んでいたのかしら？）

ただ、それならば拷問を受ける前に自死しそうなものである。疑問は残るが、それ以上得られる情報はなさそうで、リリアナは諦めた。

再び転移の術で自室に戻る。地下牢の独特な臭いと死臭が体に染みついている気がして、リリアナは湯浴《ゆあ》みをしたいと、早々にマリアンヌを呼び出した。

◇◇◇

オースティンは、王太子ライリーの学友として定期的に王宮へ上がっている。その日も、オースティンは侍従を連れて王宮に居た。家庭教師であるフィンチ侯爵夫人の講義が終わるのを待っていたオースティンは、ライリーの私室に招かれた。そこで、侍女が用意した茶を飲みながら一息つく。部屋には魔道具で防音の結界が張られていた。

「もうほとんど、王太子教育も終わりだろ」

「そうみたいだね」

中庭を眺めながら口を開いたオースティンに、ライリーは頷いた。他人事のような口調だ。オースティンは眉根を寄せて、横目で友の様子を窺った。

「——陛下の御容態は芳しくないのか」

他にライリーが気落ちする理由が思い浮かばず、オースティンは声を潜めて尋ねる。ライリーは小さく頷いた。

「この前、お前が教えてくれただろう。父上の意識はもうほとんどないんだけど、時々目覚めることがあってね。その時に、バーグソン殿に相談して良いか伺ったんだ。一応、長官に調査を依頼できたけれど、病以外の原因があるかどうかすら、解明できていない」

ニコラス・バーグソンは魔導省長官だ。先日、ライリーはオースティンから、国王の病は呪術によるものではないかと聞いたばかりだった。呪術を解呪するためには、魔導士の力が必要だ。魔導士であれば誰でも良いわけではない。相応の修練と知識を積んだ人物でなければ、解呪どころか周囲に悪影響が出てしまう。その点、魔導省長官は適任だと思えた。しかし、ライリーは不安そうだ。気遣わしげなオースティンに気が付いたライリーは肩を竦める。

「次代の王としては、お祖父様のように、何があっても堂々としていなければならないのにね。まだまだ未熟すぎて、嫌になるよ」

自分を責めるライリーに、何も言えずオースティンは唇を噛む。市井に降りることもあるオースティンは、自分たちと同年代の少年少女と交流がある。彼らと比べて、生まれた時から重責を抱えるライリーは、年齢と不相応に大人びていた。

「――陛下が床に臥《ふ》されてからというもの、政務の滞りが著しくてね。宰相に皺寄せが行っているのは事実だが、宰相にばかり権力が集中していると、一部の貴族からは苦情が上がって来ているんだ」

宰相を務めているのは、リリアナの父であるクラーク公爵だ。三大公爵家の一つとして権力を持っている彼が、国王の代理として権力を恣《ほしいまま》にしている現状を快く思わない貴族は多かった。クラーク公爵が頭角を現した頃から現在に至るまで、打ち立てた数々の優れた政策とその手腕を知っていれば、誰も文句は言えないはずだ。だが、それでもなお不平を口にする者は絶えない。

「私は——他に何か手を打つべきだと思うのだが、お体の調子が思わしくない陛下に、これ以上の負担をおかけするわけにもいかない」

焦燥は覚えるものの、手詰まりのまま解決策を見出せずにいる。幼少時から唯一の王太子として教育を施されているとはいえ、成人していない身では取れる手段も限られていた。

ライリーの忸怩《じくじ》たる思いを慮《おもんぱか》りながらも、オースティンは完全にはライリーの気持ちを理解できない。二人の立場は、既に大きく隔たっていた。だが寄り添うことはできる。

オースティンは同意を示すように頷いた。

「確かにそうだろうな。それで、お前は落ち込んでるってわけか」

「まぁ、そういうことに……なるんだろうな、やっぱり」

ライリーの言葉を受けて、オースティンは頬を掻いた。気を遣うがあまり、冷たく聞こえる口調になるが、取り繕えるほど器用でもない。

「父上は、ライリーが歴代の中でも一、二を争うほど優秀だと仰っていたぞ」

「エアルドレッド公爵が？」

予想外だったのか、ライリーは目を丸くした。俄《にわか》には信じられないのだろう。

「こんなことで嘘《うそ》を言うわけがないだろう。確かに俺も、お前はとても優秀だと思う」

照れ臭さを押し隠して、オースティンは仏頂面で答えた。ライリーの頬が紅潮する。何でもない様子を取り繕うが、嬉しさを隠しきれていない。そのままライリーを喜ばせておきたいと思いつつも、オースティンは声を低めた。

「今日も、リリアナ嬢と会ったのか？」

「うん。婚約者候補筆頭だしね。声を失ってからの方が、よく会っている気がするよ」

そうか、とオースティンは口を噤《つぐ》んだ。難しい表情だ。沈黙が降りる。

「まだ声は戻ってないのか？」

「――ああ、夫人に聞いた？」

リリアナの声が出ない事実は伏せられている。オースティンが話を聞ける相手は、ライリーかフィンチ侯爵夫人のどちらかだけだ。オースティンはライリーの問いに答えず、渋い顔で苦言を呈した。

「今回はお前が呼んだんだろ？　自覚してるなら控えろ」

「そうもいかない。陛下のご希望でもあるんだ。その方が彼女を守れると。それに――」

ライリーは言い澱《よど》む。オースティンは「守れる」という言葉に違和感を覚えたが、一旦横に置いて「それに？」と促した。ライリーは言葉を続ける。

「私自身、彼女から学びたいことがあると思っているんだ」

正直な本音だと、オースティンは悟った。だてに長く付き合っていない。オースティンは呻《うめ》いた。ライリーが敬愛する祖父の教えと似た言葉を、リリアナが伝えたせいだろう。

以前ライリーに見せられた紙片の文章を思い返し、オースティンは溜息を抑える。どこから突っ込めば良いのか分からないと、その顔に書いてある。しかし、ライリーは困ったように笑うだけで、引く気はなかった。

「正直、私も陛下のお考えを理解できたわけではないよ。額面通り受け取っているわけでもないしね。でも、まだ私には力がない。ただ、声を失った彼女を見捨てる気もない」

ライリーは断言する。双眸には狂おしいほど力強い光が宿っていた。政治的な能力に劣る国王の言葉を叶えたい気持ちと、何が最善か判断しかねる気持ちが、ライリーの中では鬩《せめ》ぎ合っているのだろう。オースティンは説得を諦めた。

こうなった友が存外頑固であることは知っている。ライリーを良く知らない貴族たちは、毒にも薬にもならぬ王太子だと揶揄する。しかし、実際のライリーは常に冷静であろうと努め、公正な物の見方を心掛けていた。だからといって、感情がないわけではない。普段抑えつけている分、珍しくライリーが感情を堪え切れない時の反動はある。その感情を引き出したのが自分ではなくリリアナであることに少々悔しい思いをしながら、オースティンは椅子の背もたれに体を預けた。

ライリーがリリアナを傍に置き、事実上の婚約者として扱ったら、リリアナも命を狙われる可能性は高くなる。国王の指示通りにすることがリリアナの命を守ることになるとはとうてい思えない。ライリーの決意が正義感によるものか、感情によるものか、悩みながらもオースティンは昨日の出来事を告げた。

「──昨日、クライド殿に会ったぞ」

クライドはクラーク公爵の嫡男で、リリアナの兄だ。三大公爵家の後継として多少交流はあるが、それほど親しくはない。珍しい取り合わせに、ライリーは目を瞬かせた。

「そこで、気になったことを伝えておいた。その──リリアナ嬢の声は、バーグソンならどうにかできるかもしれない、ってな」

ライリーは愕然とする。リリアナが声を失ったのは、呪術のせいではないかと、オースティンは示唆していた。

「まさか──いや、でもそれなら、既にクラーク公爵が手配しているのではないか？」

「かもしれないけど、言わないよりは良いだろ」

オースティンは不貞腐《ふてくさ》れる。エアルドレッド公爵はクラーク公爵と対立している。彼の娘がライリーの婚約者となることに、オースティンは良い顔をしない。しかし、アルカシア派が影響力を持つ今、ライリーの足場は弱い。強力な後ろ盾を持つ同年代の令嬢がリリアナしかいないのも事実だ。ライリーたちが生まれる前の政変で、先王に反旗を翻した貴族たちが悉《ことごと》く制圧されたせいだった。同時に、親世代の確執を子供世代に押し付けるのも間違っている。互いの立場を理解しているからこそ、二人の間で婚約者についての議論は平行線だった。

少し考えて、ライリーは話題を変えることにした。

「それより、剣の訓練は進んでいるのか？」

ライリーの意図に気が付いたオースティンは、暗くなった雰囲気を払拭するように、殊《こと》更明《さら》るく言う。オースティンはアルカシア地方の領地に戻った時、父親から王立騎士団に入団する許可を得た。そして、王都に戻ってからも、入団試験の訓練に明け暮れている。

「王立騎士団への入団は確約されたようなものだろうに」

わずかに揶揄を滲ませたライリーの言葉に、オースティンは冗談と知りつつ眉根を寄せた。わざとらしく腕を組む。

「まあな。でも、エアルドレッド公爵の息子だから入団できたとは言われたくない」

エアルドレッド公爵家の次男が入団試験を受けるという話は既に噂になっている。心無い人々は、本人の実力ではなく親の七光《ちちうえ》りで入団したのだと言うだろう。もちろん、オースティンには十分な実力があるが、一般的な騎士よりも、良くも悪くも厳しい目で見られることは想像に難くない。

「心配する必要はないよ、オースティン。お前の希望所属先は七番隊だろう」

王立騎士団は全部で九つの隊を擁し、七番隊は実力主義と名高い。家柄よりも、騎士本人の能力が厳しく評価される。オースティンが目指すのは、その七番隊だ。にやりとオースティンは不敵に笑って頷いた。

「そうだ。七番隊で実績を積んだら、お前の近衛騎士《そこ》になりやすいからな。俺は別に、王族専用の一番隊になりたいわけじゃない」

「当たり前だろ」

ライリーはオースティンの言葉を聞いて嬉しそうに顔を綻ばせた。先ほどまでの会話とは打って変わって穏やかな顔のライリーを見て、オースティンは内心で安堵する。

「そうだ、オースティン。久々に手合わせをしないか」

ふと思いついて、ライリーは言う。ここ最近の王太子教育は座学が中心で、剣術は少なかった。オースティンは楽しげに笑う。

「俺に頼んで良いのか」

「他に本気で相手をしてくれる奴がいない。騎士団長も忙しいから、声を掛けるのも申し訳ないしね」

師範として認められた者以外は王太子との仕合いを許されていない。ライリーが所望すれば誰でも相手になれるが、王太子に怪我をさせては大問題だと、本気を出さない者が大半だ。ライリーにはそれが物足りなく、たいていオースティンが剣の訓練の相手に駆り出されていた。これまでの戦績は五分五分だ。遠慮のないやり取りが楽しいと知ったライリーは、以来オースティンを親友だと言って憚《はばか》らない。

ライリーとオースティンは揃って立ち上がると、王族専用の稽古場へ向かった。身軽な格好になり、軽く打ち合いを始める。徐々に白熱するが、本格的に騎士団入団の訓練を始めたオースティンの方が、わずかに実力が勝っていた。

「やっぱり強くなったな、オースティン」

悔しそうに、しかし嬉しそうにライリーが言う。オースティンは片眉を上げた。

「将来の国王が、護衛や近衛騎士より強くなってどうするんだ」

鋭いライリーの一突きを、オースティンは難なくいなす。ライリーは普段の王太子らしさを捨て、舌打ちを漏らした。

「おい、王太子が舌打ちするなよ」

「お前しか聞いてないから良いだろう」

「そういう話じゃねえ」

再び剣戟の音が稽古場に響く。二人の顔が次第に真剣なものになり、神経が研ぎ澄まされていく。一たび集中すれば、邪念は心から消える。疲労が体を支配するまで、二人は心置きなく剣を交え続けていた。

◇◇◇

リリアナの暮らす王都近郊の屋敷は、珍しく慌ただしさに包まれていた。もっとも、慌ただしいのはリリアナ本人ではなく、マリアンヌを筆頭とした侍女や護衛たちだ。王都以南に、クラーク公爵家の領地の一つ、フォティア領がある。そこで、リリアナの兄クライド・ベニート・クラークの、十一歳になる招宴《しょうえん》が開催される。家族同士の交流は断絶しているが、外面の良い父親はリリアナも呼び寄せることにしたらしい。

（わたくし、屋敷で書物を読んでいる方が幸せなのですけれど）

家族に会うよりも、魔術を学ぶ方がリリアナにとっては遥かに幸福だ。魔導書に書かれている魔術を練習するだけでなく、新しく魔術を開発するのも楽しい。リリアナの目下の楽しみは、既知の魔術と自分で開発した魔術を、片っ端から試すことだった。

それに、兄のクライドも乙女ゲームの攻略対象者だ。眉目秀麗、文武両道。細身で理知的な面差しをした、敬語を話す眼鏡キャラで、人気があった。そんなクライドに疎まれ、リリアナは死を迎える。リリアナにとっては、極力接触を避けたい相手だ。

(接触を避けるといえば、殿下もお会いしたくありませんのに——最近、呼び出されることが増えましたわね)

王宮に上がる度、噂話がリリアナの耳にも入って来る。リリアナの声が出ないことは伏せられているが、王宮に出向いている以上、どこからともなく漏れるものだ。「人を呪おうとして失敗し、呪いが己に返った」という眉唾物の話は、マルヴィナ・タナーが広めたものだった。その噂を知ったライリーは憤慨していたが、婚約者候補から外れようと目論《もくろ》むリリアナには追い風である。

(わたくしたちの年齢では、それほど茶会に出る機会もありませんのに。マルヴィナ様もお暇ですわね)

着飾ったマルヴィナ・タナーは家同士の繋がりを強めるべく、日々取り巻きの令嬢たちと文を交わし、茶会を開き、楽しく豪勢に過ごしているらしい。実家が侯爵家とはいえ、その豪遊にどこまで財が耐えられるかは不明だ。

〈それに、今のわたくしは呪術を使うことはできませんし。もっとも、ゲームのリリアナ《わたくし》は他人を呪う術を身に付けていたようですけれども――あら、わたくし天才《チート》ですわ〉

改めて自分自身の能力に舌を巻く。潜在能力を最大限使えば、人には不可能とされている種々の魔術も使いこなすことができそうだ。クラーク公爵が手配した魔導士がリリアナの元に派遣されないところを見ると、リリアナの父はリリアナが声を取り戻さなくて良いと考えているに違いない。それもまた、リリアナにとっては朗報だった。

〈ゲームのリリアナは声が出ていましたものね。もしかしたら、殿下に魔導士をご紹介いただいたのかもしれませんわ〉

当然、紹介されてもリリアナは断る心積もりだ。だが、ゲームでも同じことがあったのだとしたら、と、リリアナは考え込んだ。ゲームのリリアナも、声を失った原因が呪術なのではないかと思い至っただろう。声を取り戻した後も呪術に興味を持ち、独学で習得したとしてもおかしくはない。現に、前世の記憶がなければ、今のリリアナもゲームのリリアナ《自分》と同じことをする自覚がある。

取り留めもなく思考を巡らせていると、扉を叩く音がする。入室の許可を出すと、マリアンヌが入って来た。

「お嬢様、出立の準備が整いました」

〈そう。行きましょう〉

頷いて、リリアナは立ち上がった。リリアナに外套《がいとう》を着せ、マリアンヌがそわそわと口を開く。

「今回は殿下もいらっしゃると伺いましたので、一番可愛らしいドレスを入れておきました。殿下もお嬢様をご心配なされているようで、ありがたい限りにございます」

リリアナは曖昧に微笑《ほほえ》んだ。返事に窮した時、声が出ないと便利だ。三大公爵家の一つとはいえ、王太子がわざわざ嫡男の招宴に足を運ぶという出来事が、貴族たちにどう受け取られるか。明らかに、クラーク公爵の政治的な意図があるに違いない。

そしてリリアナには、父親の意を汲んだ立ち居振る舞いが求められる。片道一週間程度の馬車旅の先に待ち受けることを想像すれば、旅立ち前でも疲労を覚えてしまう。

（いっそ、転移の術を使いたいわ）

誰かを連れて転移したことはないが、マリアンヌ一人くらいなら連れていけるのではないか、とリリアナは内心で呟いた。もっとも、そんなことをすればリリアナが魔術を使えると知られてしまう。秘密裏に魔術を習得している今、不用意な行動は慎むべきだ。

「それから今回の同行者ですが、いつもの護衛二人に加え、魔導士様をお一人お呼びいたしました」

リリアナは首を傾げる。普段は護衛と侍女だけが随行する。クラーク公爵家にもお抱えの魔導士はいるが、リリアナが自由に使える魔導士はいない。不思議そうなリリアナに気が付いたマリアンヌは、眉根をわずかに寄せて説明を加えた。

「最近、街道や街道沿いの町によく魔物が出没しているようで——以前はこんなこともなかったのですが」

王都からは複数の街道が整備されていて、滅多に魔物は出ない。商人や旅人も安心して往来できるのが売りだった。だが、最近は魔物に襲われる人も増えているのだという。

確かに、魔物相手に護衛騎士だけでは分が悪い。光魔術を使える魔導士が必要だ。納得したリリアナは、手元に紙を引き寄せて〈どこの魔導士？〉と書いた。

「魔導省に依頼いたしまして、適切な方を派遣してくださることになっております」

恐らく魔導省に所属している魔導士が来るのだろう。魔導省で働いていない魔導士もいるが、優秀な者はたいてい、魔導省に勤めている。いわば魔導士のエリートだ。

（魔物が増えているのなら、魔導省の中でも手の空いている若手が派遣されるのかしらね。親切な方であれば良いのですけれど）

可能であれば呪術についても話を聞いてみたいものだと、リリアナの沈んだ心が浮上する。リリアナの屋敷の図書室は充実しているが、呪術に関する書物はわずかで、大した内容を学ぶことはできない。

勝利は敵を知ることから始まる。ゲームのリリアナが呪術に精通していたのであれば、今のリリアナがすべきことは、呪術を良く理解することだった。

リリアナが魔導省から派遣された魔導士と合流したのは、王都からフォティア領に向かう街道へと入る前、王都南部だった。本来であれば魔導士は護衛と同じ扱いで、リリアナとは別の馬車に乗る。しかし、リリアナの乗る馬車だけが魔物に襲われた場合、魔導士が別だとリリアナを護れない。そのため、リリアナとマリアンヌの他に、もう一人分のスペースを空けていた。

馬車が停《と》まると、護衛が馬車の扉を叩く。マリアンヌが開けると、そこには二十代前半に見える年若い女性が立っていた。魔導士であることを示すローブを着ている。体の線を隠す衣装であるにも拘わらず、豊満な体つきであることが良く分かる。赤紫色の髪は豊かに胸元に流れ、瞳は紫だ。

「ハァイ、あなたがリリアナ・アレクサンドラ・クラーク公爵令嬢？　あたし、魔導士のペトラ・ミューリュライネンっていうの。ペトラって呼んでね」

楽しげに片目を瞑る。公爵令嬢を前に全く臆さず、礼儀も何もない態度はそれだけで不敬だ。マリアンヌが顔を強張《こわば》らせたが、リリアナはにっこりと笑った。そして、用意していた紙片を差し出す。予《あらかじ》め、声が出ないことを詫《わ》び、随行してくれる礼を認《したた》めておいた。

ペトラは馬車に乗り込んでマリアンヌの隣に腰を下ろすと、紙片の文章に目を通して「ふうん」と、にんまり笑った。紙片を懐に入れて面白そうにリリアナの口元を眺める。

「やっぱり、あんた、変わってるね」

いつの間にか「あなた」が「あんた」になっている。口調も更に蓮《はす》っ葉《ぱ》だ。マリアンヌの顔がますます険しくなったが、ペトラは気にしない。リリアナは苦笑を堪えた。

（きっと、ゲームのリリアナだったら激怒したでしょうね）

ゲームにペトラは出て来なかった。だが、ゲームのリリアナは気位が高かった。自分より遥かに身分の低いヒロインが、婚約者の王太子に礼を失し色目を使ったと激怒したのだ。貴族の義務《ノブレス・オブリージュ》を良く理解していた彼女は、身分社会に身を置く高位貴族としての規範意識も高かった。ペトラは平民だ。当然、ペトラの態度も激しく糾弾したことだろう。

（もっとも、いくら権力に飽かせて断罪しても、この方は全く頓着しなそうですけれど）

ミューリュライネンという名前からして、ペトラはスリベグランディア王国の出身ではない。他国の人間が魔導省に入省することはほぼ不可能だ。つまり、ペトラは小うるさい役人たちを黙らせるほどの実力者である。その上、男尊女卑が強い魔導省で、女ながらにその地位を確立している。生半可な人物ではない。味方に付けておいて損はない。

護衛が馬車の扉を閉めると、馬車が再び動き出す。街道はそれなりに整備されているものの、王都内と比べると道は悪い。乗り心地は多少悪いが、公爵家の馬車は造りがしっかりしていて、乗合馬車より遥かに居心地は良い。

だが、馬車の中の雰囲気はあまり良くなかった。マリアンヌはリリアナに対し礼を尽くさないペトラに話し掛ける気がない。リリアナは、穏やかに微笑みながらもペトラを観察していた。ペトラは車窓を眺めているが、リリアナに興味津々であることは明らかだった。その上、妙に楽しそうだ。

だが、それも当然だ。今回の仕事は、ペトラを毛嫌いしている魔導省からの押し付け仕事だった。本来なら特別手当も彼らに掠め取られるところだが、ペトラを魔導省に引き入れた魔導省副長官のお陰で、ペトラの給金に色が付いている。その上、我が儘放題だろうと思っていた公爵令嬢が、良い意味でペトラの予想を裏切った。存外楽しい旅路になりそうだと、ペトラは上機嫌だった。

◇◇◇

フォティア領に向かう途中、リリアナたちは幾つかの宿場町に泊まる。最初の一夜は、教会を中心に宿と飲食店が建ち並んだ、関所を兼ねた町で明かすことになっていた。町を囲む大きな濠と高い塀に、要塞都市だった名残がある。関所を通る人が必ず泊まるため、活気に満ちていた。

幾つかある宿のうち、関所を通過した場所にある最高級の宿が、リリアナたちの宿泊所だ。高位貴族と身の回りを世話する侍女や侍従、護衛の部屋は別の階にある。各階の入り口と階段は分かれていて、複数の宿泊客がいても決して顔を合わすことはない。

リリアナは、専用の食堂で夕食を摂った後、湯浴みを済ませた。

「お嬢様、本日も書物をお読みになりますか？」

就寝前は読書が習慣だ。リリアナが頷くと、灯りは落とさず、マリアンヌは侍女の部屋に下がった。侍女の部屋は隣で、何かあればすぐに気が付けるようになっている。リリアナはマリアンヌが良く眠れるように安眠の術を掛け、自室には防音の結界を張る。そして頃合いを見計らい、転移の術を使った。

「ホントに来た」

楽しげな声がリリアナの耳に響く。それは、マリアンヌとは別に用意された侍女の部屋で、一人寛《くつろ》いでいたペトラの呟きだった。

転移を終えた瞬間に周囲の状況を把握したリリアナは、動じずペトラに顔を向ける。

「へえ、その年で転移の術かァ。転移陣なしで跳ぶなんて、あたし以外で初めて見たわ」

外で買い込んで来た酒瓶を豪快に空け、肉を齧《かじ》りつつ、上機嫌にペトラは笑う。

通常、転移には転移陣と呼ばれる魔術陣を使う。そして、転移先の安全を確保するため、転移先に目印となる陣を設置する。一方、詠唱での転移も不可能ではない。だが、術の発動に大量の魔力が必要であること、本人の適性が非常に重要であること、なにより転移先の安全確保が難しいため、実際にできる人はほとんど居なかった。

リリアナは、本心から笑みを浮かべる。独学で習得した転移の術を褒められたのは、素直に嬉しかった。そして、ペトラに告げる。

『ごきげんよう。突然の申し出にも拘わらず、受け入れてくださって感謝いたしますわ』

途端に、ペトラは愕然と目を見張った。それまでは驚きつつも楽しむ感覚が強かったが、信じられないものを見る表情で、リリアナを凝視する。リリアナはペトラの驚愕には取り合わず、言葉を続けた。

『わたくしが何をしたか、貴方には申し上げる必要もないかと存じますけれど』

「――――え、」

リリアナはペトラに話し掛けているものの、ゆったりと微笑んでいる顔の中で、唇は微動だにしていない。ようやく頭が動き始めたペトラは、掠れた声で呆然と呟いた。

「念、話……？」

リリアナは嫣然《えんぜん》と頷いた。

念話《テレパシー》は、直接相手の精神に働きかけ言葉を伝える術だ。人間には不可能な魔術で、念話《テレパシー》を使えるのは魔族や精霊だけとされている。その念話《テレパシー》を、リリアナは平然と行った。ペトラにしては珍しく言葉を失ったまま、彼女は沈黙している。

だが、ペトラはリリアナが見込んだ通りの女性だった。二の句が継げないでいたものの、やがて苦笑を零して首を振ると、向かい側のソファーを勧めた。更には、ソファーに腰かけたリリアナに臆することなく、「あんた、ホントに人間？」と尋ねる。

『間違いなく人間ですわ。ただ、念話《テレパシー》ができると知れてしまえば、わたくしの身が危険ですから。このことをご存じなのは、貴方だけですわ』

本来なら念話《テレパシー》が使えることはペトラにも秘密にすべきだ。だが、リリアナがペトラの元にこっそりやって来た理由と比べれば、念話《テレパシー》の露見など取るに足らないことだった。

「それは光栄だね。最初に渡された紙の文字を見た時も、どんなお嬢サマなんだって思ったけど」

大きく息を吐いたペトラはようやく立ち直って酒を呷《あお》ると、興味津々に身を乗り出す。

「ちなみに、その念話《テレパシー》、どういう術式を使ってんの？」

『大した術式ではありませんわ。術式はそもそも、現象と想像を繋ぐ魔術を、誰でも使えるよう体系化しただけのものでしょう』

それは、魔術を独学する中で、リリアナが確信した事実だった。前世の記憶があるからこそ、魔術は想像力が重要であると思い至ったとも言える。

魔術の発動は相当量の魔力を必要とする。魔力があれば魔術を使えるが、術式を具現化する詠唱や魔道具がなければ、魔力を効率的に魔術に変換して現象を引き起こせない。つまり、魔術は発現せずに終わってしまう。逆に言うと、今は存在しない魔族や精霊のように、膨大な魔力を持つ存在は、術式がなくとも簡単に魔術を使える。

あっさりと言い放ったリリアナの言葉に、ペトラは一瞬沈黙し、高らかに笑いだした。

「それ、魔導省の連中に言ってやりなよ。あいつら絶対、火ィ吹いて怒り出すよ！」

『まあ。それは申し訳ございません』

一応、リリアナは謝罪するが、全く心は籠《こも》っていない。魔導省の仕事の一つに、術式の体系化と開発がある。術式は無駄と言い切るリリアナの発言は、魔導省の仕事を根本から否定するものだった。ペトラは笑いの発作を堪えられないまま首を振った。

「別に構わないさ、あたしはあいつらに言わせると異端だからね。あんたの意見には賛成。今みたいに術式に頼って体系化に拘り過ぎると、魔術はこれ以上発展しないと思ってるくらいさ」

リリアナは、内心で安堵の息を吐く。尋ねたいことがあると自分からペトラの元に来たのに、用件に入る前に怒らせては目的を達せない。

一方、ペトラは念話《テレパシー》をどのように可能にしたのか、気になって仕方がない様子だった。

「それにしても、念話《テレパシー》を可能にするなんてさ。念話《テレパシー》の術式は未完成だし、理論上正しい術式も悉《ことごと》く使い物にならないし、そもそも禁術だから、あんたくらいの年頃の娘がおいそれとできる術じゃないはずなんだけど？」

どうやったのさ、とペトラは尋ねる。少し不機嫌だが、好奇心旺盛な子供にも見えた。

『水面を想像なさると宜しいかと思いますわ。大きなたらいの隅に石を落とせば、波ができて反対側に到達いたしますでしょう。音を聞くことも同じと考えるのです。空気が水面、音は波。人の耳はたらいの反対側の壁として、わたくしが行ったことは、直接たらいの反対側の壁を叩くことですの』

前世で言えば、空気と鼓膜の振動、そして耳管を伝い聴覚神経に到達するという知識だが、この世界の医学の知識には存在しない。更に、リリアナの術式自体は量子エンタングルメントによる脳波の同調という仮説を実践に落とし込んだものだ。説明することなど、とうてい不可能である。そのため、極力嚙み砕いて説明したつもりだった。だが、ペトラは顔を顰めただけだった。全く理解できない、とその表情が告げている。

「……あんた、精霊か魔族と契約でもしたワケ？」

そう考えなければ辻褄《つじつま》が合わないと、ペトラは頭を掻く。もちろん、それはペトラなりの冗談だった。精霊も魔族も物語や伝説上の存在で、実在していない。実在すると言う人もいるが、人との関わりを完全に絶っているというのが通説だ。また、物語や伝承の中でも、精霊は人に協力的だが、魔族は人に敵対する存在として描かれている。稀に協力することはあっても、人に与えられる能力は限定的で、対価も大きい。

ペトラは顔を顰めて考え込んでいたが、やがて諦め、苦笑と共に溜息を吐き出した。

「まァ、嘘は吐いてないみたいだね。やってみたらできちゃった——ってところか」

『そのようなものです』

少し申し訳なさそうに、リリアナは小さく頭を下げる。ペトラは首を横に振ると、卓上の紙を指先で摘《つ》まんだ。それは、リリアナが初対面のペトラに渡したものだった。

「これも、見た時にビックリしたよ。最後の一文、これ魔術だよね」

『ええ。魔導士の方がいらっしゃると聞いて、お話をしたかったのです。ただ、直接お会いしないと、どの程度魔術の能力をお持ちか、分かりませんもの』

最後の一文には、一つの文章を全く違う文章に変形させる術を仕込んでいた。一見すれば〈しばらく宜しくお願いいたします〉とだけ書いてあるが、リリアナが一定時間魔術を固定させることで、〈今宵《こよい》、貴方の部屋に伺います〉という文章が浮かび上がる。術を解除すれば、何の変哲もない紙に早変わりだ。ペトラはその仕掛けに気が付き、同じ場所を二度読んだ。ペトラの目の動きを注視していたリリアナは、ペトラが信用できる魔導士だと判断したのだ。

『貴方を見込んで、是非、伺いたいことがあるのです』

あっさりとペトラの能力を試したと暴露したリリアナは、にっこりと笑んで単刀直入に切り出した。ペトラは手にしていた紙をテーブルに戻すと、不敵に笑って言い放つ。

「話が早い奴は、好きだよ。あんたのために用意しといたんだ、飲みな」

ペトラはテーブルの近くに置かれた箱から、レモネードの瓶を取るとリリアナに差し出す。コップは用意されていない。よく見れば、ペトラも酒瓶から直接酒を飲んでいる。前世の記憶は日常的なものが欠けているため、生粋の公爵令嬢であるリリアナにとっては初めての体験だ。悪いことをしている気分でどきどきしながら、リリアナは瓶に直接口をつけてレモネードを飲んだ。安っぽい味だが、嫌いではなかった。

ペトラに話す内容は事前に考えてある。だから、リリアナはすぐに話を始めた。

『実はわたくし、流行り病で高熱を出し寝込んだ後、声を失いましたの』

リリアナが声を失っていることは、ペトラも知っている。ペトラは頷いて続きを促した。

『医師がお手上げでしたので、わたくしも治癒魔術を試してみたのですけれど、治りませんでしたわ』

だが、実際に治癒魔術を試した結果、病に罹った植物は全快したし、怪我をした鳥も元気に飛び立った。だから、治癒魔術が失敗したとは考えられない。そう説明するリリアナに、ペトラは酒で目尻を赤く染め呆れ顔だ。しかし口は挟まない。

『ですから、声を失った原因は呪術の類ではないかと考えましたの。ただ、わたくしが調べた限りでも、なかなか呪術に関する書物や記述はなく、困ってしまって』

リリアナの屋敷には、叔父が集めた稀覯本《きこうぼん》もたくさんある。それにも拘わらず、呪術に関する情報はほとんど得られなかった。話を聞いたペトラは、然《さ》もありなんと頷く。

「そりゃあ、呪術はこの国じゃあろくに研究されてないしね。闇魔術の中でも禁術に近いものだって言って、内容の公開は厳しく制限されてるし、まず独学では無理だよ」

ペトラは口を引き結ぶと、目を伏せ考えた。真剣な表情を浮かべると、整った美貌が際立つ。普段の言動ゆえに気が付かれにくいが、ペトラは迫力のある美人だ。しかし、彼女は己の美醜に興味がない。唯一関心を持つのが、魔術や呪術なのだろう。そうでなければ、リリアナの話に食いつくどころか、リリアナの超人的な魔術の能力に畏怖を覚えるはずだった。

「そもそもの話、普通なら自分に治癒魔術を掛けても治ることはないんだけどねえ。切り傷とかの小さな怪我ならともかく、風邪とか骨折ですら無理だよ。治癒魔術っていうのは、治癒者が怪我人の患部に魔力を流して、怪我人の魔力の循環を良くすることで治癒能力を高めるものだからさ」

つまり、医学が発達していないこの世界では、治癒魔術も万能ではない。病気の原因が分からない病や本人の治癒能力の枠外にある怪我は、決して治らないのだ。そして、仮に心臓に病があると理解できたとしても、膨大な他人の魔力を体に流し込む必要があり、その量は一介の人間が持つ魔力量を遥かに超える。

「でも、きっとあんたが自分にした治癒魔術は、ちょっと違うんだろ？」

リリアナは詳細を説明しなかったが、ペトラの指摘は的を射ていた。

本当に高熱のせいで声を失ったのであれば、発話を司《つかさど》る脳神経に影響が出たと考えられる。そのため、神経回路が正常に働くよう、治癒魔術を行使した。魔力の循環を改善するのではなく、物質を修繕するのであれば、消費する魔力量はそれほど多くない。

『多少は、違うかもしれませんわ』

「だと思った。あんたがやって無理なら、あたしがやっても無駄だろうね」

あっさりと告げて、ペトラは肩を竦めた。ペトラが心から賞賛していることは、リリアナにも分かる。

『光栄ですわ』

嬉しさを押し殺して礼を言ったリリアナを、ペトラは目を眇《すが》めて凝視した。無遠慮な視線が、リリアナの口元から喉、そして胸元を辿る。しかし、リリアナは文句を言わずにペトラの反応を待つ。そしてしばらく、ペトラの紫の瞳が煌めいた。

「確かにあんたの首から口にかけて、妙な気配が残ってるね」

咄嗟《とっさ》に、リリアナは喉元を手で押さえた。ペトラに指摘された途端、喉と口に違和感がある気がする。そんなリリアナに、ペトラは励ますような笑みを浮かべた。

「安心しなよ、別に命に関わるような術じゃない。でも、声が出ないのは不便だよね」

『ええ、わたくしもそう思いますの』

現時点では声が出なくても不便はないが、今後、破滅を避けるためには体調も万全に整えておきたい。リリアナがそう考えるのは当然のことだった。しかし、ペトラは何を思ったか苦笑する。

「まァ、あんたがどうにもならない状況ってのも、あんまり想像がつかないけどね」

ペトラはポシェットから、複雑な文様が刻まれた指輪を取り出す。右手の中指に着けて、口中で詠唱を呟いた。ペトラの目の付近に靄《もや》が懸かるが、実際には何も起こらない。恐らくは魔力の靄だろうと、リリアナは見当をつけた。リリアナに観察されていることに気が付いていないのか、ペトラはしばらくその状態を保った後、指輪を外してポシェットに戻す。すると、目元の靄も消えた。

「あたしが分かるのは、あんたには何かしらの呪術が掛けられているっていうことと、恐らくそのせいで声が出ないってことくらいだ。詳しくは解析しないと分からないけど、あいにくと解析には危険が伴う。ということで、この仕事が終わったらあんたを魔導省に招待してあげるよ」

『魔導省に？』

リリアナは目を瞬かせる。予想外だった。ペトラは何でもないことのように続ける。

「魔導省の奴らはいけ好かないけど、あそこは呪術や魔術の影響に対してだけは鉄壁だよ。その意味不明な呪いを解析しても、周りに被害は出ないだろうさ」

ペトラの誘いは魅力的だった。呪術の解析はもちろん必要だが、魔導省に入る機会などそうそうない。一般人は決して足を踏み入れることのない場所だ。リリアナの心は喜びに震え、抑えきれない笑みが浮かんだ。これまでの本心を見せない表情とは裏腹の、年相応なあどけない表情に、ペトラは目を丸くする。リリアナはそんなペトラに気付かず、身を乗り出して『是非、お願いいたしますわ』と頼み込んだ。

ペトラはしばらく言葉を失っていたが、やがて喉の奥で堪え切れない笑いを漏らした。

「やっぱり、あんた、変わってるね」

リリアナはペトラの意図が摑《つか》めずに首を傾げる。ペトラはやけに機嫌が良い。立ち上がって部屋の隅から木箱を持って来る。

『そちらは？』

「さっき外で買って来たんだ。良かったら食べる？」

『まあ』

ペトラが蓋を開ける。木箱の中には、様々な果物が入っていた。ひんやりと冷えている。木箱が冷蔵庫の役割を果たしていたらしい。

『ええ、いただきますわ』

素直に礼を言って、リリアナは苺《いちご》を手に取った。この世界の苺は甘くないが、ペトラが買って来た果物はどれも甘くて美味しい。ペトラは変わらず肉を摘まみながら酒を飲む。

「あんた、呪術にも興味があるわけ？」

『ええ、とても興味深いと思いますわ。ただ、独学では学ぶにしても限度がありますし、

呪術に興味があるというだけで異端、もしくは腫れ物のように扱われますでしょう』

「あんたの場合、それだけの魔術が使える時点で、他の奴らにバレたら十分異端って言われるよ」

ペトラは疲れたようにぼやいた。天を仰いで首を振る。リリアナは困ったように頷いた。

リリアナも自覚しているからこそ、魔術を習得したことは内密にしている。

『仰る通りですわ。ですから、わたくしが魔術を使えると知っているのは、ペトラ様だけですわね』

「ペトラで良いよ、様なんて柄じゃない」

ペトラは自身を両手で抱きしめ震え上がって見せた。しかし、それは振りだけだったようだ。ペトラはすぐに目を輝かせて、にんまりと口角を上げた。

「それならさ。この旅の間、あんたの時間が取れるなら、呪術の基礎を教えてあげようか」

リリアナは目を瞬かせる。ペトラの申し出は渡りに船だ。声を取り戻す手助けをしてもらうことが一番の目的だったが、呪術の教えを乞えるのであれば、これほど幸運なことはない。

『まあ、宜しいのですか？』

「本気じゃなきゃ、こんなこと言わないよ」

ペトラは全く気にしないようだ。リリアナは『それなら』と提案した。

『それでしたら、是非お願いいたしますわ。せっかくですし、わたくしの喉に掛けられた呪術の解析と合わせて、講義のお礼をさせてくださいませ』

「は？　お礼？　本気？」

これまでも何度か驚いた様子を見せていたペトラが、今度こそ頭を抱える。リリアナはペトラが戸惑う理由が分からない。首を傾げたが、ペトラは大きな溜息と共に、赤紫の前髪の隙間からリリアナを見上げた。

「貴族の、特にあんたくらいの年頃の令嬢だったら、あたしみたいな庶民にお礼なんて、口が裂けても言わないよ」

『そうでしょうか？』

「そうだよ。大体、六、七歳ってところ？　それくらいの貴族の子供ってのは、服も食事も寝床も教育も与えられて当然だと思ってるからね。金がかかるなんて、思いもしないんだよ。まあ、馬車の数も異様に少なかったし、最初から風変わりなご令嬢だとは思ってたけどさ」

最初はペトラの台詞に懐疑的だったリリアナも、ようやく納得した。前世の記憶を取り戻す前のリリアナは、貴族らしい子供だった。使用人は壁や花瓶、壁に飾られた絵画と同列だ。使用人や平民が、様々なことを考え感じながら生きていることも、生きるための金を得るために屋敷で働いていることも、その立場を離れたら家族が居ることも、気が付いていなかった。しかし、敢《あ》えてそこに言及する必要はない。リリアナはおくびにも出さず悠然と笑んだ。

『ですが、これがわたくしですわ。他の何者にもなれませんもの。お恥ずかしながら相場を存じませんので、少ないようでしたら教えていただけますかしら』

前置きをして、リリアナは金額を告げる。今回の同行費用として支払う額より、わずかに少ない。金額を聞いたペトラは、呆れながらも満足そうに頷いた。

「十分さ。これだけ貰《もら》えるなら、王都に戻ってからも呪術の講義をしてあげるよ」

『まあ、ありがとうございます。嬉しゅうございますわ』

リリアナは口元を綻ばせる。ペトラは新しい酒瓶を開けながら、リリアナに問うた。

「じゃあ、初回講義はどうする？　今日からでも良いけど」

リリアナは少し考え、部屋の時計を見る。明日は出立が早い。随分と長時間話し込んでいたようで、深夜に近い時間帯になっていた。

『明日も早いですし、また次の機会にお願いしても宜しいでしょうか』

「もちろんさ。お子サマは早く寝ないとね」

さんざん驚かせてくれた礼だと言わんばかりに、ペトラはにやにやと余計な一言を付け加える。しかしリリアナは取り合わない。微笑んだまま頷いて立ち上がる。

『今日は貴重なお話を伺えて、楽しゅうございました。まだ先は長くありますが、宜しくお願いいたしますわね』

優雅にリリアナは一礼して、無詠唱で転移の術を使う。あっという間にペトラの前から、リリアナは消えた。空になったレモネードの瓶がなければ、夢でも見たのかと思うほどだ。

しばらく酒瓶を抱えたまま、ペトラは固まっていた。やがてどさりと背もたれに体を預ける。

「あー……そっか。声、出ないんだもんね。あの年で、あんな生っちょろいガキが、無詠唱で転移か。負けた」

間違いなく魔力量も、魔術の適性も、リリアナはペトラより優れている。それは、スリベグランディア王国有数の魔導士の、事実上の敗北宣言だった。

◇◇◇

リリアナがペトラと夜の会合をした日以降、魔物が出ると噂の道中は平穏だった。順調に旅路は進み、夜に人知れず開かれる呪術の講義も順調に進む。馬車の中は相変わらず沈黙が降りるが、リリアナとペトラの間に流れる穏やかな雰囲気が影響してか、それとも長い道中で険悪な雰囲気を保つ方がリリアナに悪影響だと思ったのか、マリアンヌも三日目にはペトラへの態度が軟化し、六日目には随分と打ち解けた。

「お嬢様。あと一泊すれば、フォティア領のお屋敷に着きますわ」

マリアンヌが嬉しそうに告げる。長距離の旅は移動だけで疲れるから、それも終わると思うと気が楽だ。それに、最後の宿は、クラーク公爵の領地に最も近い大きな商業都市にある。都市は深遠な森に囲まれているが、街中には土産物屋や飲食店が充実していると聞く。マリアンヌが楽しみにするのも当然だった。だが、マリアンヌは時折、物言いたげな目をリリアナに向ける。

マリアンヌがリリアナに問いかけたのは、宿で荷解《にほど》きを終えた時だった。

「本当に、私共と外食なさるおつもりですか、お嬢様」

本来であれば、リリアナはこれまでの宿と同じく、高級旅籠《はたご》で慎《つつ》ましやかに過ごすところだった。だが、最終日くらいは街中の飲食店で夕食を摂りたいとリリアナは珍しく我儘を口にした。

〈ええ〉

マリアンヌの懸念は十分理解した上で、リリアナはしれっと頷く。順調に人生が進めば、公爵令嬢から王太子妃となり、果ては王妃となる。その場合、リリアナは庶民の暮らしを体験する必要はない。だが、前世の乙女ゲームの筋書き《シナリオ》通りに話が進み、最後の破滅だけを逃れた場合、リリアナは高位貴族の立場を失う可能性があった。それならば、庶民の暮らしの片鱗《へんりん》を知っておくと安心だ。

それに、リリアナにはもう一つ試したいことがあった。

（旅に出てから、致死量でこそないものの、食事に毒が混ぜられておりますのよね）

自分の屋敷に居た時はなかったことだ。旅路の間もリリアナの食事は毒見されている。毒見係が気付かない程度だったが、たまたま内容物を分析する魔術を試すことに嵌《はま》っていたお陰で、リリアナは事態に気付いた。わずかな毒も積もり積もれば体調を崩し、馬車での長旅にリリアナの幼い体は耐え切れず、衰弱死する可能性もある。毒が含まれている食事は毎回一品だけだから、残せば問題はない。解毒の術も習得したいが、リリアナが記憶する限り、魔導書に解毒の術の記載はなかった。

（お父様の政敵は多いですし、その内のどなたかでしょう。今回の外食は突発的なものですから、そこで毒が混入されるかどうかで、相手の力量が測れますわ）

考えられる政敵は、エアルドレッド公爵を擁するアルカシア派、クラーク公爵の権力が絶大になることを恐れる国王派、婚約者候補として二番目に有力なタナー侯爵家、隣国に追従すべしと考える皇国派だ。状況は混沌《こんとん》としていて確信は持てないが、危険性は全て考えておくべきだった。

マリアンヌは、リリアナの決意が揺らがないと知り憂鬱な息を吐いたが、結局、リリアナの目論見通り、ペトラと護衛を伴い街に繰り出した。目指す店は、高位貴族御用達《ごようたし》の高級店ではなく、大衆に受けが良さそうな料理屋だ。下位貴族や金を持った庶民が、記念日に訪れるのだろう。

外食に良い顔をしなかったマリアンヌが、店主に頼んで個室を用意してもらったのは最後の意地だろう。とはいえ、実際店に入ると、リリアナに料理を選ばせたくなったようだ。だが、リリアナはあまり料理に関心がない。結果、ペトラの好みか店主のお薦めを注文することになった。

「まァ、あたしは酒と肉さえあれば良いよ」

片っ端から料理を頼んだペトラが蓮っ葉な口調で言うと、マリアンヌはペトラを窘《たしな》めた。

「お酒はおやめください。仮にも貴方は護衛として雇われているのですよ」

一方の護衛二人は、初めての出来事に緊張と戸惑いを隠せない様子だ。主と食事の席を共にしている現実に恐縮しながら、毒見も兼ねて注文した料理や飲み物を全て一口ずつ、口にしていく。リリアナは、屋敷で食べるよりも温かい料理に舌鼓を打っていた。敵も予想外だったのか、食事に毒は盛られていない。

「この猪《いのしし》、珍しい味だね」

新たな料理を運んで来た店主に、ペトラが声を掛ける。ペトラが口にしたのは、郷土料理として評判の猪料理だった。

「ああ、この辺りにしか出ない猪なんですよ」

「この辺りにしか出ないのですか？」

店主の答えを聞いたマリアンヌが目を瞬かせる。無言で頷いた店主は、不愛想だと不味《まず》いと思ったのか、遅れて「そうです」と答えた。

「この街の周りには、森がありますやね。奥の方は深い谷やら崖やらで危ないし、方向が分からなくなるし、昼間でも日が入らないんですよ。魔物も居るって噂だし、迷い込めば二度と出て来られんから、猟師たちも浅いところまでしか入りませんでね。入れるところまでは木に印ィつけて、迷わないようにしてるンですが。その森、まァ危ないのは確かなんですが、出て来る獣がどれも美味くってね。他のどこでも獲《と》れないってンで、まァ、ここの名物なンです」

少し早口だが、店主の説明は十分だった。ペトラは目を輝かせる。

「へえ。じゃあ、ここでしか食べられないんだ。最高じゃん。ちなみに、お薦めの地酒は？」

「ミューリュライネンさん」

喜々としたペトラを、強い口調でマリアンヌが窘める。

「あまりにも目に余るようなら、謝礼をご返金いただきますよ」

「分かってるって、訊いただけじゃん」

頭が固いね、と言いたげな口調でペトラは唇を尖《とが》らせた。店主は気まずそうに、そそくさと個室を出る。ペトラも、それ以上は酒について口にしなかった。護衛たちは最初から無駄口を叩かない。黙々と食事に専念し、食べ終えた一行は真《ま》っ直《す》ぐ宿に戻った。ペトラはちゃっかりと、酒のつまみになりそうな干し肉やら豆やらを店主から受け取っている。

（もしかしたら、こっそりとお酒も買っていらっしゃるかもしれませんわね）

マリアンヌは知らないが、リリアナはほぼ毎夜、ペトラから呪術の講義を受けている。その時、ペトラは毎回酒を飲んでいた。翌朝は素面《しらふ》だから、とても酒に強いのだろう。

宿は飲食店からそれほど離れていない。宿に帰りついたリリアナは、これまでと同じように、マリアンヌの手を借りて寝る準備を整えた。マリアンヌが侍女用の部屋に下がってしばらく、防音の結界を張ってから転移の術を発動する。視界が変わった後、リリアナの目に映ったのは、案の定酒瓶を抱えたペトラだった。ペトラも慣れたもので、リリアナの気配を察知した途端にニヤリと笑う。

「来たね」

『ええ。お邪魔しますわ』

存外ペトラは良い教師で、リリアナは優秀な生徒だった。ペトラの教え方は分かりやすく、リリアナの発想はペトラの予想を裏切る。時には議論が白熱し、講義ではなく研究者同士の討論の様相を呈することすらあった。

『お酒はここで買ったのですか？』

「お嬢サマが寝支度を整えてる間にね。あたしら庶民の寝る準備なんて、五秒で終わるさ」

五秒はさすがに言いすぎだろうと思いながら、リリアナは勧められた椅子に腰かけた。ペトラは幸せそうに干し肉を噛みちぎる。

「それにしても、あんたの侍女は頭が固いね。魔導省の連中と良い勝負だよ」

幸か不幸か魔導省に勤める知り合いがいないリリアナは、賢明にも口を噤んだ。リリアナの反応が悪くとも、ペトラが気にしないことは、短い付き合いでも分かっている。そしてペトラも、この程度の軽口でリリアナが腹を立てないと理解していた。

「まぁ、仕事ができる程度に酒量は抑えてるからね。ほら、あんたに土産だよ」

言いながらペトラが示したのは、卓上の可愛らしい包装だった。手に取って開けると、出て来たのはジュースの瓶だった。三本セットだ。

「レモネードよりジュースの方が美味いんだって。飲み切れなかったら持って帰りな」

『まあ、ありがとうございます』

リリアナはありがたくジュースを受け取った。ペトラは結構な頻度で、リリアナにも土産を買ってくれる。お陰で、リリアナはマリアンヌの知らないところで、地元の名産を口にしていた。ペトラは満足そうに笑うと酒で喉を潤し、「じゃあさっそく」と切り出す。

「昨日までの復習をしようか」

最初に学んだのは魔術と呪術の違いだった。魔術は魔力を動力とするが、呪術は魔力の有無に拘わらず効力を発揮する。魔力は火、風、土、水の基本四属性に加え、光と闇の特殊属性に分類できる。ただし、分類方法は地域によって異なり、東方では木、火、土、金、水から成ると理解されているという。

だが、リリアナが屋敷で読んだ魔導書には、六属性の分類しか書かれていなかった。ペトラはスリベグランディア王国で知られているより広い知識を持っているようだった。簡単に答えたリリアナを、ペトラは軽く拍手して褒める。

「その通り。よく要点を纏めてるじゃないか、さすがだね」

褒められた経験のないリリアナは、少し居心地が悪そうに身じろいだ。最初は謙遜していたが、ペトラはリリアナの謙遜を殊更嫌がった。自分が見込んだのだから自信を持て、というのがペトラの言い分だ。

「呪術には魔力が必要ないから、魔力を持たない人間も方法さえ知っていれば呪術を使える――っていうのが基本だ。ただし、これは理論上の話」

『理論上ということは、実際は違いますの？』

ペトラの持って回った言い方に、リリアナは首を傾げる。ペトラは口角を上げた。

「そう。理由は不明だけど、魔力量が多い奴ほど、呪術にも秀でた才能があるんだよね」

幾つか立証した研究があると聞き、リリアナは納得した。魔力量と呪術の才能にどのような関係があるのか、突き詰めれば魔力の本質を知ることができるかもしれない。だが、実際に魔力の本質を解明することはできないだろう。

（陽イオンが正《プラス》に帯電している理由を明らかにすることが難しいことと同じかしら。鶏が先か卵が先か、哲学の域だわ）

陽イオンに限らず、名称に定義を付けたとしても、名称が後付けだったとしても、そこに理屈はない。一瞬遠い目になったリリアナだったが、すぐに気を取り直した。

『それでは、呪術を掛けられた方《かた》はどうなりまして？』

「魔力があろうがなかろうが、呪術の影響は受けるよ。ただ、効果の出方も違うし、効果が出やすい術の掛け方も変わる。魔力がない人間だけを殺す呪術もあれば、その逆もある。そういう意味では、魔術よりも呪術の方が幅は広いね。例えば、生贄《いけにえ》に魔物、呪術の世界では霊と言うんだけど、目に見えない存在を憑依《ひょうい》させることだってできる。こういう類の術は、魔術ではできない。まぁ、器が壊れない生贄を見つけるのが大変だけど」

ペトラは心底楽しげににやりと笑いながら、酒瓶に口をつける。どうやら気に入ったらしく、数口、続けて飲んだ。ここ最近で、ペトラは魔術より呪術の方が好きらしいとリリアナは知った。お陰で、リリアナの呪術に関する知識は目覚ましく増えている。

「ちなみに、呪術に魔術を組み込むこともできる。組み込める術式は限られてるけどね。闇魔術は比較的、組み込みやすい。呪術は呪いで、闇魔術は呪いと親和性が高いからさ。逆に光魔術は難しい。呪いと相反する、いわば水と油の関係ってことだね」

リリアナはジュースを一口飲んだ。林檎の味が濃い。ペトラが、干し肉の箱をリリアナに差し出す。ありがたく干し肉を手に取って齧ったが、リリアナの舌には味が濃かった。

「夕食で食べた猪だよ。調理法が違うから、だいぶ味が変わってるよね」

あたしはこっちの方が好きだけど、とペトラは干し肉を頬張った。リリアナよりもペトラの方が硬い物を食べ慣れているため、あっという間に二つ目に手を伸ばす。その間も、リリアナはもぐもぐと最初の一枚を噛み続ける。硬い肉に四苦八苦するリリアナに目を細めたペトラは、気にせず講義を続けた。

「この国では呪術はほとんど研究されてないからね。だから、呪術に関連する魔術は全部闇魔術だと考えられてる。でも、本当は闇魔術以外も呪術に組み込めるんだ」

それは、リリアナにとっては全く予想外の台詞だった。

(闇魔術だけでは、ない？)

これまで色々な書物を読んだ結果、闇魔術は呪いと親和性が高いため、禁術に指定されていると理解していた。だが、他の魔術も呪術に用いられるのであれば、前提が崩れる。

目を丸くしたリリアナを見て、ペトラは説明を加えた。

「四属性の魔術も組み込める。この国では知られてないけどね。あと、光魔術もやろうと思えば組み込める。かなり難しいけど、そこは感性《センス》の問題かな」

ペトラは干し肉を美味そうに噛み締める。かなり気に入ったらしい。

「土産に買って帰ろうかな、帰りもこの街寄るよね？　保存もできるし、良いな」

干し肉ならば長く保存できるから、土産にはちょうど良いだろう。もっとも、本人はフォティア領に滞在する間の晩酌用にも購入したいに違いない。リリアナは苦笑を堪える。

ペトラは「そう考えると、呪術も魔術の一種と考えることはできるね」と話を戻した。

「もちろん、魔術と呪術には大きな違いがある。魔術の実行と効果の発動に、時間的な差はそれほどない。呪術は、当然、術の実行と同時に効果を出すこともできるけど、時間を置いて効果を発動させることもできる。簡単に言えば、時間差攻撃が呪術の特徴だね」

ペトラは呪術の話になると突然、生き生きとしだす。

『時間差、でございますか』

「そう。例えば、種を使った呪術があるんだ」

ペトラは、酒のつまみに買った卓上の豆を一粒、手に取った。ぞっとするような暗い気配が、ペトラの体から立ち昇る。リリアナの目が、ペトラに釘付《くぎづ》けになった。

「本物でも偽物でも構わない。種っていうのはあくまでも比喩だ。この種を、対象者に植え付ける」

豆を指に挟んで、ペトラはリリアナに見せた。炒《いた》めてあるにも拘わらず、豆は芽を出す。

リリアナは驚きを隠せない。その反応に気を良くしたペトラは、豆を口に放り込んだ。

「豆は、対象者の体内で、魔力を媒介にして成長する。時期が来るか、何らかのきっかけを与えられたら、花が咲く。それで術は完成だ。対象者は呪われる。種はどんな種でも良いけど、毒を含んだ種の方が、効果はより強く出るよ。もちろん、他にも人を呪う方法はあるけどね」

ペトラは、からりと笑った。重くなりかけていた雰囲気が明るくなる。リリアナは無意識に詰めていた息を吐いた。干し肉に飽きたのか、ペトラの手は豆に伸びる。

「色々話したけど、呪術の面倒で面白いところは、魔術ほど体系化されてないところだね。術式がある魔術とは違って、呪術には決まった型がないんだよ。だから、魔力が暴走しても魔術が失敗しても対処できるけど、呪術は術者の手を離れたが最後、誰も止めることができない。対象者に掛けられた呪いが成功するか、術者に跳ね返されるか、何かしらの結果が出るまで終わらないのさ」

『呪術は、スリベグランディア王国や近隣諸国では一般的ではありませんわね。魔術よりも呪術の方が一般的な国はありますの？』

リリアナは心の中に浮かんだ疑問をそのまま投げかけた。スリベグランディア王国の東方に位置するユナティアン皇国は大国だが、そこでも魔術が一般的だと学んだ。ペトラは豆を纏めて口に放り込みしばらく噛んでいたが、飲み込むと一つ頷いた。

「皇国よりも東、遥か遠方の国だと呪術が一般的だって聞いたことがあるよ。今は知らないけど、大昔には、言葉すらも『呪』と定義していたことがあったらしい」

そう考えると『呪い』というのも呪術特有だね、とペトラは小首を傾げて呟く。

「魔術に不幸や禍《わざわい》を齎《もたら》す術式はあるけど、全部禁術に指定されてるし、厳密には呪いじゃないんだよね。それに、呪術ほど種類も多くなければ効果も高くない。そういう意味では、魔術は素人向けさ」

なるほど、とリリアナは納得した。ペトラの説明は非常に分かりやすい。決まった型がない呪術は、素人にはハードルが高いが、慣れた人間にとっては、制限がなく何でもできて楽しいに違いない。リリアナの想像を肯定するように、ペトラは言葉を続けた。

「だから、鼠《ねずみ》が子供を産むみたいに、ぽこぽこ新しい呪術が作られる。ただ、術を解く――呪術の場合は解呪っていうんだけど、解呪は魔術より遥かに難しい。魔術の解術は術式から逆算してできるけど、呪術の場合は術式がないからね」

だが、だからこそペトラは呪術の世界に魅せられたに違いない。そして、ここまでの説明を受けてようやく、リリアナはペトラが何を言わんとしているのか察した。

『だからこそ、わたくしの喉に掛けられた術を解析する必要があるのですね』

「その通り。解析してからようやく、解呪した時の影響も分かるし、対応策も立てられる」

呪術の場合は解析作業によって術が変質することもある。解析作業中に悪影響が出る可能性を考えると、おいそれと解呪はできない。

「ほんと、厄介だよね」

ペトラにしては珍しく、吐き捨てるように言った。だが、リリアナは気に留めない。

『わたくしの術を解析するために魔導省へ行かなければならないのは、悪影響を最小限に抑え込むためですね』

「その通り」

ペトラが何故、リリアナを魔導省に誘ったのか理解したが、更に謎は深まる。それは、ゲームのリリアナは、一体どのようにして呪術を学び、王太子やヒロインを呪ったのか、という点だ。記憶では闇魔術を使ったと罪状が述べられていたが、ペトラの説明を踏まえると、ゲームのリリアナは魔術ではなく呪術を使ったのではないかと思える。

(もしかして、協力者がいたのかしら)

自ら呪術を習得した可能性も考えたが、呪術は奥が深すぎて、リリアナが単独で犯行に及んだとは考え辛い。だが、いくら記憶を辿っても、答えは見つからなかった。そもそも、悪役令嬢リリアナの情報は、ヒロインや攻略対象者と比べて酷く少ない。ゲーム本編も、ヒロイン視点で話が進む。事実は全てヒロインの知識だけで理解され、真実が描写されることは滅多にない。

(ペトラはゲームにも出て来ませんでしたし、関連書籍にも名前はありませんでしたわ)

リリアナは、まじまじと目の前のペトラを見つめる。ゲームの開始は七年後だ。その時にペトラは表舞台にはいない。リリアナがペトラから呪術を学んだと考えると、ペトラの退場は早すぎる。

（分からないわ）

頭を悩ます問題に、リリアナは内心で深く溜息を吐いた。

◇◇◇

王都からフォティア領まで、幸運にも魔物に遭遇することはなかった。安堵の息を漏らし、リリアナたちはフォティア領にあるクラーク公爵邸へ向かう。広大な領地には、視察の時に滞在する屋敷や避暑のための別荘が点在しているが、今回招宴が開かれる本邸は、王都に最も近く、街道にも近い、便の良い場所にあった。

リリアナの馬車が屋敷の門前に辿り着いた時には夕刻に差し掛かり、気温が下がっていた。マリアンヌの手で外套《コート》を羽織ったリリアナは、護衛の手を借りて馬車を降りる。迎え出たのは執事のフィリップと数人の侍女で、侍女長の姿はない。歓待とはとうてい言えない出迎えに、リリアナは失笑した。

（この滞在中にわたくしをどのように扱うおつもりか、大体予想がつきましたわ）

フィリップの顔もどこか強張っている。声の出ないリリアナに代わり、マリアンヌが事務的に挨拶を交わした。

「お嬢様は長旅でお疲れです。ご夕食はお部屋でお召し上がりになられるでしょう。この者たちはお嬢様の護衛です。事前にお伝えした通り、お嬢様のお部屋近くに案内を」

「承知しております。お嬢様のお部屋へご案内申し上げましょう。そこの三人は、侍女に案内させます」

慇懃無礼《いんぎんぶれい》にフィリップが返す。おや、と眉を上げたのはマリアンヌだけではなかった。

（部屋へ案内？）

滅多に足を運ばないとはいえ、フォティア領にもリリアナの部屋はある。いつ訪れても生活できるよう、常に掃除もされているはずだ。だから、リリアナは自分の部屋がどこにあるのか知っている。マリアンヌも当然把握しているから、本来なら案内の必要はない。

そんな二人の様子に気が付いているのかいないのか、フィリップは平然と述べた。

「お嬢様のお部屋は、別に準備いたしております」

リリアナの了承なく、部屋を勝手に移動したようだ。誰の指示かは分からないが、リリアナを正当に扱う気は一切ないという意思表示に違いない。不気味な沈黙に何を思ったか、フィリップが言い訳のように言葉を続けた。

「大変恐縮ながら、お嬢様は滅多にこちらへお立ち寄りにならないため――他に相応しい部屋をご用意申し上げた方が宜しいとのお考えです。無論、此度《こたび》の宴《うたげ》のために、部屋は万全に整えておりますのでご安心ください」

誰の考えかは不明だが、元の部屋に戻せと言っても受け入れられることはないと分かった。マリアンヌは怒り心頭に発したが、フィリップに食って掛かっても時間を浪費するだけだ。唇を引き結び、射るような視線を向ける。フィリップは一顧だにせず、堂々とリリアナたちを部屋まで先導した。

長い廊下をフィリップについて歩きながら観察し、リリアナは違和感に目を細める。一体何が気になっているのかと考え、一つのことに思い至った。

（わたくしの暮らしている屋敷と比べて、全く魔道具がございませんわ）

王都近郊の屋敷も魔道具がふんだんにあるわけではないが、玄関広間《ホール》や応接室、図書室には魔道具がある。しかし、フォティア領の屋敷にはどこにも魔道具がない。別の場所にはあるのかもしれないが、少なくとも目につく範囲にはなかった。

リリアナに用意された部屋は、辛うじて母屋にあるものの、執事や侍女長に与えられるような部屋だった。本来の私室は日当たりも良く、窓からは美しい庭が望めたが、新しい部屋から見える景色は森と炊事場で、日当たりも悪い。

リリアナの横に立ったマリアンヌは、部屋を見渡して猫のように全身の毛を逆立てている。フィリップは面倒を避けたいようだ。

「宴の準備に人手が取られております故、お嬢様のご夕食は、貴方が炊事場まで取りに来てください」

「――承知いたしました」

マリアンヌに言いつけると、そそくさとその場を立ち去る。マリアンヌは、些《いささ》か乱暴に扉を閉めた。リリアナはソファーに腰かける。

「使用人部屋でこそないものの、これはあまりにも酷すぎます」

堪え切れないと、マリアンヌは口をへの字に曲げて呟く。リリアナは苦笑して肩を竦めた。文句を言っても、待遇は改善されない。少なくとも、部屋が綺麗《きれい》に掃除され整えられているだけ幸運だった。

「お疲れでしょうから、先にご夕食の準備を致しますね」

手早く荷物を片付けたマリアンヌは、夕食を取りに部屋を出る。少し時間が掛かるかとリリアナは思ったが、マリアンヌはあっという間に戻って来た。リリアナの前に食事を並べながら、マリアンヌは下女たちから仕入れた情報を口にする。

「旦那様は明日、いらっしゃるそうです。今この屋敷にいらっしゃるのは、奥様とお坊ちゃまだけのようですよ。お客様は、早い方で明後日《あさって》の夜、招宴の前夜にいらっしゃるそうですわ。大旦那様と大奥様も、明日お見えになるようです」

相変わらずマリアンヌはぷりぷりと怒りながら、「お嬢様も主人役《ホスト》のお一人でいらっしゃるのに、お知らせしないとは非常識ですわ」と文句を言い続ける。元々諦めているリリアナは、マリアンヌのように腹立ちもしない。黙々と食事をする。

食事を終えたリリアナは、マリアンヌが食器を下げている間に、索敵の術でペトラと護衛二人の部屋を確認した。三人はリリアナの真下の部屋に滞在しているようだ。近い部屋にしたというより、リリアナと一纏めで厄介者扱いされているのだろう。

（お兄様も、随分とご自分に素直になられましたのね。お母様のご意向もあるでしょうけ

れど、わたくしと過ごしたくないというお気持ちが良く伝わりますわ）

取り繕うことすら止めたらしいと、リリアナは嫌み交じりに内心で呟く。腹立ちはしないが、緊張感はあった。ここは敵地のど真ん中で、到着した途端に喧嘩《けんか》を売られたようなものである。ゲームのクライド《兄》も、最後はリリアナを断罪する。リリアナが前世を思い出す前の彼も、妹を遠巻きにしている印象が強かった。

ソファーから立ち上がったリリアナは、窓の外を眺めた。日が暮れて薄暗い中、下女や下男が仕事に精を出している。

（妙に人数が多いこと。招宴のために臨時で雇ったのかしら？）

屋敷の広さと住んでいる人数を考えると、手が余るほどだ。今回の招宴で客の一部は屋敷に滞在するから、その対応のため一時的に使用人を増やしたのかもしれないが、それにしても多すぎた。招待客は貴族ばかりで、身の回りを世話する従者は自ら連れて来る。

（妙な勘繰りと言われるかもしれませんけれど）

当初の予定では、リリアナは大人しく過ごすつもりだった。無難に時を過ごし、何事もなく立ち去る。それが最良の選択だと思っていたが、違和感は徐々に強くなっていた。

（目を瞑るよりも、切り札は増やすべきですわね。せっかくですし、調べてみましょう）

売られた喧嘩を無視するのも手だが、長い目で見て自分の害になるものであれば尚更《なおさら》、高く買い上げるのも一つの手段である。いずれにせよ、敵の弱みは知っていて損になるものではないと、リリアナは一人、うっそりと笑った。

そうと決まれば、後は早い。マリアンヌの手を借りて湯浴みを済ませたリリアナは、早目に休むと言って早々に寝室に閉じこもった。これから転移を使い、人目を忍んで屋敷内を散策するが、寝室が無人だと他に気が付かれないよう、結界を張る必要がある。万が一、誰かが部屋を訪れた時にすぐ戻れる術式も組み込み、散策している姿を見られないよう、幻術も活用する予定だった。独学で魔術を学び始めてから、リリアナは自分自身を実験台にしている。本来なら闇魔術を使う幻術も、リリアナに適性のある風魔術を応用することで、魔力消費を最小限に抑えられることも判明した。

順に術を使おうと体内の魔力に意識を向けた時、扉を叩く音が響く。

「お嬢様、まだ起きていらっしゃいますか？」

自室へ戻ったはずのマリアンヌが、扉の向こうから声を掛けて来た。リリアナは目を瞬かせる。リリアナが寝ると言えば、マリアンヌは邪魔をしないのに、珍しいことだ。

寝たふりをすることも考えたが、寝ると言ってからまだそれほど時間も経っていない。さすがに怪しまれるだろうと、リリアナは一つ嘆息して枕元のベルを鳴らした。すると、申し訳なさそうな表情でマリアンヌが扉を開く。

「ご就寝のところ申し訳ありません。お坊ちゃまがお会いしたいとお越しです」

マリアンヌが誰のことを言っているのか、リリアナは一瞬、理解できずに首を傾げた。しかし、すぐに兄クライドのことだと思い至る。

クライド・ベニート・クラークは、攻略対象者の一人だ。前世の記憶にある彼は十八歳だった。現世のクライドに会ったのは随分と昔で、その姿も顔もはっきりと覚えていない。

断る理由もなく、リリアナは頷いた。マリアンヌは部屋に入ると、寝間着のリリアナに上着を羽織らせる。家族と言えど、貴族は寝間着姿で面会はしない。マリアンヌと共に続きの間に移ると、そこには緊張した面持ちの、まだ幼いクライドが立っていた。

（――お兄様）

リリアナはクライドをまじまじと見つめる。クライドはまだ十一歳だ。成長しきっていない体はアンバランスだし、顔も前世のクライドの面影がわずかに残る程度である。灰色の瞳は理性を宿し、プラチナブロンドの髪は天使のようだった。

（まだ眼鏡は掛けていらっしゃらないのね）

ゲームのクライドは、眼鏡を掛けた知的なキャラクターだった。若くしてその才能を示し、次期宰相の有力候補と目された彼は、腹に一物抱えた青年だった。だが、今リリアナの目の前に居るクライドは、感情を隠しきれていない。本人は平静を装っているつもりだろうが、数年ぶりに二人きりで会う妹を前に、何を言えば良いのか戸惑っていた。

もちろん、リリアナも叶うことならクライドとは友好関係を築いておきたい。それが無理ならば没交渉が最善だ。ゲームでヒロインが次期宰相ルート《クライド》を選択すると、リリアナは幽閉か服毒を迫られることになる。

「――久しぶり、リリー。夜遅くにごめん」

遠慮がちにクライドは口を開いた。人目を憚る様子なのは、この屋敷に母親も居るからだ。忌避する娘と、溺愛する息子が交流を持ったと知られたら、母親は癇癪《かんしゃく》を起こすに違いない。だが、控え目ながらもはっきりと囁かれた『リリー』という呼び名に、リリアナは懐かしさを覚えた。クライドは、リリアナが座ってからソファーに腰かける。

「せっかく帰って来てくれたのに、勝手に部屋を移動させてごめん。僕にはどうしようもなかった」

部屋を見まわしたクライドは悄然《しょうぜん》と謝る。自分の力不足に不甲斐なさを覚えているのか、気まずいのか、肩を竦めた。意外な言葉を耳にしたリリアナは内心目を見張る。

（あら。本心に見えますわ）

リリアナを懐柔するために一芝居打ったのかと邪推したが、ゲームのキャラクターイメージに引っ張られ過ぎたかもしれない。そう考え直し、リリアナは改めて目の前のクライドを観察することにした。

（それはそうですわよね。たかだか十一歳で、腹芸を習得するわけもございませんし）

何があったのかは分からない。だが、幼く可愛らしさが残るクライドも、年数を経ると腹黒の策略キャラになるのかと、リリアナは遠い目をしてしまう。

答えないリリアナを不思議そうに見たクライドは、すぐに納得したような声を上げた。

「あ、そうか。まだ声が出ないんだったね。体調は大丈夫？」

リリアナは微笑を浮かべて頷く。そして、卓上に置いてあった紙とペンを手に取った。

今、マリアンヌは気を使って隣室に控えているが、彼女が用意してくれたものだった。

〈お久しゅうございます。お会いできて嬉しいですわ、お兄様〉

流麗な文字を目にしたクライドは少し驚いたが、すぐに柔らかい笑みを浮かべて「僕もだよ」と答えた。

「──リリーが倒れて声が出なくなったと聞いたのは、少し前のことなんだ。父上もご存じだったようだけど、僕は聞いてなくて」

情けなくクライドは自嘲する。母親ではなく父親のことしか口にしないのは、自分《クライド》が妹《リリアナ》よりも両親に愛されている自覚があるせいだろう。父親のことを口にする時も、クライドの態度は罪悪感を訴えていた。クライドの本心を摑めないまま、リリアナは慰めを文字にする。

〈気にしておりませんわ。今こうしてお心配りいただいて、むしろ嬉しゅうございます〉

その文章を読んだクライドは目を瞬かせたが、すぐに照れ臭そうな笑みを浮かべた。

(──お兄様って、こんな方でしたかしら)

疑問を抱くが、そもそもリリアナが最後にクライドと会った時は晩餐《ばんさん》を共にしただけで、二人きりで話をしたりはしなかった。幼さ故に詳細は覚えていないが、クライドはもっと冷淡だった印象がある。

クライドの生活拠点はフォティア領の屋敷で、次期公爵としての教育も受けていた。最近では王都中心部の邸宅でも暮らすようになったと聞く。そこでは父親から直々に指導を受けたり、次代の高位貴族、つまり公爵家や侯爵家の子息たちと交流を深めたりしているようだった。リリアナにそれを教えてくれたのは、マリアンヌを筆頭とした使用人たちだ。

「リリーは、エアルドレッド公爵家のオースティンにも会ったんだろう？　僕は――リリーの声のことも、知らなかったから。彼から話を聞いて驚いた」

リリアナがクライドを受け入れるような態度を示しているせいか、クライドはわずかに頬を紅潮させて言った。

オースティンはリリアナが声を失ったと知っている。クライドはオースティンからその話を聞いたらしい。ライリーとオースティンは同い年だが、クライドは二人よりも年上だ。既に交流があると、リリアナは思っていなかった。とはいえ、冷静に考えれば、三大公爵の嫡男であるクライドがライリーたちと関わっていないはずがない。

妹がそんなことを考えているとは露ほども思っていないのか、クライドは自分が余計なことを言ったと恥ずかしくなった様子で、居心地悪そうにソファーの上で身じろいだ。

「まあ、それはそれで良いんだけど。これから十日ほどここで過ごす予定だろう。その間、色々と気づまりなこともあると思う。その時は気軽に頼って欲しいんだ」

〈ありがとうございます、お兄様〉

クライドが言う『気づまりなこと』は、間違いなく両親のことだ。お礼を言えば、クライドは得意げに頷いた。妹に頼られるのは嬉しいらしい。そして少し悩むように視線を彷徨わせ、クライドは遠慮がちに言葉を添えた。

「今は声が出ないことで困っていると思うけど――それも、良ければ協力するよ。今回の招宴には、優秀な魔導士も来るから」

クライドにとっては、完全な親切心だったのだろう。だが、リリアナには違った。

〈魔導士様ですの？　でも、お医者様は様子を見ようと仰ってくださったの。もう少し気長に居ても宜しいのではないかと、考えておりますのよ〉

魔導士に診てもらった方が良い、とクライドは言外に告げている。リリアナが声を失った原因が魔術か呪術だと考えている、ということだ。

素早く文字を書き連ねたリリアナは、線が震えていないことに安堵した。表情は取り繕えているはずだ。クライドに気が付かれないよう、左手にじんわりと滲んだ汗を拭う。

クライドは、リリアナの書いた文章を読んで困ったように首を傾げた。

「でも、リリー。君は今、王太子の婚約者候補だ。声が出ないと不味いんじゃないか？」

〈ええ――ですが、まだ候補でございますから〉

焦っているせいで、良い言い訳を思いつかない。他にも理由を加えるべきかと悩むリリアナを前に、クライドは沈黙した。端整な顔が表情を消すと人形のようだ。更に説得されるかとリリアナは身構えたが、クライドは無理強いをする気はないようだった。

「そうか。それなら、リリーの気持ちを尊重するよ」

柔らかく微笑んで頷くが、その双眸には傷ついたような光が浮かぶ。しかし、リリアナが気付く前に、クライドは感情を押し殺した。

「また明日から、宜しく頼むよ。時間が合えば、積もる話もしよう」

就寝前だからか、クライドは長く話し込む気はない。ソファーから立ち上がって遠慮がちにリリアナの頭を撫でると、扉に向かった。リリアナもまた、紙とペンを卓上に置いてクライドの後を追う。扉を開けば、隣室に控えていたマリアンヌがクライドを出迎えた。

廊下に出る扉の前で、クライドはリリアナを振り返る。

「もし気が変わったら、いつでも言ってくれ。僕からも、父上に口を利くことはできる」

おやすみ、と今度こそクライドは、優しい笑みを浮かべて部屋を出た。クライドとリリアナの会話を聞いていなかったマリアンヌは少し不思議そうな顔をするが、口を出すことなく扉を閉める。

「もうお休みになられますか？」

マリアンヌに尋ねられたリリアナは頷いて、寝室に戻った。マリアンヌに上着を預け、リリアナは部屋に一人になる。そこでようやくリリアナは溜息を吐いた。

（そういうこと。きっと、お父様に何か諭されたのでしょう。騙《だま》されるところでしたわ）

最後、部屋を出る時にクライドが浮かべた笑みは、ゲームの彼とそっくりだった。幼いとはいえ、美しい容貌と穏やかな言葉遣い、表情に惑わされると危険だ。ゲームと現実は違うと過信すれば、後戻りのできない破滅へと突き進むことになるかもしれない。

（お兄様も、本心からお父様の手先ではなさそうですけれど、警戒するに越したことはありませんわね）

予想外の訪問客で疲労を覚え、リリアナはクローゼットを開けた。中に置いた鞄からジュースを取り出す。ペトラに貰ったものだ。魔術で冷やして飲めば、体から疲れが吹き飛ぶ気がした。本音を言えばすぐに寝たいが、父や祖父母が来た後は、自由に屋敷を探索できなくなる。その前に、リリアナは屋敷を調査しておきたかった。

（ジュースは少し残しておきましょう）

瓶に半分ほどジュースを残したまま、蓋をして鞄の中に戻す。クローゼットも元通りに閉めて、リリアナは部屋と自分に術を掛け、今度こそ部屋を出た。

◇　◇　◇

リリアナの部屋を出たクライドは、自室に戻るため廊下を歩いていた。夕食も終わり、使用人たちも専用棟に戻って本邸は静かだ。リリアナと直接顔を合わせたのは随分と久しぶりだった。リリアナが四歳で本格的に王太子妃教育を受け始めてからは、暮らす場所もフォティア領と王都近郊とで離れてしまった。

「クライド？」

あともう少しで自室というところで、クライドは足を止める。溜息を辛うじて堪え、クライドは振り返った。声の主はショールを肩にかけ、半分開いた扉から顔を覗かせている。

「――母上」

クライドとリリアナの母ベリンダは、若い頃はその美貌で社交界でも人気だったらしい。しかし、リリアナが生まれてからは社交界からも足が遠のいていた。

「貴方、こんな時間にどこへ行っていたの？」

もう子供ではないというのに、ベリンダはクライドを心配する。煩わしいと思いながら、クライドは肩を竦めた。

「眠れなかったので、散策をしていました。母上はまだお休みになられないのですか？」

「書物を読んでいたのよ。それよりも、貴方、あの娘《こ》に会っていないでしょうね？」

言葉に棘《とげ》がある。ベリンダは実の娘《リリアナ》を心底嫌っている。リリアナと話したとはとうてい言えず、クライドは曖昧に誤魔化した。ベリンダは、クライドの返事を聞くよりも早く口を開く。

「あの娘はあたくしたちにとって不幸の根源なのだから、会っては駄目よ。あたくしの子供は貴方だけなの、クライド」

あんな子、生まれて来なければ良かったのに——と、ベリンダは苛立《いらだ》ちを堪え切れず吐き捨てた。クライドは母に気が付かれないよう、そっと視線を逸らす。

リリアナが生まれる前、ベリンダはとても幸福そうだった。膨らみ始めたお腹《なか》を大事そうに抱え、優しくクライドを撫でながら、柔らかい声で繰り返しクライドに言い聞かせた。

『貴方はこの子のお兄さんになるのよ。可愛がってあげてね。きっと貴方と同じ、良い子になるわ』

しかし、リリアナが生まれてからベリンダは変わった。憂鬱な顔が増え、リリアナの名を耳にすることすら厭《いと》い、娘を悪《あ》しざまに罵り痼癪を起こす。

「同じ屋敷に居ると思うだけで吐き気がするわ。汚らわしい髪、視界に入るのもおぞましい。薄緑の目に見られるだけで、恐ろしくて死んでしまいそう」

話していると神経が昂《たかぶ》るようで、ベリンダの声は段々と大きくなった。リリアナの部屋は離れているが、妹に聞こえるのではないかと、クライドは気が気ではない。

「母上、あまり大きな声を出されますと、他に聞こえてしまいますよ」

どうとでも取れる言い方で、クライドは母親を窘める。都合良く、ベリンダはリリアナに聞こえると理解したようだ。不機嫌に口を噤む。これ以上、母親の口から妹の悪口を聞きたくなくて、クライドはベリンダに近づいた。優しく肩に触れて部屋に戻るよう促す。ベリンダは部屋に戻りかけたが、肩越しにクライドを見やった。

「良いこと？　貴方は優しいけれど、あの娘に情を持っては駄目よ」

「――分かっていますよ、母上。気に病まず、ごゆっくりお休みください」

口角を上げて笑みを作る。本心ではなかったが、ベリンダは満足したようだ。機嫌良く「お休みなさい、愛《いと》しい子」と歌うように告げて、部屋に入る。扉をきっちり閉めたクライドは、今度こそ深く息を吐いた。踵《きびす》を返して自室に向かう。

父親はある意味平等だ。リリアナはもちろん、クライドにも興味がなく、優しさも親しみも見せない。しかし、ベリンダはクライドに執着する一方、リリアナを嫌悪している。

その証拠に、母親だけが、クライドとリリアナの交流を妨げようとする。せめて妹の誕生日には心の籠ったものを贈ろうとしたクライドに気が付いて、全て使用人に手配させたのも彼女だった。極めつきが、今クライドたちが居る屋敷だ。リリアナの部屋を遠ざけるように移動させたのが、ベリンダだった。

「母上は、リリーの居場所を奪うおつもりなんだな」

リリアナの居場所は王都郊外の屋敷にしかない。フォティア領にも、王都中心部の邸宅にも、部屋を用意されているクライドとは真逆だ。しかし、そんな状況でも、リリアナは自分の居場所を守るため、父親から寄せられる過分な期待に必死に応える他ない。父親の期待に応えられなかった使用人が次々と屋敷から消えていくのを間近で見て来たせいで、父親を前にすると緊張に支配される。一瞬たりとも気を抜けない。

「せめて僕だけでも、リリーの居場所になれたら良いんだけど」

クライドは、寝室に入ってやっと本音を漏らした。

母親には愛されているし、父親の仕事ぶりも間近で学ぶことができる。その幸運を、クライドはひしひしと感じていた。だが、クライドは、リリアナの声が失われたことをオースティンに教えられて知った。本来なら父親から聞くはずなのに、クライドはまだ一人前と見做《みな》されていないのだろう。だから、クライドは一人蚊帳《かや》の外だった。

「――フィリップにも、まだ認められていないしな」

自嘲を漏らし、クライドは寝台《ベッド》に潜り込む。執事のフィリップに、リリアナを魔導士に診せるのはどうかと打診した。だが、フィリップは冷たい顔で「旦那様にお伺いします」と取り付く島もない。有能な執事は父親に忠誠を誓っても、クライドは相手にしない。

自身の不甲斐なさと無力さを突き付けられ、クライドはきつく目を瞑った。

◇◇◇

転移したリリアナが向かったのは、かつての自室だった。人気のない廊下を進んで見慣れた扉を前に立ち止まる。

(【索敵《ズーハ》】)

室内に人が居るか魔術で探り、誰も居ないことを確認したリリアナは扉を開いた。幸いにも鍵は掛かっていない。

その部屋は、屋敷の中でも日当たりが良い。幼い頃に過ごした記憶はあまりないが、明らかに室内は片付けられ内装も変わっていた。しかし、人が暮らしている様子はない。

(徹底的ですわね。わたくしが暮らしていたことなど、なかったかのよう)

気に入っていた宝飾品や衣服は王都近郊の屋敷に持ち出したから名残惜しくはないが、リリアナの存在を消したいと言わんばかりの所業には呆れが勝る。

(日当たりの良い部屋ですから、お母様がお使いになるのかと思っていましたのに)

リリアナはゆっくりと部屋の中を歩きながら、首を傾げた。母親の衣装部屋かとも考えたが、ベリンダの持ち物は一切置かれていなかった。

(お祖父様かお祖母様《ばあさま》のお部屋になさるおつもり——でもなさそうですわね)

祖父母は明日来るそうだから、迎え入れる準備をしておかなければ間に合わない。寝台《ベッド》や椅子、机、ソファーは新しいが、客間として使う予定もなさそうだ。いずれにせよ、リリアナが目障りだから部屋を移動させただけなのだろう。

(それほどわたくしを嫌うなら、招宴にも呼ばなければ宜しいのに。ああ、でもそれはお父様がお許しになりませんわね)

交流はなくとも、父親の気位の高さは理解している。王太子妃候補のリリアナが嫡男の招宴を欠席すれば、出席者からはあらぬ噂を立てられるに違いない。スリベグランディア王国の宰相として辣腕を奮《ふる》う父にとっては避けたい事態だ。『青炎の宰相』と呼ばれる父の名声は、社交界に出ていないリリアナの耳にも届く。完全無欠の宰相は、隣国ユナティアン皇国からの圧力も簡単に受け流すという。その分、父親が周囲に求める程度《レベル》は高い。期待に応えられなければ、冷たい視線を向けられる。思い出すだけで、背筋が凍るようだ。

(乙女ゲームの物語《シナリオ》通りに身の破滅を迎えるのと、お父様と、どちらが恐ろしいか。微妙なところですわね)

部屋を検分し終えたリリアナは、他の部屋に移動することにした。

(この部屋に面白そうなものはございませんし、お父様のお部屋と執務室でも見てみましょうかしら)

幸いにも、まだ父親は屋敷に来ていない。探るなら今のうちだ。即決したリリアナは、かつての自室を出ると廊下を奥へ進んだ。公爵家当主の私室と執務室はとても近い。

（良く考えたら、お父様とお母様がお部屋を共にされることは、ほとんどないような）

リリアナに物心がついてからというもの、両親が仲睦まじくしているところを見たことはない。父親は王都中心部の邸宅で過ごしているし、母親はフォティア領から出ない。フォティア領を切り盛りしているのは執事のフィリップだ。実際、執務室はフィリップの仕事部屋と化していた。

ウォールナットの重厚な執務机に、大量の書類が積んである。覗き込むと、領地経営に関する書類だった。一番上に置かれた、ファイリングされている書類を手に取る。

（請求書――わたくしの誕生日に贈られて来た物の請求書もありますわ。それから、土地政策推進要綱素案、産業基盤整理条例案、これは――流通政策素案？　随分とたくさんありますわね）

一介の執事にしては、領地経営に踏み込みすぎだ。眉根を寄せたリリアナだが、フィリップが家政を司る家宰の役割も兼任しているのだと悟った。執事と家宰を分ける貴族が多いが、父は無駄を嫌ったのかもしれない。

（あら、使用人の雇用に関する書類もありますわ。それから、収支報告書。お母様ったら、随分と散財されてらっしゃいますこと）

母親は社交から遠ざかっているにも拘わらず、宝飾品を買い込んでいるようだ。詳細は分からないが、公爵家の収入を考えれば些細《ささい》な金額である。問題は、使用人の方だった。部屋から炊事場を見た時に抱いた違和感が裏付けられる。使用人は招宴のため臨時で雇われたらしいが、招宴の規模を考えると、使用人の数が多すぎた。

(個別の契約書はありませんし、領主権限で、安価で領民を働かせているようですけれど。理由が全く、見当もつきませんわ。同じ村から纏めて雇ったのも妙ですし)

臨時で雇われた使用人の出身地は、二つの村だった。リリアナも知らない辺鄙《へんぴ》な村だ。せめて信書や覚え書があれば、二つの村が選ばれた背景も分かるかもしれない。

(信書なら、私室にある可能性がありますわね)

何かを知っているとすれば、屋敷の運営をしている執事《フィリップ》だ。だが、今の時間、フィリップも私室にいるに違いない。

(フィリップの部屋は別日に探索いたしましょう。今日はお父様と、お祖父様のお部屋ですわね)

書類を元に戻したリリアナは執務室の続き扉から、父親の私室に足を踏み入れた。

クラーク公爵の私室は、簡素だが格調高い家具が設えられていた。壁にはヘラジカの頭部が飾られ、寝台《ベッド》の枕元には二柄《にへい》の槍《やり》が交差した状態で掛けられている。窓際には小さな机と椅子が置かれ、卓上には大理石と翡翠《ひすい》のチェス盤があった。書棚には経営学や歴史、兵法に関する書物が並んでいる。どれも、王都近郊の屋敷に類書があった。類書はより発展的な内容だったが、リリアナはおおよそ覚えている。公爵の私物は王都の邸宅にあるのか、整然と片付けられた部屋に生活感はなかった。

（お父様らしいと申し上げるべきかしら。兵法は少し意外ですけれど）

リリアナはなんとも言えない顔でぼやく。父親らしい、と言っても、交流がなさすぎて、漠然とした感想しか浮かばない。ただ、宰相である父親は武官ではなく文官だ。スリベグランディア王国では、先王の影響で、武に優れている人物を褒め称える風潮がある。しかし、彼は武人を軽んじていた。だから、兵法書だけは父親の印象と食い違う。

（あら？）

書棚を眺めていたリリアナは、古代から近代までを網羅的に扱った歴史書のシリーズのうち、三冊が欠けていることに気が付いた。時代毎《ごと》に詳細に解説し、正史だけでなく伝承や少数派の学説も紹介している良書だ。リリアナは、一冊ずつ表題《タイトル》を確認した。

（抜けているのは、中世の終わり――『魔の三百年』を扱った巻ですわね）

スリベグランディア王国には、暗黒と呼ばれた時代がある。それが『魔の三百年』だ。始まりは、小国が乱立し常に争い乱れる戦国の世だ。だが、群雄割拠の時代は終わりを迎える。頭角を現した一国が次々と他国を制圧し支配下に置く。その国は魔王を頂点とした魔族の国で、政治は激しく厳しいものだった。そこで反旗を翻した三人の英雄が、魔王を封じ独裁国家の勢力を衰えさせ、新たに国を創った。その国こそが、リリアナたちの暮らすスリベグランディア王国だ。

（英雄を祖に持つのが、王家と三大公爵家のうちの二家。クラーク公爵家は英雄を祖に持ちませんけれど、英雄に次ぐ活躍を見せたと言われておりますのよね）

『魔の三百年』を打ち破った三傑の歴史は伝説となり、王国で知らない者はいない。当然、三傑の血を引く王家と二家は、貴族はもちろん、民衆からも絶大な支持を得ている。そして、その成り立ち故に、スリベグランディア王国は武に秀でた者を重用する。その風潮を更に根強いものにしたのが、賢王と名高い先王だった。

寝台《ベッド》の傍にはバルコニーへ続く窓がある。近づくと、バルコニーからは美しい庭が一望できた。窓の傍にはナイトテーブルがある。リリアナはその上にあるものに気が付いた。

（まあ、こんなところに）

他は几帳面《きちょうめん》に片付けられているにも拘わらず、書棚にあるべき三冊がナイトテーブルに置いてある。他の本よりも読みこまれた形跡があった。

（英雄譚《えいゆうたん》、お好きなのかしら）

伝説にもなった英雄と父親の印象が重ならず、リリアナは困惑する。しかし、『魔の三百年』を扱った巻だけが特別扱いされているのは事実だ。

（信書もなさそうですし、お祖父様方の部屋にも行ってみましょう）

夜も遅くなっている。諦めも肝心だと、リリアナは父親の部屋を出た。

祖父母の部屋が、最後の目的地だ。前当主とその妻である祖父母は、領地の最南端にある別邸を拠点とし、滅多に他を訪れない。リリアナも、両親や兄以上に、祖父母と顔を合わせたことがなかった。そのため、祖父母の記憶は全くない。ただ、使用人たちから漏れ聞く話を総合すると、祖父母は貴族らしく厳格な人柄のようだった。

しかし、部屋に足を踏み入れた途端、リリアナは絶句して立ち尽くした。

（厳格と言うから私物はほとんどないと思っていましたのに——お父様の部屋よりも、物が多いではございませんか）

滅多に立ち寄らない屋敷に私物はないと想像していたが、どうやら真の意味で貴族らしい二人のようだ。

ダンスを踊れそうなほど広い部屋を、祖父の趣味らしき古文書が占領している。次いで、祖母のものらしい宝石が飾られていた。宝飾品に加工される前の、原石を磨き上げカットした段階のものだ。リリアナは眩暈を覚えた。

（いつから、この屋敷は博物館になったのかしら）

総資産がいくらになるのか、想像さえできない。中でも最もリリアナの目を引いた宝石は、無色で透明度が高く内包物も見られない金剛石《ダイヤモンド》だった。大きさは六十カラット程度、まさに国宝級だ。

だが、残念なことにリリアナは宝石に興味がない。あっという間に関心が失せて、古文書に近づいた。古文書は、年代と国・地域別に分類され保管されている。

（歴史の資料となりそうなものがほとんどですわね。異国の魔術に関するものも多いよう

ですけれど）

一つずつ確認するリリアナは、思わず苦笑を浮かべた。

（さすが、親子と申し上げるべきかしら）

祖父が収集した古文書の中で、最も数を占めるもの。

それは、中世の終盤——即ち『魔の三百年』と、スリベグランディア王国の始祖である三傑に関する古文書だった。

◇◇◇

翌朝、リリアナは自室で朝食を摂った。食堂で母親から暴言を吐かれないようにという、マリアンヌの気遣いだ。リリアナは気にしないが、心遣いはありがたく受けることにした。

（声を失ってから、マリアンヌが少し過保護になっている気はしますけれど）

だが、不思議なことにそれが心地好い。のんびりと朝食を終えたリリアナは、食後の散歩のため庭に行くことにした。簡素で動きやすいが品の良いワンピースに着替え、マリアンヌを連れて屋敷を出る。

広い庭には、翌日に控えた招宴のため、テーブルや椅子が並べられていた。美しい花々が咲き乱れ、風が吹き抜けると心地好い香りが広がる。景色を堪能しながら、リリアナは何気ない足取りで裏庭に向かった。壁で見えないが、炊事場からは美味しそうな香りが漂って来る。だが、炊事場の奥に繋がる深遠な森の一端を、裏庭からも見ることができた。裏庭も森も、昼の光の下で眺めると、夜とは違う雰囲気だ。リリアナは、視線を感じて炊事場の方に顔を向けた。炊事場から歩いて来たペトラが、ローブを纏い立っている。普段と変わらない態度だが、苦虫を噛み潰したような表情だ。

「おはよう、お嬢サマ」

首を傾げるリリアナに、ペトラは挨拶しながら近づいて来た。

『おはようございます』

念話《テレパシー》で答えたリリアナは笑みを浮かべ、軽く一礼する。念話《テレパシー》はペトラにしか聞こえない。

ペトラは、にやりと笑った。

「凄《すご》い贅沢な屋敷だね。あたしの部屋、使用人部屋だったけど、今の下宿より豪華だよ」

ペトラの言う下宿は、魔導省に勤める魔導士に準備されている家のことだろう。無礼とも取れるペトラの台詞に、リリアナの背後に立つマリアンヌが怒りを堪える。その気配を感じながら、リリアナは困ったように眉根を寄せて小首を傾げた。

『この屋敷はどこに耳があるか分かりませんので、何かありましたら、帰路でお伺いしますわ』

裏庭でペトラが待ち構えていたのも、リリアナに伝えたいことがあるからだろう。そう見当をつけたリリアナが伝えれば、ペトラは一瞬目を見張った。すぐに普段の飄々《ひょうひょう》とした表情に戻ったから、リリアナ以外はペトラの変化に気が付いていないはずだ。ペトラは敵えて楽しげに笑いながら、雑談を重ねた。

「ご飯も美味しかったし、ここに就職したいけど、魔導省って副業禁止なんだよね」

「さようですか」

ここまで無言を保っていたマリアンヌが、堪え切れずに口を挟む。相手が貴族なら、侍女のマリアンヌは発言できない。しかし、平民のペトラであれば無礼ではない。マリアンヌは会話を切り上げたい様子だが、ペトラは気に留めなかった。

何気なく、ペトラはリリアナに歩み寄る。無遠慮にペトラがリリアナの首筋に手を伸ばしたのを見て、マリアンヌは気色ばんだ。リリアナは片手でマリアンヌを制し、ペトラを見上げる。魔導士の紫の瞳が、不思議に煌めいていた。

リリアナの長い銀髪の下を通ったペトラの手が、華奢な襟元を整えるようにして離れる。

「お守り、あげる。誰にも気付かれるんじゃないよ。この屋敷、気色悪い臭いがする」

魔導省以上に、と更に声を落としてペトラは囁いた。リリアナは目を細める。

リリアナの服の下には、つい先ほどまで身に着けていなかった首飾り《ペンダント》がある。ペトラが『お守り』と言うからには、魔術や呪術に対抗するための魔道具だろう。

『ありがとうございます。嬉しいわ』

一歩後ろに下がったペトラは、マリアンヌの険しい形相を無視して口を開いた。

「襟元が捻《ね》じれてたよ。あたしは往復の魔物退治が仕事だから、この屋敷では用済みだろうけど、一応、何かあれば言って」

綺麗に服を着せていたマリアンヌにとっては、喧嘩を売られたようなものだろう。しかし、ペトラはマリアンヌが反論するより早く、片手をひらりと揺らしてその場を立ち去った。ペトラの姿が完全に見えなくなったところで、マリアンヌは一歩前に進み、リリアナの隣に並び立つ。

「全く、あの女はお嬢様にあまりにも馴《な》れ馴《な》れしく振る舞いすぎですわ」

マリアンヌはペトラの出自ではなく、態度が気に入らないらしい。ぷりぷりと怒る彼女は普段の印象と掛け離れていて、リリアナの笑みは自然と深まる。

（マリアンヌは怒りそうですけれど、意外と二人の気は合いそうですわね）

ペトラはマリアンヌが不機嫌になるのを楽しんでいるように思えた。マリアンヌも、腹を立てつつも、ペトラを邪険に扱いはしていない。それが少し面白くて、笑いを堪えたままリリアナはゆっくりと散歩を再開した。

屋敷の庭は相当広い。それなりに歩いたところで、リリアナは部屋に戻ることにした。招宴会場となる庭を通り抜けると、人の気配がする。視線の先には、母ベリンダが居た。リリアナを視界に入れた瞬間、ベリンダの顔が醜く歪む。

「――汚らわしい」

たった一言、しかし怨嗟《えんさ》の籠った声だった。耳から体の全てを犯すような毒だ。一瞬、言葉の意味を理解できずにリリアナは立ち尽くす。背後でマリアンヌが硬直した気配がした。ベリンダは顔を背ける。

「とっとここから出てお行き。どこぞで野垂れ死んで魔物に食われてしまうが良いわ」

母親の背後に従う侍女は、ベリンダの影響か、ゴミでも見るかのような視線でリリアナを凝視する。ベリンダは、侍女と共に足早に立ち去った。招宴の準備は途中で放り投げたようだ。姿が消えた途端、リリアナとマリアンヌの時間が動く。

「お嬢様」

絞り出すような声で、マリアンヌがリリアナを呼ぶ。リリアナが振り向くと、優秀な侍女の顔は悲痛に蒼褪《あおざ》め、込み上げる怒りを必死に抑え込んでいた。

リリアナは宥めるように微笑を浮かべた。マリアンヌは顔を歪めて口を開きかけたが、唇を引き絞る。その両手は強く握られていた。爪で掌が傷つきそうで、リリアナはマリアンヌの手にそっと触れた。マリアンヌの体から力が抜ける。

(とても憐《あわ》れまれている気が致しますけれど。さすがに心苦しいですわ)

不思議と、リリアナは傷ついていなかった。面と向かって母親に罵倒されたら衝撃を受けるだろうと思っていたが、昔から悪意に慣れていたのかもしれない。事実、リリアナは幼少期からそういうものだと考えていた気がする。

(認めて欲しい、褒められたいと考えていた時期もあったような、ないような)

マリアンヌを促して歩きながら、内心でリリアナは小首を傾げる。父親の期待に応えようと足掻いても、悲哀や憤怒はなかった。生存本能が、リリアナに努力をさせていただけだ。今や承認欲求は欠片《かけら》もない。目指すは、破滅する未来の回避だ。

（それにしても、お母様はあの調子で、無事に宴を終えられるのかしら）

兄クライドを披露するための宴は、クラーク公爵家の存在を対外的に印象付け、威信を示すために開かれる。それなのに、家族が不仲と知れては不味い。リリアナは不調を理由に、適当な頃合いで退場するつもりだが、会場にいるわずかな時間でさえ、母親は耐えられないのではないだろうか。

（わたくしが関知することではございませんわね）

内心で肩を竦めたところで、ようやくサンルームに入る。そこから私室へ向かえば、母親と出くわす可能性も低い。だが、そこでマリアンヌが思いついたように言った。

「お嬢様、せっかくですから、こちらで少しお休みになられますか？　宜しければお茶をお持ちいたします」

散歩以外は部屋に閉じこもるつもりだったリリアナは、目を瞬かせた。マリアンヌは励ますように笑みを浮かべる。

「奥様はしばらく、この近くにはいらっしゃらないでしょうし。こんなに良いお天気ですから」

マリアンヌの言う通り、天気も良く花々が見えるサンルームは休憩に最適だ。少し悩んだが、リリアナは頷いた。マリアンヌは嬉しそうにお茶の準備を始める。ベンチに腰かけたリリアナは、準備が整うまで茫然と庭の花を眺めていた。

（お兄様もお父様の影響がありそうですけれど、まだ妹《わたくし》に友好的でしたし。乙女ゲームの

ようにわたくしが殿下を害さなければ、次期宰相ルートでの破滅は避けられるでしょう）

マリアンヌは茶葉を取りに一旦席を外す。一人になったリリアナの耳に、物音が響いた。顔を向けると、そこには年輩の侍女を連れた老女が居た。

（——お祖母様？）

記憶にはほとんどないが、今日到着すると聞いていた祖母だろう。厳格な雰囲気は他を圧倒するほどだ。相応の年齢にも拘わらず姿勢はしゃんと伸び、古くからの慣習を守った貞淑な貴婦人の立ち居振る舞いだった。

「リリアナですね」

じろじろと不躾《ぶしつけ》なほどリリアナを見ていた彼女が口にしたのは、孫娘の名だった。リリアナはベンチから立ち上がり礼を取る。家族と言えど、礼儀は守らねばならない。声こそ発さないものの、リリアナの見事な礼を見た祖母バーバラは、わずかに眦《まなじり》を緩めた。

「これを」

その言葉に反応したのは、バーバラの背後に控えた侍女だった。リリアナの前に出て、小さな包みを差し出す。咄嗟にリリアナが受け取ると、バーバラは冷たく言った。

「料理人に作らせた菓子です。招宴の準備すら放り投げるような、不出来な娘と食事を共にすることはありません。あれは勘違いをしているようですが」

義理の娘でも嫁でもなく「未婚の女《むすめ》」と言い、更に「あれ」と言い放つ。バーバラはベリンダを心底嫌い、家族とも思っていないらしい。何を勘違いと言っているのかは分からないが、少なくとも、庭での一場面を祖母が目撃したことは間違いなかった。

「貴方のお祖父様は厳格な御方《おかた》です。その背を見て育ったあなたの父親《エイブラム》も同じ。ただお一人を心の主と決め、その方のためだけに生きておられます。私たちの役目は、そんなお二人をお支えすること。我が公爵家の一員として、身の程は弁《わきま》えるように」

それだけを告げて、祖母は侍女を伴いサンルームを出て行った。取り残されたリリアナはベンチに再び腰かける。

額面通りに受け止めれば、悄然とする言葉だ。だが、リリアナには大した内容ではなかった。それに、母親と異なり、祖母にはリリアナを気遣う様子がある。

（意外と、我が家は敵だけしかいない、というわけでもなさそうですわね）

祖母は不器用ながらも孫娘を励ましたかったのだろう。もっとも、敵ではないから味方だとは言い切れない。祖父や父と対立すれば、間違いなくリリアナが切り捨てられる。

そしてもう一つ、祖母の言葉には気にかかる部分があった。

（お父様もお祖父様も、ただ一人のために生きていると仰っていましたわね。家系的な特質ということかしら。それに『ただ一人』とは一体誰のことを指しているの？）

伴侶が『ただ一人』の相手ではないだろう。祖父はともかく、父母の関係を見ると違和感しかない。気にはなるが重要なことではないと、リリアナは疑問を脇に置くことにした。袋を開けると、クッキーの甘い香りが広がる。一口齧ったところで、茶を持ったマリアンヌが戻って来た。

「あら、お嬢様。そちらは？」

マリアンヌは目敏《めざと》くクッキーに気が付く。リリアナは微笑を浮かべ、祖母がくれたのだと紙に書いて教えた。予想外だったらしく、マリアンヌは驚きを隠せない。しかし、主が優しくされたことは嬉しかったのだろう。すぐに彼女は顔を綻ばせた。

「ちょうど宜しゅうございました。その菓子をお茶請けに致しましょう」

リリアナは頷く。しかし、祖母がくれたクッキーはリリアナの口には合わなかった。それよりも、マリアンヌが用意してくれる素朴な味のクッキーの方が、美味しかった。

◇◇◇

招宴当日は爽やかな天気に恵まれていた。来賓は皆、グラスを片手にテーブルの間を練り歩きながら談笑している。宴の最初にクラーク公爵エイブラムが口上を述べる時だけ、公爵家は共に居たが、社交のためすぐに別れた。リリアナは社交を開始していないため、庭の隅でマリアンヌと共にのんびり茶と菓子を楽しみながら、来賓を観察している。ほとんどが顔見知りという状況からか、腹の探り合いもあまりない。バルコニーを開け放った大広間と庭が開放され、人々は好きに行き来していた。もっとも、自然と爵位に応じた区分ができる。大広間にはリリアナの祖父母や高位貴族が、庭には母ベリンダの親戚が集っていた。

リリアナは、マリアンヌの手で美しく着飾っている。品の良い簡素《シンプル》なドレスは、薄緑が裾にいくほど濃くなり、可愛らしさの中にも優美さが兼ね備えられている。小ぶりな宝飾品は薄緑のペリドットと濃緑のパライバトルマリンで、幼いが故の可憐さを存分に引き出していた。人目を引いているが、リリアナは気が付かない。

（ペトラは今頃、部屋でのんびりしているのでしょうね。少し、羨ましいですわ。わたくしも部屋で魔導書を読みたいのに）

だが、王太子ライリーに挨拶をするまでは隅に控えているように、という父の伝言を受け取っている。仲の良い家族だと周囲には知らしめられるかもしれないが、実情を知るリリアナは白々しさに呆れるばかりだ。それでも、クラーク公爵の手腕は見事だった。冒頭の挨拶を聞いた者たちは、公爵夫妻と子供二人に交流がないなど、想像しないだろう。母ベリンダも頬を引き攣らせながら、彼女の夫が期待する聖母の役割を必死に演じていた。

（妻の献身への感謝、次期公爵となる嫡男への期待と激励、王太子妃候補の娘への気遣い、前当主とその妻への感謝と労《ねぎら》い。理想と思う方々も多いのではないかしら）

リリアナは何気なく視線を庭の人々に向ける。

（お兄様は、遠縁の男爵様とご一緒ですわね。確か最近、魔物が良く出ると噂の街道が通っている領地をお持ちだったかしら）

クライドは如才なく、親戚や世話になっている貴族への挨拶回りをこなしている。ベリンダは両親を亡くしているため、数少ない親戚や古くから付き合いのある友人と歓談していた。リリアナとは庭の対角線上にいるため、見える姿はかなり小さい。それでも、身に着けた宝飾品を自慢し合っていることが見て取れた。

(結構な値打ち物も交ざっているようですわね。ご婦人の中には、明らかに魔道具の首飾り《ペンダント》をお持ちの方もいらっしゃいますし)

リリアナが盗み見た収支報告書で、ベリンダは高額な買い物をしていた。今日身に着けている宝飾品も、その内の一つだろう。もしかしたら、魔道具も含まれているのかもしれない。母方の家系は、古くは北の異民族の血が混じっているそうだ。北の異民族は異能力者、即ちスリベグランディア王国の民とは全く違う特殊能力を持つという噂もあり、そのことを声高に自慢する者もいた。実際、魔術や呪術に秀でた親戚も多いようだ。だが、幸か不幸か、リリアナは母方の親戚とほとんど面識がない。

(ゲームの内容を考えたら、クラーク公爵家で『異能力』と言えるほどの力を持っているのは、わたくしとお父様くらいですのよね。それも魔力量が膨大というだけですわ)

そんなことを考えていると、歓談していたベリンダの様子が変わった。友人の一人が何事かを口にし、対するベリンダは頬を紅潮させ震えている。激情を堪えているのが、リリアナの目にも分かった。

(何かしら?)

公爵家に相応しくない態度を取れば、後から公爵に叱られるだろう。ベリンダも理解しているはずなのに、全く取り繕えていなかった。ベリンダは不作法と咎められるほどの乱暴さで立ち上がり、その場を立ち去る。残された女性たちは、顔を見合わせて肩を竦めた。何があったのかとリリアナは疑問を抱くが、盗み聞きのために魔術を使おうにも、この場には父と兄が居る。最悪の場合、リリアナが魔術を使えると知られる恐れがあった。

（お父様とお話しされている方々は、見た記憶がございませんわね）

彼らの服装を見る限り、それなりの地位に居ると分かる。しかし、親戚同士にしてはよそよそしい。王宮に勤めている同僚だろうとリリアナは見当をつけた。その中に一人、明らかに他とは違う風体の男がいる。小柄で恰幅《かっぷく》の良い中年男性だ。紫色のローブを着て、胸元には金細工の首飾り《ペンダント》を着けていた。ローブはペトラが着ている物と良く似ているが、明らかに質が良い。

（魔導省の方かしら。お兄様が仰っていた方？　その割には、お父様と親しげですわね）

纏う雰囲気はペトラと全く違うが、ペトラが一般的な魔導士ではないことはリリアナも知っている。つまり、判断要素は身なりしかない。

極力相手に悟られないよう観察していると、父親がローブの男に何事かを告げた。残りの知人たちに軽く声を掛け、二人連れ立って集団から離れる。二人は、庭の隅に居るリリアナに近づいて来た。

（わたくしに、何か御用かしら）

リリアナの声を取り戻そうと試行錯誤している兄とは違う。エイブラムはリリアナが王太子の婚約者候補から外れることを期待しているはずだ。だから、リリアナが再び話せるような対策を取って来なかった。父親の意図を読み取れずリリアナは警戒心を高めるが、エイブラムは、優しい父親の仮面を被り、穏やかな笑みを浮かべた。

「リリアナ」

お前と呼ばれたことはあっても、名を呼ばれた記憶はない。強い違和感にリリアナは顔が引き攣りそうになるが、辛うじて堪えた。声を出せないため、リリアナは立ち上がると微笑を湛《たた》えて礼を取る。傍に控えたマリアンヌは、更に一歩下がった。

エイブラムは、ローブの男に顔を向ける。

「これは我が娘のリリアナ。リリアナ、こちらは魔導省長官のニコラス・バーグソン殿だ」

「これはこれは、お美しいご令嬢ですな。公爵閣下の奥方様もお美しくあられ、御令息もご優秀で羨ましい限りと思っておりましたが、ご令嬢もこれほどまで可憐でいらっしゃるとなると――さぞや、羨望の的となりましょう」

実際にしてはいないが、今にも揉《も》み手《で》をしそうだ。バーグソンはにこやかに言うと、大仰な仕草でリリアナの手を取り、甲に軽く口づける仕草をした。熱い吐息に鳥肌が立つ。バーグソンが手を離した隙に、リリアナは素早く自分の手を取り戻した。エイブラムは娘の不作法を無視した。にこやかに、しかし単刀直入に本題に入る。

「リリアナは流行り病で声を失ってね、まだ取り戻していない。医師も治癒は見込めないと伝えて来た。つまり、我が娘は呪われて声を失ったということだ」

マリアンヌが息を呑《の》む。ここに来て、リリアナは更にエイブラムの思惑が分からなくなった。感情が一切表れない公爵の視線はリリアナを貫く。凍《い》てつくような瞳とは裏腹に、彼の声は、呪われた娘に心を痛める優しい父親そのものだった。

「呪いならば、魔導士が解くことができる。バーグソン殿は魔導省長官であり、この国では最高位の魔導士だ。――お前も、殿下から見放されたくはないだろう？」

最後の言葉は、リリアナに恐怖を思い起こさせるような言い方だった。

――お前は私の駒だ。使い捨てにされたくなければ、駒なりに私を満足させてみろ。

リリアナの脳裏を、幼い頃から植え付けられた言葉が過《よぎ》る。エイブラムから直接掛けられた数少ない言葉だ。

じろりと娘を見下ろした公爵は笑みを深める。蒼白《そうはく》になった年端も行かない娘の反応が思い通りだったようだ。だが、実際のリリアナは困惑しているだけだった。

（これは一体、どういうことでしょう？　お父様は、わたくしが声を失ったままの方が、ご都合が宜しいのではなかったの？）

それに、魔導省長官の前で高圧的な言い方をする公爵が、妙に気にかかった。元から恐怖で他人を支配する傾向があったが、人目に付く場所では綺麗に取り繕っていたはずだ。小さな頭を高速で回転させるリリアナには気が付かないまま、バーグソンが「本当にその通りですね」と口を開いた。彼は舐めるようにリリアナを眺める。

「もちろん、私でしたら、たいていの呪いを解くことができます。しかし、解呪の術は繊細な魔力操作が必要でしてな。本人に受け入れる気がなければ、成功しないのですよ。如何ですかな、ご令嬢？」

遠回しだが、この場で解呪をしようと言うのだろう。リリアナはわずかに目を伏せた。

声を取り戻す気は全くない。王太子の婚約者候補から外れるため、他の策を練るのも面倒だ。しかし、父親とバーグソンは、リリアナの声を取り戻させようとしている。

決断は、一瞬だった。リリアナは怯《おび》えたように身を小刻みに震わせ、首を横に振る。

バーグソンは、笑みを驚きに変えた。

「解呪しないと言うのですか？」

これは、一つの賭けだった。父親が命じれば、リリアナは解呪の処置を受けざるを得ない。父親の意図を見極められる可能性に、リリアナは賭けた。

エイブラムの表情は変わらない。怯える娘を見放した様子も、安堵した気配もない。その隣で目を眇めたバーグソンが、口の中だけで何事かを呟いた――その時。

どこかで、甲高い金属音が響いた――気が、した。

「旦那様！」

リリアナが金属音の正体を見定めるより早く、執事のフィリップが小走りで駆けて来る。

リリアナだけでなく、エイブラムやバーグソンの視線がフィリップに向けられた。執事は公爵とバーグソンに一礼した。

「王太子殿下がお見えになられました」

リリアナの存在は綺麗に無視されている。

（一応、わたくしは殿下の婚約者候補なのですけれど、わたくしには何も言わないのね）

思わず、リリアナは冷たい視線をフィリップに向けた。だが、彼のお陰で、リリアナが解呪を拒否した事実から、公爵とバーグソンの意識が逸れた。結局父親の真意は分からないままだが、解呪を迫られないのであれば十分だ。解呪を撥《は》ね除《の》ける方法など、リリアナは知らない。

（災い転じて福となす、かしら。殿下がわたくしの解呪をご提案なさらなければ宜しいのですが）

リリアナは、王太子を出迎えるため歩き出したエイブラムとバーグソンの後を追った。既にクライドは玄関広間《ホール》に立っている。少し遅れて、リリアナの祖父母と母ベリンダも到着した。ベリンダは表情が硬く、リリアナを視界に入れようとしない。

少しして、開け放たれた扉の向こうに、王家を示す獅子《しし》と剣の紋章が掲げられた六頭立ての馬車が現れた。護衛騎士も引き連れた大行列だ。護衛が馬車の扉を開けると、中からフロックコートを着たライリーが降り立つ。両側を護衛に守られたライリーの前に、クラーク公爵エイブラムが進み出た。

「殿下。この度は我が公爵家への御行啓、恐悦至極に存じます」

如才なく口上を述べ始めた公爵を、ライリーは片手を上げて制する。

「クラーク公爵。今日は畏まらなくて構わない。私の学友と婚約者——候補だが、彼女のめでたい席だからな」

「ありがたきお言葉、御寛容なる御心《みこころ》に感謝申し上げます」

エイブラムが頭を下げるのを見たライリーは一つ頷くと、今度は先代公爵夫妻に顔を向けた。リリアナの祖父母とライリーは今回が初対面だ。だが、先代公爵の話は、ライリーも先王から聞いていた。

「お二人も、ご健勝で何よりだ。先王陛下も、御存命であられたら、先の政変での助力にお礼を述べられただろう」

「恐悦至極に存じます」

前公爵ロドニーはライリーの言葉に従い華美な言い回しは避けたものの、礼儀を尽くして謝意を示した。これで堅苦しい挨拶は終わりだと、ライリーはクライド、そしてリリアナに視線を移してにこりと笑う。

「クライド。お前も息災で良かった。リリアナ嬢も、元気そうで何よりだ」

クライドもはにかみ、リリアナは微笑を浮かべて淑女の礼を取る。ライリーは屋敷に足を踏み入れ、魔導省長官バーグソンにも声を掛けた。

「お前も来ていたんだな。色々と世話になっている、バーグソン」

「とんでもございません。むしろ、己の不甲斐なさをつくづく感じているところにございます」

ライリーは外套を侍従に預けてタキシード姿になる。公爵の先導で、一同は庭に向かう。宿泊するライリーの荷物はフィリップの指示の下《もと》、屋敷に運び込まれた。

（――不甲斐なさ？　殿下は長官に、何か頼んでいらっしゃるのかしら）

リリアナは首を傾げた。だが、ライリーもバーグソンも具体的なことは口にしない。リリアナは考えるのを止めた。後は、適当な頃合いで招宴から抜け出し自室に戻るだけだ。ライリーとは普段から王宮で会っているから、わざわざここで話すこともない。

しかし、何を思ったのか、ライリーからリリアナに声を掛けて来た。

「顔色が良いようで安心したよ。フォティア領の水が合っているのかな」

ライリーはリリアナをエスコートするため腕を差し出す。一瞬驚いたものの、拒絶することもできず、リリアナは素直にライリーの腕に手を掛けた。そして、曖昧に首を傾げて小さく頷く。念話《テレパシー》を使えば会話は滑らかに進むが、ペトラ以外に念話《テレパシー》を使うつもりはない。多少の面倒臭さはあるが、身を守ることがリリアナの最優先事項だ。

リリアナの反応を見たライリーはほっと頬を緩めた。

「それは良かった。ゆっくりと養生してくれ」

ライリーは、この場で声の話を持ち出す気はないようだ。父と兄がライリーとリリアナに注意を払っている気配はあるが、解呪を勧めることもなかった。

庭に到着すると、王太子の来場に気が付いた来客たちが一斉に立ち上がった。大広間に居た人々も庭に出て、一角を占拠する。王太子と謁見した経験のある高位貴族は平然としているが、母ベリンダの類縁は王族と無関係の世界に生きている。そのため、彼らからは興奮したような、感嘆の声が上がった。祖母バーバラの眉が神経質に寄る。

エイブラムが王太子への謝辞を述べると、来客たちが順に、ライリーの元へと挨拶を述べに来た。こうなると、リリアナも立ち去ることはできない。品の良い微笑を湛え、流れ作業のように来ては立ち去る貴族たちを眺める。エイブラムは逐一客人を紹介するが、既にリリアナは把握しているため、目新しくもない。人数が多いため、一人一人が話し込めないことが幸運だった。

(ご年配の方は特に、女性は一歩引くべしとのお考えですから、挨拶も男性のみというのがありがたいですわね)

お陰で、挨拶の口上も一人分で済む。もし女性も口上を述べれば、二倍の時間が掛かり、疲労が溜《た》まるに違いない。その上、そのような価値観の人々は、一歩下がって穏やかに微笑むリリアナに好印象を抱いたようだった。話さずとも、余計な詮索をされない。

挨拶を一通り終えた後、ライリーは従僕に命じて、クライドへの祝いを渡した。それを契機に、何人かの貴族も、クライドへ祝福の言葉と贈答品を捧《ささ》げる。他の貴族から贈られた祝い品は予《あらかじ》め屋敷内に運び込まれていた。クライドがライリーと全体に感謝の言葉を高らかに述べると、招宴は一段落だ。一区切りついたところで、公爵がライリーを誘った。公爵には内密の話があるらしい。

「殿下、この後、少し宜しいですか」

ある程度経ったところで、主賓が主催者と共に会場を去るのは普通のことだ。リリアナも、これ幸いと、さっさと自室に戻ることにした。別れ際にライリーがリリアナを一瞥したが、素知らぬ振りをする。

（お父様が殿下と何をお話しなされるのかは気になりますわね）

ライリーと父は応接間《サロン》へ、祖父母と母、クライドは各々社交に向かった。リリアナは、隅に控えていたマリアンヌを呼び寄せる。即座に近づいて来たマリアンヌは、すぐにリリアナの真意を理解した。

「お部屋にお戻りになられますか？」

リリアナは頷いた。まだ社交界に出ていない少女が招宴から姿を消しても、誰も気に留めない。母親はむしろ安堵するだろう。

部屋に戻ったリリアナは、ようやく緊張を解いた。茶を用意してくれたマリアンヌに礼を言い、図書室から持って来た書物を読み始める。書物を読む時、マリアンヌはリリアナの邪魔をしない。これで夕食までリリアナは一人だ。

しばらく書物を読んでいたリリアナだが、ライリーと父の密談が脳裏にこびりついて、内容に集中できなかった。少し考えて書物を卓上に置く。

（少し、試してみましょうかしら）

リリアナが試したい魔術は多いが、練習できるものもあれば、ぶっつけ本番でなければ試せない術もある。今回、実際に密談の場へ転移すると、エイブラムに気付かれる可能性が高い。そのため、リリアナは別の術を試すつもりだった。

（以前、試した時は成功しましたけれど、お父様が魔術で妨害している可能性もあります

ものね）

妨害の術を無効化し、更に公爵に悟られないような術式を構築しなければならない。

（【魔術探知《マギス・ズーハ》、探索《フードウン》】）

変更を加えて慣れた術を発動するが、妨害されたり無効化されたりした手応えはない。安心したリリアナは、ライリーとエイブラムが居る場所を眼前に表示した地図で確認した。二人は人払いをし、一番格式の高い応接間《サロン》に居た。リリアナは次の術を放つ。

（【遠耳《アプヒューロン》】）

途端に、リリアナにしか聞こえない音声が、耳元で明瞭に響いた。

『――ほど、一進一退ということですな。それは、気がかりなことです』

『心遣いに感謝します、公爵』

上手く行ったと、リリアナの美しい唇が弧を描いた。そして彼女は目を細める。

礼を口にしたのはライリーだ。二人の様子は目に見えないが、穏やかな雰囲気であることは察せられる。私的な会話をほとんど交わしたことのない父親が、王太子に見せる姿勢が物珍しくて、リリアナの好奇心は掻き立てられた。家族の前でも冷淡さが押し出されているから、エイブラムの人間臭さが余計に引っかかる。

『そのような中で、本日はご足労いただき、私共にとっては何より光栄にございます。愚息も喜んでいることでしょう』

『こちらこそ、気の置けない方々の中に寄せていただき感謝しています。クライド殿はもちろん、リリアナ嬢とも親しくさせていただいていますし。多少、リリアナ嬢の体調が気がかりではありますが』

ライリーは王太子だが、宰相として辣腕を奮うクラーク公爵には礼儀を忘れない。人前では王太子然とした振る舞いを見せるものの、二人きりの時は、ライリーの口調はがらりと変わった。

『左様にございますな』

重々しくエイブラムが頷く。一瞬の沈黙を破ったのはライリーだ。声が硬い。

『リリアナ嬢の声は、戻りませんか』

『医者に診せましたが、改善の見込みは残念ながら』

言外に、リリアナの声は戻らないと告げる。全く感情の滲まない声からは、エイブラムの本心を読み取ることもできない。人によっては己を律し哀《かな》しみを抑えていると考えるだろうし、逆に、娘の不運も嘆かない冷徹な人物だという印象を持つ人もいるだろう。

『公爵。リリアナ嬢の声は、本当に病なのですか』

少し悩んだ様子を見せたライリーは、意を決したように口を開いた。

『と、仰いますと？』

緊張した声音のライリーに対し、エイブラムはどこまでも冷静で淡々としている。

（さすがに、年の功ですわね。経験の豊富さも全く違いますけれど）

リリアナは苦笑する。ライリーも年齢の割に理知的で大人びている。しかし、エイブラムと比べると圧倒的に場数が不足していた。

(今後に期待ですわ)

婚約者候補筆頭かつ年下のリリアナから冷静に評価されているとも知らず、ライリーはリリアナに対する気遣いと心配を声音に滲ませる。

『無論、治らない病があることは承知しています。ですが、一度は呪術の可能性も疑ってみるべきではないかと思うのです』

『——陛下のように、ですか』

声しか聞こえないにも拘わらず、リリアナは父が一瞬意味深な笑みを浮かべ、すぐに掻き消した様子が目に見えたような気がした。

(陛下の玉体が思わしく在らせられないとは伺っておりましたけれど、まさか、呪術が原因でしたの?)

衝撃に、リリアナは瞠目《どうもく》する。全くの初耳だ。一国の王が呪術で死に瀕《ひん》しているなど、軽々しく口外できることではない。しかし、二人とも、国王が呪われている可能性を承知していたようだ。

『そうです。陛下に関しては解決法も見当たらず、暗礁に乗り上げてしまいました。現在でも病状は悪化する一方です』

ライリーは一瞬、声を詰まらせる。しかし、すぐに平静を取り繕った。

『リリアナ嬢は治るかもしれません。幸いにも、ここにはバーグソン殿がいる。魔導省長官である彼ならば、何か良い案を見つけてくれるかもしれません』

『なるほど、お考えは理解いたしました』

公爵はライリーの言葉を肯定した。しかし、その声に熱はない。

『しかしながら、残念なことに、娘の声は呪術が原因ではないようでしてな。現状では打つ手がないのです』

『――呪術では、ない？』

『いかにも。真っ先に、彼には診てもらったのですが』

ライリーの声はどこか愕然としているが、公爵は平然としていた。沈黙が降りる。リリアナは無意識に眉間に皺を寄せた。

（お父様は、わたくしの解呪を望んでいらしたのではなかったの？）

魔導省長官バーグソンをリリアナに引き合わせた時、公爵は呪いが原因でリリアナは声を失ったと言った。リリアナにとっては、王太子に見放されたくなければバーグソンに解呪してもらえと命じられたようなものだった。

だが、二人の会話を聞く限り、公爵は、リリアナが再び話すことはないとライリーに思わせたい様子だ。公爵の思惑が見えず、リリアナは難しい表情のままだった。

『――それは、とても残念です』

『お心遣い、痛み入ります』

心底辛そうに言ったライリーに、公爵は礼を言った。エイブラムの言葉は相変わらず淡々としていて、感情が見えない。ライリーは不審を抱かなかったようだ。気持ちを切り替えたのか、ライリーが次に口にしたのは、領地経営や政の話だった。取り立てて目新しい内容はない。リリアナはソファーの背もたれに体を預け、二人の話に耳を傾け続けた。

二人の会談が終わったのは、およそ一時間後だった。そこで術を終えても良かったが、リリアナは思い直して公爵の様子を窺うことにする。エイブラムは侍従に、客間へライリーを案内するよう言いつけると、自分は執務室に向かった。探索の術で確認すると、執務室には執事のフィリップが居るようだ。

『旦那様、お疲れ様にございます』

『ああ』

『殿下との会談は無事に終えましたか』

尋ねる執事に、エイブラムは鼻で笑った。

『アレの声が、呪術のせいで失われたのではないかと訊かれた』

『それはそれは』

フィリップが笑いを堪えたような声で相槌《あいづち》を打つ。しかし、その点を掘り下げる気はないようだ。エイブラムは『何かあったか』と話題を変える。フィリップは声を潜めた。

『――あの一族が動き出したとの一報が入りました』

万が一にでも、他人に漏れぬようにという気遣いだろう。だが、リリアナの術の前では無意味な配慮だった。エイブラムはわずかな沈黙の後、低く唸った。

『大禍《たいか》の一族か』

『左様にございます』

十六年前の政変以来だな、その名が表舞台に出て来るのは』

　十六年前の政変は、スリベグランディア王国史上最大の危機と言われ、今なお語り継がれている。先王を弑《しい》し権力を握らんとする一派の反乱だ。時の王は自ら騎士団の陣頭指揮を執り、御自ら剣を振るい、敵を一網打尽にした。勇猛果敢な戦い振りと容赦ない制裁に、人々は彼を鬼神と崇《あが》め恐れるようになった。エイブラムも政変をきっかけに頭角を現し、宰相に取り立てられた。リリアナも、歴史の講義でいち早く学んだ記憶がある。

『いかにも、その通りにございます。隣国もきな臭さが増しております故、功を焦る者もいるのでしょう』

フィリップが同意するが、公爵は鼻を鳴らして不機嫌そうに言った。

『面倒なことになりそうだ。当時も面倒だったがな。有力者や王族と縁のある者が次々と暗殺され、下手人は不明。お陰で政変の首謀者を突き止めるのも一苦労だった』

『一般には、そう言われておりますね』

意味深にフィリップが答える。

当時、貴族の間では、様々な思惑を抱えた者たちが、暗殺一族に仕事を依頼したのではないかという噂が実《まこと》しやかに流れていた。だが、噂に過ぎないと一蹴する者も多く、市井に噂が流れることもなかった。ただ、高位貴族の中の更に一部だけが、幻と言われた一族の名を認識していた。それが『大禍の一族』だ。

いずれにせよ、次々と有力者が暗殺される状況では、平和な時代など望むべくもない。王国は混沌とした時代を迎えるかと思われたが、先王は反乱を迅速に抑え、敵対勢力の粛清を終えた。その後、国力の回復に勤しんだため、先王は賢王と呼ばれている。

『一族の動向を探れ。何かあれば、最優先で逐一報告を入れろ』

『承知いたしました』

エイブラムは、彼《か》の暗殺一族を警戒しているようだ。危険な一族であることに間違いはない。だが、エイブラムは現実主義者だ。幻と呼ばれる一族をそれほど警戒するとは意外だった。一方で、リリアナは違和感を拭いきれない。

(何故、今その名前が出て来るのかしら)

生まれてからこの方、『大禍の一族』という名前を聞いたことはない。だが、リリアナは既にその名を知っていた。

(乙女ゲームで『大禍の一族』という名前が出て来たのは、二作目のはずですけれど)

一作目では影も形も見えず、二作目でようやくその存在が描写される。その上、二作目は別の国が舞台で、スリベグランディア王国の名前は全く出て来なかった。

妙な胸騒ぎに、リリアナは目を伏せる。その耳元で、公爵と執事の会話は領地に関することへと変わっていった。

◇　◇　◇

招宴当日の晩餐は、特別に用意された食堂に集まり、王太子を歓待する手筈《てはず》だった。前日まではリリアナも自室で夕食を摂っていたが、主賓を放っておくわけにもいかない。ライリーは翌朝に出立するから、家族で一つの食卓を囲むのも一度だけだ。そのお陰か、食事の時間は表面上、穏やかな雰囲気で進んで行った。

（――お母様、お顔が引き攣っていましてよ）

声の出ないリリアナは始終無言でのんびりと料理に舌鼓を打ちながら、家族の様子を観察する。ライリーは確認するまでもなく、対外的な微笑を浮かべている。父親も同様だが、母と兄は感情を隠し切れていない。特に母親は、極力リリアナを視界に入れないようにしているため、動作が不自然だった。兄クライドは、時折気遣わしげな視線をリリアナに向ける。心遣いはありがたいが、リリアナとしては放っておいて欲しい。

（お兄様は次期公爵として、もう少し腹芸を身に付けていただきたいものですわね。ゲームではもう少し強《した》かでしたけれど、あと七年で何か変わるのかしら）

昨夜、クライドに会った時は気を引き締めたが、一晩明けると、必要以上に警戒している気がした。冷静に考えたら、今のクライドに裏があるとはあまり思えない。母親が居るにも拘わらず、リリアナを気に掛ける様子を見るにつけ、その印象は一層強くなった。

性格が大きく変わるきっかけがあるのだろうが、リリアナは何も思い出せなかった。そもそもゲームや設定資料集には描写や解説が無かったのかもしれない。

ゲーム開始時のクライドは公爵家嫡男として勉学に励んでいた。その後、隣国との国境がきな臭くなった中で爵位を継いだはずだ。若き公爵として苦労はしたが、家督を継ぐ前からクライドは策略を張り巡らせることに長《た》けていた。

(乙女ゲームという割に、キャラクター設定がそれらしくありませんでしたわね)

あらぬ方向に思考が逸れる。学園や地下迷宮《ダンジョン》、豪華絢爛《ごうかけんらん》な王宮や宮殿が主な舞台ではない。王宮や舞踏会も粗筋《シナリオ》に含まれていたし、設定や物語も作り込まれていたが、ゲームにはそれほど反映されていなかった。結果、ファンの強い要望に応じる形で、設定資料集や攻略本が出されたのだ。コアなファンはインタビュー記事の行間を読み解いて世界観を推測し、様々な考察記事を多く書いた。

「リリアナ嬢」

食後のデザートが出されたところで、ライリーがリリアナに声を掛ける。リリアナが顔を上げると、真正面から目が合う。ライリーは優しく問うた。

「宜しければ、このあと庭を案内していただけますか」

リリアナは思わず父親の顔色を窺う。公爵は相変わらずの無表情で重々しく頷いた。

「案内して差し上げなさい。敷地内は安全だが、念のため護衛も付けるように」

「心遣いに感謝します、公爵。しかし、護衛は私が連れて来た者で十分でしょう」

ライリーは遠回しに、公爵家の護衛を断った。エイブラムはピクリと眉を動かす。しかし、気分を害した様子はなく、リリアナは内心で安堵した。

「承知いたしました。何かありましたら、お気軽にお申し付けください」

父親の許可が出た以上、リリアナはライリーの申し出を断ることはできず、了承の笑みを浮かべた。いつの間にか、攻略対象者と距離を取るという当初の目標からは、どんどん遠ざかっていた。

◇◇◇

外は既に夜の帳《とばり》が降りていた。リリアナはライリーと庭を歩く。少し館から離れると、足元を照らす灯りは月光だけだ。ライリーが二人の周囲に魔術で明かりを灯《とも》した。途端に、幻想的な雰囲気が二人を包む。ライリーの護衛は、離れた場所から二人を見守る。何かあればすぐに駆け付けられる距離だが、二人の会話は聞こえない。

「招宴に来られて良かったよ。貴方にも会えたし」

口説き文句に聞こえたが、言葉以上の意味はない。リリアナは頷いた。暗い中では筆談もできない。ライリーは、にこやかに言った。

「貴方も喜んでくれているなら嬉しい」

曖昧に微笑したリリアナを見下ろして、ライリーは苦笑する。しかし、リリアナを責めることはない。ライリーはリリアナをエスコートして、無言のまま庭を歩く。屋敷が木々に隠され見えなくなった辺りで、ライリーは立ち止まった。

「リリアナ嬢。その――貴方の声のことを、公爵から伺った」

何を聞いたのかと、リリアナは首を傾げたが、すぐに悟った。恐らく、声を取り戻せる可能性が低いという話だろう。リリアナがエイブラムから聞いた話と、ライリーが聞いた話は異なる。リリアナがライリーと父の話を盗聴していなければ、ライリーの発言は全く見当もつかないところだった。

リリアナは表情から一切を読み取らせることのないよう、目を瞬かせてライリーを見上げる。ライリーは困ったように笑みを浮かべ、リリアナに向き合った。そして、ポケットから腕輪《ブレスレット》を取り出す。小さな宝石を使って小花をあしらった、可愛らしい宝飾品だった。どのような衣装にも合いそうだ。

「貴方に贈ろうと思って持って来たんだ。今日はクライド殿のお披露目だから、あまり人目に付かない方が良いかと思って、二人きりになれる瞬間を狙っていた」

控え目に差し出された腕輪《ブレスレット》をリリアナは受け取る。華奢だが、しっかりとした造りで、簡単には壊れなそうだ。リリアナの手から腕輪《ブレスレット》を取ったライリーは、リリアナの左手首に着ける。

「実は、これは魔道具なんだ。これを使えば、受信機を持っている相手と会話ができる」

念話《テレパシー》のようなものだね、とライリーは説明を加えた。リリアナは驚いて、自分の手首に着けられた腕輪《ブレスレット》を凝視する。興味を引かれた様子に、ライリーは微笑した。

リリアナは別だが、本来、人間は念話《テレパシー》を使えない。転移陣のような魔道具は、詠唱を用いても発動できない魔術を使うために開発された。しかし、基本的に魔道具は人間が使える魔術より少し広い範囲の魔術を可能にするだけだ。そのような状況で、ライリーが準備した念話《テレパシー》用の魔道具は、国宝に匹敵する代物だった。

顔を上げたリリアナの視線の先で、ライリーはポケットから別の腕輪《ブレスレット》を取り出した。リリアナの物と似ているが意匠は異なり、飾り気のない簡素なものだ。

「これが受信機で、これがないと貴方の声は聞こえない。逆に、私の腕輪《ブレスレット》は受信専用だから、貴方に対しては普通に話し掛けることになる。今のところ、これを持っているのは私と貴方だけだから、二人だけがこっそりと会話できるということだよ」

試してみようかと、ライリーは悪戯《いたずら》っぽく笑った。

（余計なことを、とは思いますけれど、確かに興味はありますわ。断る選択肢もございませんし）

貰った魔道具の腕輪《ブレスレット》は、リリアナが使っている念話《テレパシー》とは違う理論体系で動いているに違いない。不本意ながらも、リリアナは新たな術式を前に高揚していた。だが、婚約者候補から外れるためには、ライリーとは親密にならない方が良い。ライリーの贈り物《プレゼント》も断るべきだ。とはいえ、贈り物《プレゼント》を喜ばなければ、ライリーが不信感を持つ可能性もある。リリアナは覚悟を決めて、笑みを深めた。ライリーは安堵して、一つ息を吐き、自分の手首にも腕輪《ブレスレット》を着ける。

「何か、話してみてくれるかな？」

『──殿下、わたくしの声は聞こえていらっしゃいますか？』

普通に話し掛けるつもりで、リリアナは頭の中に言葉を作る。ライリーは破顔一笑した。

「ああ、聞こえている。良かった、成功だ」

『素晴らしい技術ですわね。お心遣い、誠にありがとうございます。このような魔道具は希少でしょうに』

「構わないよ。魔導省に、この手の魔道具を開発するのが好きな者がいるんだ。多少の無理は言ったが、喜んで作ってくれた」

ライリーの言い方では、魔導省長官のニコラス・バーグソンではないようだ。ペトラも、魔道具の開発は主業務ではないと言っていた。一体誰の作品なのかと、リリアナは興味をそそられた。

『わたくしも、是非お礼を申し上げたく存じます』

そう問いかけながら、リリアナは緊張しつつ、同時に考えた。

（是非、お名前を知りたいものですわ。ニコラス・バーグソンではないでしょう？）

ライリーは「そうだね」と頷く。そして、何気なくその言葉を口にした。

「それなら、また今度紹介しよう」

リリアナは安堵の息を吐く。どうやらライリーが贈ってくれた魔道具は、心の中で思い浮かべた言葉を全て相手に伝えるものではないらしい。伝えようという意思を持って初めて、魔道具は作動する。一歩間違えれば心の内全てが筒抜けになるところだが、魔道具の製作者には良心が残っていたようだ。

（心の中全てが聞き取れるように作り直せば、下手な拷問よりも効果的に自白を引き出せますわね。それとも、そこまで範囲を広げれば、魔道具として機能しなくなるかしら）

　その可能性を、ライリーは理解しているのか。

　無意識に腕輪《ブレスレット》に触れながら、リリアナは横目でライリーを一瞥した。ライリーは、再びリリアナをエスコートして、のんびりと夜の散策を楽しむ。

「この腕輪《ブレスレット》は、使い方によっては非常に危険だからね。私が個人的に魔導士と魔術契約を結んで製作を依頼した。魔導士にも他言できないように制約を掛けたし、もちろん、私も他言はできない。だから、貴方も口外はしないようにして欲しい」

『畏まりました』

　声を潜めて告げられた言葉に、リリアナは安堵した。危険性を理解せず製作を依頼したわけではないらしい。帝王教育が十分身に付いているようだ。

『それにしても、この魔道具は双方向性にできませんでしたの？』

　先ほど、ライリーは一方通行だと言っていた。ライリーの腕輪《ブレスレット》は受信専用で、ライリーは自分の口で話さなければならない。ライリーは肩を竦めた。

「最初は、そうしようとしたんだけどね。でも、術が反発し合ってしまったんだ」

　試行錯誤しても、結局双方向の念話《テレパシー》を可能にすることはできなかった。リリアナは魔道具に詳しくないが、双方向の念話《テレパシー》がどれほど難しいかは、何となく想像できる。

やはり魔道具に使われている術式を詳しく知りたいとリリアナが考えていると、ライリーは楽しそうに、魔道具を贈った本当の理由を口にした。

「これまではあまり個人的《プライベート》なことも話して来なかったからね。嫌でなければ、これからのためにも、色々とお互いを良く知って行きたいんだ」

リリアナは表情を変えず、すぐに答えることもしなかった。ゲームのリリアナならば喜んだに違いない。彼女は最期まで、王太子の婚約者であることに固執した。だが、今のリリアナにはありがたくない申し出だった。

『――例えば、どのようなことを？』

「そうだね。貴方の趣味とか。好きなものは何か、とか。そういうことだよ」

敢えて明言を避けたリリアナの問いに、ライリーは迷わず答えた。予想外の答えに、リリアナは返答に窮する。

（わたくしの趣味といえば、専ら魔術の勉強と鍛錬ですけれども）

何にも興味関心を持てないリリアナが唯一楽しめることが、魔術や呪術に関することだ。もっとも、その高揚も他人と比べたら酷く薄いが、趣味を尋ねられたら魔術の研究と答える他ない。しかし、声の出ないリリアナが趣味で魔術を習得していると言えるわけがない。

『書物を読むことでしょうか』

逡巡した挙句、リリアナは無難な答えを返した。そこで話題を変えてくれたら良いものを、ライリーは更に掘り下げる。

「どのような書物が好きなのだろうか」

内心でリリアナは苦々しく思った。

（コミュニケーション能力が高いにも程がありましてよ。もう少しぎこちなさがあっても宜しいのではなくて？）

王族としては好ましいが、表面上の会話で終わらせたいリリアナにはありがたくない。

『分野は問いません。自国の歴史を知ることも、舶来の文化を知ることも、等しく面白うございます』

「さすが、凄いね。最近面白いと思った書物は？」

更に食いついて来るライリーを、リリアナはいい加減に突き放すことにした。

『――そうですわね。アシャーク・ジュンムリアトの宗教儀式に関する書物は非常に興味を引かれました』

アシャーク・ジュンムリアトという国は実在したが、一般的な貴族教育で触れられることはない。成人した貴族でも聞いた覚えのある者はほとんど居ないし、リリアナやライリーたちの年齢であれば、知っている子供を探す方が難しい。

だが、驚いたように目を見張ったライリーは、足を止めてリリアナを凝視した。

「アシャーク・ジュンムリアト？　アナトーレ帝国建国よりも、更に四千年ほど前の国だね。多部族によって支配されていた共和制の国だっけ。あまり史料がなかったように記憶していけど、そんな本があるんだね。スリベグランディア王国語には翻訳されていなかったと思うけれど」

翻訳されていたら記憶にあるはずだと、ライリーは呟く。予想外の反応に、リリアナは頬を引き攣らせそうになった。辛うじて平静を保つが、動揺はすぐには去らない。

隣国ユナティアン皇国から複数の国を越えた、遥か東方の国をアナトーレ帝国と言う。一般市民は正式な国名すら知らず、東方帝国と呼ぶ。東方帝国の民芸品や工芸品は時折、スリベグランディア王国にまで届くが、その程度だ。王族や一部の高位貴族は二千年の歴史を持つアナトーレ帝国の概要を簡単に学ぶが、詳細を学ぶ術はほとんどない。

まさかライリーが正確な情報を記憶しているとは思わなかったリリアナは、一瞬遠い目になったものの、どうにか取り繕い言葉を絞り出した。

『――オリエンタム語にて出版されておりましたのを、叔父が取り寄せておりましたの』

オリエンタム語というのも、現在はほぼ使われていない言語だ。アナトーレ帝国の前身となる小国の公用語で、今では小国の存在と共に、歴史の影に埋もれている。スリベグランディア王国では、アシャーク・ジュンムリアト以上に情報のない言語だ。

今度は、ライリーが絶句する番だった。少しして衝撃から立ち直り、微苦笑を漏らす。

「凄いな。異国の書物はほとんど流通していないのに、よくそんな本があったね」

『叔父が収集家でしたので』

ライリーの疑問は当然だったが、リリアナが答えれば、彼はあっさりと納得する。三大公爵家の一つであるクラーク公爵家であれば、異国から珍しい書物を取り寄せることも、不可能ではなかった。

「それに、オリエンタム語まで理解できるのか。どのようにして習得したの？」

『現在のアナトーレ帝国では、複数の共通語が使われていると言います。その一つが、オリエンタム語と同語族ですの。他の共通語の変遷から類推することで、おおよその意味を理解することはできますわ。とはいえ、ほとんどは叔父の研究成果でございます』

「なるほど。それでも十分、貴方の能力も秀でているというわけだ」

ライリーは心底感心したように呟いた。褒められても、リリアナは居心地が悪いだけだった。リリアナが当初思っていた以上に、リリアナ・アレクサンドラ・クラークという少女の能力は秀でているようだ。

「ちなみに、その宗教儀式というのは、私たちのものとはだいぶ趣が異なるのかな？」

リリアナの能力に対する驚きから立ち直った後、ライリーが関心を持ったのは、リリアナが最初に口にした宗教儀式だった。難解な話でライリーの心が離れるよう企《たくら》んだにも拘わらず、全てが裏目に出ている。内心で頭を抱えながらも、半ば諦めの境地で、リリアナは頷いた。王太子が好奇心旺盛なのは良いことだが、できればリリアナに関係しないところで発揮して欲しいものである。

『あちらは儀式を非常に重視するようです。特に巫術《シャーマニズム》と呼ばれる儀式が盛んで、その術を操る巫女《シャーマン》は位が高く、尊重されているとか』

「その巫術《シャーマニズム》――というのは？」

『精霊や死霊の意識を己の体と同調させ、その意思を生きた人間に伝えることを主な目的とした術のようです』

ライリーは感心して手を打った。

「なるほど。いわゆる輪廻転生《りんねてんしょう》と呼ばれる宗教観が一般的なのだな」

『そのようでございますわね』

スリベグランディア王国では、精霊も死霊も存在しないと考えられている。輪廻転生も一般的ではない。一部、少数部族の宗教では信じられているようだが、彼らも迫害を恐れ、公の場では口にしない。

リリアナはライリーの言葉に頷きながらも、自分のことは棚に上げ、彼の知識欲と素直さに舌を巻いていた。ライリーと同じ年頃の少年は、自分より秀でた年下の少女に敵愾心や対抗心を持つことが多い。それなのに、ライリーはリリアナの話に感嘆し賞賛の態度を崩さない。実際は、リリアナには前世の記憶があるため、同年代の少年少女よりも知識的に優位なだけだ。わずかな負い目を、リリアナは珍しく味わっていた。

その時、風が吹き抜ける。冷たい夜風に、リリアナは身を震わせた。

「寒くなって来たね。長話をしてしまった。そろそろ戻ろうか」

リリアナの様子に気が付いたライリーが如才なく言い、二人は踵を返す。屋敷に近づくと、マリアンヌがリリアナの戻りを待っていた。マリアンヌにリリアナを引き渡し、ライリーは優雅に微笑む。リリアナが美しく礼を取ると、ライリーは照れたように頬を染めた。

「今日はありがとう。貴方と同じ時を過ごせて嬉しかった。また王宮で会えるのを楽しみにしているよ」

『こちらこそ、ありがたく存じます』

二人が魔道具で会話をしているとは、誰も知らない。リリアナはライリーが部屋に戻るのを見送った。マリアンヌと二人きりで自室に戻ると、どっと疲れが出る。夢を見ることもなく、ぐっすりと眠ったリリアナは、翌朝早くに屋敷を旅立つライリーを、笑顔と共に見送った。

The Villainess Never Speaks

第二章　崩壊する街と呪いの種

招宴も終わり、来賓たちが屋敷を去った後、リリアナは早々にフォティア領を出立した。フォティア領に暮らす母ベリンダは別として、荷物が多い祖父母は荷造りに時間が掛かるし、父エイブラムはフォティア領の領政を確認してから、リリアナの翌日に王都へ戻るようだ。クライドはしばらく母の元で過ごすらしい。

リリアナは、フォティア領から出たところでようやく人心地が付いた。平気だと思っていたが、フォティア領の屋敷ではずっと気を張り詰めていたのだろう。

（特に収穫もございませんでしたし）

フォティア領の滞在中に入手した情報は、初日に得たものばかりだ。二日目以降は家族や使用人の目を盗んで屋敷内を探索することも難しく、ずっと部屋に閉じ籠《こも》っていた。

（あと分かったことと言えば、ゲームとは違って、現段階ではお兄様もわたくしをそれほど嫌っていらっしゃらない様子だった、ということくらいかしら。ゲームと状況が違うのか、これから先の出来事でお兄様の心証が変わるのかは分かりませんけれど）

馬車での移動中は書物を読むこともできない。つらつらと滞在中のことを思い返しながら、リリアナは横目でペトラ・ミューリュライネンを見やった。彼女は貴族が大嫌いだ。そのため、フォティア領ではほとんど屋敷を留守にしていた。リリアナは無意識に服の下の首飾り《ペンダント》に触れる。ペトラがくれた魔道具だ。スギライトを遇《あしら》った魔道具の効能は、リリアナにも分からない。貰《もら》った当初は傷一つ付いていなかった。だが、魔導省長官バーグソンと初対面の挨拶を交わした日の夜、石の中央に白い亀裂が入っていることに気が付いた。

（金属音が聞こえましたものね。あの時に、傷が入ったのかもしれません）

魔術の勉強に傾倒しているものの、魔道具についてはまだ知識が足りない。あくまで推測に過ぎない仮説は、ペトラに相談する方が良いだろうと、リリアナは念話《テレパシー》で声を掛けた。

『ペトラ、宜《よろ》しければ今夜、貴方《あなた》のお部屋に伺っても宜しいかしら』

ペトラはリリアナを一瞥《いちべつ》した。首肯し、すぐ窓の外へ視線を向ける。同乗するマリアンヌも気が付かないほどの刹那だ。ペトラの了承を得たリリアナは、目を閉じた。眠気がゆっくりと襲って来る。いつの間にかリリアナは、夢の世界へと旅立っていた。

◇◇◇

その日の宿は、往路でリリアナが唯一外食した、深遠な森に接した街にあった。夕食を終えて湯浴《ゆあ》みも終えたリリアナは、手慣れた仕草でペトラの部屋に転移する。

「来たね。行きに飲んで美味《おい》しかったから、これ、買っておいたよ」

リリアナが来ると予想していたペトラは瓶に入った林檎《りんご》ジュースをリリアナに差し出した。素直にお礼を言って、リリアナはジュースを受け取る。ペトラの許可は出ていないが、勝手にソファーに腰かけた。貴族としては褒められた行為ではないが、ペトラは気にしない。楽しそうに酒を飲んでいる。床にも袋が転がっていて、良く見れば、往路で土産にしたいと言っていた干し肉や食料品が大量に入っていた。

『屋敷では気詰まりでしたでしょう。あとこの魔道具も、ありがとうございました』

胸元に手をやって、リリアナは礼を言う。ペトラは片眉を上げた。

「さすがだね。お守りとしか言わなかったのに、やっぱり魔道具って分かるんだ？」

驚いたというよりも、ペトラは満足そうだ。機嫌良く笑いながら、彼女は頷《うなず》いた。

「確かに気詰まりだったし、嫌な気配もしたけど、ほとんど屋敷に居なかったしね。あんたの侍女から、あたしが居ないって連絡は受けたんだろ？　実害も無かったし、問題ないさ。あんたも大丈夫だったろう」

やはりペトラは屋敷の不穏さを察して魔道具をリリアナにくれたようだ。もしかしたら、自分用の魔道具だったのかもしれない。そう考えれば、ペトラが屋敷を頻繁に出ていた理由も納得できる。

『お陰で無事に過ごせました。ただ、一つ気にかかることがございまして』

首を傾《かし》げたペトラに、ジュースの瓶を卓上に置いたリリアナは、首飾り《ペンダント》を外して渡した。

『石の部分に傷が入ってしまったのです』

「傷ぅ？」

ペトラは真剣な表情になって、魔道具を受け取った。天井の光源に翳《かざ》すようにして、しげしげと観察する。
「本当だ。がっつり傷が入ってるね」
『何かしらの攻撃を防いだということでしょうか？』
リリアナは問うが、ペトラはすぐには答えない。立ち上がって部屋の隅に置いた鞄《かばん》から
ペンと紙を取り出す。椅子に座り直すと、手早く紙に魔術陣を描いた。綺麗《きれい》な円に不思議
な文様と文字が映える。その中心に魔道具を置き、ペトラは魔力を込めた。
「【我が名の元に命じる、汝《なんじ》が防ぎし真なる理《ことわり》の姿を現せ】」
リリアナが普段、書物で読む詠唱とは異なる。だが、スリベグランディア王国で用いら
れる魔術と同じ系譜だ。リリアナは、初めて目の当たりにする術式に目を奪われた。
ペトラの詠唱が終わると、石から黒い靄《もや》が分離する。黒い靄は不思議な文字を形作り消
滅した。
ペトラは息を吐く。額に薄《うっす》らと汗が滲《にじ》んでいた。魔道具を手に取り、魔術陣を描いた紙
に火をつける。あっという間に紙は灰になった。
「魔道具《これ》は、あたしが持って帰って安全に捨てるよ」
『あの——何が分かったのでしょう？』
残念ながら、リリアナには何が分かったのか見当もつかなかった。
「一応、簡単には分かったよ。細かいところまでは分からなかったけどね。精神干渉の魔
術が掛けられた——のを、首飾り《ペンダント》が防いだらしい」

予想外の答えに、リリアナは目を瞬かせる。精神干渉は禁術だ。首を傾げたリリアナに、ペトラは不機嫌な表情で説明を続けた。

「結構、高度な術だよ。掛けられた方はもちろん、周囲の誰も気が付かない。具体的にどんな効果を狙った術かは分からないけど、どのみちろくでもない目的だってのは間違いないさ」

『精神干渉ができるほどの方でしたら、ご高名な方なのではございませんか』

そして禁術を知っているということは、相応の地位に居る人物が術者であるに違いない。指先で首飾り《ペンダント》を弄びながら、不機嫌を解いたペトラは未《いま》だ眉間に皺《しわ》を寄せて頷いた。

「その可能性は高いね。あたしは招宴に参加しなかったけど、魔導士は来ていた？」

『魔導省のニコラス・バーグソン長官がいらしておりました』

「あのクソハゲか」

ペトラは苦々しく吐き捨てる。バーグソンのことは唾棄するほど嫌いらしい。

「あのジジイだったら、知識はあるだろうけど、一人で術を構成するほどの実力はないよ。精神干渉でできることも随分と限られるだろうね」

リリアナは首を傾げた。地位に比較し、ペトラのバーグソンに対する評価はかなり低い。

『――魔導省の長官になられたのですから、優秀な方ではございませんの？』

「あいつに限っては、半分以上親の七光り《親族のコネ》だよ」

冷たく言い放ったペトラは、気を取り直して口調を改めた。

「でも、他に魔導士が居なかったなら、魔道具に傷をつけたのはハゲだろうね。そうなら、詳細な解析をしないでも凡《およ》その想像はつく。既にある感情を増幅するか自分で掛けた術の解術か、だね。今回は解呪か」

導かれた仮説に、リリアナはピンと来た。

『わたくしの声が出るように解呪をした、ということでしょうか』

「現時点では、その可能性が一番高いと思うよ。詳細を解析するまで断定できないけど」

ペトラは魔術や呪術の干渉を防ぐ布に魔道具を包み、鞄の奥底に放り込んだ。

『魔道具に傷がつく時、音は鳴るのでしょうか？』

「そうだね、多分、この様子なら金属音でもしたんじゃないかな？　年寄りには聞こえないだろうけど」

なるほど、とリリアナは内心で納得した。金属音が聞こえたのは、バーグソンと対面していた時だ。ペトラの仮説はほぼ間違いなく正しいだろう。もっとも、当初からリリアナは魔術や呪術に関するペトラの言葉を疑っていない。確信のないことは口にせず、事実と私見を明確に分けて語るペトラは信用ができる。

『以前、貴方から伺ったお話では、解呪には危険が伴うとのことでした。それほど容易《たやす》く解呪できるものでしょうか？』

純粋な疑問に対するペトラの返答はあっさりとしていた。

「無理だね。下手をすればどっちかが死ぬし、呪いがハゲに跳ね返ってハゲの声が出なくなる可能性もある。個人的には、ハゲの声が聞こえなくなるだけで清々するけど」

バーグソンも解呪に負の影響があると知らなかった可能性はある。魔道具に術が弾《はじ》かれて、バーグソン自身救われたと言えるだろう。リリアナも死を逃れられたこと、解呪が成功しなかったという二点で幸運だった。

『成功せずに宜しゅうございましたわ。わたくし、声を取り戻したとしても、そのことは誰にも知られたくありませんの』

「へえ？」

一驚して、ペトラは目を瞬かせる。リリアナは声を取り戻したいと頼んだが、そのことを他人に知られたくないと、今回初めてペトラに告げた。その事実に思い至ったリリアナは、簡単に説明する。

『王太子殿下の婚約者候補に名を連ねておりますが、わたくし、候補を辞退したいのです。ですけれど、三大公爵家の娘ですから、わたくしの我《わ》が儘《まま》で辞退などできませんわ』

「なるほどねえ」

ペトラは喉の奥で笑う。リリアナの考えはペトラの意表を突いたらしい。

「普通は、あんたくらいの歳《とし》だと、王子様と結婚したがるもんだと思うけど」

『望まれている方もいらっしゃいますけれど、わたくしには荷が重すぎますわ』

リリアナの脳裏に浮かんだのは、やたらとリリアナを敵視するタナー侯爵家のマルヴィナだ。資質を問わなければ、マルヴィナなら王太子妃教育にも前向きに取り組むだろう。

しかし、ペトラは「いやいや」と首を緩く振った。

「権力が欲しくて堪《たま》らないって形振《なりふ》り構わない連中より、権力を嫌がりながら致し方なしにその座に就くお人の方が、あたしら平民の話を分かってくれる気がするけどねえ」

『それは、わたくしではなくともできることですわ』

半ば本気に聞こえるペトラの言葉には取り合わず、リリアナは卓上に置いたジュースを飲む。首飾《ペンダント》りに傷がついた理由が明らかになってすっきりしたリリアナは、最後の懸念を確認することにした。

『長官の術を跳ね返したことは、彼に勘付かれてしまうのでしょうか？』

「結果的には分かるんじゃない？　あんたの声は出ないままだし。でも、術が失敗したことは分かっても、魔道具に術を跳ね返されたってことまでは確信が持てないと思うよ」

『それならば宜しゅうございました』

ペトラの言い回しが多少気にかかったものの、父親であるエイブラムの耳には届かない可能性が高い。そう判断し、リリアナは今度こそ安心して肩から力を抜いた。取り留めない会話に移った後、早目に部屋に戻る。

そして、夜も更けた翌朝――――リリアナたちは平穏に出立できる、はずだった。

◇　◇　◇

平穏な朝だった。食事と準備を終えたリリアナたちは、宿から足を踏み出す。

「逃げろ!!」

敷地の外から男の叫び声が響いた。次の瞬間、総毛立つような気配が襲う。護衛二人は腰の剣に手を掛け、リリアナは警戒を強める。緊張を漂わせたペトラが舌打ちをする。間髪を容《い》れずに外からは悲鳴と怒号が響き始めた。

「魔物襲撃《スタンピード》だ！」

「逃げろ、衛兵はどこだ!?」

護衛二人がリリアナを護《まも》るように小走りで敷地の外を窺《うかが》いに行き、すぐに戻って来た。滅多に表情を変えない二人の顔色が変わるのを、リリアナはその目で見た。

「マズい、瘴気《しょうき》だ」

外から宿の敷地内にまで、黒い靄が侵入して来る。ペトラが唸《うな》る。瘴気に人は耐えられない。体調を崩すならまだ良い。最悪の場合、死に至る。光の治癒魔術以外に治療法のない毒、それが瘴気だった。魔物襲撃《スタンピード》から身を守る唯一の手段は最高位の光魔術だが、瘴気を浄化できるほどの使い手は滅多にいない。瘴気から逃れる手段は物理的な逃走だけだ。リリアナの腕を引っ摑《つか》んだペトラが走り出す。リリアナも釣られて足を動かした。マリアンヌは顔色を悪くしながらも、ペトラとリリアナの後を追う。

外の異変をようやく悟った他の宿泊客たちも、右往左往し始めた。魔物という言葉に、皆一様に顔色を失《な》くす。こうなると、貴族も平民も関係ない。

穏やかな街は、一瞬にして狂乱に陥った。

「衛兵は!?　まだなの!?」

絹を裂くような悲鳴。

助けを求める声。

道を空けろという怒声。

敷地の外に出た瞬間、リリアナは瘴気が一層濃くなっている方向を感知した。恐らくは森、そこから異様なほど立ち込めた黒い霧が迫り来ている。

リリアナは血の気が失《う》せた。魔術をある程度習得していなければ、死の恐怖に駆られたかもしれない。それほどの威圧感だ。実際、逃げようとしながらも腰を抜かし、蒼白《そうはく》で震える人も数多い。

「お嬢様、馬車を――」

マリアンヌも血の気が失せていたが、声を震わせ囁《ささや》く程度には理性を保っていた。だが、ペトラは首を振る。殿《しんがり》を務める護衛二人はマリアンヌの言葉を聞き咎《とが》めた。

「この瘴気では、馬は使い物になりません！」

「徒歩で逃げろというの!?」

混乱に叫び返しながらも、マリアンヌは足を止めない。止まれば最後、命はないと無意識に理解していた。魔物は足が速く持久力もある。その上、魔物より早く瘴気が広まる。全力で走っても、人間が逃げ切れるようなものではない。

ペトラは青白い顔で、リリアナとマリアンヌだけに聞こえる声で囁いた。マリアンヌより多少経験はあるが、これほど大規模な魔物襲撃《スタンピード》に出くわすのは初めてだった。

「時間を稼げば、転移の陣を使える。全員は無理だけど、お嬢サマと侍女《あんた》と、あたしの三人だけなら」

ペトラは優秀な魔導士だが、大規模な魔物襲撃《スタンピード》と正面切って戦うなど愚策だ。魔物と瘴気に唯一対抗できる最高位の光魔術を、ペトラは使えない。命の危機が、死神が間近に居る状況では、逃走が最善の手段だ。護衛を切り捨てろと、ペトラはリリアナを見下ろした。

まだリリアナは、目的のために人を見放した経験がない。ドクンと、嫌な音を立てて心臓が軋《きし》む。

(――わたくしが、転移の術を使えば全員、逃げられる――?)

ペトラの転移陣とリリアナの術は違う。試したことはないが、理論上、転移させる人数に制限はない。だが、魔物は多く神出鬼没だ。魔物の姿を視認できていない現状でも、その強さは推察できる。ペトラやマリアンヌ、護衛二人だけならば逃げられるかもしれない。

だが、街の人々は逃げられない。

この街の衛兵たちでは魔物を制圧できない。

リリアナが術を使えば、声を失った彼女が魔術を使えると知られてしまう。

ざわりと、一層の威圧感がリリアナを襲う。

「いやぁぁぁあああああ!!」

つんざくような悲鳴が間近で響く。

必死で足を動かし、リリアナは肩越しに背後を振り返る。

黒と赤に、視界が染まる。

リリアナは息を呑《の》んだ。実物を目にするのは初めてだ。悍《おぞ》ましさに、身が奮える。

「――っ!!」

圧倒的な暴力で食物連鎖の頂点に君臨する、異形の、集団が。

――人の生き血と肉を食《は》み、瘴気の中から、無数に姿を現した。

◇◇◇

その商人は、王都へと商品を運ぶ仕事があった。途中で立ち寄った街でゆっくりと体を休め、朝早く旅立つ予定だった。最近は街道にも魔物が出るともっぱらの噂《うわさ》で、護衛の傭《よう》兵《へい》を雇った。彼が泊まった宿は街の外れ、リリアナたちが泊まった宿と正反対の場所にあった。

その彼は、瓦礫《がれき》に埋もれていた。内臓が体から引きずり出され、頭が切り離されている。死に顔は恐怖に慄《おのの》き引き攣《つ》っていた。魔物は宿泊客も、護衛も、男も女も、老人も子供も見境なく襲い、腸《はらわた》を貪った。

噎《む》せ返るような鉄と硫黄の臭いが混じり合い、吐き気を催すほどの臭気を漂わせる。瓦礫に埋もれた調理場から竈《かまど》の火が徐々に燃え広がり、死体は焼け焦げていった。

「くっそ！」

商人に雇われた護衛の男が怒鳴る。彼は強かった。仲間は一人を除き、既に事切れた。魔物に破壊され崩れた石造りの家々を隠《かく》れ蓑《みの》にしながら、数多《あまた》の魔物相手に善戦していた。

石畳の整然とした道は跡形もなく崩れ、瓦礫が散乱し、血の川が幾筋にも流れる。瘴気と砂埃《すなぼこり》が立ち込める世界に立つ者は、もはや傭兵二人だけだった。辛うじてこの場から逃れた者も、他の場所で魔物に殺されたに違いない。

「とんだ仕事だ、もっと前金を頂戴しておいたら良かったぜ」

「その台詞《せりふ》は、生き延びてから、言った方が良いのではないか、ジルド」

男に応えたのは、男装した女の傭兵だった。二人とも服は破れ、満身創痍《まんしんそうい》だ。魔物の返り血を全身に浴び、瘴気に中《あ》てられて体調は最悪だ。口の中に鉄の味が広がる。少し動くだけで眩暈《めまい》がした。そんな最悪の状況下でも、二人の動きは群を抜いていた。

「なァ、オルガ。この街で何人が生き残ると思う？　賭けようぜ」

「私は、賭け事はしない主義だ」

「つまンねえ人生送ってんじゃねェかィ」

男は鋭い牙のような前歯を見せてニヤリと笑う。顔色と汗が酷《ひど》いが、調子の良さを崩さないのは彼なりの矜持《きょうじ》だった。脇腹に手を当てて眉間に皺を刻む。内臓がやられていた。口に溜《た》まった血を唾液と共に吐き出す。まだ動けると、男は剣を構えた。

「――さあ、親玉のご登場だ」

　これまでの魔物からは感じられなかった覇気に気合を入れ直す。ジルドと呼ばれた男は声を低め、警戒を強めた。オルガは目を細め、額から流れる血と汗を乱暴に袖で拭った。

「こいつは、一体、何体目の親玉だ？」

「知らネ」

　数えてねェよンなもん、とジルドは吐き捨てる。既に二人で百以上の魔物を屠《ほふ》った。魔物の気配は増えこそしないものの、減りもしない。あまりにも不自然で、あまりにも気味が悪い。

「――致し方ない。大して慰めにもならんが、贅沢《ぜいたく》も言っていられないからな」

　オルガは呟《つぶや》く。彼女の暗褐色の髪と黒い瞳が、眩《まばゆ》いばかりの金色に変わった。

「前みたく、幻視は使わねェのかィ」

「そんな余裕があると思うか？」

「思わねェな」

　体の色が変わるなど、普通はあり得ない。特にオルガが身に纏《まと》う金色は、普通の金髪とは全く異なる。だが、身を偽るために割く魔力もないし、周囲に目撃者もいない。普通であれば驚愕《きょうがく》するオルガの変化にも、ジルドは動じなかった。

　ジルドの揶揄《からか》う口調にオルガは冷たく言い返した。オルガは掠《かす》れた声で詠唱を唱える。

　彼女の持つ剣を、氷が纏った。

◇◇◇

魔物たちは、書物の記録よりも素早かった。

「ぐぁ――っ!!」

噎せ返る血の臭いと腐臭に、麻痺《まひ》した鼻は使い物にならない。咄嗟《とっさ》に、リリアナは自分たちの背後に魔術で防壁を張った――心中の詠唱すら、なしに。これまで、試したこともない術だった。命の危機は、リリアナの能力を極限まで高める。

「ひっ!」

一瞬振り返りかけたマリアンヌは、蒼白な顔を正面に固定して唇を引き結んだ。振り返った先に広がる光景を認識すれば、恐怖に打ち勝てなくなると本能的に理解していた。

次の瞬間、二人分の気配が、背後から消えた。リリアナが張った防壁から外に出た護衛二人が、魔物に食い殺されたのだ。何かがぐしゃりと潰れた音は、彼らの頭部か頤《おとがい》か――考えかけて、リリアナは意識を切り替えた。無意識に、胸元を強く摑む。いつの間にか恐怖は消え、焦燥がリリアナの胸を占めていた。

『ペトラ。マリアンヌを、お願いいたしますわ』

「お嬢――!?」

ペトラが目を剝《む》く。しかし、念話《テレパシー》を使ったリリアナとペトラの会話に、マリアンヌは気付かない。それを良いことに、リリアナは幻術を使った。己の姿を創り出して体に重ね、自分の肉体を消す。一般的に幻術は闇魔術だが、風の魔力を使えば魔力消費量は多くない。

『わたくしの影と共に、逃げてくださいませ。後から追います。教会でお会いしましょう』

どの街にも教会がある。教会には魔物への対抗策が備えられていた。少なくとも、王都から聖魔導士が派遣されるまで身を守ることはできるだろう。ペトラはリリアナの決意を悟った。同時に、自分の力では引き留められないことも理解する。短く頷き、前を見据えて走り出す。

ペトラから距離を取ったリリアナは姿を消したまま、その場に止まる。振り返った彼女は、間近に迫った魔物をきつくにらみ据えた。足が震える。生まれて初めての武者震いだ。

一方で、思考は冷え切っていた。

魔物の構成成分は、人間と大きく変わらない。魔術による攻撃で燃えた魔物の臭いは、焼ける人間と同じだった。主には蛋白質《たんぱくしつ》、そして糖質と脂質、核酸だ。だが、魔物を纏めて消失させる光魔術の理論を、リリアナは理解できない。前世の知識では全く解くことのできない術式だった。それ故に、魔物を消滅させる魔術は、無詠唱や短詠唱で発動できない。試したところで、失敗した挙句リリアナが術の影響を受けて倒れる危険性が高かった。

現状では一切の危険《リスク》を冒せない。

「【祓魔《エクソルツィスムス》の理の元に我は命じる、聖なる力の導きに依《よ》り不浄よ永久に滅せ】」

リリアナが唱えたのは、光魔術の上級魔導書に記されていた詠唱だった。

全身が熱くなる。これまで経験したことのない量の魔力が、体内を駆け巡る。ふらつきそうになる体を、リリアナは両足で支えた。

(魔物を祓《はら》う最高位の光魔術。使える魔導士は王都に仕える数人の聖魔導士のみということでしたけれど、どうにかなりそうですわ)

リリアナを中心に、真白の光が魔術陣となり浮かび上がる。陣から周囲へ眩い光が一気に広がり、鱗粉のような輝きが端々に散っていった。光に少しでも触れた魔物は、触れた場所から消滅する。瘴気が浄化される。

聖魔導士に必要とされる素質は三つだ。膨大な魔力、光の魔術に対する耐性、浄化の術に対抗し得る精神。一つでも欠ければ祓魔の術は発動できない。正式に認められた聖魔導士でさえ、精神と肉体が万全で、複数人揃《そろ》った時でなければ祓魔の術を実行しない。一人で術を発動すれば、精神崩壊の危険性が高まるといわれるほどの強力な術だった。

だが、リリアナは躊躇《ためら》わなかった。魔物に殺されるか、祓魔の術に耐え切れず死ぬか。その二択ならば、迷う必要はない。善悪の判断は昔から苦手だ。だが、だからこそ、貴族としてあるべき理想を参考に、自分の言動を選んで来た。故に、民を見捨て己だけが逃げるという選択肢も、リリアナの中にはなかった。

周囲から魔物の姿がなくなった時、リリアナは消耗していた。息が荒く、汗が額から流れ落ちる。それでも、リリアナは足を止めなかった。

瘴気と魔物は、まだ街を食い荒らしている。空を仰げば、街の反対側にも黒い靄が懸かっていた。街は広く、走れば体力を消耗する。リリアナは躊躇いなく、まだ靄の残る場所に転移した。噎せ返る血の臭いに満ちた緋色《ひいろ》の道には、人間や犬の死体に紛れて、魔物の死骸が転がっている。魔物の死骸から発せられる瘴気で街は機能を失う。そのため、魔物を倒した後は魔術で浄化するのが定石だ。しかし、他にも生きた魔物はいる。生きた魔物は今もなお、街を攻撃している。一方、人々の悲鳴は少なくなっていた。既に数多の命が失われたのだろう。

（祓魔の術を使えるだけの余力は残しておきたいですわね。必要魔力量は祓魔の術の方が多いですし、ここで浄化の術を使うのは悪手――まずは、魔物を殲滅《せんめつ》しなければ）

瘴気が多い場所には、生きた魔物がいる。リリアナは目を眇《すが》めた。

残り、二ヵ所だ。

リリアナは先に、まだ生きている魔物を全て屠ることにした。

◇◇◇

傭兵二人は死を覚悟した。絶体絶命だと悟った。ここまでの命だと思った。周囲はまさしく地獄絵図だ。これまでも幾度となく地獄を見て来たが、それと比べるべくもない。

「最、期が、貴様の顔、と、は――さ、悪だ」

血を吐きながら、息も絶え絶えにオルガは憎まれ口を叩《たた》いた。

「――ほざ、け、俺、の」

ジルドも憎々しく、しかし不敵な笑みは浮かべたまま答える。ろくに言葉も紡げない。二人の周囲には二百近い魔物の死体が氷山となっていた。体から血が流れ傷の痛みに苛《さいな》まれても、瘴気がなければ戦えた。だが、街を包む瘴気は体力も精神力も著しく消耗させる。

死ぬのであればいっそ、一体でも多く道連れにしてやると、歯を食いしばった二人が心中で誓ったその時――目も眩《くら》むような閃光《せんこう》が、周囲を包んだ。

「な――っ!?」

二人共声を失う。それと似た閃光を、彼らはかつて一度だけ、見たことがあった。その日、彼らの近くには三人の聖魔導士が居た。彼らは最高位の光魔術を使い、生きた魔物を消滅させた。魔物の死骸であれば、どの街にも居る聖職者の祈禱《きとう》や魔導士の魔術、最悪でも火で浄化できる。しかし、生きた魔物を消滅させられるのは、最高位の聖魔導士だけだ。ただ、この街に聖魔導士はいない。本来なら目にするはずのない光だった。

『――アアアアアアアアアッッッ!!』

聖なる光に灼《や》かれた魔物たちの、人間や動物とは程遠い断末魔が響く。人々を臓腑《ぞうふ》から恐怖に浸らせる不協和音だ。きらきらと散っていく幻想的な光の欠片《かけら》とは正反対だった。光から辛うじて逃れた魔物が咆哮《ほうこう》を上げ、一点を睨《にら》んで牙を剝く。ある魔物は触れるもの全てを溶かす唾液を零《こぼ》し、別の魔物は死の霧を吐き散らす。咄嗟にオルガは己とジルドの周囲に氷の結界を張った。魔物が放った硫黄の香り漂う黒紫の炎が、二人に到達する前に進行方向を変える。

一瞬、光が弱まった。魔物はその隙を突いて、睨みつけていた一点へ走り出す。魔物の疾走を邪魔するように、破壊され尽くした地面が隆起した。体勢を崩した魔物を踏みつけて姿を現した異形の魔物が、骨の髄まで凍るような声音で遠吠《とおぼ》えする。

「仲間、呼びやが――っ！」

ジルドが叫ぶ。どこからともなく、魔物が増える。竜巻のように空へと伸びた瘴気が、円を描く。空洞になった中央付近から新たに出現した魔物は、地上の個体より体が大きい。禍々《まがまが》しく紫色に鈍く光る脈動が、体に纏わりついている。

祓魔の光が消える。

姿を現した新たな魔物がニヤリと笑ったように見えた。ジルドとオルガの頬を、脂汗が伝う。これまで対峙《たいじ》したどの魔物よりも強い。肌で感じる覇気が圧倒的だった。

瘴気の中心に開いていた穴が閉じる。魔物はこれ以上、増えない。だが、魔物を消滅させる祓魔の光はもう存在していない。魔物襲撃《スタンピード》が始まってから幾度となく抱いた絶望を凌《りよう》駕《が》する、生存の断念。絶望から一転、抱いた期待が再び絶望に塗り潰される心境は、筆舌に尽くし難い。

もう無理だと内心で諦めながらも、二人の傭兵は眼前の魔物たちを凝視した。己の命を奪う敵の姿は最期まで見届けてやると決意した――次の、瞬間。

魔物たちの周囲の地面が壺《つぼ》状に隆起する。足場を崩された魔物たちは、バランスを崩し、足を滑らせるようにして壺底へ落ちて行った。壺の壁面が、空を飛ぶ魔物の体を捕らえて地面に引きずり落とす。圧倒的かつ精密な魔術に、オルガは目を見張る。歴戦の傭兵である彼女も見たことのない精巧さだった。隆起した地面はすぐに平面に戻ったが、魔物たちは動けない。足元の土が魔物の足を固定していた。魔物は逃れようとのたうち回るが、無様に転がる。空を飛ぶ魔物は、動けない事実に発狂した。

そして、消えたはずの光が復活する。身動きの取れない魔物を取り囲み、先ほどより更に強力な光を放った。周囲一帯が白く染まる。眩《まぶ》しさのあまり、ジルドとオルガは目を覆った。それでもなお、視界は白い。

一体何が起こったのかと息を呑む二人の視界は、徐々に晴れていった。閃光が収まり、ようやく視力を取り戻した時、オルガは息を呑んだ。

「魔物が、消えた？」

二人の周囲に残されているのは、魔物に食い殺された数多の死体、崩れた建物の瓦礫と荒れた石畳、血の海だけだ。オルガたちを襲っていた魔物はもちろん、魔物の死骸すら消え失せている。

「んな馬鹿な」

ジルドもまた、自分の目を信じられず、呆然《ぼうぜん》と呟き立ち上がった。かつて見た聖魔導士たちの術は、魔物の死骸を消滅させるほど強力ではなかった。圧倒的に、今回の光の方が強い。祓魔の術に浄化の術も加えたのだろうが、あまりにも突出した所業だ。

「何が起こったんだ」

信じられないと言わんばかりの口調で、立ち上がったオルガも周囲を見回す。瘴気に中てられた体も浄化され、残されたのは疲労と傷の痛みだけだ。動き回るに支障はない。

「おい、アレ見ろよ」

ジルドがオルガの腕を突《つつ》いた。彼が示す方を見た時、オルガは目を瞬かせた。先ほどまでいなかった少女が、瓦礫に埋もれるようにして倒れている。少女は、簡素だが上等な衣服を纏い、美しく柔らかな銀髪を血の海に散らしていた。

オルガは慌てて少女に駆け寄り抱き起こす。ジルドも一歩遅れて、オルガの肩越しに前屈みで少女の様子を覗《のぞ》き込んだ。

「死んでンのか？　大した怪我《けが》はねえみてェだが」

「いや、脈はある。どうやら失神しているようだが。魔力が枯渇したようにも見えるな」

「マジか。ていうか、この嬢ちゃん、どこから来たんだ」

上体を戻したジルドは周囲を見回すが、当然何の手掛かりもない。少女の首筋に手を当てて脈拍を確認したオルガは、そっと華奢《きゃしゃ》な体を抱え上げる。ぐったりとした彼女は目を覚ます気配がない。

「さあ。少なくとも、祓魔の光が発せられた直前までは居なかった」

二人は視線を素早く交わし、どうする、と無言で会話した。オルガとジルドは、以前も仕事を共にしたことがある。性格は合わないが、互いを信用していた。

「放置する選択肢はない」

「──一旦、教会に連れていくかねェ。保護者が居るかもしれねェし」

「それが無難だな」

頷いたオルガは、少女をジルドに差し出した。少し回復した魔力で髪と目の色を変える。お互いに傭兵だが、ジルドの方が体力は上だ。ジルドは顔を顰《しか》めたが、文句は言わずに少女を受け取った。二人は血に塗《まみ》れ瓦礫に埋もれた足場の悪い道を歩き始める。向かう先は、街の中心部にある教会だった。

◇　◇　◇

少年は森の中で一番大きな木に登って、のんびり林檎を齧《かじ》っていた。黒い双眸《そうぼう》は星のように煌《きら》めき、ここではない何処《どこ》かを見つめている。瘴気に包まれているにも拘《かか》わらず、彼は全くの普段通りだった。

「この様子じゃあ、あいつらもおっ死《ち》んでんだろうなァ。標的《ターゲット》も無事じゃねえだろうけど。それはそれで詰まんねェな」

だが、少年は手出しを許されていない。彼の仕事は全てを見届けることだった。

「全く、人使いが荒ェわ。手っ取り早く殺《や》っちまえば良いものを、毒で弱るのを待つなんて遠回しな真似《まね》してんだからなァ。お偉いさんの考えることは良く分かんねェわ」

林檎の芯を放り投げると、バサバサと羽音を立てて鳥の形をした魔物が芯を取り合う。腰が抜けそうなほど不気味な雰囲気を丸っと無視して、少年は街の様子を眺める。

つい数刻前までは平穏だった街も、膨大な数の魔物に襲撃されては一溜《ひとたま》りもない。訓練された騎士団の精鋭が居るわけでも、魔物退治に特化した聖魔導士が居るわけでもない街が壊滅状態に陥るのはあっという間だった。

瘴気に怯《おび》えた馬も、魔物と比べたら遥《はる》かに愚鈍な人間も、決して逃れられない。あっという間に食い殺され、臓腑は引きずり出され、物言わぬ骸《むくろ》となる。転移陣を持った人間が居れば数人は逃れられるが、転移陣を持てる人物はごくわずかだ。

「転移陣はお貴族様の特権だもんな」

少年の口からは、嘲弄が漏れた。

「剣で斬り殺せる魔物の数も限られるしな。魔物襲撃《スタンピード》なら、手間かけねえでも勝手に標的《ターゲット》は死ぬけどよ。呆気《あっけ》ねェわ。芸がねェよ、芸が」

彼にとって、今回の仕事は全く心躍るものではない。仕事には美学があるべきだが、最近の仕事は悉《ことごと》く、彼の美学に反するものだった。多少の知恵と悪運を以《もっ》て相手を潰すことこそ、面白みがある。だが、贅沢を言える身分でないことも承知していた。

「ンあ？」

飽いたように欠伸《あくび》を漏らしていた少年は、次の瞬間目を見張った。

「なンだ、ありゃ？」

視えていた景色が一瞬白く染まったと思えば、視界を取り戻した時には魔物が消滅している。森に漂う瘴気も緩和し、林檎の芯に群がっていた魔物も消えた。

「聖魔導士でも居たか？　ンなわけねえよな、そんな報告は上がってねェぞ。奴《やつ》らが見逃したとも考えられねえし、さすがにそんな初歩的なミス犯すような腑抜《ふぬ》けでもねェし」

良く訓練されたお仲間は、優秀な刺客だ。そのためだけに育てられ、訓練されて来た。街をずっと視《み》ていた少年も、不審な影はなかったと断言できる。即《すなわ》ち、当初想定していなかった異分子が現れた、ということだった。

内心で仰天している少年を尻目に、街の反対側でも閃光が放たれる。その規模も威力も、最初の光を上回っていた。

「オイオイ、マジかよ」

彼は珍しく頬を引き攣らせる。慌てて視界を切り替えると、閃光が起こった周辺の魔物も消滅していた。生きた魔物も死んだ魔物も、最初から存在していなかったかのようだ。地面に流れる血は、魔物に食い殺された人間から流れたものだろう。

少年は次々と視界を切り替えた。閃光が届かなかった場所には魔物の死骸が残っているが、生きた魔物はもうどこにも居ない。

「一体、誰がやりやがった」

聖魔導士が魔物襲撃《スタンピード》を制圧するところは何度も見たが、威力を衰えさせずに術を頻発できる者など居なかった。理論的に考えても、普通の人間では不可能だ。

少年は監視を命じられていたが、雇い主には魔物を消滅させた人物についても報告しなければならない。そうでなければ、落伍者《らくごしゃ》の烙印《らくいん》を押されてしまう。最後、もう一度視界を切り替えた少年は、奇跡的に生き残った三つの人影を発見した。

満身創痍の傭兵二人、そして気を失った少女が一人。少女には見覚えがある。

少年は口角を上げ、意味深に笑った。

◇◇◇

ペトラとマリアンヌは、リリアナの幻影と共に教会へ逃げ込んだ。教会では、避難した人々が身を寄せ合い怯えている。教会には光魔術を使える魔導士と騎士が一人以上滞在するように定められているため、外よりは安全だ。だが、今回の魔物襲撃《スタンピード》は過去に類を見ないほど大規模だった。教会もいつまで無事か分からない。

（魔導省の人間だってバレたら面倒だねェ）

足を踏み入れたペトラは、ざっと教会内部を見回して、何気なくローブを裏返した。魔導省の一員である以上、教会が襲われた場合は魔物と対峙しなければならない。だが、自分が守りたい相手ならばともかく、民のために命を懸けたくはなかった。

（お嬢サマが戻って来たら、侍女と三人で転移するのが最善だね）

もっとも、二人を連れて転移するとペトラの負担が大きい。王都近郊の屋敷に戻るためには、複数回転移を繰り返す必要がある。魔力的にも体力的にも疲労困憊《ひろうこんぱい》するから、これまでのペトラなら早々に一人で逃げ出しただろう。だが、リリアナのためなら自分の信条を曲げてやっても良いかと思う程度に、ペトラはリリアナを気に入っていた。

「取り敢えず、ここまで来れば――」

マリアンヌは蒼白ながらも、ほっとした表情で気丈に呟く。二人は翼廊の隅に場所を見つけ、腰を落ち着けた。幻影のリリアナも、無言のまま二人に付き従っている。その姿が、時折不安定になることに、ペトラは気が付いていた。同時に、外の気配も敏感に感じ取る。ペトラだけは、外で何が起きているか把握していた。

（まさか、最高位の光魔術を一人で連発するとはね。もはや魔王だよ、末恐ろしい）

魔力量も精神力も、光魔術への耐性も桁違いだ。天才という概念を軽く超えている。

（光魔術は魔王とは相対《あいたい》する概念だから、聖女って言うべきかな。でも、あの子の得意な魔術って風だったと思うんだけどねェ）

フォティア領への往路で、ペトラはリリアナに直接、得意な魔術属性を確認した。最適属性ではない光魔術で、これほどの能力を発揮できるなど理解できない。

（風魔術を使ったら、どれくらいの力を発揮するのか――怖いくらいだよ）

無意識にペトラはぶるりと震える。全力でリリアナが風魔術を使う現場に居合わせたら、その時こそペトラは死神と握手する羽目になるだろう。

ふと、ペトラは違和感を覚えた。視線を横に向け、目を見開く。ペトラの様子に気が付いて視線の先を追ったマリアンヌも、息を吞んだ。

「お嬢様!?」

二人の間に座っていたリリアナが消えている。マリアンヌは、自分たちと共に居たリリアナが幻術だと気が付いていない。彼女にとっては『大切なお嬢様』が突如、消えたことになる。ようやく落ち着いていた顔色が真っ白になり、震えながら周囲を見回す。腰を上げかけたが、周囲の視線に晒《さら》されて座り込んだ。しかし、視線はリリアナを求め彷徨《さまよ》っている。

(良い判断だね。お嬢サマのこととなると、途端に視野が狭くなる奴だと思ってたけど)

ペトラは内心で、意外と理性的だとマリアンヌを見直した。下手に騒ぎ立てると、恐慌に陥り攻撃的になっている周囲から、どのような横槍《よこやり》が入るか分からない。

(でも、参ったな。お嬢サマ、死にはしてなくても、どこかでぶっ倒れてんじゃない?)

先ほどまで感じられた瘴気の気配は霧散している。リリアナが祓魔の術で全てを消し去ったに違いない。だが、そのせいでリリアナは魔力枯渇に陥り気絶したのだと、ペトラは見当をつけた。意識を失えば、幻影は保てない。他の人間なら死んだと考えただろうが、リリアナは死んでいないと、ペトラは確信していた。

(幻影が消えたのも、瘴気が消えた後だったしねェ。探しに行くのは骨だけど。こんなことなら、多少無理してでも追跡用の魔道具渡しとくんだったな)

口をへの字に曲げ、ペトラは舌打ちを堪《こら》える。後悔先に立たずとは良く言ったものだ。

魔術陣とリリアナの持ち物を使えば居場所を特定できるが、衆人環視の中で術をひけらかす趣味はない。特に今のような場所では、逸《はぐ》れた家族や恋人の居場所を探してくれと縋《すが》りつかれる。探してやったとしても、見つかるのは骸だ。そんなもののために貴重な魔力を消費する気もないし、わずかな希望を裏切られた人間は執拗《しつよう》なほど他人を責めるということも、ペトラは骨身に沁《し》みて知っていた。

（そういう奴らに限って、どんな理由にも納得しないいんだから。何でもかんでもあたしのせいにして、ふざけんなっつーんだよ）

夫は生きているはずだからもう一度探してくれ、お前がもっと早く術を使えば妻は生きていたかもしれないのに。

異国の血を持つペトラはただでさえ差別されてきたのに、批判を覚悟で助けてやる親切心など、とうの昔になくなった。

（それなのにねェ。お嬢サマだけは別なんだよな。まァ、たっぷりお金も貰ったし。探してあげたいけど、この侍女サン放っていくのも、ちょおっと憚《はばか》られるっていうか）

理性と狂気の狭間《はざま》にいるマリアンヌは、辛うじて理性を保っている。一人にしたら最後、リリアナを探しに出て行くかもしれない。迷子が二人に増えると面倒だ。

何より、ペトラはリリアナにマリアンヌを託された。約束は守ってやりたい。

（――ああ、面倒くっさいなァ、全くもう）

一人であれば頭を悩ますこともなかったのに、リリアナと出会ってからは自分が自分ではなくなってしまう。判断も行動も、これまでのペトラでは考えられなかった。だが、それが嫌ではないことが、ペトラは不思議でならなかった。

◇◇◇

ジルドとオルガは、意識のない少女を抱えて教会に向かった。保護者がいるならば教会に居るだろうし、保護者が死んでいたとしても、街を出るには教会で足を用意しなければならない。無事に魔物と瘴気が消えても、魔物襲撃《スタンピード》の爪痕は生々しく、惨劇の大きさを物語っている。街道の主要都市として重宝されているこの街も、元通りの姿を取り戻すまでには相当な時間が必要だろう。

「被害は街の三分の二、ってところだなァ」

「人的被害はそれ以上だ」

ジルドがぼやけばオルガも頷く。二人の目は、自然とジルドが抱える少女に向けられた。

「この少女、かな？」

「可能性は高ェけどよ、なら何で噂になってねェンだよ」

ジルドの腰にも満たない少女が、有数の聖魔導士しか使えない祓魔の術で魔物を屠った。状況を考えれば必然的に導き出せる答えだ。だが、優秀な光魔術の使い手として少女の噂が流れていないのは、妙だった。少女の衣服を見る限り貴族であることは間違いない。だが、少女がジルドとオルガと違う階級の生まれだとしても、二人の伝手《つて》であれば必ず耳に入る『奇跡』だ。

「秘匿されているか、知られていないかのどちらかだろうな」

「関わりたくねェ」

心底嫌そうにジルドが吐き捨てる。オルガは宥《なだ》めず、肩を竦《すく》めた。

「いずれにせよ、私たちが助かったのはこの少女のお陰だ。どこの誰かは知らないが、丁重にお返しするのが筋だろう」

「この状況じゃあ、返す当てが教会に居るのかどうかも分かンねェけどな」

貴族の少女が一人で居たことも、祓魔の術を使って魔物を消滅させたことも、全ての事実が面倒事を匂わせている。貴族に良い記憶はないと、ジルドは不快感を露《あら》わにした。対するオルガは涼しげな表情だ。満身創痍であることも、少女への感情も一切悟らせない。

やがて二人は教会に到着した。魔物の脅威が去ったと人々も気が付いたようで、疲労の気配を残しながらも、安堵《あんど》を見せていた。落ち着きを取り戻すと、離れ離れになった家族や知人を探す力も湧き出る。他人に気を使うほどの精神的な余裕はないため、教会の中も外も、波のように混乱が広がり始めた。

「で、どうやって探すよ」

人波を縫うようにして教会に入ったジルドとオルガは、人が少ない隅に身を寄せ合い、小声で囁き合う。

「練り歩くしかないんじゃないか？」

「この、だだっ広い教会をか？」

ジルドは顔を顰めた。しかし、オルガは冗談を言ったわけではない。ジルドは首を巡らせて教会内の様子を探る。確かに、歩き回った方が少女の保護者を見つけられる可能性は高そうだった。

「面倒臭ェなチクショウ」

「文句を言うな。命の恩人を蔑《ないがし》ろにするなど、傭兵の風上にも置けないぞ」

「どっちかっていうと傭兵じゃなくて騎士道の話だろうがよ」

ジルドは憎まれ口を叩くが、心中ではオルガに同意していた。オルガと共にゆっくり歩き始める。少女の保護者が教会に居るのか、そもそも生き残っているのかも定かではない。人々の様子に目を光らせながら、教会の側廊を通り翼廊に辿《たど》り着いた時、ジルドの耳は、小さな掠れた声を拾った。

「――お嬢様？」

ジルドがオルガの腕を肘でつつくと、オルガも声の主に気が付いた。足を止めて二人は振り返る。隅の方に、二人の若い女が座り込んでいた。その内の一人、十代半ばに見える侍女が、口を震わせている。次の瞬間、彼女は立ち上がり、躓《つまず》きそうになりながらもジルドの元に駆け寄った。傭兵二人に目もくれず、意識を失った少女に震える手を差し伸べる。

「お、お嬢様――」

侍女の素朴な双眸は恐怖に揺れている。血に塗れて固まった少女の美しい銀髪を震える指先で撫《な》でた。泣きそうな顔は、大切な少女の命が消えるのではないかという恐怖に歪《ゆが》んでいた。

「——息はある。大きな怪我もなさそうだ。気絶しているだけだろう」

さすがに見かねたオルガが、簡潔に状態を説明した。侍女は瞬き一つせず、銀髪を撫でていた手で、少女の頬に触れた。呼吸をしていることに気が付き、ほっとしてその場に崩れ落ち掛けた。それを、背後に近づいていた派手な赤紫色の髪の女性が支える。

「おっと」

「あ、ごめんなさい。安心してしまって——」

慌てて侍女は自分の足で立った。ローブの女性はあっさり侍女を離し、ジルドとオルガに視線を向ける。

「お嬢サマを助けてくれてアリガトね」

「いや。それはお互い様だ」

オルガは言葉少なに答えた。お嬢様と呼ばれる少女が祓魔の術を使ったと告げて良いものか、判断がつかない。気楽な口調で礼を言ったローブ姿の女は、ローブを裏返しているため定かではないが魔導士のようだった。彼女はジルドに抱えられた少女を受け取る。細腕では重たいだろうに、よろけない。安堵した侍女は顔を覆って泣き出してしまう。

ジルドとオルガは一瞬顔を見合わせたが、無事に保護者が見つかって安心したのは事実だ。これで義務は済んだと、特にジルドは清々している。残るは自分たちの怪我の手当てと、荒れた街から脱出するか、この街で復興の仕事をするか決めるだけだ。踵《きびす》を返そうとした時、ローブの女が「ねえ」と呼び止めた。

「なにか？」

オルガは首を傾げる。少女は感情の読めない微笑を浮かべた。

「あんたたち、傭兵だよね？」

「見たら分かンだろ？　なンだよ、文句あるってのか」

見るからに傭兵然とした格好のジルドは不快そうに眉間に皺を寄せる。普通の女子供なら怯えるほど迫力が増したが、彼女は気負わない。

「今の雇い主は？　生きてる？　死んだ？」

「——何を言いてェ」

ジルドは警戒を強め、目を細めてローブの女をじろりと見下ろした。一方、オルガは瞠《どう》目《もく》する。彼女は、更に笑みを深めた。そうすると、色気が深くなる。

「飼い主が居ないみたいだからさ。こっちも護衛が居なくなっちまったから、このお嬢サマがお屋敷に戻るまで、護衛として雇われてくんないかねっていう提案だよ」

「ンだとォ？」

心底貴族を嫌うジルドは喉の奥で唸り牙を見せた。今にも襲い掛かりそうだが、彼女は全く歯牙にもかけない。それどころか、隣でどうにか泣き止《や》んだ侍女に顔を向けた。

「まァ、お金払うのあたしじゃないけどね。侍女サン、どうする？」

泣いてもしっかりと話は聞いていたらしく、問われた侍女は一つ頷いて、涙に濡《ぬ》れた大きな目をオルガとジルドに向けた。

「は、はい。こちらとしては、是非お願いしたいところです。費用は、お嬢様にもご相談申し上げなければなりませんし、お支払いは屋敷に到着してからになってしまいますが」

道中の費用は公爵家に請求を回すことになっているため、現金は不要だ。だが、宿から身一つで逃げたため、傭兵二人にすぐ支払える金はない。

ジルドは痛烈な舌打ちを漏らす。侍女の肩がぴくりと震えたのを見て、彼は辛うじて溜《ため》息《いき》を堪えた。気に入らないと全身で訴えているものの、二人の依頼は渡りに船だった。この街に来た時の雇い主である商人は魔物に襲われ、行商後に支払われる予定だった依頼金の半額は手に入らないままだ。決断したのは、オルガが先だった。

「分かった。その依頼、引き受けよう」

「あ？　本気かよ、テメェ」

「本気だ。お前は好きにするが良い。この先の路銀をどうするかは知らんがな」

オルガの言葉に、侍女は明らかに嬉《うれ》しそうな表情になった。ローブの女も満足そうだ。

明瞭かつ冷淡な傭兵仲間の言葉に、ジルドは口をへの字に曲げて腕を組んだ。

「ちくしょう、この裏切り者め」

不機嫌さは相変わらずだったが、凶悪さは先ほどより多少、おさまっている。不承不承の体《てい》で、ジルドもまた頷いた。

「——わぁったよ、俺も乗る」

「ありがとうございます！」

丁寧な礼を口にしたのは侍女だった。泣き止んだ今、やっと彼女は淑女らしく礼を取る。侍女がするにはあまりにも丁寧な礼だったが、その違いに気が付いたのはオルガだけだった。オルガはわずかに目を見張る。

「改めて、自己紹介いたします。私はマリアンヌと申します。お二方にお助けいただいたお嬢様はクラーク公爵家のご息女リリアナ様で、私は侍女として仕えております。こちらは魔導士のペトラ・ミューリュライネン様で、此度《こたび》、特別に同行をお願いいたしました」

「——は？」

間抜けな声がジルドから漏れる。これまでの凶悪面はどこへやら、愕然《がくぜん》としていた。さすがにオルガも動揺しているのか、整った顔に薄ら驚愕が浮かんでいる。

「え——クラーク公爵家って、あの？　三大公爵の？」

「はい。その通りでございます」

「その、娘？」

「はい。——あの、なにか？」

信じられないあまりに何度も問うジルドに、マリアンヌはきょとんと首を傾げた。ジルドは小さく「うっそだろ」と呟き頭を抱えたが、一足先に動揺から立ち直ったオルガは優美な微笑を浮かべ、軽く一礼する。

「それは存じませんで、失礼いたしました。お約束通り、お屋敷までお供いたしましょう。馬車も失われているでしょうし、出立の準備を整えるまでしばしお待ちください」

「まぁ、それは助かります。ありがとうございます」

安堵の笑みを浮かべたマリアンヌは素直に礼を言う。馬車を新たに用立てるのも、生粋の貴族であり年若いマリアンヌには荷が重かった。数少ない足は、間違いなく貴族や商人の間で取り合いになる。ペトラに頼ることも考えたが、ペトラも競りの経験はない。他と争わず、とっとと魔術で離脱することを選ぶ人種だ。

オルガとジルドは、マリアンヌたちにここで待つよう告げ、まずは怪我人が集まる教会の中庭に立ち寄った。簡単に手当てをしてから、馬車を探さなければならない。道すがら、衝撃冷めやらぬジルドはオルガに耳打ちする。

「おい。クラーク公爵家の話って、何か聞いたことあるか」

「噂程度にはな。恐らく、私もお前と同じくらいしか知らないぞ」

ジルドは口をへの字に曲げる。その眉間には深い皺が刻まれていた。

「親父《おやじ》は青炎の宰相、娘は氷の仮面をつけたご令嬢で、王太子妃候補だろ」

いずれも感情を滅多に表さないことを揶揄《やゆ》する呼び名だ。特にクラーク公爵は、敵に容赦呵責《かしゃく》ない手段を取ることでも有名である。そんな父親を想起させる二つ名を持つ娘も、苛烈な性格なのだろうという印象を受ける。もっとも、クラーク公爵への不敬に当たるため、貴族の中に声を大にして噂する者はいない。だが、庶民の間では、噂も明け透けなものになりがちだ。

「その娘が、なァ」

ジルドは複雑な表情で言葉を濁す。オルガはジルドの意図をすぐに察した。

「娘の不可思議な能力は、隠されていると考えた方が良さそうだな。意図は解《げ》せないが」

ごく少数の聖魔導士が数人がかりでようやく使える祓魔の術を、たった一人で何度も行使するほどの能力。それを持つ少女がクラーク公爵の一人娘だとすると、貴族社会の権力構造は大きく変わる。クラーク公爵の一人勝ちだ。

そんな手駒を隠す公爵の意図は分からないが、権力を手中に収める時機を見計らい、娘の能力を意図的に隠しているのかもしれないと、二人は自分たちを無理矢理納得させた。

◇　◇　◇

リリアナは夢を見ていた。ゲームの画面が左から右へと流れるような、そんな夢だった。

(前世の記憶の欠片を、一つずつ見せられているようだわ)

リリアナは茫然《ぼうぜん》と呟く。音は聞こえない。完全な無の中で、ようやく聞こえたと思った声は、膜を通したように濁っていた。だが、言葉の内容は、不思議と鮮明に聞こえる。

『――――いやぁぁぁぁああああ!!』

つんざくような悲鳴は少女のものだ。絹を裂くような声は、自分の喉から出ていた。いつの間にか、リリアナは記憶の中の人物になっていた。それを、第三者のように傍《はた》から眺めている、そんな摩訶不思議《まかふしぎ》な状況。夢だからだと、リリアナは納得した。

幼い少女の双眸は迫りくる魔物と、大量の血を流し事切れた人々を映している。彼女の護衛は魔物の牙に倒れ、同行していた魔導士の女はいつの間にか姿を晦《くら》ましていた。

瘴気に中てられ一層強く引き摺《ず》り出された恐怖は、小さな体に押し込められていた膨大な魔力を否応《いやおう》なく引き出す。周囲が暴風に巻き込まれ、引き裂かれ、砕かれていく。容赦ない風の魔術で次々と体を千切られながらも、禍々しい血を振りまく魔物たちは少女に牙を剝いた。

『お嬢様ぁあ!!』

このままでは自身を傷つけてしまうと、必死にリリアナを止めようとする侍女の声が鼓膜を揺する。だが、恐怖と絶望に支配された少女の耳には届かなかった。

『お嬢様、落ち着かれてください、このマリアンヌの声をお聞き届けくださいませっ！』

やがて、少女の魔力が尽きると共に、彼女を取り囲んでいた風も止む。その場に立ち尽くしていたのは、少女一人だった。少女は意識を失い、ふらりと揺れてその場に崩れ落ちる。息をしているのは、リリアナだけだった。周囲には、切り裂かれた魔物と、彼女に仕えていた者たちの、無惨に切り裂かれた死体が転がっていた。

◇◇◇

意識が浮上する。リリアナは、一瞬自分がどこに居るのか分からなかった。

「お嬢様、お気付きになられましたか」

安堵の声に釣られて顔を動かせば、死んだはずの侍女が涙を滲ませている。

「――、」

夢の中では声が出ていたはずなのに、口からは吐息しか漏れない。そこで、ようやくリリアナは自分の置かれた状況を理解した。

（さすがに、魔力が枯渇したようですわね）

祓魔の術をさんざん連発したのだ。むしろ、良くぞ一人で魔物襲撃《スタンピード》を制圧できたと言うべきだろう。聖魔導士数人が万全に状態を整え臨んだとしても、リリアナほど迅速に魔物を屠れるかは分からない。リリアナ自身、瘴気が消えたのを辛うじて確認し、意識を手放した。実際に魔物と対峙していた時は興奮していたが、冷静に振り返れば、かなりの無茶だった。同時に、自分の魔術の能力が異常に高いことも理解した。

（実力を十割出し切ると、これまで見えなかったことも把握できますのね。それに、祓魔の術にも改善の余地があると分かったことは大きな収穫でしたわ。最後は最初よりも魔力効率を高められましたもの）

ゆっくりとリリアナは体を起こす。自分が居る場所は教会の一角で、借りた毛布が体に掛けられていた。マリアンヌは慌ててリリアナの肩を支える。

「お嬢様は気を失っておられたのですから、ご無理はなさいませんよう。とはいえ、屋敷までの足も確保いたしましたし、急ぎ移動はしなければなりませんが。その前に、汗拭《タオル》をお持ちしましょうか？」

リリアナの体は汗と砂埃、血で汚れていたはずだ。だが、いつの間にか綺麗になっている。衣服に付いた汚れは取り切れていないものの、祓魔の術をさんざん使った時を思い出すと、驚愕するほど身綺麗だった。気絶している間にマリアンヌができる範囲で身を清めてくれたのだろう。大丈夫だと断ったリリアナは、再び毛布に身を埋《うず》めた。マリアンヌが渡してくれた水差しから一口水を飲むと、喉の渇きを自覚する。二口、三口と飲みながら、リリアナは起きる直前に見た夢に思いを馳《は》せた。

（夢は驚きましたけれど、思い出しましたわ。確か、リリアナ《わたくし》が殿下の婚約者として確定した出来事が、魔力暴走でしたわね）

今回リリアナが出くわした魔物襲撃《スタンピード》がきっかけだとは思わなかった。乙女ゲーム本編にも、関連資料にも魔物襲撃《スタンピード》の文字は出て来なかったのだ。恐らく、乙女ゲームでは些細《ささい》なことで、詳細を書く必要がなかったのだろう。

魔力暴走を起こしたリリアナは、その威力の高さが王家の知るところとなり、王太子と婚姻を結ぶことになった。ゲームではたった一行で説明されていたが、実際は議論が紛糾したに違いない。他国へ嫁がれると強大な魔力が流出すると恐れる勢力、王家と縁を繋《つな》がなければ謀反の旗印になるのではないかと考える勢力、クラーク公爵家の権勢が強くなると憂える勢力、半永久的に幽閉蟄居《ちっきょ》させ管理すべきだとする勢力。考え方は多様だが、共通する思考は、リリアナは監視下に置かれるべきというものだった。結果的に、王家への絶対的な忠誠を示すため、乙女ゲームのリリアナはライリーの婚約者に確定した。

（ゲームでもお父様は、わたくしを殿下の婚約者から外そうと考えていらしたのかしら。それでしたら、お父様の思惑とは違う形で物語が進んだのね）

もしかしたら、父は娘を幽閉すべきだと主張したかもしれない。そこまでは詳《つまび》らかにされていなかったが、そう考えても不自然ではなかった。

（現実のわたくしは姿を消して祓魔の術を使いましたし、ゲームのわたくしと同じ轍《てつ》を踏むことはございませんでしょう）

最高位の光魔術を使ったと知れてしまえば、ゲームのリリアナの二の舞だ。気を失った後のことは分からないが、そこさえはっきりすれば、いくらでも誤魔化すことはできる。仮に目撃されていたとしても、たった六歳の少女が祓魔の術を使うことなどできるはずもないのだから、目撃者が嘘を吐《つ》いていると言われるのがオチだ。

「お嬢様」

飲み終えた水差しをマリアンヌに戻すと、マリアンヌはリリアナの注意を引くように名を呼んだ。顔を上げると、ペトラと見知らぬ男女が立っている。二人は傭兵らしい。首を傾げるリリアナに、ペトラが二人を紹介した。

「ジルドとオルガ。倒れてたお嬢サマを見つけて、ここまで運んでくれた。仕事が無くなったらしいから、屋敷までの護衛を頼んだんだ。二人共傭兵だからね。さすがに、ここから屋敷まで、あたしと侍女サンだけじゃあ不安だしさ」

リリアナは頷いた。ペトラの申し出はありがたい。父親は傭兵を雇うことに文句を言うだろうが、背に腹は代えられない。それに、クラーク公爵の息が掛かっていない護衛を手元に置くことは、リリアナにとっても願ったり叶《かな》ったりだった。

ジルドとオルガを見ると、ジルドは妙な表情でじろじろとリリアナを眺めている。オルガは無表情で冷たい印象だが、なかなかの美形だ。リリアナは二人に敵意がないと判断し、人好きのする笑みを浮かべた。それだけで、謝意と挨拶を済ませる。ジルドは口をへの字に曲げ答えなかったが、オルガは丁寧に頭を下げた。

「これから屋敷まで同行させていただきます。明日の朝には出立できるでしょう」

リリアナは内心で首を傾げた。オルガの話し方には全く傭兵らしさがない。むしろ貴族の落《お》とし胤《だね》と言った方が納得できるが、傭兵に身を窶《やつ》すからには相応の過去があるに違いない。深く尋ねるのも憚られ、リリアナは微笑を保つに留《とど》めた。

翌朝、リリアナたちは早々に街を出た。魔物の瘴気に中てられた食物は人間の体には毒だ。リリアナたちが腹に収めた朝食は、教会に保管されていたものだった。

今朝到着した一団が街に入り始めているが、彼らは魔物襲撃《スタンピード》があったと知らない。倒壊した建物や道をさけながら、のろのろと街中を通り抜ける。滞在は無理だと諦める者もいたが、長距離移動した馬は休めなければならない。大半は野宿を決意したようだった。一方、昨日の魔物襲撃《スタンピード》に遭った者たちは、我先に街から逃げようとしている。そのため、街とその周辺は、人や馬でごった返し、不穏な空気に包まれていた。

「お嬢様、ご気分は如何《いかが》ですか」

馬車のリリアナは、隣のマリアンヌに大丈夫だと頷いた。魔物襲撃《スタンピード》からこの方、マリアンヌはリリアナの体調に一際《ひときわ》敏感だった。だが、ジルドやオルガのお陰で寛《くつろ》いだ気分のまま、帰路につけている。昨日の衝撃を引きずっているマリアンヌは周囲の不穏な空気を警戒しているが、リリアナは全く気にしていなかった。

リリアナたちはゆっくりと周囲の速度に合わせて動いていたが、街から出る馬車の列に並ぶと更に速度を落とした。公爵家の馬車とは比べ物にならないほど質素な馬車だが、その小さな窓からリリアナは外の様子を観察していた。

(まさに混沌《カオス》ですわね)

視線の先には、自分を先に出せと商人を怒鳴りつける貴族の姿があった。服装を見る限り魔物襲撃《スタンピード》に遭遇したようだ。王太子の婚約者候補としての教育を受けて来たリリアナにとって、感情を露わにすることほど恥ずべきことはない。命の危機は簡単に人間から矜持を奪うようだと、呆《あき》れ返った。

(反面教師ですわね)

自分は無様な姿を見せないようにしようと、心中で決意する。馬車が再び動き始めたところで、ふと、リリアナは冷たい気配を感じた。街道に繋がる道に整列した馬車の中に、見慣れた紋章の馬車がある。

(何故《なぜ》、ここに？)

一瞬疑問が浮かぶが、すぐに納得した。家族の中でリリアナが最初にフォティア領を出たが、一日遅れで父エイブラムも王都に戻る予定だった。当然、リリアナの旅程が一日遅れたら、公爵と遭遇することもあるだろう。父は運よく魔物襲撃《スタンピード》に巻き込まれなかったのだと思っていると、馬車の窓から公爵が顔を覗かせた。

(え――？)

気のせいかもしれない。だが、一瞬目が合った気がした。その上、父親が呟いた、その言葉がしっかりと読み取れてしまった。すぐに公爵はカーテンを閉めて姿を隠したが、リリアナは動揺を抑えきれなかった。

「お嬢様？」

敏感に、マリアンヌはリリアナの様子に気が付く。リリアナは慌てて何でもないと首を振った。少しして、リリアナを乗せた馬車は街道に出る。一旦街道に入れば、後の旅は順調だ。リリアナはマリアンヌやペトラに悟られないよう、深く息を吐き出した。疑念と多少の衝撃は残っているが、感情は落ち着いた。それでも、父親が漏らした言葉が、リリアナの脳裏から消えない。

『――なんだ、無事だったのか』

間違いなく、クラーク公爵はそう言った。

◇◇◇

次の街に近づいたと、御者を務めているジルドがオルガを通じて声を掛けて来た。うつらうつらとしていたリリアナは目を擦《こす》りながら、カーテンの隙間から外の様子を窺う。森が広がっていた景色が開け、人家が畑の中に点在していた。

途中、小休憩の時に、オルガとジルドはペトラやマリアンヌと話に興じていた。オルガもジルドも、リリアナが祓魔の術を連発していたことや、幻術で姿を消していたことは、全く口にしなかった。目撃しなかったのか、告げる必要がないと判断したのかは分からない。だが、リリアナが魔術を使えることは、現段階では広まっていないようだ。

(それと、今はお父様の真意が知りたくなりました)

父親の呟きを思い返すと、謎は深まるばかりだ。街の様子を見れば魔物襲撃《スタンピード》があったことは明らかで、娘が死んだかもしれないと思うのも当然だ。だが、その場合は娘が無事だったと喜びこそすれ、死ななかったことを惜しむような発言にはならないはずだ。父親の愛情を感じたことは皆無だが、今回ほど明確に害意を感じたことはなかった。これまで以上に警戒心が湧き起こる。

（わたくしを狙った賊は、誰の手の者だったのかしら）

脳裏を過《よぎ》るのは、半年前の馬車襲撃と、今回の旅で経験した毒の混入だ。半年前は、王宮からの帰路で無頼漢に襲われ、護衛二人とリリアナ自身の手で事なきを得た。

（わたくしの馬車を襲った賊は生け捕りに致しましたけれど、獄中で自死しましたわ）

尋問に携わったのは護衛だった。今回の魔物襲撃《スタンピード》で命を落とした、父エイブラムが手配した二人である。賊を捕らえた時に、自死用の毒物を敢《あ》えて見逃した可能性は否定できないし、自死にみせかけて無理矢理黙らせた可能性もある。

（さすがに、お父様がわたくしを殺す気だとは思っていませんでしたけれど。どうしても穿《うが》った見方をしてしまいますわ）

これまでは乙女ゲームの攻略対象者にだけ対処するつもりだったが、ゲーム開始前に命を落とす危険が出てきた。頭痛を覚えて、リリアナは唇をそっと噛《か》んだ。

（そう考えると、今回、オルガとジルドに出会えたのは幸運でしたわね。二人を説得して新たに護衛として雇いましょう。お父様の息が掛かっていない二人でしたらわたくしも安心ですし、最適ですわ）

オルガもジルドも、史上最悪と言える魔物襲撃《スタンピード》で生き残った猛者だ。教会に集った者の中に、魔物を相手に戦ったらしき傭兵や戦士は居なかった。非戦闘員を守り戦って命を落としたに違いない。それを考えると、オルガとジルドの実力に不足はない。それどころか、これまでのリリアナの護衛よりも強い可能性は大いにあった。

リリアナの屋敷で家政を担う者は少なく、リリアナの命の恩人だと告げれば強い反対もないだろう。父親に対しては上手《うま》く書類を誤魔化せば気が付かれないはずだ。

（傭兵には貴族嫌いが一定数居ると聞きますし、ジルドは特にその気《け》があるようですけれど、報酬に色を付ければ否とは言いませんでしょう。オルガが諾と言えば、ジルドも存外容易く頷くのではないでしょうか）

形の良い頭で、リリアナは今後の計画を立てて行く。すると、馬車が速度を落とした。

「お嬢様、街に着きますわ」

道中、魔物の存在に怯えていたマリアンヌは、街に入ったことで安堵したようだ。柔らかな声音に、彼女がようやく緊張を解いたことが分かる。

宿に着いて、少ない荷物を運び込んだ後、ペトラは前の街での惨劇など無かったかのように、あっけらかんとした口調で言った。

「行きと違う街だからね、楽しみだわ。美味しい酒とツマミあるかしら」

「また、貴方という人は……」

食い気しかないのか、とマリアンヌは呆れ顔だが、ペトラの軽口に気が紛れたことは間違いない。ペトラが軽口を叩く度、マリアンヌの表情は晴れていく。

ジルドとオルガが選んだ帰路の道は、往路とは違う街道だった。小さな町が多いが、魔物襲撃《スタンピード》の報告は少なく、比較的平穏が保たれているという。だが、小さい町故に貴族の対応に慣れていない。そのため、往路のように宿で潤沢な持て成しを受けることはできず、時にはリリアナも料亭へ自ら赴かねばならなかった。マリアンヌはあまり良い顔をしないが、魔物襲撃《スタンピード》発生の危険性《リスク》を考えると致し方なしと判断した。

「幸いにも、私たちが泊まった宿の跡地で幾ばくかの金子《きんす》も取り戻せましたから、十分ではありませんが、最低限の飲食はできますでしょう」

宿代であればクラーク公爵家に請求を回せば良いが、料亭では必ずしも請求を回してもらえるとは限らない。そのため、魔物襲撃《スタンピード》が起きた街を出立する前に、マリアンヌとペトラ、ジルドとオルガは、可能な範囲で金子を集めて回ったらしい。

「お嬢様は貴方がたと違って高貴な生まれの御方《おかた》です。食事処《しょくじどころ》も、その点をよくよく踏まえた上で選定が必要です」

マリアンヌの言葉に、オルガは当然だと頷いたが、ジルドは不機嫌に腕を組んだ。マリアンヌは眉根を寄せてジルドを一瞥したが、苦情は控える。ジルドが離脱してしまえば、他に護衛を雇う当てはない。この町で探すことも不可能ではないが、適当な人物が居る保証はない。そもそも、主であるリリアナを差し置いての人事権は、マリアンヌには与えられていなかった。

この日リリアナたちが滞在することになった町は比較的治安が良いことで有名だ。大通りであれば、護衛も必要ない。夕食までは自由にして良いと傭兵二人と別れ、リリアナはペトラとマリアンヌを伴って大通りを散策することにした。やはりマリアンヌは良い顔をしなかったが、明るい時間だけならばと渋々頷く。少しでもリリアナの気が晴れるようにという気遣いだろう。そして、ペトラはそんな二人に便乗した。

「前の街で買った土産が全部駄目になったんだよね。瘴気に中てられた食べ物なんて、食べられたもんじゃないけどさァ。名物の猪肉《いのししにく》なんて、滅多なことじゃ買えないのに」

食べ物の恨みは恐ろしいんだと口を尖《とが》らせる様子は、その性格を裏切り色っぽい。現に、すれ違う男たちはペトラに魅入られたような視線を向けていた。もっとも、老若男女問わず、リリアナの可憐《かれん》さは人を惹《ひ》き付けていたのだが、本人は気付かない。

「本当に、屋敷の者たちに手土産をお持ち帰りになるのですか？」

マリアンヌが尋ねると、リリアナは頷いた。一般的な貴族は使用人に贈り物《プレゼント》をすることなどないが、この世界で生き残りたいリリアナには味方が必要だ。乙女ゲームは、全てを詳《つまび》らかにしていたわけではない。想定外の出来事に対処するためにも、ある程度の懐柔策は取るべきだ。嵩張《かさば》らず、それほど高価ではないものを選んで買い求める。従僕や侍女だけでなく、料理人や馬番を含めても大した人数ではない。

「お嬢様、あちらにも良さそうなものがございますので、少々この場を離れます」

マリアンヌが足早に向かったのは、リリアナとペトラから少し離れた店だった。見守る二人の視線の先で、マリアンヌは若い侍女や洗濯女が好みそうなショール、ハンカチーフ等の布製品を次々と物色する。ペトラは呆れ顔でリリアナを見下ろした。

「本当、よくやるよねぇ」

『何のお話でしょう？』

「屋敷の使用人、全員分の土産を買って帰るんでしょ？　そんな話、聞いたことないよ。それに、その金があれば自分たちの食事も質を上げられるだろうに」

今のリリアナたちに潤沢な現金はない。ペトラはそのことを指摘したが、リリアナはわずかに口角を上げた。

『いつも世話になっていますから』

「そういう発想が既にお貴族様じゃない」

どれだけペトラに揶揄われても、リリアナは平然としている。決して本音は誰にも教える気はなかった。結局リリアナは自分本位なだけだ。

(使用人が皆、お父様《フィリップ》の執事の類《たぐい》でしたら、懐柔など無理な話ですけれど、あのような者はわたくしの屋敷にはおりませんから。上手くすれば取り込めますわ)

多少の金で、一時《いっとき》であれ忠誠が買えるのであれば安いものである。ペトラは笑みを収め、真面目な顔で「ところでさ」と口調を変えた。

「あんた、護衛はどうすんの？　取り敢えず屋敷までの護衛は確保したけど、その後は親父に頼むワケ？」

『いえ、もしジルドとオルガさえ嫌でなければ、護衛として雇おうと考えておりますわ』

「ふうん。女の方はともかく、男の方は難しそうだけどね。勝算は？」

『五分五分ですわ。今回も、金策さえ立てられたら貴族の護衛はしたくなさそうでしたし。他にも何か手立てを考えなければなりませんね』

声が出ないリリアナはジルドと交流を持てない。もっとも、話せたところで、ジルドは貴族令嬢たるリリアナとの会話を避けただろう。困ったものだとリリアナが嘆息していると、何かを考えながら周囲を眺めていたペトラが何かを発見して嬉しそうに言った。

「あ、あれ美味しそう」

ペトラが見つけたのは、商店の軒先にぶら下がった肉の燻製《くんせい》だ。その時のペトラは、完全に、眼前に人参《にんじん》をぶら下げられた馬だった。リリアナを置き去りに、店に駆け込む。

（あら？）

一人取り残されたリリアナは、殺気を感じて首を傾げた。今、リリアナは、人混みから離れて道端に立っている。最近は何も感じなかったが、首筋がちり、と粟立《あわだ》つ感覚は久しぶりだった。最後に似た気配を感じたのは、王宮から屋敷に戻る馬車の中だった。その時、リリアナは無頼漢に襲撃されたのだ。

人混みに目を凝らすが、違和感はない。気のせいだと判断したリリアナは、マリアンヌとペトラを探そうと視線を巡らせた。すると偶然人混みが動いて、二人の姿が隠れる。妙に不安を覚えたリリアナは、数歩、前に進んだ。その時、人混みから離れて歩いていた黒いローブを纏う細身の男がリリアナの肩にぶつかる。

「失礼」

転びそうになったリリアナの体は、突然現れた筋骨逞《たくま》しい男に軽々と抱き留められた。

「待てやこの野郎」

短く謝罪するローブの男に、唸るような声が答える。瞠目したリリアナが見上げた先には、ジルドが居た。不機嫌を通り越し、今にも飛び掛かりそうな表情でローブの男を睨みつける。険悪な雰囲気に、リリアナは眉根を寄せた。ジルドのことはまだ良く知らない。何もしていないローブの男に、いきなり殴り掛かるようでは困る。

「申し訳ない」

だが、ジルドが何を言うよりも早く、ローブの男は深々と頭を下げた。彼もまた大事《おおごと》にしたくないのかもしれない。ジルドが更に口を開こうとしたのを察知したのか、ローブの男はそそくさとその場から足早に立ち去った。あっという間に人混みに紛れ込んでしまう。人々は何があったのかすら気に留めない様子で、往来を歩いている。ジルドはしばらく、男が姿を消した雑踏を睨みつけていた。

「お嬢様！」

買い物が終わったマリアンヌが、慌てて戻って来た。ジルドの様子に、何事かあったと察したらしい。ジルドは眉間の皺を深め、じろりと侍女を見下ろした。

「主を置いて行くなんざ、使用人の風上にも置けねェ女だな、使えねェ。どんな教育されてやがる。公爵家にはろくな使用人がいねェのか？」

嘲笑しながら放たれた口調には、苛《いら》立ちが滲み出ていた。マリアンヌは恥辱で真っ赤になる。リリアナは口を挟むこともできず、二人を見比べた。声が出ればマリアンヌを庇《かば》えるが、念話《テレパシー》を使うわけにもいかない。年若いマリアンヌに完璧を求めるのも酷だし、魔物襲撃《スタンピード》の時から緊張感を保ち続けろと言うのも無理な話だ。そもそも、彼女は、リリアナにはペトラが付いていると信じていた。まさか、ペトラがリリアナを放り出して干し肉を買いに行くとは思わなかったのだろう。

「それならさぁ」

気まずい沈黙を打ち破った能天気な声は、ペトラだった。たんまり土産を買った彼女は、にやにやと挑発的な笑みをジルドに向ける。ジルドは気圧《けお》されて顎を引いた。

「なんだよ」

ペトラのようなタイプは得意ではないのか、単に警戒したのか、ジルドは喉の奥で唸った。一般人なら恐怖に震え上がるほどの迫力だが、ペトラは平然としている。

「あんたが教育したら？　どれくらいでモノになるか知らないけど、一年くらい？　もちろん、公爵家だから謝礼はかなりのもんだろうし、ついでにお嬢サマの護衛もすれば良いじゃん。どっちにとっても、悪い話じゃないと思うけど？」

「あァ？」

咄嗟にジルドは顔を顰める。ペトラはリリアナに同意を求め、ペトラの意を汲《く》んだリリアナは満面の笑みを浮かべた。今、ジルドを勧誘する予定はなかったし、機が熟したとは思っていなかったが、リリアナの意向を示すには良い機会だ。

「ふっざけ――」

「屋敷にはお嬢サマしか居ないしさ。護衛も、前の街で死んだ二人だけだったんだろ？

面倒なお貴族様も他に居ない、お嬢サマは貴族にしちゃあ物分かりが良いし、衣食住も確保されるって考えたら、お得だと思うけどね。魔物襲撃《スタンピード》で財産なんてほとんど無くなったんじゃないの？」

「――てンめェ」

ジルドは絶句した。ペトラの勢いに押され、完全にたじたじとなっている。

マリアンヌは、ペトラがリリアナの事情に詳しいことに驚きを隠せない。リリアナも首を捻《ひね》ったが、フォティア領へ向かう途中、呪術の講義の中で雑談したことを思い出した。聞き流していたように見えたペトラだが、意外としっかり詳細まで覚えていたらしい。

ジルドが反撃しようと口を開いた時、彼の背後から低めの声が割り込んだ。

「ああ、実に良い話だな。その話は私が立候補しても構わないのか？」

ジルドは勢い良く振り返る。そこには、買い物を終えたオルガが立っていた。ペトラは楽しげに笑って頷く。

「もちろんさ」

「それなら引き受けよう」

「オルガ、てめェ裏切りやがったな！」

出鼻を挫《くじ》かれたジルドは歯噛みする。オルガはジルドに涼しい目を向けた。

「別に私はお前とパーティーを組んでいるわけではない。私は勝手にする。お前も好きにすれば良いだろう」

「てめェ――」

ジルドは今すぐオルガを叩き斬りたいと言わんばかりだったが、オルガは飄々《ひょうひょう》とジルドを無視した。ペトラは満足げに視線をジルドへ戻す。

「あんたも、屋敷に到着するまで時間はたァっぷり残ってるからね。良く考えときな」

良い返事を期待してるよ、とペトラは片目を茶目っ気たっぷりに瞑《つむ》り、踵を返す。その後ろにリリアナたちも続いた。ジルドとオルガは最後尾だ。ジルドは恨めしげにオルガを睨み、前を行く三人には聞こえないよう声を低め尋ねた。

「どういう風の吹き回しだ」

「良い仕事だろうが」

「それはそうだがよ」

あっけらかんとしたオルガとは対照的に、ジルドは不機嫌だ。だが、その顔には気掛かりが滲んでいる。目敏《めざと》く気が付いたオルガは口角を上げた。ジルドは更に畳みかける。

「さっきの、黒いローブの男。お前も気が付いただろ」

「――だから、だ」

オルガも、遠目から一連の流れを見ていた。だから、ジルドが何を言いたいのかは察している。しかし、そこから導き出した結論はジルドと真逆だ。ジルドは憮然《ぶぜん》とした。

「関わるとろくなことにならねェぞ」

「そうと分かっていても、だ。後悔はしないと、決めたんだ」

オルガの低い声は静謐《せいひつ》で、反論を許さない力強さに満ちていた。

◇　◇　◇

黒いローブの男は、気配を消して歩きながら、楽しくて堪らないと笑みを零した。

「なァるほどなァ。殺意以外には、とんと鈍いのな」

離れた場所から放った殺気はすぐ勘付いた癖に、殺意を纏わず仕掛けた時には、少女は彼を避《よ》けられなかった。能力と経験の不均衡《アンバランス》に、彼は惹き付けられる。護衛には気が付かれたが、それはあの傭兵が手練《てだ》れだったからだ。

ふらふらと人波を縫うように歩きながら、彼はローブの下から林檎を取り出し齧る。

「面白いねェ。あの時の解術も、もしかしたらお嬢ちゃんの仕業かもしれねェなァ」

以前、彼――その少年は、馬車を襲撃する仲間を眺めていた。その内の一人は幻術で姿を消していたが、あっという間に解術され、無惨にも生け捕りにされた。

食べ終えた林檎の芯を道端に捨て、少年は裏路地に入る。

この町は表通りこそ整然として治安も良いが、裏側は寂れ、荒れ果てていた。道端にたむろする破落戸《ごろつき》は目付きも鋭く、仲間以外を受け入れない。彼らにとって、旅人は良いカモだ。余所者《よそもの》の力量を測り、今宵《こよい》の獲物を見定める。そして、今この瞬間、少年は破落戸に目を付けられた。

黒いローブの闖入者《ちんにゅうしゃ》が少年だと気が付いた彼らは、ガンを飛ばし立ち上がる。右手に古びた剣を持ち、脅すように首の骨を鳴らした。体は少年の二倍ほどで、顔には刃で付けられた傷が残っている。その見た目だけで数多くの人間を恐怖に陥れる男はせせら笑った。

「こんなところに何の用だァ、ガキ」

恫喝《どうかつ》と暴力の前触れに、男たちは獲物を嬲《なぶ》ることにした。仲間がゆっくりと足を運び、少年を取り囲む。少年は足を止める。無言で頭目らしき男に顔を向けた。フードを深く被《かぶ》っているため、表情が見えない。破落戸は舌打ちをした。

「顔見せろや、なァ？　それが礼儀ってもンだろ、エェ?」

少年は答えない。動きもしない。恐怖に震えているのだと、男たちは判断した。

黒いローブがそれなりに質の良いものだと、男たちは見て取っていた。大金はなくとも、ある程度の――今晩の酒と女を買える程度の金子は持っているはずだ。

「ここは俺たちの島でなァ――通るなって言ってンじゃあねェ。それなりの礼がありゃあ、俺たちも無理に戻れたァ言わねェさ。なァ?」

「おうともよ」

頭目が他に問えば、男たちは口々に同意する。そして、力を誇示するように各々の武器をこれ見よがしに持ち替えた。たいていの余所者は、ここで怖気《おじけ》付き、言われるがまま金を払って這《ほ》う這《ほ》うの体《てい》で逃げ出す。この町の治安を維持する衛兵に訴え出る者も居るが、衛兵の頭《かしら》と破落戸の頭目は飲み仲間だ。女の趣味は合わないが、酒の好みは合う。

しかし、少年の反応は、男たちの知るどの余所者とも違った。

「――で?」

肩を竦めて放たれた言葉が少年のものだと、最初は誰も気が付かなかった。声音には恐怖も滲まず、むしろ呆れた気配が漂っている。ようやくそれが少年の声だと理解した頭目は、心に浮かんだ戸惑いと違和感を無視して、脅すように肩を怒らせた。

「あァ? てめェ、見上げた態度じゃねェか。命が惜しくねェと見えるな」

自分たちの半分ほどしかない華奢な少年は、一太刀の下《もと》に血を流し倒れ伏す。呆気ない勝負の幕引きを、破落戸たちは脳裏に思い浮かべていた。彼らにとってはそれが常識だった。運が付いてるぜ、と少年の背後に陣取った男が棍棒《こんぼう》を振り上げた――次の瞬間。

「――――っ!?」

ただ一人、頭目だけが少年の動きを見ていた。愕然と、頭目は目を剝く。

少年の唇《むち》が弧を描く。ローブから出た右手がいつの間にか、黒く短い杖《つえ》を握っている。それが、鞭の持ち手部分だと察した時には、目に見えない鞭が鋭く空気を切り裂き、破落戸たちの首を胴体から切り離していた。血飛沫《ちしぶき》を噴き上げながら、男たちの体がどうと音を立てて倒れる。少年はフードを取り払った。紺の髪から覗く漆黒の瞳が、感情を一切浮かべずに、死体を一瞥する。その目が向けられた時、その場に立ち尽くしていた頭目は人生で初めて、ぞっと足元から這《は》い上がる恐怖を覚えた。少年は一歩ずつ、ゆっくりと頭目に近づく。彼は無意識に、少年から距離を取ろうと後退《あとずさ》った。その背中が、家の壁に着く。

手を伸ばしても触れられないギリギリの距離まで近づいた少年は、薄く笑った。

「こんな顔だ。見せろと言うから見せたぜ、満足かい？」

化粧をして身なりを整えれば少女にも見紛《みまご》うばかりの美形だが、眼光の強さは百戦錬磨の傭兵に似ている。にい、と笑みを深めた顔は蠱惑的《こわくてき》だが、頭目の顔は汗でびっしょりに濡れていた。

「良かったな。最期に願いが叶ったぜ、オッサン」

表情を可愛《かわい》らしい笑みに変えた少年は、一歩下がる。頭目には、それ以外の動作は分からなかった。恐怖に顔を歪めたまま、男の頭部は赤く染まって宙を飛ぶ。体が倒れて頭が砂に塗れるより早く、少年は破落戸たちへの興味を失った。フードを被り直し、その場を離れる。路地裏は鉄錆《てつさび》の臭いが充満していた。遅かれ早かれ異臭に気が付いた住民が男たちの死体を見つけるだろう。だが、破落戸が死んだところで、嘆く者は居ない。

「この鞭、持ち運びやすいし便利っちゃ便利なんだけど、持ち手があるから二本しか使えねェのが難点だな」

少年の鞭は特注品だ。持ち手と切り替え部分までは一般的な鞭と同じだが、その先の本体が目に見えない細さの糸鋸《いとのこ》で作られている。糸鋸は伸縮自在で、接近戦だけでなく、離れた場所の敵を倒すことも可能だ。扱いが難しいが故に、使い手は少年だけである。更に、糸鋸が視認できないため、共闘できる相手が居ないことも問題だった。

「一人で十分だから問題ねェけど。つっても共闘のためにわざわざこの武器作ったんだけどさ」

　ぼやきながら、少年は更に奥へと進んでいく。周囲の空気は一層重くなる。表しか知らない人間が見れば絶句するほど、落差が激しい。しかし、どの町にも大なり小なり暗黒街はあるし、少年はむしろ裏社会の方に馴染《なじ》みがあった。

　少年は慣れた足取りで進み、古い倉庫のような建物の前で立ち止まる。屋根は一部が崩れ落ち、一見すればただの廃屋だ。だが、表に出された看板には酒屋と書かれている。店だと分かっても、入ろうと思う人間はそうそういないだろう。

　少年は周囲を見回し人の気配がないことを確認すると、躊躇わずに店へ入った。中は暗く人の気配もない。酒屋というのに、室内にあるのはカウンターと貧相なテーブル、椅子だけだ。壁に設《しつら》えられた棚には埃の被った酒瓶が数本、無造作に置かれ、カウンターの端には、罅《ひび》の入ったグラスが三個ある。最近使われたらしく、グラスは綺麗に洗われていた。

　視界の隅を鼠《ねずみ》が走り去るのを見るとはなしに眺めながら、少年は遠慮なく声を出した。

「おーい。客が来たらとっとと出て来いよ」

「お前が客ってタマか、小僧」

　文句を垂れつつ奥から出て来たのは、腰が曲がった小さな老人だった。白髪はぼさぼさで、服も長く着替えていないと分かる。酒屋の主人とは考えられないほど小汚いが、少年は気にせず、楽しげに笑いながらカウンターに腰かけた。

「客だろ」

老人は綺麗に少年の言葉を無視し、乱暴にグラスを渡す。一口飲んだ少年は顔を顰めた。

「レモネードかよ」

「酒は大人になってからだ、坊や」

「ガキ扱いすンなら、もっとマシな仕事寄越《よこ》せよな」

少年は唇を尖らせて文句を垂れる。老人は心外だと言わんばかりに白い眉を上げた。

「随分と楽《マシ》な仕事ばっかだったろうが」

「監視なんざ、楽《ヒマ》であって楽《マシ》しい仕事じゃねえよ」

物騒な、と老人はほとほと呆れた表情で首を振る。少年はローブの下から一通の封書を取り出した。

「詰まンねぇ仕事だったけど、報告書は持って来てやったぜ」

老人は封書を受け取ると、中身を改めもせず懐に突っ込んだ。封書に皺が寄る。カウンターの下から取り出した酒瓶を開けると、彼は直接口をつけ一気に呷《あお》った。

「それで？　お前にしちゃあ珍しいじゃねえか。分家は随分とお冠だったらしいぞ、報告が遅いってな」

「仕方ねェだろ」

心当たりのある少年は鼻白み、もう一杯寄越せとグラスを差し出す。老人は面倒そうにレモネードの入った大瓶をカウンターに置いた。瓶から零れたレモネードがテーブルを汚すが、そのままだ。少年は自分で大瓶からグラスにレモネードを注いだ。

「随分と面倒な仕事だったんだ。とっとと仕事しろって言うなら、俺の仕事にしてくれりゃ一発だったぜ。お偉方のやることは、まだるっこしい上に美学がねェよ」

「美学と来たかよ。こっちから見りゃあ、お前の仕事は派手すぎる」

「大人しい方が好みなら、ある程度までなら注文も受け付けるぜ」

邪魔はさせねェけどな、とにんまり笑う少年は、どこにでも居る少年にしか見えない。しかし、その本性を良く知る老人は苦い顔になった。

「――ある程度は大人しくしてろ。次こそは首輪付けられるぞ」

「俺に首輪付けられる奴が本当に居るなら、その時は膝ついてやっても良いぜ」

本心とも冗談とも取れる口調で少年は嘯《うそぶ》く。

老人は鼻を鳴らした。彼の知る限り、少年に紐《ひも》をつけられる人間など皆無だ。少年も自覚があるから性質《たち》が悪い。不遜な台詞を臆面なく吐く少年は、誰にも止められない。実際、少年は己の力を正確に把握していた。若い年頃にありがちな過信も一切なかった。溜息を吐《つ》いた老人は、新しい封書を一通、取り出して少年に渡した。

「次の仕事だ」

少年は魔力を流して封書を開けた。そこに書かれた文字に目を通し、顔を顰める。

「本家かよ、面倒だな」

「引く手、数多だな」

「ジジイ共にモテても嬉しくもなんともねェよ」

文句を言いながら、少年は魔術で封書を燃やした。老人は酒で唇を湿らせる。

「それで？　今回は収穫ありか」

「毒の方？　それとも魔物襲撃《スタンピード》の方か？」

「魔物の方だな」

老人の答えに、少年は肩を竦めた。

「金にがめついのは良いけどよ、やたらめっぽうに手ェ出しても、良いことねェと思うぜ」

少年が揶揄すれば、老人は口を真一文字に結ぶ。単なる仲介者の老人に言っても意味はないと、少年は分かっていた。だが、気遣いなど、少年は持ち合わせていない。

「収穫、なァ。なァんにもナシ。魔物襲撃《スタンピード》はあっさり消えちまったが、聖魔導士も居ねェ街で消えた理由は不明。仕掛けがお粗末だったんじゃねェ？」

楽しげだが、嘲弄を含んだ少年の声音とは裏腹に、老人の顔は苦虫を噛み潰したようだ。

横目でそれを鑑賞しながら、少年はレモネードの最後の一口を呷った。

「だから言っただろ、まだるっこしい上に美学《意味》がねェってよ」

レモネードを飲み終えた少年は「ごっそさん」と言い残し、酒屋を立ち去る。少年の背中を見送った老人は、嘆息すると窓を開けて鳥を放った。

少年は街外れの森に向かいながら、空を見上げた。視線の先には、随分と小さくなった鳥の影がある。少年の唇から楽しげな笑い声が漏れた。

「――せっかく面白い獲物を見つけたんだ。俺の楽しみを奪ってくれるなよ」

滅多に出くわさない上物の玩具《おもちゃ》を、盗《と》られるわけにはいかない。だから、少年は老人にも分家への報告書にも、一切その名を明かさなかった――最高位の光魔術を使った、その存在を。

◇　◇　◇

リリアナを乗せた馬車は、徐々に王都へと近づいていた。

スリベグランディア王国の王都ヒュドール。王宮を中心とした街の特徴は、王宮近くに聳《そび》え立つ物見の塔だ。建国時に建てられた歴史ある塔で、砲撃を受けても、雷が落ちても崩れなかったという伝説がある。だから、初めて王都に出て来た者は皆、物見の塔に感激する。だが、物見の塔はジルドにとって目にしたくもない王侯貴族の象徴でしかなかった。

御者台でのんびりと寛いでいたジルドは、木々の合間からわずかに見えるようになった物見の塔に嘆息すると、隣に座って目を瞑るオルガを横目で見やった。

「おい、起きてんだろ」

「――お前が声を掛けなければ、仮眠を取れた」

答えたオルガは、片目を薄く開けて「何か用か」と尋ねる。ジルドは口をへの字に曲げた。ジルドは傭兵を多く知っているが、本来オルガは傭兵になる種類の人間ではない。性格的にも、剣と魔術の両方を使いこなす戦闘法的にも、魔導騎士になり得る人物だ。ジルドとは性格こそ合わないが、戦い方は非常に相性が良かった。互いの得意と不得意を補える間柄は、傭兵多しといえども滅多に居ない。

「俺ァ、できれば王都に入らずバックれてェんだけどよ」

「捕まるからか？」

オルガの返事を聞いたジルドは顔を顰める。しかし、オルガに揶揄う意図がないことは分かっていた。オルガもまた、凶悪な表情のジルドに恐怖を覚えたりはしない。ジルドは鼻を鳴らして表情を元に戻した。

「るせェ。傭兵稼業してりゃあ、たいていの奴ァ後ろ暗くなるもンだろうが」

「私は堂々としてるぞ」

「てめェは例外だ、ボケェ」

ジルドの言葉が面白かったのか、オルガは小さく笑った。仮眠を諦めた彼女は、両目を開けて腕を組み、周囲を見回す。

「つまり、お前はお嬢様の護衛を続ける気はないということか？」

端的な質問に、ジルドは無言で答えた。ジルドが根っからの貴族嫌いであることは、オルガも良く知っている。普段であれば無理強いをしないオルガは、珍しく言葉を重ねた。

ジルドがまだ決めかねているとすると、薄々気が付いているのかもしれない。

「御者も護衛も死んだ矢先に、私たちのような傭兵を受け入れようという気概のあるお方だ。それに、金払いも良い。主はお前の凶悪面を見ても平然とし、その上、食事も平気で共にする少女だ。金と酒を貰えるなら何でも良いと豪語する傭兵《お前》が見逃すとは思えない、この上なく良い案件だと思うが？」

一々もっともな指摘だ。傭兵稼業はその日暮らしである。頼まれた仕事が、蓋を開ければ当初聞いていた話と全く違うという事態も多々ある。依頼者が貴族であれ商人であれ、傭兵を奴隷のように扱う者が大半だ。

だが、リリアナはジルドをごく普通に扱った。マリアンヌは、ジルドの知る普通の女に近いが、これまでに会った貴族とは雲泥の差だ。それに怯えもしない。ジルドがリリアナに不遜な態度を取ると、ジルドの凶悪さにひるまず苦情を申し立てる。その様子を笑いながら眺めるペトラは言わずもがなだ。思わず「化けモン」と漏らしたジルドは、更にマリアンヌから文句を言われる羽目になった。職場環境だけを考えれば、全く悪くない。

ジルドは低く唸った。狼《おおかみ》の威嚇のようにも聞こえる。

「……てめェ、そんなに俺と働きてェのかよ」

ジルドはオルガを嗤《わら》う。杜撰《ずさん》な挑発だ。普通の傭兵は激昂《げきこう》するが、オルガは取り合わなかった。続ける言葉を見失い、ジルドは舌打ちを漏らす。不機嫌な表情で黙り込んだ。

職場環境は良いが、関わるとろくなことにならないと、ジルドの第六感が告げていた。途中の町でリリアナにわざとぶつかった黒いローブの男は、間違いなく裏稼業に身を浸している。雑踏の中からリリアナに殺気を向け、今度はあっさりと気配を消し、一瞬でリリアナの近くに移動した。明らかに玄人だった。ジルドは自分の能力が世間一般より優れている自覚があるが、世の中には更にその上を行く、物騒な人間が居る。黒いローブの男は、間違いなく、その部類だった。男が直接リリアナの命を狙えば、ジルドやオルガの腕でも護り切れるか分からない。依頼を完遂できなければ、傭兵としての価値も下がる。護衛相手が貴族ならば尚更《なおさら》、命で償わされる可能性もあった。

ジルドは乱暴に頭を掻《か》く。頭を使う仕事は、昔から苦手だった。オルガと組む時は、頭を使う仕事を全てオルガに任せて来た。渋い顔で慣れない思索を巡らせていると、馬車の窓を開けたペトラが声を掛けて来た。

「その先の辻《つじ》で停《と》めてよ、あたし降りるから」

屋敷までは随分と距離がある。ジルドは足で踏んでいた手綱を手に取り、速度を緩めた。そう言えばこの魔導士も雇われと言ってたな、と、ジルドは思い出す。

辻で馬を止めると、馬車の戸を自ら開けたペトラは身軽に降り立った。御者台のジルドを見上げて、にやりと笑う。その表情に、ジルドは、嫌な顔をした。何かを言われる前にと、ジルドは馬に鞭を当てる。がらがらと車輪の音をさせて、馬車は動き出した。

リリアナが暮らす屋敷が近づく。もう今回の仕事も終わりだ。ジルドは何も言わないのに、オルガはさも当然のことのように告げた。

「ジルド。引き受けるんだろう。これから一年か。引き続き宜しく頼む」

「――まだ引き受けるとは言ってねェよ」

チクショウ、とジルドは毒づいて、苛々《いらいら》と貧乏揺すりをする。面倒事の臭いしかしないが、それ以上に魅力的な仕事ではあった。オルガがそんなジルドを見て笑みを漏らしたが、ジルドは気付かなかった振りをする。

「気に入らねェ。ムカつく」

強い酒でも飲まないとやっていられないと、ジルドは首を振った。ポチーンかスピリタス、それが自棄酒《やけざけ》をしたい時にジルドが求める酒だ。だが、場末の酒場ならともかく、公爵家にあるとは思えない。ジルドはがっくりと肩を落とした。さんざん文句を垂れながら、既に護衛の契約書に署名《サイン》する気になっている。

「色気も何もねェ職場だな」

酒と女があれば文句はないと普段から豪語しているジルドにとっては、リリアナもマリアンヌも色気のない子供だ。ペトラは色気があるが、ジルドの求めるものではなく、全くそそられない。

「――本当に、酒ぐれェしか楽しみがねェな」

だが、それでも良いと思えてしまうのが、ジルドには不思議でならなかった。

◇◇◇

屋敷に戻ってから数週間後、リリアナは朝から機嫌が良かった。出掛けるため、マリアンヌがリリアナの髪を整える。

「楽しそうですね、お嬢様。殿下とお会いできるのが、それほど嬉しいのですか？　今日は久しぶりに、長く王宮に滞在なさるご予定でしたね」

〈ええ〉

リリアナはマリアンヌの邪魔にならないように頷いた。王太子妃教育もほぼ終わった今、王宮にはライリーとの茶会のためだけに行っている。だが、今日はほぼ終日、屋敷を留守にする予定だ。午前中にライリーと時間を過ごした後は、別の予定が入っていた。だが、マリアンヌには伝えていない。リリアナの予定を知っているのは、リリアナの護衛を務めるジルドとオルガだけだ。どこから父親に情報が伝わるかも分からない現在、用心するに越したことはない。

「お気をつけて行ってらっしゃいませ」

マリアンヌに見送られて、リリアナは王宮に向かった。身なりを整えたところでジルドは傭兵にしか見えないが、オルガは近衛《このえ》騎士と見紛うばかりの気品があった。王宮どころか王都さえ難色を示すジルドのために、リリアナは適当に身分を調えてやった。だが、その必要はなかったのではないかと思うほど、ジルドは気配を殺すのが上手だ。そもそも護衛は貴族の目につかないし、人目に付く仕事はオルガが率先して引き受けている。

王宮に到着したリリアナは、二人と別れ、案内役の侍女と共に応接間《サロン》に向かった。外回廊に面し、開放的な造りの一室だ。本来、貴族の娘が王宮に向かう時は付き人を伴うが、王宮に慣れ親しんだリリアナは、マリアンヌを連れずに来ることもある。今歩いている廊下も、慣れた道だった。

応接間《サロン》に到着したものの、ライリーが来る様子はない。ごく稀《まれ》にライリーが応接間《サロン》で待っていることもあるが、たいていはリリアナが待つ側だ。心積もりをしていたリリアナは、窓際のソファーに腰かけると、書物を鞄から取り出した。普段好んで読む魔導書は分厚く、持ち運びには適さない。そのため、今回持参した書物は詩集だ。最近、貴族子女の間で流行している愛を詠《うた》った詩集だ。だが、性に合わずなかなか頁《ページ》が進まない。

(貴女《あなた》の心は月の女神フォルモントが如《ごと》く美しく煌めき、私の想《おも》いを育て、そうして凍《い》てついた大地を溶かすことなくただ凍えさせるのです――意味が分からないわ)

魔導書とは違い語句も平易で、文章も短い。だというのに、詩が何を意味するのか、全く理解できない。あいまいな文章自体がリリアナには苦痛だ。世の女性たちはこのような言葉を囁かれることに憧れているのかと思えば、男性たちに憐憫《れんびん》さえ覚える。

(貴方の瞳は太陽の如く、貴方の言葉は暖炉の火の如く、貴方の手は地獄の業火の如く、私を惑わせ、燃え上がらせるのです、罪深い人よ――？　罪深いのならその業火で焼かれてしまえば良いのではないかしら)

比喩から作者の意図を読み解けなければ、まさに詩集は無用の長物だ。およそ推測することはできても、共感となるとリリアナには全くお手上げである。しかし、こういった類の知識が、社交界デビュー《デビュタント》後に必要となることは想像に難くない。

リリアナは人の視線を感じて顔を上げた。元々、詩集に集中していたわけではない。視線の主がライリーでないことは承知していた。案の定、リリアナが視線を向けた先には、令嬢の姿があった。

（まあ、何をなさっているのかしら）

敵意を愉悦の微笑に隠してリリアナを見つめているのは、タナー侯爵の令嬢マルヴィナだ。リリアナの声が出なくなったと、それとなく貴族社会に広めたのもこの少女である。しかし、マルヴィナは王太子妃教育で芳しい結果を残せていないらしい。その上、最近のライリーはリリアナとばかり会っている。そのため、マルヴィナは王太子妃候補から外されると、専らの噂だった。

だが、マルヴィナ本人は侯爵家の令嬢として誇り高く、自らを着飾ることに余念がない。話に聞く限り、常に流行の最先端を追い、頻繁に高い買い物をしていると言う。現に、今の彼女が纏う衣装《ドレス》はスリベグランディア王国では滅多に見ない柄だった。恐らく、隣国ユナティアン皇国のものだろう。

（流行を作るのは王妃や王太子妃の仕事の一つではありますけれど、それだけでは不足ですのにね）

リリアナは心の内で嘆息する。王太子妃教育では目利きも学ぶが、その点でも、リリアナの資質は抜きん出ていた。マルヴィナも美術品や宝飾品の審美眼だけは優れているようだが、リリアナには劣る。その他の教育に関しては言わずもがなだ。そんなことを考えていると、外回廊を歩いてマルヴィナがやって来た。応接間《サロン》とはいえ開放的な造りの上、王太子の婚約者候補であるマルヴィナを侍従は止められない。リリアナに近づいたマルヴィナは、これ見よがしに扇を広げ口元を覆った。

「ごきげんよう。未だ声がお出にならないと聞いて心配しておりましたのよ。お加減は如何かしら。それにしても、こんなところで、お一人で読書に励んでらっしゃいますの？　私など、今でさえ王族の方々のお近くに侍《はべ》るというだけで、身も心も奮い立つ心持ちですのに、クラーク公爵家のご令嬢ともなれば、さすがと申し上げる他ございませんわ」

頑張って社交界用《よそゆき》の言葉を使っているが、幼いだけあって粗が目立つ。リリアナが供も付けずに王宮に居ること、声が出ないことを当て擦っている。マルヴィナの近くにも侍女の姿は見えないが、どこかに待たせているのだろう。リリアナに嫌みを言うためだけにわざわざ寄り道をしたのであれば、ご苦労なことだ。

リリアナはマルヴィナの遠回しな嫌みには取り合わず、にっこりと笑みを浮かべた。優雅に扇子で口元を覆い隠し、小首を傾げる。ちらりとテーブルを視線だけで示せば、マルヴィナの顔が固まった。卓上には二人分の茶器が調えてある。まだ茶や菓子は用意されていないが、ライリーが来ればすぐに茶会を始められる。

（さすがに、ここまであからさまにすれば彼女も分かるようですね）

マルヴィナの反応を、リリアナは冷静に見極める。リリアナは王太子に正式に招かれた客であり、マルヴィナは偶然居合わせただけだ。最近めっきり王太子と茶会をしていないマルヴィナを遠回しに揶揄したリリアナの態度は、マルヴィナの自尊心を傷つけるには十分だった。リリアナは視線に憐憫を含ませる。

（そもそも、この場所自体、王族が私的に使う応接間《サロン》であることはご存じでしょうに）

マルヴィナは怒りに頬を紅潮させ、更に言い募ろうと口を開いたが、言葉を発する前に新たな人物が現れた。

「これは珍しい取り合わせだな」

リリアナとマルヴィナは揃って顔を向ける。応接間《サロン》の入り口に、オースティンが立っていた。マルヴィナの頬が、喜色に染まる。横目でその様子を一瞥したリリアナは、呆れて目を細めた。王太子妃候補でありながら、王太子以外に心を動かすなど言語道断だ。だが、王太子の幼馴染《おさななじみ》で公爵家の次男という肩書きに加え、ライリー《ライリー》とは違う種類《タイプ》ではあるものの、美形のオースティンを見れば、多少なりとも心が浮つくのかもしれない。

「いえ――そんな。あの、私、リリアナ様がお一人でいらしたから、気になって」

そわそわと言い繕うマルヴィナを前に、オースティンは穏やかな態度を崩さなかった。

幾度となく交流を持った今、リリアナの前では見せない他人行儀な姿だ。そのことに気が付いたリリアナは傍観を決め込む。オースティンは室内に入るとリリアナに顔を向けた。

「殿下はもう少ししたらいらっしゃると思う。悪いがお待ちいただけないだろうか。それから、私とマルヴィナ嬢の退出許可を」

この場で身分が高いのはオースティンとリリアナの二人だが、リリアナは王太子妃候補筆頭だ。オースティンは当然のようにリリアナに許可を求める。リリアナは平然と頷いた。

「送って行こう、マルヴィナ嬢」

オースティンがエスコートのため腕を差し出すと、マルヴィナは嬉しそうに頬を赤らめ、腕に手を掛けた。歩き出しながら、マルヴィナは得意げにリリアナを見やる。とっととマルヴィナを連れ出して欲しいリリアナは、目を細めるに留めた。

二人の姿が見えなくなり再び詩集を開くが、集中できない。そもそも興味のない分野に意識を向けることは至難の業だ。諦めようとしたところで、馴染んだ気配が近づく。

「ごめん、待たせたね」

謝罪と共に姿を現したのはライリーだった。詩集を鞄に戻し、リリアナは首を振る。

『大丈夫ですわ、殿下』

左手首には、ライリーから貰った腕輪《ブレスレット》を着けている。そのことに気が付いたライリーは、嬉しそうに顔を綻ばせた。クライドの招宴が終わってから既に何度か顔を合わせているが、今日のライリーは少し疲れている様子だ。

『お忙しゅうございますの？』

「いや――まぁ、うん。そうかもしれない」

ライリーは歯切れ悪く答える。その間に、侍女が手早く茶を淹《い》れた。リリアナは、ライリーにエスコートされてソファーから椅子に移る。ライリーも対面に腰かけ、困ったように笑んだ。

「忙しいというほどでもないんだけど――貴方は公爵《お父上》に聞いたかな」

リリアナは首を傾げた。侍女が下がったのを確認して、ライリーは声を潜めた。

「公然の秘密だけどね。陛下のご容態はずっと一進一退が続いていたんだけど、最近少し悪化したんだ。医師と魔導士が掛かり切りだが、結果は思わしくない。ここ数日は起き上がることもできないほどだ」

リリアナは曖昧に頷きながら、気遣わしげな表情を作った。父親から直接は聞いていない。だが、フォティア領で父たちの会話を盗聴していたとも言えない。ライリーはリリアナの表情を見て、何も知らないと考えたようだった。

「人の仕業ではないのではないかという懸念が強まっている」

断言しないのは証拠がないからだ。知性に満ちたライリーの双眸が暗い光を湛《たた》えている。

『早くご回復なさいますよう、心よりお祈り申し上げます』

「ありがとう」

リリアナの気遣いに、ライリーは眉尻を下げた。微笑を浮かべたリリアナは、慰めるように卓上のライリーの左手に手を重ねる。一瞬ライリーは緊張するが、すぐにふわりと笑った。幸福そうな表情だ。リリアナはライリーから手を離す。

『お茶が冷めてしまいますわね』

そう言いながらカップに口をつけ、リリアナは瞼《まぶた》を伏せた。

（それにしても、何故今になって内情をお話しになるのかしら）

重なる心労で自制心が緩んだのか、裏があるのか、判断がつくほどの情報はリリアナの手元にない。もう少し情報を引き出せないかと話の糸口を探っていると、応接間《サロン》の扉を叩く音がした。侍従が来客の声を上げる。

　そこに居たのは、先ほどマルヴィナを送って行ったオースティンだった。開いた扉の向こうで、オースティンは食えない笑みを浮かべている。

「お邪魔しても？」

「嫌だといっても、お前は気にしないだろう」

　ライリーは憮然として答えた。これまでも、何度かオースティンはライリーとリリアナのお茶会に乱入している。オースティンはニヤリと笑ってリリアナに顔を向けた。

「リリアナ嬢が嫌だといえば、俺は遠慮するぞ」

　リリアナは苦笑して頷いた。オースティンは自慢げにライリーを見やる。

「ほら、お許しが出た」

「リリアナ嬢は優しいからな」

　ライリーは不満げだったが卓上の鈴を鳴らし、侍女にオースティンの茶菓子を用意するよう言いつけた。茶菓子を揃えた侍女が下がったところで、オースティンはさっそく茶を一口飲み、声を低める。

「狐《きつね》の妹、送って来たぜ」

「狐──？　ああ、彼女か」

　一瞬不可解な顔をしたライリーは、すぐに合点した。懐から取り出した小さな魔道具を起動させ、防音の結界を張る。『狐』が誰を指すのか分からず、リリアナは首を傾げた。

茶会でライリーやオースティンと同席しているうちに筆談をしなくなりつつあった。二人共わずかな動作で意を汲んでくれるし、リリアナが話せなくとも大して気にしない。リリアナ自身、念話《テレパシー》に似た機能を持つ腕輪《ブレスレット》のせいで、筆談が面倒になっていた。今回も、ライリーはリリアナに優しく笑んで補足する。

「タナー侯爵家の嫡男のことを、オースティンは『狐』と呼んでるんだ。貴方は多分、まだ会ったことがないと思うけど、背が高く痩せていてね。顔つきも鋭く目も細い」

「狐にそっくりなんだよ」

オースティンは悪びれない。ライリーは眉根を寄せた。

「さすがに無礼だよ、オースティン」

「言う場所と相手は選んでるから問題ない」

笑いながら肩を竦めたオースティンは、カップを卓上に置いて身を乗り出す。

「問題はそこじゃない。最近、タナー侯爵家の領地には、やたらと羽振りの良い商人が来てるらしいぞ」

「商人？」

「ああ。国内ではなかなか手に入らない掘り出し物ばかりだそうだ」

ライリーもオースティンも、心当たりがないらしい。目を瞬かせたリリアナは小首を傾げ、手早く手元の紙に文章を綴《つづ》った。ライリーと二人きりの時は腕輪《ブレスレット》を使うが、オースティンが居る時は以前と変わらず筆談だ。腕輪《ブレスレット》の存在は、ライリーとリリアナ、そして製作者である魔導士だけの秘密である。

〈確証はございませんが、ユナティアン皇国の商人ではございませんでしょうか〉

「ユナティアン皇国？」

リリアナの文字を読んだ二人は顔を見合わせた。ユナティアン皇国はスリベグランディア王国の東に接する大国だ。

「それはまた、一体どうして？」

〈マルヴィナ嬢《彼女》が身に着けていたドレスは、我が国では作られない意匠でございました。柄から推察するに、ユナティアン皇国の流行を汲んだものかと〉

「なるほど。ドレスの柄か。思いつかなかったな」

ライリーが感嘆の声を上げ、オースティンは修業が足りないと溜息を吐いた。リリアナは微苦笑を漏らす。茶会を共にするようになってから、オースティンが単なる女好きではなく、淑女に優しくあろうと努力しているのだと気が付いた。彼なりの理想があるようだが、具体的に聞いたことはない。リリアナは、敢えて攻略対象者の内心に踏み込む気はなかった。

「ライリー、念のために探りを入れた方が良いんじゃないか？　狐の領地は国境に近い。許可証を得た商人なら良いが、もし持ってなかったら大変なことだぞ」

「それはその通りだけどな。誰が探りを入れる？」

真剣な表情で忠告するオースティンに、ライリーは腕を組んで難しい顔だ。社交界にも出ていない年齢で、できることは少ない。オースティンは頭を乱暴に掻いた。

「俺たちの直感に過ぎないもんな。宰相はもちろん、プレイステッド卿を関わらせるのも事が大きくなりすぎる。三大公爵家の『盾』は論外だし」

「当然だ。戦でも起こす気か。そもそも『盾』は私たちでは動かせない」

ライリーは苦々しく反論した。三大公爵家の『盾』は、当主でさえ人前に姿を現さない。定期的に国王に謁見しているという噂もあるが、あくまで噂だ。全てが謎に包まれ、人々が知るのは、『盾』がローカッド公爵家であること、ローカッド公爵領がどこにあるのかということ、この二点だけだった。ローカッド公爵領はスリベグランディア王国の東部に位置し、ユナティアン皇国との国境に程近く、二つの辺境伯領に次いで重要な拠点だ。

リリアナは茶を慎《つつ》ましやかに嗜《たしな》みながら、二人の話に耳を傾けていた。

「俺が行ければ、話は早かったんだけどな。こういう時に次男坊は便利だ」

「もうすぐ騎士団の入団試験があるだろう。そちらを優先しろ」

「それは当然だ」

ライリーが呆れたように指摘し、オースティンはにやりと自信たっぷりに笑う。もうじき開催される騎士団の入団試験に備えてオースティンは万全を期していた。騎士になるのは確実だ。

これ以上話をしても埒《らち》が明かないと、ライリーは嘆息交じりに告げた。

「――懸念事項として、頭の隅に置いておく。一人で動くなよ、オースティン」

「分かってるよ」

オースティンは肩を竦めた。どれほど議論を交わしても、ライリーたちにできることは限られる。リリアナより年長だが、まだ二人は八歳だ。年の割に頭の回転も速く天才の部類だが、軽はずみな行動は国を危うくする。二人ともそれを承知しているからこそ、情報を集めて議論するだけに留めていた。

（妥当な判断ですわね。でも、王家や公爵家ともなれば、そろそろご自分の『影』を持つ時分だと思うのですけれど――長男だけなのかしら？　殿下の場合は、陛下の御容態次第かもしれませんけれど）

リリアナは横目でオースティンを窺った。ライリーには既に専属の間諜《かんちょう》がいるかもしれないが、オースティンは分からない。しかし、そろそろ部下を使うように指導されそうなものだ。クラーク公爵家では、リリアナの兄も『影』を使った仕事を一部、任せられている。もちろん、女子であるリリアナは無関係だ。必要なら自分で間諜を用立てなければならない。

（わたくしも、影を使って情報収集できたら宜しいのですけれど）

普通の子女であれば思いもしないことを、リリアナはおくびにも出さず考える。だが、どうやって雇う『影』を見つけるのか分からない。使用人を探すのとは訳が違う。

リリアナがそんなことを考えているとは露知らず、オースティンは言葉を継いだ。

「それに、狐が妹を使って何を企《たくら》もうと、すぐに何かできるはずもないさ。むしろ、これまで以上に大変になるかもな」

「どういうことだ？」

ライリーは首を傾げる。リリアナもオースティンの真意が摑めず、一旦思考を中断して注意を向けた。

「どうやら父上が、リリアナ嬢が王太子の婚約者候補から外れるんじゃないかって心配してるみたいなんだ。つまり、未来の王太子妃にリリアナ嬢を支持するってことだろ？　プレイステッド卿《きょう》は父上の信奉者だから、アルカシア派も反対しなくなるだろうし、他の婚約者の後ろ盾になることもなくなる」

ライリーは一瞬息を止めた。そして、安堵と共に腹の底から息を吐き出す。一方のリリアナは、耳を疑っていた。

「そうか。なら一安心だよ」

「お前《おまえ》ならそう言うと思った」

何が楽しいのか、オースティンはにやにやと笑って腕を組む。ライリーはわずかにむっとした様子で上目遣いにオースティンを睨むが、口を開くことはなかった。しかし、リリアナはそれどころではない。

（奇妙な構図になって来ましたわね）

クラーク公爵である父エイブラムは、リリアナが婚約者候補から外れることを望んでいる。一方、その政敵であるオースティンの父エアルドレッド公爵は、リリアナが王太子の婚約者に相応《ふさわ》しいと考えている。普通に考えれば、逆であるべきだ。

　そもそも、ライリーとオースティンは安堵しているが、リリアナは全く安心できなかった。元々アルカシア派は、エアルドレッド公爵こそが王位に相応しいと考える集団だ。歴史を辿れば、エアルドレッド公爵家は先々代の王弟が、権力争いに敗れて賜った地位である。アルカシア派を率いるプレイステッド卿がエアルドレッド公爵の考えを支持しても、アルカシア派は表立った反対をしなくなるだけだ。リリアナを婚約者候補から引きずり降ろす方策など、いくらでもある。大禍の一族に仕事を依頼すれば、明日にでもリリアナは命を落とすかもしれない。

（そう簡単に殺されるつもりはございませんけれど、対処を考えるのも面倒ですわ）

　リリアナが憂鬱になりかけたところで、侍女が姿を現す。気が付いたライリーは「もうそんな時間か」と呟いて立ち上がった。

「今日のお茶会はこれで終わりだね。せっかくだから、途中まで送るよ」

　ライリーはリリアナに手を差し出す。オースティンは椅子に腰かけたまま、楽しげに笑って手を振る。立ち上がったリリアナは軽く会釈すると、ライリーにエスコートされて廊下へ出た。少し歩いたところで、ライリーが申し訳なさそうに口を開く。

「ごめんね、あいつが居ると貴方と満足に話もできない」

『お二人のお話を伺うのも楽しゅうございますわ。わたくしは、屋敷から滅多に出ませんから』

「私は、貴方が読んだ本の話を聞くのも好きだよ」

ライリーはにこやかに、わずかに腰を屈《かが》めた。間近に迫る美しい顔に、たいていの少女は赤面するだろう。だが、リリアナは微笑《ほほえ》み返すだけだった。

「今日も本を読んでいたよね。何を読んでいたの？」

『詩集ですわ』

「詩集？　珍しいね」

目を丸くして、ライリーはリリアナを見下ろす。リリアナは平然と答えた。

『ええ。最近流行《はや》っていると聞きましたので、どのようなものかと』

「ああ、なるほど――そういう。それなら分かった。それで、どうだった？」

詩集とリリアナが結びつかなかったライリーも、納得して頷いた。リリアナは少し考える。感想を問われても、脳裏に浮かぶのは「理解不能」や「非生産的で時間の無駄」といった、淑女とは縁遠いものばかりだ。早々に諦めて、リリアナは率直に述べた。

『遠い世界の、子守歌のように思いましたわ』

曰《いわ》く、全く理解不能で眠気を誘われた、ということだ。リリアナはいっそのこと、ライリーに失望して欲しかったが、彼は堪え切れずに声を立てて笑った。

「それならありがたい。私も、ああいう類は苦手なんだ。オースティンと違って」

『そうでしたの』

目論見《もくろみ》は外れたが、ライリーが甘美な睦言《むつごと》を囁かないのは不幸中の幸いだった。全く表情を変えないリリアナにも慣れたライリーは、「気が合うね」と嬉しそうだ。さりげなく一歩、距離を縮めるライリーから離れようと思っても、エスコートされているため限界がある。

「やっぱり、ここの馬車停めは近すぎるな」

ぼやきながらも、ライリーは侍女に、リリアナの馬車があるか確認する。リリアナにとってはありがたいことに、既に馬車はリリアナを待っているとのことだった。ライリーから手を離したリリアナは、辞去の礼を取る。

「また手紙を出すよ。次の茶会の日程はそこで伝える」

『承知いたしました』

未練もなく、リリアナはその場から立ち去る。ライリーはリリアナの乗り込んだ馬車が見えなくなるまで、扉の前に立っていた。

◇◇◇

王宮から出たリリアナは、手元の紙にメモを書き、御者台に面した壁を叩いた。すぐに気が付いたオルガに、腕を伸ばしてメモを手渡す。御者台に座り直したオルガは、書かれた文章を一瞥して目を細めた。

「ジルド。確か、前の仕事でタナー侯爵領に行ったことがあるって言ってなかったか」

「あぁ？　ああ、一瞬だがな。それがどうした」

「最近、その侯爵家に出入りしている商人の情報をご所望だ」

ジルドは片眉を上げてオルガを見やった。オルガがひらひらさせる紙を見て、肩越しに馬車を振り返る。そして、声を潜めてオルガに顔を近づけた。

「また、あの嬢ちゃんは何を企んでやがる」

「私が知るわけがないだろう」

オルガは片眉を上げた。ジルドは舌打ちし、綱と鞭をオルガに押し付ける。身軽な動作で立ち上がると、走る馬車の御者台から身を乗り出し、車窓越しにリリアナに声を掛けた。曲芸師のような身のこなしに、さすがのリリアナも目を見張った。

「俺が仕事で行ったのは一年ほど前だぜ、その頃にはそんな話はなかった。だけどよ、そン時の知り合いがいるからなァ。訊《き》きゃあ調べちゃくれるだろうよ」

どうする、と問われた時には、リリアナは既に気を取り直していた。手元の紙に〈連絡を。謝礼については応相談〉と書いてジルドに渡す。難なく受け取ったジルドは御者台に戻って紙面に目を走らせ、呆れ顔でぼやいた。

「――金も払うのかよ、おい。大盤振る舞いだな」

だが、依頼主の指示に反対する理由はない。少し大きな声で「了解」と答えれば、リリアナの耳には入る。リリアナは満足げに、口角をわずかに上げた。

（結果的に、とても良い拾い物をしましたわ）

ペトラを筆頭に、オルガとジルドは単なる護衛以上に役立つ。父親と無関係の駒が増えることは、リリアナにとって心強いことだった。

（アルカシア派だけでなく、身内《お父様》も警戒しなければなりませんし、乙女ゲームの筋書き《シナリオ》も避けなければなりませんし——考えることが多すぎますわ）

ペトラ、オルガ、そしてジルドは乙女ゲームの登場人物ではない。異分子がどこまでリリアナ《自分》の運命を変えることができるのか——それは一つの賭けだった。

◇　◇　◇

ライリーとの茶会の後、リリアナが向かったのは、王都中心部から外れた、広大な敷地に建つ茶色い煉瓦《れんが》の古い建物だった。雲一つない快晴だが、その建物の周囲には重々しい雰囲気が漂っている。その建物こそが、選《え》りすぐりの魔導士《エリート》が働く魔導省だ。敷地の中央には円筒形の鐘楼が聳え、荘厳な中央門の上には魔導士の象徴である紋章が掲げられている。その門から先は、許可を得た者しか立ち入ることができない。

馬車の速度が落ち、門の前で停まる。そこには、久方ぶりに会うペトラが魔導士のローブを着て立っていた。オルガに扉を開けてもらって馬車の外に出たリリアナに、ペトラはにやりと笑う。

「久しぶりだね。元気そうでなによりだよ」

『ありがとうございます。そちらもお元気そうですわね』

にこやかにリリアナも応えるが、ペトラは最後に見た時よりも雰囲気が刺々《とげとげ》しい。その上、少しやつれているようにも見えた。しかし、機嫌が悪いわけではなさそうだ。馬車の扉を閉めたオルガが、リリアナに向き直る。

「私たちは近くにおります。時間になりましたらここへ戻ります」

リリアナは頷いた。ペトラに続いて門へ近づく。ペトラは、門のすぐ隣にあるガーゴイルの飾りに手を翳した。門が自動的に開く。この世界では見ることのない仕様だ。リリアナは目を輝かせて飾りに見入った。

「魔力に反応するようになってるんだよ。魔道具に記憶させた魔力に反応して、門が開く。希少な魔道具だから、ここの建物にしか設置されてない」

リリアナが暮らしている屋敷には、それなりに魔道具があるが、種類は多くない。魔導省にはどれほどの魔道具があるのかと思うと、リリアナの心は珍しく、ほんの少し浮き立っていた。

リリアナの様子を横目に見たペトラは目を細め、開いた門に足を踏み入れる。もう少し魔道具を見ていたかったリリアナは、後ろ髪を引かれる思いでペトラを追った。門から魔導省の建物までは随分と距離がある。

『見た目で誤魔化される門番と比べて、魔力は他人に似せられないから、ということでしょうか？』

「そういうこと。防犯上の理由だね」

魔力には個人の特徴が色濃く出る。理論上は魔力の偽装も可能だが、現状、偽装できた人は居ない。

フォティア領に行った時と比べて、ペトラの口調は重たい。魔導省で働きながら、周囲の魔導士を毛嫌いしていることはリリアナも知っていた。だが、それだけでは説明が付かない違和感に、リリアナは心の中で首を捻る。

それ以上話す内容もなく、二人は建物に辿り着いた。受付を素通りする。受付には、何歳なのか見当もつかないしわくちゃの老婆が、起きているのか寝ているのかも分からない様子でぽつねんと座っていた。玄関から続く廊下は細かく分岐して折れ曲がり、初めて訪れた人は迷うに違いない。リリアナは、万が一ペトラとはぐれた時のために、道順を覚えるべく周囲をそれとなく観察した。

ペトラは少しずつ早足になっていたが、突然歩調を緩めて舌打ちする。ペトラの背中にぶつかりそうになったリリアナは、慌てて歩く速度を落とした。少し先にある部屋の扉が開き、続々と魔導士たちが出て来る。どうやら、その部屋は講堂らしい。とうとう足を止めたペトラは壁際に寄り、リリアナに耳打ちした。

「姿、消して」

理由は分からないが、リリアナは大人しく幻術で姿を消す。念のため魔力も感知されにくいように周囲の空気を操った。ペトラは「それで良い」と頷くが、視線はリリアナに向けない。

　講堂から出て来た魔導士たちは、不自然なほどペトラから顔をそむけていた。ごく一部の魔導士が、ペトラを見ては馬鹿にしたように鼻を鳴らすか、露骨に嫌そうな顔をする。

　魔導士はほとんどが貴族で、平民はほぼいない。そのため、魔術の能力があり、嫡男でない男性は魔導省に入省する。逆に言えば、魔導省に属していない魔導士は大した魔術を使えないと見做《みな》される。そのため、彼らの選民意識は高かった。平民で異国の血が色濃く出ているペトラへの風当たりはとても強い。最後に講堂から出て来た初老の男たちは、ペトラを見て「おやおや」とわざとらしい笑みを浮かべた。

「こんなところに居るとは珍しい。ようやく退官届を出す気になったかな？」

　ペトラは冷たい視線を返す。三人の男は余裕の態度だ。多勢に無勢と侮っているのかもしれない。背の高い男は痩せこけ、平均身長の男はビール腹を揺すっている。一番背の低い男は相応の体形だが、その目はペトラの体を嘗《な》め回すように眺めていた。

「君のことは期待していたんだよ。そのために厳しい言葉も掛けたが、何の成果もないままだとね。我々もいつまでも庇うわけにはいかない。言っている意味は、分かるかな？」

「卿、この野蛮な――いや、女性には遠回しに言っても理解できる頭はありませんよ」

「君、さすがにそれは失礼だよ。彼女は必死に頑張っているんだろうさ。もちろん、人間の資質は努力では如何《いかん》ともし難いことではあるがね」

「魔導省は最も優れた資質の者でなければ、入省することすらできませんからなあ」

嫌みにしては露骨すぎる。魔導省には入省試験があり、建前は実力主義だ。ペトラもその関門を越えたはずだが、男たちはそれすら忘れ去っているようだった。とはいえ、魔導省も所詮は貴族の集まりだ。人脈《コネ》が大きく物を言う世界ではある。

（弱い犬ほど良く吠えると申しますわね）

ペトラの優秀さは、世間知らずのリリアナでも薄々察せられる。平民ながらに魔導省で働いている時点で、彼女は他の誰より魔導士としての能力が高いに違いない。しかし、男たちは心の底から自分たちの発言を信じているようだった。

反論せずに耐えるのかと思われたペトラだが、男たちの嫌みを一通り聞いてからようやく冷笑を浮かべた。双眸はあざけ笑うような光を湛えている。

「なんだって良いけどさァ。今、あたしの所に研究費ってほとんどないんだよね。研究費も器具もなしで『成果を出す』って、あんたたちできんの？　すごいねェ、無から有を作り出すことなんて禁術だってのにねェ。ちゃんと許可取った？　ああそっか、自分たちで許可出すんだから、禁術使うのも金の流れをちょォっと弄《いじ》るのもワケないかァ」

「――なんだと？」

「貴様、今なんと言った」

男たちは顔色を変えてペトラを睨んだ。自分たちが相手を愚弄するのは良くても、自分たちが馬鹿にされるのは許し難いらしい。ペトラは更に嗤う。

「耳まで悪くなったの？　ゴマ擂《す》る暇があるなら、足りない頭をどうにかした方がいーよ、自分たちのためにさ。それなら懐も潤って、研究費も出せるようになるんじゃない？」

真っ赤になった男たちは、あまりのことに体を戦慄《わなな》かせている。すぐに反論も思いつかないようだ。リリアナはそっとペトラの様子を窺った。男たちよりもペトラの方が魔術は上手《うわて》だが、相手は貴族だ。平民一人、好きにできる権力があるし、その分悪知恵も働く。ペトラはその点も加味して相手を煽ったのだろうが、さすがに心配になった。

「こ、こちらが、礼儀を以て接してやれば、恥知らずにも無礼千万な――！」

一瞬、聞き間違いかとリリアナは自分の耳を疑った。だが、男の発言は一言一句違《たが》わず聞こえている。男が口を開いてこの方、無礼なことしか言っていなかったが、自覚は全くないらしい。さすがのリリアナも苛《いら》っとした。残り少ない男の髪も永久に消してやろうとすら思う。その時、若い男の声が響いた。

「こんなところで暇そうだな。新しい仕事も渡そうか」

男たちに堂々と対峙していたペトラは、弾かれたように振り返った。ほんのわずかに安堵を滲ませる。リリアナは一瞬肩を緊張させて振り返った。珍しく、リリアナは全く男に気が付いていなかった。いつもはすぐに魔力を検知できるのだが、若い男はリリアナの探知の術を上回っていたらしい。

若い男は背が高かった。暗い色の着古したローブを纏い、髪は適当に切っただけで整ってはいない。無精ひげも生えているが、端整な顔立ちは明らかだった。不健康な生活を送っているのか、顔色はあまり良くない。しかし、威風堂々とした態度は人を従わせるだけの迫力があった。

「ふ、副長官――」

魔導士たちは顔を引き攣らせる。彼は、リリアナがフォティア領で引き合わされた魔導省長官バーグソンに次ぐ地位だった。彼は男たちには構わず、ペトラに顔を向けた。

「そういえば、ミューリュライネン。先ほど気にかかることを言っていたが」

「色々言ったけど、どの話かな」

緊張で固まる男たちとは対照的に、ペトラの態度は変わらない。男たちはペトラを憎々しげに睨んだ。しかし、副長官もペトラも清々《すがすが》しいほど彼らを無視していた。

「研究費がどうのこうのとか、禁術がどうのこうの、という話だ」

「ああ、それ。言ったね」

リリアナはふと、答えたペトラの表情が穏やかで、目元も優しく緩んでいることに気が付いた。魔導省の人間を毛嫌いしているはずだが、副長官だけは別のようだ。

副長官はペトラから視線を外し、三人の男を注視した。淡々としているが、態度の端々に苛立った雰囲気が滲み出ている。

「研究費だけでなく、諸経費の流れで疑わしい内容が見つかったからな。現在調査中だ。もうじき報告が上がる。それから、禁術に関しては、実行した時点で僕の元に連絡が来る。無論、実行者には時期が来れば査問会への出席を求めることになるだろう。だが、調査が確定するまで、不確かな発言は避けるように」

ペトラに注意喚起する体《てい》だが、実際は男たちへの牽制《けんせい》だった。禁術を使った時点では、実施者は知られたことに気が付かない。内密に事を運べたと安堵したところで処罰が明らかになるということだ。

「査問会に出席した時点で証拠は確定している。禁術を使ったら最後、極刑は免れない。子供でも知ってる常識だな。僕の研究時間を邪魔してまで禁術を使うっていうんだから、責任を取る覚悟はあるんだろう。賢い君たちなら十分理解しているだろうが」

「いえ──あの、ええ、それは、も──もちろん、のことです……」

とうとう男たちは顔面蒼白になり、額から大粒の脂汗を流し始める。先ほどまでの威勢の良さはどこへやら、あまりの小物臭さに、リリアナは半眼になった。男たちは慌てた様子を取り繕い、「仕事が」「ああ忙しい」とその場を立ち去る。男たちの姿が完全に消えたところで、副長官は溜息を吐くと、ペトラを見下ろした。

「ミューリュライネン、いろんなところに喧嘩《けんか》売るのやめてくれる？　僕の研究時間がなくなる」

男たちが居た時と比べ口調が随分と柔らかい。だが、こちらが本質のようだ。ペトラは肩を竦めた。

「今回は本当に偶然だよ。誰が好き好んでクソジジイ共の顔なんざ見に来るか」

「それはそうか。まあいいや、こっち来て」

ペトラの暴言を窘《たしな》めるどころか納得した上に、副長官の興味はあっさり失せたらしく、彼はさっさと歩き出す。ペトラはリリアナに付いて来るよう合図し、副長官と並んで歩き出した。一人取り残されても困るため、リリアナは姿を消したまま二人の後を追う。

曲がりくねった廊下を歩き、階段を上ったり下りたりして、ようやく辿り着いたのは魔導省の奥まった場所にある副長官室だった。周囲には人が集まる部屋もなく、閑散としている。講堂近辺の喧騒《けんそう》が嘘《うそ》のように静かで、外廊下からは広大な薬草畑が見えた。

副長官は、ペトラを先に部屋に入れてから最後に鍵を閉めた。リリアナもペトラと共に室内に入る。彼は書類と魔道具で埋もれた書類机の後ろに回り、どかりと椅子に腰かけた。そして、一切の迷いなく、姿を隠したリリアナに視線を向ける。

「で、そこの君。姿、見せて」

「――お嬢サマ」

自分の存在に気付かれていると思っていなかったリリアナは、一瞬身を強張《こわば》らせる。逡《しゅん》巡《じゅん》したが、ペトラの言葉を受けて術を解いた。副長官は姿を見せたリリアナを見て目を眇めた。表情は変わらないが、リリアナからは彼の目が煌めいたように見えた。何となく、獲物を見定めた肉食獣のような雰囲気だ。副長官は机の上に身を乗り出した。

「面白いね。声が出ないのに魔術使えるって、つまり君が魔術を使うのに詠唱は要らないってことかな。それとも心の中で呟けば十分ってこと？　それに、姿を消すのに闇魔術じゃなくて風魔術使ったの？　凄《すご》いな、魔力消費量が闇魔術の二割程度まで抑えられてる。

その術式流用していい？　初めて見る系統なんだよね。誰にも言わないよ、もちろん。多分、一般的には受け入れられないだろうし。それから、魔力消してたよね？　中途半端だったから、せっかくだし君の術式、もうちょっと書き換えようか。それに、その魔力量、見たことない量なんだけど測定していいかな？　あと魔力の質も――」

副長官の口は、一度話し出すと止まらないらしい。これまでリリアナの周囲にこれほど話す人間は居なかった。リリアナが圧倒されていると、見かねたペトラが口を挟む。

「副長官、いい加減にしてください」

呆れ顔のペトラに、副長官は目をぱちぱちと瞬かせ、不服そうな顔を見せた。しかし、リリアナの様子に気が付くと、椅子に座り直した。

「ああ、そうか。まずは挨拶からか。ミューリュライネンから話は聞いてるよ、クラーク公爵令嬢。君のところの依頼に彼女を宛《あて》がって良かったみたいだね。まさか魔導省に連れて来るほど打ち解けるとは全く思ってなかったけど」

フォティア領への同行にペトラを派遣したのは、副長官の差配だったようだ。そして副長官は、今日リリアナが魔導省を訪れると事前に知っていたらしい。ただ、念話《テレパシー》ができることまで知っているのか判断がつかず、リリアナは無言を貫いた。副長官はリリアナが無反応でも気にせず、言葉を続ける。

「僕はしがない宮仕えの魔導士だよ。爵位はないけど、ちょっと有名どころの家に生まれてね。柵《しがらみ》もあって副長官なんて仕事をする羽目になったんだ。研究したいのに馬鹿な奴らが仕出かした不始末の尻拭いとか不正な資金経路の調査とか新人育成とか予算確保とか根回しとか――事務員雇いたいのに金がないって上がうるさいし、最悪だよ」

自己紹介のはずが、最後は愚痴になっている。ペトラが嫌いそうな種類《タイプ》だと思いきや、彼女は呆れているだけで、苛立っている様子はなかった。

「いい加減にしてくださいよ。大体、あんたの上って一人しかいないでしょ、聞かれたらさすがに不味《まず》いんじゃないの」

「わあ、ミューリュライネンが僕のこと心配してくれたコレって今の研究が上手く行くって暗示で良いかな」

「無駄にポジティブすぎて気持ち悪い」

ペトラは嫌そうに顔を顰めるが、あくまで素振りだけだ。口調を変えてリリアナに向き直る。

「この魔術バカ、兼、研究バカはベン・ドラコ、魔導省副長官。史上最年少で就任した天才、と言われてはいるけど、実際は紙一重の方」

「そんなに馬鹿って繰り返さなくても良いじゃないか。それに僕が魔術馬鹿なら君は呪術馬鹿だ」

ベン・ドラコは唇を尖らせるが、その表情はどこか楽しそうだ。ペトラとのくだらない言い合いが好きらしい。ペトラもベン・ドラコとの応酬が満更ではなさそうだった。しかし、リリアナは挨拶のために礼を取りながらも、顔が引き攣らないように耐えた。

（ベン・ドラコ――攻略対象者の兄ではございませんか）

ドラコ家は爵位のない平民だ。だが、代々優秀な魔導士を輩出することで名高い。元を辿れば、魔の三百年と呼ばれる時代に生まれ、スリベグランディア王国の建国に貢献した魔導士の血を引くという。常に王家に多大な貢献をして来たため、幾度となく叙勲の話も出たが、忠誠を誓いながらも断り続けた一族だ。叙勲を断られた当時の国王は激昂せず、むしろその謙虚さと実直さに心打たれたと史実に伝えられている。そして、爵位を持たない唯一の貴族として、公爵家と同等の権力を与えられた。その裏には、ドラコ家に代々伝わる秘術が関わっているのではないか、という噂も実《まこと》しやかに流れている。

そんなドラコ家の末息子ベラスタが、攻略対象者の一人だ。だが、ベン・ドラコはベラスタの分岐《ルート》で回想として名前が出て来るだけで、乙女ゲーム開始時には既に死亡していた。当然、設定資料集ですら取り扱われることもない。

「それで、お願いしてたことなんだけど」

「ああ、ここの地下室に準備しておいたよ。あと、ミューリュライネンは僕の手伝いしてるってことにしとくから」

「うん」

ベン・ドラコは、以前にペトラから話を聞いて手筈《てはず》を整えていたらしい。ペトラは素直に頷くと、リリアナに付いて来るよう告げた。ベン・ドラコは、奇跡的な均衡《バランス》を保って積み上げられている書類の山から、一枚の紙を魔術で引き抜き、内容を読み始める。

　ペトラとリリアナは、地下に繋がる螺旋《らせん》状の石段をゆっくりと下りた。進んでいくと壁に取り付けられた蠟燭《ろうそく》が灯《とも》り、後方の蠟燭は消える。蠟燭が消えると、足元さえ見えない。リリアナの屋敷の図書室にも似た魔道具があるが、それは魔力を流して初めて灯るものだ。人の存在に反応して点灯する照明は、前世の記憶にしか存在しない。

『蠟燭が自動的に消えたり点《つ》いたりするのは、便利ですわね』

「それ用に術式を組んだ魔道具だからね。ただ、高価だし魔力がある人間相手じゃないと反応しないから、一般には普及できない」

『そうなのですね』

　そもそも、魔道具を動かせるほどの魔力を持つ者もそれほど多くない。本格的に魔道具を広めたいのであれば、魔力がない人間でも動かせるような仕組みが必要だ。

『貴族にも広めないのですか？』

　貴族であれば、魔力を持つ者も多少居る。蠟燭に火を灯すという使用人の仕事を奪うかどうか、そしてそれだけの使用人を雇える格式《ステータス》を貴族が捨てるかどうかは別問題だが、便利さを考えると、一定数受け入れられる気がした。だが、ペトラは首を振る。

「それでも、実際に買えるのは王家と三大公爵家くらいだと思うよ。そもそも、魔力を流して点灯させる魔道具も、存在はしてるけど、王宮でさえ使ってないでしょ」

　言われてみれば確かにその通りだと、リリアナは納得した。王宮の照明は全て、使用人たちが毎日時間をかけて火を付けている。それならば何故、自分の屋敷には潤沢に魔道具があるのだろうかと、リリアナの心に疑問が浮かんだ。魔道具のある場所は限られているから叔父の趣味かもしれないが、魔道具の収集癖があったとは聞いていない。

沈思黙考するリリアナには気が付かず、ペトラは説明を続けた。

「それに量産もできないんだよ。蠟燭自体に術式を書き込まきゃいけないからね。蠟燭って燃えたら短くなるでしょ。極力書き込む範囲は絞り込んだけど、それでも、普通の蠟燭以上に早く取り替えないといけないんだよね」

『それでしたら、蠟燭立てに術式を書き込むことはできませんの？』

「試してみたんだけどねえ。なかなか上手く行かなかったんだよ。蠟か芯のどっちかに術式を組み込まないと、きちんと燃えなくてさ」

だから、使われる頻度の少ない地下室に通じる螺旋階段にしか設置していないのだ。

ようやく地下室に到着すると、薬草の独特な臭いが鼻をつく。地下室はリリアナの知る魔道具と同じ照明を使っているようで、ペトラは壁の魔道具に手を当てて魔力を流した。すると、室内が明るくなる。

「座ってな。あのバカがある程度準備はしてくれてるけど、始めるまでにまだ、幾つか手順があるから」

リリアナは部屋の隅の木椅子に腰かけた。ペトラは壁の棚から薬草を取り出し、大きめの鍋で煎じる。癖のある臭いが漂い始め、ペトラは更に赤い粉を入れて混ぜた。しばらく煮詰め、どろどろになったところで瓶に紫色の液体を移す。捻《ね》じれた棒の先端にその液体を付け、床に置いた大きな水晶を囲むように、不可思議な文様を描き始めた。幾何学模様に埋め込まれるようにして、蔦《つた》を思わせる装飾が美しく文字を彩っている。

『副長官様とは、お親しゅうございますの？』

ふと、リリアナは気にかかっていたことを尋ねる。魔導省を毛嫌いしているペトラが、文句を言いながらも勤めている理由が、リリアナには分からなかった。だが、ペトラはベン・ドラコに対してだけ、他の魔導士たちとは一線を画した接し方をしている。その様子が心を許しているように見えた。棒を持ち滑らかに動いていたペトラの手が一瞬止まるが、何事もなかったかのように、再び動き始める。誤魔化されるかと思ったが、リリアナの予想に反して、ペトラはあっさりと答えた。

「ああ、あたしを魔導省に連れて来たの、ベンだから」

『それは、後見になったということですか？』

「うん、後見になったのはあいつの親だけど、実際に色々やってくれたのはあいつ。あたし、孤児だったんだよ。戦争孤児ってやつ」

何気ない台詞の意外性に、リリアナは瞠目する。ペトラは文様を描くことに集中していて、リリアナの反応に気が付かない。

「十六年前にさ、この国で戦あったでしょ。元々、親も移民でこの国に流れて来たし、行く場所もなくてさ。その時に、ベンが拾ってくれたの」

十六年前の戦とは、先王の時代に起こった政変のことだ。結局平定されたが、国土も全くの無傷ではなかった。政変の時に先王が『鬼神』と呼ばれたことを考えると、その激しさも想像できるというものだ。いつの時代も、一番弱い者たちが被害者だ。

「あたしが呪術に興味があって、そこそこ適性があるって分かった時点で、魔導省に入るための勉強も手続きも全部やってくれた。入ってからも、周りのお貴族サマたちにバカにされないようにって気に掛けてくれるし、金のこともあいつがきちんとしてくれてる。魔導省に入れたの僕だからねって、要らないってのに、慣れない気ィ使ってくれてんだ」

魔導省にも経理担当者はいるが、ほとんどが貴族だ。ペトラに対する風当たりの強さを考えれば、ペトラの給料や臨時手当も不正に中抜きされかねない。だが、ベン・ドラコが目を光らせて制度を整えたお陰で、ペトラも正当な対価を手に入れられている。

言外にそう説明してから、ペトラは小さな声で付け加えた。

「あいつが居なかったら、あたしはここには居ない。居てやる義理もない」

ふっと一瞬表情が消えたペトラの横顔は、冴《さ》え冴《ざ》えとしている。しかし、すぐに普段通りの表情に戻り、ペトラは肩を竦めた。

「魔術バカで生活も破綻してるけど、良いヤツだよ、あいつは」

何と言って良いのか分からず、リリアナは沈黙する。そんなリリアナに、文様を描く手を止めたペトラは、少し恥ずかしげに頬を染めてみせた。

「この話、内緒だよ。お嬢サマのことだから、むやみやたらに触れ回る性質《タチ》じゃないって知ってるけどさ」

ペトラはリリアナのことを信頼しているようだ。居心地の悪さを覚えて、リリアナは椅子の上で身じろぐ。「よし」と言ったペトラは、立ち上がって棒と瓶を作業台に置いた。

「準備できた。さっそくだけど、あんたのその喉に掛けられた術の解析を始めようか。あんたの力は強すぎるから、自分から受け入れてくれないと上手く行かない」

『ええ、分かりましたわ』

リリアナは、ペトラに指示されるまま、文様の端に描かれた円の中に立った。

「目を閉じて、リラックスして――力を受け入れるイメージを持って」

目を閉じたリリアナは、体全体を温かい膜のようなもので包まれた。未知の感覚に体が強張りそうになるが、できるだけ体から力を抜いた。喉が熱い。じりじりと焼けるようだ。それでも、リリアナは耐えた。

感覚が徐々に鈍くなっていく。水中に居る時のように、漂う流れに身を任せる。

「――ゆっくり目を開けて」

ペトラの声だけが、耳元で大きく響く。重たい瞼を持ち上げると、リリアナの視界は一面、淡い金色に染まっていた。

「上手く行ったね」

淡い金色の向こうで、ペトラは満足そうだ。金色の靄に見えたそれは、よく見れば、床に描かれた文様と似ている。だが、文字列は異なっているし、金色の靄は常に変化し、眺めていて飽きることがない。

『これは――？』

「あんたの喉に掛けられた呪術を、目に見える術式として顕現させた。この術では呪術の種類と媒介、目的しか分からないけど、使えたね。一般的な呪術で良かったよ」

ペトラの解説は非常に簡潔だった。リリアナは既にペトラから習った内容を思い出しながら、疑問を伝える。

『それは、以前教えていただいた呪術に決まった術式はないことと関係していますの？』

「ご名答」

優秀な生徒だと、ペトラはにやりと笑った。ペトラは指先で魔術陣を空中に描き、顕現させた術式を展開させて読み解く。展開される度に、金色の文様は姿かたちを変えた。

「呪術の解析は、難しいし手間がかかる。最初に系統を分析しなきゃいけない。今のところは『西方式』と『東方式』、どちらにも分類されない『末系統』の三つ。あんたの喉に掛けられた術は『西方式』だね。だから簡単に術式を顕現できたんだ」

術式を展開できれば、解呪は簡単だとペトラは自信満々だ。

『東方式は解呪が難しいのですか？』

東方式と命名されているということは、学問体系が成立しているはずだ。それならば、解呪もできるのではないかと思ったが、ペトラは「難しい」と首を振った。

「西方式はお隣のユナティアン皇国で原型が作られたから、あたしたちの使う魔術と基本概念が似ているんだよね。だから、術式に当て嵌《は》められるんだ。当然、逆算して解呪もできる。でも東方式は、皇国よりもっと東の国で発展して来たからね。歴史も基本理念も全く違うのさ。そもそも、術式に変換して解釈できないことの方が多い」

魔術が偏重されて来たスリベグランディア王国や隣国で、呪術の歴史は浅い。一方、歴史も長い東方式の呪術は未だにそのほとんどが解明されていないと言う。ただ、簡単な基本理念は分かっている、とペトラは付け足した。

「大雑把に言うと、西方式は事象を分類して系統立てることで真実に近づこうとする。東方式は世界の理《ことわり》を定義した上で、世界を分類する。立ち位置と見ている方向が真逆だね」

『――東方式は、禁術の類では？』

東方式の考え方は、『無』から『有』を生み出すものだ。眉根を寄せたリリアナに、ペトラは笑って「だからこそ、西方式ではできない呪術も東方式の理論に則《のっと》ればできてしまうんだよ」と返した。同時に、リリアナは東方式が一般に広まっていない理由を察する。

その考えを後押しするように、ペトラは声を潜めた。

「だから、『東方式』の呪術は魔導省で厳重に管理されてる。関わる人間も限定されて、厳しい管理下に置かれる。理解することすら難しいっていうのも理由の一つだけど」

『貴方も関わっていらっしゃるの？』

「うん。東方式に関わってるのは、非管理職ではあたしだけ」

あっさりと認めたペトラだが、その意味するところは、ペトラが魔導省屈指の優秀な魔導士であるということだ。特に、呪術に関しては右に出る者がないのだろう。

「大体終わったね。あんまり続けると体にも負担だし、おおよそは分かったから、これで止《や》めよう」

『何か、分かりまして？』

「分かったよ。取り敢えず座って。疲れたでしょ？　お茶飲みながら話そう」

リリアナは、先ほどまで座っていた椅子に再び腰かけた。ペトラは部屋の隅の簡易台所《キッチン》でお茶を淹れ、コップを二つ持ってリリアナの対面に座る。差し出されたコップに、リリアナは恐る恐る口をつけた。初めて口にするが、爽やかな味は独特で悪くない。風味もだが、味も前世の記憶にある中国茶と似ていた。

「それ、東方から輸入した茶葉」

『初めていただきましたわ』

ペトラは美味しそうに目を細めて茶を飲み、一息ついた。

「思い出して欲しいんだけど。あんたの声が出なくなった時、身近に毒に纏《まつ》わるもの、なかった？」

『毒、ですか？』

唐突な問いかけだったが、リリアナは思い出そうと首を捻る。毒と言われてもすぐには思い至らなかった。

『もしかしたら、父が屋敷に何かしら置いていたかもしれませんが――』

「――あんたの父親って本当、何考えてんだろね」

リリアナの推測が本当であれ思い過ごしであれ、娘にそう思わせる親子関係は健全ではない。ペトラは半眼になったが、リリアナは苦笑を浮かべた。

『確証はございませんわ』

「それなら、もっと現実的なところを考えよう。もっと身近な──例えば、そうだね。あんたの部屋の中、とか」

『部屋の、中』

「そう。声が出なくなる前、一週間以内に新しく来たものとか、置かれたもの」

リリアナは手に持ったコップを何とはなしに眺めながら、記憶を辿る。

（わたくしの声が出なくなったのは、流行り病で高熱が出たから──ちょうど六歳の誕生日を迎えた翌日のことでしたわね）

その日から一週間寝込んだリリアナは、目覚めて声を失ったと知ったのだ。

『熱で一週間ほど寝込んで、目覚めたら声が出なくなっておりましたわ。その期間に室内に新たに置かれたもの──と言いましても、わたくし意識がなかったものですから』

「それなら、熱を出した日を起点としたら？」

ペトラが探るように尋ねる。それならばまだ思い出せると、リリアナは頷いた。

『熱を出したのはわたくしの誕生日の翌日でした。誕生日には、家族から例年通り、贈り物《プレゼント》が──』

言いかけて、リリアナは息を呑む。

誕生日の贈り物《プレゼント》――父からは、万年筆。兄からは、刺繍《ししゅう》の入ったショール。そして母からは、鈴蘭の鉢植えが送られて来た。

――鈴蘭《すずらん》は、毒花だ。

コンバラトキシンやコンバロシドが花や根に含まれており、触れると皮膚が炎症を起こす。体に取り込むと眩暈や嘔吐《おうと》、酷ければ心臓麻痺を起こし死に至る。毒性は青酸カリの十五倍とも言われていた。鈴蘭を生けた花瓶の水を飲んで中毒症状を起こしたケースもあり、花粉にも微量だが毒素が含まれていると言う。この美しい花に含まれた毒の存在を、この世界の人間が知っているかは分からない――だが決して、無関係とはいえない。

『――鈴蘭。鈴蘭の鉢植えが、送られて来ましたわ』

「鈴蘭?」

『ええ』

ペトラが目を瞬かせる。リリアナは真っ直《ま》ぐ《す》にペトラを見つめた。

『鈴蘭には、毒が含まれていますわね』

自然と、リリアナの口角が上がる。

――尻尾を捕まえたのだ。己に害をなす、その存在の尻尾を。

「それなら、十中八九、鈴蘭の鉢植え《それ》が媒介だろうね。今度、鉢ごと持って来れる? 呪術に使った道具があるなら、解呪もすぐに終わる」

『承知いたしましたわ。次、こちらにお持ちいたします。いつが宜しいかしら?』

ペトラは少し考えた。

「話を聞いてると、ここにあんたが来ていることは伏せた方が良いだろうし――次、王宮で王太子に会う時で良いんじゃない？」

『ええ、分かりました』

ペトラの申し出は、リリアナにとっても願ったり叶ったりだった。鈴蘭の鉢植えは母親から送られて来たものだが、手配したのは執事のフィリップだ。母親が策を弄したのか、フィリップの独断だったのか、父親がフィリップに指示したのか、今の段階では分からない。もしリリアナの動きが術者に気付かれてしまえば、ペトラに害が及ぶ可能性もある。秘密裏に事を運んだ方が、リリアナにとっても都合が良い。

「それじゃあ、今後の方針が決まったところで」

ペトラはニッと、悪戯《いたずら》っぽく笑った。

「お菓子、食べて帰りな」

どうやら、この地下室にはペトラ好みのお菓子が豊富にあるようだ。ペトラはいそいそと簡易台所《キッチン》の隣に備え付けられた棚に向かい、両手一杯の菓子を持って戻って来た。

◇◇◇

ある日、ライリーは国王《父親》の寝室に向かった。国王の容体が悪化した後、日に一度は寝室を訪れ様子を確認している。今日は珍しく目を覚ました父親から、昼過ぎに来るよう言われていた。近衛に黙礼し、侍従に取り次ぎを頼み部屋に入る。父王は目を瞑っていた。

「失礼いたします」

赤を基調とした豪奢《ごうしゃ》な寝室はカーテンが閉め切られ、薄暗く陰鬱な雰囲気に満ちている。治療のためか祈禱のためか、室内には独特な香が焚《た》かれていて、ライリーは眉根を寄せた。部屋の中に居るだけで病になりそうだ。内心で嘆息し、ライリーは寝台《ベッド》に近づく。

国王ホレイシオ・ジェフ・スリベグラードは、若いにも拘わらず、既にやつれきっている。かつて美男と社交界を賑《にぎ》わせた貴公子の面影はない。鬼神と呼ばれた先王とは異なり、ホレイシオは線の細い優男だった。ライリーの祖母譲りの美貌だったらしい。そして、その風貌に相応しく、彼は武芸より芸術を好んだ。

「父上。起きていらっしゃいますか」

ゆっくりと瞼が持ち上がり、濁った眼が宙を彷徨う。ようやくライリーを捉え、国王は掠れた声で息子の名を呼んだ。

「ライリー、か」

「お加減は如何ですか」

「――夢の中で、アデラインに会ったよ」

問いには答えず、国王は薄らと笑みを浮かべる。アデラインはライリーの母の名だ。ライリーが生まれた時に、この世を去った。政略結婚が一般的な中で、ホレイシオとアデラインは珍しく恋愛結婚だった。互いを心の底から愛していた。先王は多くの妾《めかけ》を囲っていたが、ホレイシオに妾は居ない。アデライン亡き後、家臣に再婚を勧められても決して頷かなかった。そして、次の相手を見つけるより先に、ホレイシオは病に倒れた。唯一の愛に身を捧《ささ》げる国王の姿は、市井でも吟遊詩人たちの恋物語に姿を変え語り継がれている。

「それは良かったですね、父上」

ライリーは優しい声音を意識する。記憶にない父母は、とても仲睦《なかむつ》まじかったと聞いていた。アデラインが死んでから、ホレイシオは酷く落ち込んで、しばらく何も手につかない有様だったらしい。対外的には辛うじて取り繕っても隠し切れない醜態に、先王は不快感を露わにしていたという。ライリーは、そんな父より祖父と接することが多かった。だから、ライリーにとってはホレイシオよりも祖父に親近感がある。先王は、他の誰よりも多くの大事なことを、王位継承者として必要な道標《みちしるべ》を、ライリーに示してくれた。

「ああ――しっかりしろと、釘《くぎ》を刺されたよ」

ホレイシオは苦笑したが、ライリーは笑えなかった。一体今更何を、という気持ちが湧き起こる。しかし、その本心は押し隠して、ライリーは父の言葉を待った。

「クラーク公爵家の、娘とは、上手くやっているか？」

「――はい」

ホレイシオの突然の問いに、ライリーは困惑する。ホレイシオは満足そうだった。

「そうか。それなら、良い。あの娘を、護って、やってくれ」

唐突な言葉過ぎて、ライリーは何と答えれば良いのか分からなかった。だが、以前からホレイシオはリリアナを護るため婚約者候補に留め置くよう強く言っている。今回も意図が分からず沈黙を保っていると、ホレイシオは真顔になった。

「お前も気が付いているだろうが私は恐らく、もう長くはもたない」

否定したところで、確信したホレイシオには何の慰めにもならないだろう。ライリーは無言で先を促した。無駄な言い争いをする気にはなれなかった。

「幼いお前に伝えられることではないと、思っていたが、そうも、言ってはいられない」

漠然とした前置きに、ライリーは戸惑う。

「執務のことでしょうか」

「執務のことなら、私よりも顧問会議の連中が良く知っている」

ホレイシオは自嘲した。先王の治世が長かったため、ホレイシオの在位は未《ま》だ二年だ。先王は病床から指示を飛ばし、崩御した後に譲位が執り行われた。だから、先王の時世から仕えた家臣の方が政務を把握している。ライリー《息子》にとっても政治においても、ホレイシオは影の薄い男だった。彼も決して愚鈍ではないが、あまりにも先王の力が強かった。

祖父はライリーが生まれた時から国の英雄だった。病床の祖父が語る彼自身の英雄譚《えいゆうたん》は、市井の語《かた》り部《べ》たちが話すお伽話《とぎばなし》よりも面白かった。スリベグランディア王国を打ち立てた三人の英雄の話よりも、ライリーには魅力的だった。

『国を守り民を生かすためには、犠牲を出すことも厭《いと》うてはならぬ。一人を助けるために他を犠牲にするのではなく、一人を犠牲にしても数多を救うのが国王《我》が使命』

死を間近にしてもなお、生気の宿った力強い口調で、祖父はライリーに言った。幼心に感銘を受けたことを、ライリーは昨日のことのように覚えている。まさに先王は、ライリーにとっても王国民にとっても、人を超越した神のような存在だった。

一瞬、過去の記憶を辿っていたライリーは、ふと、父の形相が変わったことに気が付く。青白く痩せこけた顔の中で、ホレイシオの目が妙な光を持ち始めていた。ぎょろりとした目が、枕元に立ち尽くすライリーに向けられる。

「先王の、負の遺産の話だ。聞いたことは、あるかな」

自嘲に似た顔で、ホレイシオは問う。ライリーはわずかに眉を寄せ、静かに首を振った。父は祖父と折り合いが悪かった。その父が言うことだという警戒心と共に、興味も湧く。鬼神や賢王という呼び名を持つ祖父の治世に、負の側面がないとは思わない。しかし、『負の遺産』とは初めて聞く言葉だった。

「結界を、張ってくれ、ライリー」

国王は弱々しく告げる。ライリーは魔道具で防音の結界を張った。口の動きで話の内容を悟られないよう、念のため幻視の術も掛ける。ホレイシオは満足そうに呟いた。

「私とは違って、優秀な子だな、お前は」

「――父上も、御立派な王にあらせられます」

「嘘は、吐かなくて良い。お前が先代に憧れていることは、良く、知っている」

ホレイシオは感情が削げ落ちた声音で呟《つぶや》く。ライリーは返す言葉が見つからず一瞬黙り込んだ。しかし、すぐに話題を切り替える。

「それで、その『負の遺産』というのは？」

「先王の治世は、苛烈だった。これは、お前も、良く知っているね」

「はい。優秀な者を取り立て、無能な者は切り捨てた、と聞き及んでおります」

「その通り。だからこそ――戦場だけでなく、王宮《ここ》でも、先王は鬼神の如きだった」

だが、それで全てが上手く行ったわけではない。先王は、人間の能力と仕事の適性を偏重しすぎる嫌いがあった。その傾向は、十六年前の政変を機に強くなる。

「無論、裏切り者は粛清する。だが、心までは支配できない。先王は、面従腹背《めんじゅうふくはい》だろうが、それを承知した上で有能な者を、自分の駒となり得る者を、取り立てた」

ホレイシオは苦い顔で続けた。

「あの政変も、先王であれば事前に抑えられたはずだ。それをしなかったのは――効率的に敵を炙《あぶ》り出し、権力を一層、盤石なものにしようと考えたからだろう」

小規模な政変で抑える気はさらさらなかった。反国王軍が用意周到に事を為《な》すのを待ち、先王は最大の打撃を与えられるタイミングで敵を一掃した。だが、その時も上手く時勢を読んで先王に従った貴族がいた。先王に忠誠を誓った者や、内心では先王を嫌悪しながら一族を守るため従った者がいたが、先王は構わず、彼らの働きに応じて褒美を与え、取り立てた。彼らが裏切る可能性は、彼の計算の内だった。

「最期まで先王は、己の権力を、手放さなかった。私が王位を継いだのは、法典で、そう定められていたからだ」

ライリーも知っていた。祖父は生きている間、決して後継者を指名しなかった。仰向《あおむ》けのまま、ここではない何処かを眺めていたホレイシオは、ライリーに顔を向けた。

「息子よ。お前は、柄《つか》のない剣は使えるか」

唐突な問いに、ライリーは目を瞬かせる。首を傾げて少し考えた。芸術を好む父のこうした言い回しは、ライリーには理解が難しい。

「それは、握る箇所にも刃があるということでしょうか？」

「その通りだ」

「決して刃で切れない革を手に巻けば、あるいは可能かもしれませんが——相当な技術が必要でしょうし、そもそも、そのような革は聞いたことがありません」

ライリーの回答はホレイシオの意に沿ったらしい。小さく頷くと、ホレイシオは「先王はまさしく、そのような剣を好んで使う方だった」と掠れた声で呟いた。再び天井に視線を向け、ホレイシオは独白のように言葉を零す。

「いつか裏切り、王を害する可能性があろうとも、有能で駒となり得る狂犬であれば、好んでその首に枷《かせ》を付けた。自由に走らせ、しかし常に監視を怠らない。時には命じて、時には気付かれぬよう誘導して、己《おの》が目的を達成するために、狂犬を動かした」

知らず、ライリーは息を呑んだ。父の青白くこけた横顔を凝視する。しかし、ホレイシオは決して冗談を言っているわけではなかった。

今のスリベグランディア王国には、先王の時代を生き延びた狂犬が数多居る。彼らは皆、王家《飼い主》に牙一様に強《したた》かで、その本心を決して悟らせない。王家に忠実な仮面を被ったまま、を剝く時機《タイミング》を、爪を研ぎながら待っている。

「――先王は、そのような者たちを使いこなしてこそ、王だとお考えだった、のかもしれない。しかし、私には、無理だった」

ホレイシオは、先王よりも優しく情け深かった。非情になれなかった。つい先ほどまで歓談し酒を酌み交わしていた相手に毒杯を勧められることも、その可能性を常に念頭に置いて友好的に振る舞うことも、友と呼んだ者を粛清することも、できなかった。国を治めるために愛する妻子を見捨てるなど、考えたくもなかった。

「先王の跡を継いでからは、疑心暗鬼に駆られた。私には、全てが、敵に思えたのだよ」

愛妻を失い弱り切った心で、腹心《のこ》の部下も居ない玉座に座る。それは、ホレイシオにとって想像を絶する心労《ストレス》だった。先王が遺した狂犬たちにとっては、取るに足らぬ王だった。彼がいっそ愚盲であれば良かったのかもしれない。だが、忠誠を誓った臣下たちの目が呆れと嘲笑、侮蔑をひた隠しにしていることに、ホレイシオは気が付いていた。

「先王が相応しいと思う、後継者も居なかった。私も、父には見放されてね」

ホレイシオは自嘲しようとするが失敗し、苦しげに顔を歪めた。実父である先王との関係に、ホレイシオも心を痛めていたのかもしれないと、ライリーはようやく思い至った。

「つまり――本来であれば、私が死の淵にいる《このような》場合に、王太子《お前》に伝えるべき内容を、私は先王から何一つ、伺っていない」

ライリーは絶句した。王族に限らず、高位貴族には、嗣子《しし》だけが受け継ぐ極秘情報がある。決して途切れてはならない情報で、時機を見計らい言い伝えられるのが一般的だ。だが、先王はホレイシオにも、ライリーにも、その内容を告げずに崩御した。

ホレイシオは息子の反応を横目で窺い、全てを察した。重い嘆息が、静寂に響く。

「――お前も、聞いていないのだな。もしかしたら、と、思ったのだが」

それは即ち、秘匿された王家の情報が断絶したことを意味する。王宮の隠し通路など、王族に伝えられる情報はライリーも把握していた。問題は、王太子が受け継ぐべき情報だ。

「祖父は――先王は、賢王、なのだと――」

ライリーの掠れた声は途中で消える。顔面蒼白で、握り締めた手は震えていた。まだ幼くとも、ライリーは事の重大さを正確に理解していた。

「一般的には、賢王、だろうな」

ホレイシオは息子の言葉を肯定する。確かに先王は一つの面では名君だったが、別の面ではそうではなかった。諸手《もろて》を挙げて讃《たた》えられるべきではないと、彼は呟いた。

「父は――先王は、玉座を、その権力を恣《ほしいまま》にと、ただそれだけを欲した人生だった」

先王は、国王として成し遂げられる大きな功績に拘泥《こうでい》していた。臣下も民も、彼にとっては単なる盤上の駒――彼の野望《夢》を叶えるためのものでしかなかった。

「先王は、英雄になりたかったのだよ」

確かにライリーの祖父は英雄として歴史に名を刻んだ。ホレイシオやライリーの名は遺らなくとも、先王はいつまでも輝かしく人々に語り継がれるだろう。

ホレイシオは疲れ切った様子で、ぐったりと目を閉じた。容体を崩してから、これほど長く話したのは初めてだった。ライリーは唇を引き締める。

「──父上」

声を掛けたがホレイシオに反応はない。寝入ったことを確認し、ライリーは結界を解いた。早足で国王の寝室を出る。普段であれば労《ねぎら》いの声を掛けるのに、ライリーは侍従や近衛を無視した。彼らの不思議そうな視線を振り切るように、最後はほとんど小走りだった。家庭教師に見られたら叱られるだろうが、構わなかった。

自室に戻ると、人払いを命じる。早く一人になりたかった。そうでもしなければ、訳の分からない感情に突き動かされ、衆人の中で醜態を晒しそうだった。

扉に鍵をかけ、背を預けたまま、その場に崩れ落ちるようにして座り込む。

「──お祖父様《じいさま》は──名君では、なかったのか──?」

握り締めた拳を解き、ぐしゃりと髪を掴む。痛む頭が、これが夢ではないと告げていた。

ホレイシオの語る先王は、夢に固執し他を蔑ろにする男だった。先王の名声を確実なものにした政変でさえ、彼にはただの道具でしかなかった。数多の人が死んだ。親を失った子供たちが暮らす修道院を、ライリーは慰問のため訪れたことがある。

そこには、母を恋しがって泣く子がいた。

いつか亡くなった父のように、立派な棟梁《とうりょう》になりたいと、夢を語る少年がいた。

足は動かないけど、でもお兄ちゃんが助けてくれたんだ、と、兄の形見を大切に持ち続ける少女がいた。

名も知らぬ人々が葬られた向日葵畑《ひまわりばたけ》にも、行ったことがある。綺麗な向日葵畑の下に無数の人が眠っているのだとは、とうてい信じられなかった。

「それでも――お祖父様のお陰で、被害は最小限だったと」

ライリーは、そう信じていた。家庭教師も祖父自身も、そう語っていた。誰もが、先王の功績を誇った。燃え尽きそうな命の灯の中でも、病床の祖父は英雄の顔をしていた。

「お祖父様は、英雄で、僕に、国王の心得を説いてくださって――」

かつて国を政変から救った英雄だと誰一人疑わない。

だが、ライリーが心の底から信じて拠《よ》り所《どころ》にしていた英雄は、虚像に過ぎなかった。

「――っ、ふざけやがって！」

滅多に口にしない暴言を吐き捨て、ライリーは乱暴に立ち上がった。寝台《ベッド》脇のサイドテーブルに飾られた、軍服を着た祖父の絵姿をなぎ払う。絵姿は呆気なく、絨毯《じゅうたん》を敷き詰めた床に落ちた。ぽすんという気の抜けた音の虚《むな》しさに、涙が滲む。

先王に憧れて、まだ幼いと揶揄されながらも、ライリーはずっと、必死に努力し続けて来た。

憧れた祖父の足跡《そくせき》を辿るように剣を握った。ライリーの右手には硬いタコができている。
宰相を始めとした臣下たちに、執務に携わりたいと頼み込んだ。良い顔はされなかったし、どうにか関われた政務も取るに足らない内容ばかりだ。意見を出しても相手にされない。歯痒《はがゆ》くても、まずは臣下の信頼を得るべきだと、本心は笑顔の下に隠した。ホレイシオ《父》を傀儡《かいらい》の王と呼ぶ噂を聞けば、臣下たちに頼るばかりではなく、自分の目で直接確認し、自分の頭で考えなければならないと、理解した。舐《な》められないように、祖父に倣って一人称を『僕』から『私』に変えた。

全ては、祖父に憧れてのことだった。ライリーにとって理想の国王は、祖父が語る彼の姿そのものだった。それは、太陽のように眩く心惹かれるものだった。

ライリーは唇を噛みしめる。血が滲む。心は嵐のように荒れ狂っていた。父の言葉が真実なら、それは明確な裏切りだった。信じたくないのに、ホレイシオの話が嘘偽りないと、ライリーは直感で理解していた。

しっかりと自分の足で立ち、突き進むための目標が、足場が、根底から崩された。縁《よすが》にしていたものが虚像だったと理解した瞬間、堪えていた涙がライリーの頬を伝う。

「信じて、たのに……っ」

祖父とは、毎日のように会っていた。祖父の話を聞くだけだったが、ライリーには十分だった。父とは違って、自分は祖父に認められた存在だと思っていたのに、彼はライリーさえその他大勢としてしか認識していなかった。

特別な存在を作ってしまえば、国と大切な存在を天秤《てんびん》に掛けた時に迷いが生じる、というのが、先王の口癖だった。国王は弱さを見せてはならず、常に強者でなければならない、と英雄が言えば、疑うことなどしなかった。だが、ライリーはホレイシオの話を聞いて、ようやくその真意を理解した。裏を返せば、誰も信用しないということだった。

ライリーはのろのろと顔を上げる。壁に、剣が飾られている。それは、祖父から下賜された、英雄が愛用していたものだった。それですら、憎く思える。

ライリーは荒い足取りで近づくと、乱暴に剣を取り上げ鞘《さや》から抜いた。衝動の赴くままに折ろうとして、手が震えた。

「くそっ……!!」

ホレイシオの話を聞いても、ライリーにとって、祖父は長年の英雄だった。その人から貰った剣は、心が挫けそうになる時、いつもライリーを励ましてくれた。折ることなど、できるはずもなかった。苛立つままに壁を殴る。拳は痛むが、それよりも心が痛かった。体が震え、呼吸が浅くなる。

知りたくない、祖父の真実だった。だが、いずれは知らなければならない事実だったのだと、頭のどこかで声がした。

絶望に飲み込まれそうになった時、扉を叩く音でライリーは現実に引き戻された。

「――――なんだ」

「エアルドレッド公爵家御子息、オースティン様がお越しです」

人払いを命じていたはずだが、さすがに三大公爵家子息の訪問は無視できなかったらしい。侍従の声に、ライリーは口角を上げた。だが、喜びの笑みではない。ライリーの双眸は、人生で初めて暗く淀《よど》んでいた。逡巡する。

ライリーは幼馴染に会いたくはなかった。オースティンには、何でも詳らかに打ち明けて来た。だが、ホレイシオの話は決して話せない。勘付かれてはならないが、平静を装える自信はなかった。だが、面会できない理由もない。あらぬ疑いを持たれないために、普段通りに振る舞わなければならなかった。

「――殿下？」

あまりにも長い沈黙に、侍従が訝《いぶか》しげに問いかける。

「執務室に通せ、そちらで会う」

普段ならば私室で会うが、今は自室に入れる気になれなかった。オースティンが、王族ではなくライリーの近衛騎士を目指していると打ち明けてくれた時、ライリーはオースティンだけは裏切るまいと誓った。だからこそ、制御できない一時の感情を友にぶつけたくはない。

荒れ果てた部屋はそのままに、ライリーは身だしなみを軽く整えて執務室に向かう。そこには、既に騎士団の隊服に身を包んだオースティンが待っていた。

「よお」

いつも通り、オースティンがにやりと笑う。ライリーは扉の側《そば》に控えている護衛と侍従に下がるよう指示した。一瞬護衛が不服そうな表情を浮かべるが、一礼して外に出る。

「――久しぶりだな、オースティン。無事に騎士団に入団できたようで何よりだ」

ソファーに座るよう勧め、自分も腰かけながら、ライリーは労う。オースティンの顔を真っ直ぐ見ることはできなかった。視線を合わせれば、全てを見透かされる気がした。

「まだ見習いだけどな」

オースティンは気負わず肩を竦めるが、満足そうだ。しかし、違和感を覚えたらしく、目を細めた。ライリーはオースティンの反応に気が付きながらも敢えて無視する。

「お前のことだから、すぐに正式な騎士になれるさ」

「叙任式はお前にやってもらいたいところだな」

叙任式は国王が執り行う。ただ、ホレイシオが寝込んでいる現状では、ライリーが叙任式を執り行うことになるだろう。ライリーは笑おうとして失敗した。言葉に詰まる。これまでなら、祖父のように立派な王になるとでも答えたところだ。しかし、今は口が裂けても言えない。理想の王が張りぼてだったと突き付けられた今、ライリーは迷路に入り込んだ幼子のように、途方に暮れていた。

顔をわずかに俯《うつむ》け、呼吸をそっと整える。顔を上げると、冗談めかした言動の多いオースティンにしては珍しく、真剣な表情を浮かべていた。ライリーは目を細める。

「それは、アルカシアの総意か？」

「俺自身の意志だ。アルカシア派は、未だ総意を持たない」

以前、オースティンは父のエアルドレッド公爵が、リリアナをライリーの婚約者に推すと言っていた。ライリーのことも支持しているとは言うが、アルカシア派はエアルドレッド公爵こそが王位に相応しいと考えている。つまり、アルカシア派がクラーク公爵の娘を婚約者に据え、ライリー諸共《もろとも》葬り去ろうと考えても不自然ではない。

ライリーは、掌の汗に気が付いた。平静を失っている。エアルドレッド公爵もオースティンも、彼の兄も、ライリーとは懇意にしている。それなのに、今のライリーは友の態度に、裏切りの色がないか探っていた。それこそが親友に対する裏切りではないかと、内心で自嘲する。そんなライリーの心中を知れば、オースティンが傷つくことも分かっている。いつの間にか、喉が渇いていた。

「プレイステッド卿の意向は？」

冷静になるよう努めて問えば、オースティンは端的に答える。

「沈黙を貫いている」

「時機《タイミング》を見計らっているということか」

「――正直に言えば、最近接触できていない。父も兄も、だ」

オースティンの口調は苦々しかった。プレイステッド卿はエアルドレッド公爵を支持するアルカシア派の筆頭だが、現エアルドレッド公爵に傾倒しているため、公爵の意に反した行いはしないはずだ。そして、アルカシア派はプレイステッド卿に従う。彼に接触できない現状では、今後の方策も立て辛《づら》い。ライリーは眉根を寄せた。

「嫌な感じだな」

「ああ。国内で争ってる余裕はねえってのにな」

「つい先日も、魔物襲撃《スタンピード》の報告があった。これまで発生していなかった街道沿いだ」

「またかよ」

　ここ最近、地方では魔物襲撃《スタンピード》が増加している。その規模も、徐々に大きくなっていた。更に国境では、密入国者を捕らえたという報告が増えている。そんな状況と反比例して、王家の求心力は少しずつ衰えていた。

「国難で頼りになるのがエアルドレッド公爵家とクラーク公爵家だが――アルカシア派がその状態では、クラーク公爵家に頼らざるを得ないぞ」

「他の貴族の不満がヤバそうだ」

「一層、クラーク公爵に権力が集まることになるからな」

　頭の痛い問題だと、二人共苦い顔を隠せない。クラーク公爵は宰相として顧問会議を取り仕切る。顧問会議には有力貴族たちが参席しているが、エアルドレッド公爵は滅多に王都へ出て来ず、二大辺境伯も、最近は国境近辺の警備のため出席していない。いずれも、一匹狼のクラーク公爵に真っ向から対立できる大貴族だ。彼らが居ない今、クラーク公爵の影響力は日々大きくなっていた。特に、魔物襲撃《スタンピード》が頻発するようになってからは顕著だ。当然、独善的な宰相の立ち居振る舞いを下位貴族は不満に思い、高位貴族たちは反感を覚える。

「『ローカッド公爵家《王国の盾》』は、まだ動かないんだろう？」

「顧問会議が打診したが断られた、らしい」

最近ようやく参加を許された顧問会議の議題を思い出し、ライリーは首を振る。許されたのは聴講だけで、議論への参加はできないが、ライリーにとっては大きな一歩だ。オースティンは溜息を吐いて腕を組む。

「難しい問題だな。父上はリリアナ嬢との婚約を進めるべきだと仰《おつしや》っていたが、状況を見ると、婚約者候補から降ろした方が良いかもしれないぞ」

「陛下《父上》は、婚約を続けるべきとのご意向なんだ」

「クラーク公爵は？」

ライリーは少し考えた。

「――恐らく、婚約者候補の立場を取り下げたいとお考えになっていると思う」

言動の端々から、クラーク公爵の本音をライリーは感じていた。だが、口先では是非婚約者にして欲しいと言うから、真意が摑めない。

「リリアナ嬢は何か言っていたか？」

「いや、何も聞いていない。恐らく、クラーク公爵の考えは知らないと思う」

次に会った時に尋ねても明確な答えは得られないだろう。どのみち今の精神状態では、何を言われても疑心暗鬼に駆られそうだ。ライリーは無意識に深く息を吐いた。黙り込んだライリーを無言で注視したオースティンは、やおら口を開く。

「それで、お前は何をそんなに落ち込んでるんだ」

「――落ち込んでいるように見えるか？」

「見える。せっかくの晴天なのに、お前の上だけどんよりしてるぜ」

オースティンの言う通り、外は綺麗な蒼空《あおぞら》だ。案の定、幼馴染の目は誤魔化せなかった。目敏い奴だと笑いながら、内心ではどう言い繕うのが良いか、思案する。結果、口から捻り出したのは、自分でもどうかと思う台詞だった。

「大したことじゃない」

「大したことだから、お前はそんなに落ち込んでるんだろ？」

嘘をつけ、とオースティンは唇をへの字に曲げる。それでも、ライリーは口を割れない。硬い表情のライリーを前に、オースティンは諦めて肩を竦めた。

「悪い」

無理に聞き出そうとしない友の態度に、頑《かたく》なになっていたライリーの心がわずかに緩む。自然と零れ出たのは、謝罪の言葉だった。

「別に」

言えないことは仕方がないと、オースティンは首を振る。その目は傷ついたように曇っていたが、伏し目になっていたライリーは気が付かなかった。

部屋に沈黙が降りる中、オースティンは静かにライリーの様子を窺《かな》う。次期国王という重責を負う幼馴染が苦しんでいても、泥沼から引き上げることすら敵わない。

初めて感じる遣《や》り切れなさに、腹の底が重たくなった。沸き起こる感情を誤魔化すように、オースティンは早口になる。

「お前が何を悩んでいるのか知らないけどな。信頼できる奴に、少しは荷物を分けろ」

「──え、」

予想外の言葉に、ライリーは目を丸くする。弾かれたように顔を上げてオースティンを凝視すると、決意を秘めた顔でオースティンは続けた。

「俺の言葉じゃないぞ。俺が騎士団に入るって決まった時、父上に言われたんだ」

「エアルドレッド公爵が？」

オースティンは頷く。

「俺たちの周りに居るのは、先王の時代を知る優秀な人間ばかりだ。だからこそ、やることなすこと凄く見えるし、自分がちっぽけに思える。俺だって、騎士団に入るまでは一端《いっぱし》の人間のつもりだったけど、まだまだガキだったたって思い知らされたんだ」

同世代では剣技に秀でていたが、騎士団では試合にすら出してもらえない。落ち込むこともあったが、その度にオースティンは父親の言葉を思い出して自分を励ました。

「周りは年季が違う。俺たちはこれから成長していけば良いんだ。最初からできる必要なんてない。お前には俺だっているし、最近はクラーク公爵家の嫡男とだって、上手くやってるだろ。周りにたくさん居るんだから、その中から信頼できる奴を見つけて、背負ってる荷物を分ければ良いんだよ。少なくとも、相談したら気が楽になることもあるだろ」

ライリーは目を瞬かせる。生まれた時から共に居て、同じ目線だと思っていた親友が、いつの間にか自分より大きく見えた。同時に羨ましさも湧き起こる。ライリーはこれまで、祖父の言葉を頼りに生きて来た。他者に頼るなという祖父の言葉で、自分の価値観を形作った。病床の父は、ライリーと関わりがない。エアルドレッド公爵が父であれば、何かが違ったかもしれない。願っても意味のない夢が、一瞬ライリーの脳裏を過る。

驚いたように凝視するライリーの視線に恥ずかしくなったのか、オースティンは少し身じろぐ。その頬はわずかに紅潮していた。

「ああ——そうだな」

辛うじて、ライリーは一言だけ口にした。

英雄と讃えられた祖父の真実を打ち明ければ、心は軽くなるのだろうか——心に浮かんだそんな考えを、ライリーはすぐに打ち消した。自分の気持ちが晴れやかになっても、相手に重荷を背負わせることは間違っている。

王太子であるライリーの不安や苦悩は一般的なものではないし、簡単に相談できるものでもない。一つ間違えれば、相手の口を永遠に塞がなければならない。ホレイシオの告解は衝撃的だったが、これから先、もっと大きな秘密を抱えることもあるだろう。その時に、ライリーは一人で耐えなければならないのだ。

「それで、一つ提案なんだけどな」

オースティンは口調を変えて身を乗り出す。

「俺たちの世代で、信頼できる奴らを集めないか」

「それは派閥ということか？」

「そこまで厳密じゃなくて良いんだ。例えば、社交界デビュー《デビュタント》前の、子供主体の夜会《サロン》のようなものだ」

まだ夜会《サロン》は開けないが、昼間の茶会なら問題ない。オースティンが考えたのは、気軽な意見交換の場を設けることだった。今もライリーの『学友』は居るが、高位貴族の令息が数人だけだった。

「できれば令嬢と下位貴族も含めて、できるだけ能力のある奴を取り込むんだ。気が合うかどうかは話さないと分からないしな。どうだ？」

ライリーは思わず顔を綻ばせた。

「本当に、お前は突拍子もないことを思いつく」

「お前だって、これくらい普通に考えるだろうが。今日のお前は、頭の回転が鈍ってるぞ」

「そうかもしれないな」

わざと眉尻を吊《つ》り上げるオースティンに、ライリーは正直だった。精神的に不安定だと頭の働きが鈍るのだと、ライリーは初めて知った。

「それなら、下位貴族の子息にも会えるよう段取りをつけないと」

「紹介してもらう手もあるぞ」

オースティンは自信満々だ。騎士団に居れば下位貴族にも繋ぎを付けやすい。ライリーは破顔一笑した。

「期待している」

「おう。任せとけ」

力強く頷いたオースティンは、時計を見た。執務室を訪れてから、だいぶ時間が経過していた。オースティンは慌てて立ち上がる。

「やばい、もう時間だ。休憩時間に抜けて来たんだ」

「そうか。久しぶりに話せて嬉しかったよ」

「おう」

ライリーが礼を言えば、オースティンは嬉しそうに笑った。そして、慌ただしく部屋を出る。侍従が扉を閉めた瞬間、ライリーは疲れたように脱力し、ソファーに体を預けた。

静けさを取り戻した部屋の空気が、一気に重たくなった。目元を覆って、ライリーは低く呻《うめ》いた。オースティンと話していると未来が明るさを取り戻したように思えたのに、彼が居なくなった途端、全てが心許《こころもと》なくなる。

「これから、どうすれば良いんだろう」

オースティンの提案通り、信頼できる人を集めて議論を交わす一方で、彼らを疑うのか。果たして、祖父のように立派な国王になれるのか。だが、祖父は賢王ではなかった。それならば、ライリーが目指すべき姿は一体、何なのか。

のろのろと立ち上がって、ライリーは私室に戻る。その日、ライリーは夕刻になっても部屋から出なかった。夕食を持って来るかと尋ねた侍従すらも下がらせ、引きこもる。しかし、何かを見出《みいだ》せるわけもなく、まんじりともしないまま夜だけが更けていった。

◇　◇　◇

リリアナが初めてペトラの元を訪れた後、二度目の訪問の機会はなかなか訪れなかった。ライリーとの茶会の後に約束する予定だったが、ライリーは仕事を増やし、婚約者候補との交流頻度が下がった。一方、下位貴族も含めた交流会が行われるようになり、リリアナは時折顔を出していた。そしてようやく、ライリーとの茶会の予定が組まれたのである。

馬車には、鈴蘭の鉢植えがある。冬に備えて花や葉、茎は枯れているが、庭師が世話をしたお陰で球根は無事だ。呪術に使われさえしなければ来年再び花を咲かせただろう。

(花を咲かせていないのは僥倖《ぎょうこう》ですわね。持ち運びがしやすいですわ)

リリアナは自分なりに呪術について調べていた。鈴蘭の鉢植え近くで過ごすことで、呪術が対象者《リリアナ》に作用した可能性が高い。フォティア領でクラーク公爵が解呪させようとしたことを考えると、術は一時的なもので、常に作動しているわけではないのだろう。

(お父様がわたくしを殿下の婚約者候補から降ろした後、何を計画されているのかは存じませんけれど)

色々と企んでいそうな気はするが、現状それを明らかにする方法はない。一旦、極秘に解呪して声を取り戻してから探る方が良さそうだ。不思議と、解呪が失敗するとは思っていなかった。リリアナは微苦笑を漏らす。

（わたくし、ペトラの能力を信用しているようですわ）

頼り切りになるつもりはないが、妙に擽《くすぐ》ったい気持ちになる。ただ、攻略対象者の兄であるベン・ドラコに関わることだけが、懸念事項だった。対策を立てたくても、彼の情報は持ち合わせていない。

（乙女ゲームにも出ていませんでしたし、そこまで気にしなくて宜しいかしら）

王宮に到着したリリアナは、慣れた道を歩き、いつもの応接間《サロン》でライリーを待つ。早々に現れたライリーは、とても疲れている様子だった。覇気も快活さもない。

『お疲れですか？』

リリアナが問えば、ライリーは目を丸くする。はにかんで、彼は小首を傾げた。

「そう見える？」

『ええ。お仕事がお忙しいのでは』

「まあ、うん。大した仕事はさせてもらえてないけど、ね」

ほろ苦いものが見えた気がしたが、リリアナは詳しくは問わなかった。侍女が茶菓子を運んで来る。王族を世話する彼女たちにはいつも程よい緊張感があるが、何かがリリアナの直感に引っかかった。ぞわりとした感覚が背筋を走る。

女は初めて見る顔だった。改めて卓上に視線を走らせる。普段ならば銀食器が置かれるテーブルの上で、金色に光る食器《カラトリー》は注意を引いた。普段のライリーならば気が付いただろうが、今の彼にその余裕はなさそうだ。

(婚約者候補から降りるために、ある程度は見て見ぬふりをするつもりでしたけれど)

小さな頭の中で、リリアナは瞬時にあらゆる可能性と結果を弾き出した。

ライリーに注意を促すべきか、素知らぬ顔で王太子暗殺未遂の現場を目撃するか。

乙女ゲームの攻略対象者であるライリーが、この場で死ぬことはないだろう。だが、フォティア領から戻る途中の魔物襲撃《スタンピード》も、現実と乙女ゲームの筋書き《シナリオ》で少し差異があった。万が一の可能性は捨てきれない。乙女ゲームの筋書き《シナリオ》を盲信したら、取り返しのつかない事態に陥るかもしれない。

(わたくしに、毒殺未遂の容疑が掛かっても嫌ですわ)

決断したリリアナの行動は早かった。ライリーが紅茶のカップに触れようとした瞬間、声を掛ける。

『殿下、お待ちくださいませ。毒が入っているようですわ』

「リリアナ嬢?」

ライリーは驚いてリリアナを凝視した。一瞬リリアナの言葉を理解できなかったようだが、すぐに顔を引き締める。

「そこの君、少しそこで待て。それから——君」

茶と菓子を持って来た侍女に動かないよう指示し、別の近衛を手招く。侍女は蒼白になった。侍従は尋常でない気配を感じ、顔を強張らせる。ライリーは穏やかに告げた。

「銀のティースプーンを持って来てくれないかな。それと、角砂糖も頼むよ」

「は、畏《かしこ》まりました」

近衛の目が険しくなる。普通であれば侍女に命じるところを、近衛である彼に指示した意図を察したに違いない。そのやり取りを眺めていたリリアナは、少しライリーを見直した。最初から毒が入っていると決めつけるのではなく、銀食器を持って来させるのは良い判断だ。

（わたくしのお茶にも、毒が入っているみたい）

ライリーは訓練で毒に耐性を付けているだろう。だが、混入された毒が致死量かどうかは分からない。主犯者がライリーを王太子の座から追い落とそうとしたのか、リリアナ諸共亡き者にしようと企んだのか、現時点では読めなかった。リリアナにも毒を盛っているから、リリアナに罪を被せてクラーク公爵を追い詰めようとしたわけではないだろう。

（解毒の術も暗礁に乗り上げてしまいましたのよね。毒を不純物として認識できるのであれば、水と土の魔術でどうにかなると踏んだのですけれど）

予《あらかじ》め毒の種類が分かっていれば、該当する分子構造の物質だけを分離すれば良いが、さすがのリリアナも、あらゆる毒に精通しているわけではない。結局、最適解は毒が入っている飲食物を口にしないという、非常に簡単《シンプル》なものだった。

ライリーに命じられた近衛は、すぐに銀食器と角砂糖を持って来た。再び壁際に下がるが、その場に残っていた近衛共々、侍女を警戒している。ライリーは衆人環視の中、銀食器をゆっくりと茶に浸《つ》けた。最初は何の変化もなかったが、少しずつ、茶に触れた部分から色が変わっていく。リリアナも、敢えてゆっくりと、自分の茶に銀のティースプーンを浸けた。こちらもスプーンの先から黒ずんでいく。

ライリーの表情が一瞬だけ翳《かげ》った。リリアナが上目遣いにライリーを窺うと、目が合う。ライリーは気遣わしげだが、リリアナは笑みを浮かべてみせた。

『わたくしのお茶も、飲めないようですわね』

「――残念だよ」

静かに告げられた最終通告に、侍女の体が小刻みに震える。警戒していた近衛の手によって、すぐさま侍女は拘束され、地面に膝をつかされた。

「で、殿下――っ！」

侍女が悲愴《ひそう》な声を上げる。ライリーは悠然と足を組んで侍女を見下ろした。

「君がしたのかな？」

「い、いえ、そんな、わ、私はっ……！」

「ん？」

華麗に浮かべられた笑みと裏腹に、その双眸は恐ろしいほど冷たい。

(乙女ゲームの殿下《ライリー》の片鱗《へんりん》が見えますわ)

リリアナは脳裏に、遠い記憶を思い出していた。ゲームの彼も、強かだった。ゲームの開始は七年後だが、既にこの時期から片鱗を見せていたらしい。

ライリーは侍女の弁明を待つが、彼女は今にも失神しそうでろくな言葉を話せない。嘆息したライリーは、ここで尋問することを諦め、侍女を投獄するよう指示した。近衛が衛兵を呼び侍女を引き渡すのを尻目に、ライリーはリリアナに向き直る。

二人の前から毒入りの茶菓子が回収され、新しいものが用意される。しかし、毒殺されかけた後に茶会を楽しむ気分にはなれなかった。

「ごめん。お茶会どころではなくなってしまった」

『わたくしは構いませんわ』

「ありがとう」

申し訳なさそうに眉を八の字にしたライリーだが、リリアナが首を振ると、心からほっとしたように肩から力を抜く。何か考えるようにしばらく黙っていたが、やおら尋ねた。

「リリアナ嬢。もし嫌でなかったら、今後はリリアナと呼ばせてもらっても良いかな」

予想外の台詞に、リリアナは目を瞬かせた。ライリーはリリアナとの距離を縮めたいらしい。むしろリリアナはライリーと距離を取りたいが、婚約者候補である以上、拒否するのも不自然だ。

『構いませんわ』

心底嬉しいと、ライリーは破顔一笑する。

「ありがとう、リリアナ。それから、私のことは今後、ライリーと呼んでくれ」

『お心遣い、ありがたく存じますわ、ライリー殿下』

「殿下はいらない」

何故ライリーが突然そんなことを言い出したのか、リリアナは分からず眩暈を堪えた。

『――ライリー様』

さすがに呼び捨ては憚られたリリアナが妥協案を示すと、ライリーは「今はそれで仕方がないか」と呟いた。リリアナは聞こえぬ振りをする。

「それで、だ。もしリリアナさえ良ければ、私の執務室に来ないか？」

『殿下――いえ、ライリー様の執務室でございますか？』

これまで、リリアナは王宮の応接間《サロン》にしか入ったことがない。茶会の時はもちろん、交流会も違う応接間《サロン》で行われる。ライリーの執務室があることは知っていたが、執務室に入ることを許されたのは、オースティンだけだった。最近では、リリアナの兄クライドも時折呼ばれているらしい。だが、婚約者候補ではリリアナが初めてだ。

珍しく言葉を失ったリリアナを力づけるように、ライリーは付け加えた。

「嫌だったら無理にとは言わないけれど」

リリアナは逡巡した。毒騒ぎのせいで茶会は終わるが、ペトラとの待ち合わせまで時間がある。それに、王宮内部の構造を知っておけば、今後の役に立つかもしれない。

（さすがに、乙女ゲームの設定資料集にも王宮の見取り図はございませんでしたし）

国盗りゲームや脱出ゲームであれば王宮の地図も必要だっただろうが、あくまでも恋愛を主軸とした乙女ゲームには不要な情報だ。

『是非、お願いいたしますわ』

答えたリリアナに、ライリーは顔を綻ばせた。

◇　◇　◇

ライリーの執務室は、応接間《サロン》とは違う棟にあった。王族の私的空間《プライベートスペース》と、官吏たちが働く棟との中間辺りに位置する。廊下を行き来する人も増え、リリアナの知る王宮とは随分と趣が違った。すれ違う文官が、リリアナを見て一瞬、驚いたような表情を浮かべる。そこでようやく、リリアナは不安を覚えた。

（お父様とお会いしてしまったら、どうしましょう）

父のクラーク公爵は宰相だ。当然、王宮が職場である。宰相という立場を考えても、ライリーの執務室近くで働いているに違いない。国王不在の今、王太子と頻繁に会っているはずだ。しかし、今更帰るとも言えない。緊張しながらも、リリアナはライリーを追う。

無事、父親に会わず執務室に到着すると、リリアナは安堵の息を吐いた。

「ここが、我が執務室《ここ》だよ。ああ、言い忘れてたけど、貴方のお父上は今、視察で地方に行っているから王宮にはいない。安心してくれ」

『――そうでしたのね』

リリアナは笑顔を取り繕う。考えていたことが顔に出ていたかと焦るが、表情が変わった自覚はなかった。ライリーが何か勘付いた可能性もあると、気を引きしめる。

執務室に入ったリリアナは、ライリーに勧められるがままソファーに腰かけた。ライリーは手ずから茶を淹れると、リリアナの前に座る。扉は完全に閉められず、ライリーは防音の結界を張った。手慣れた様子に、リリアナはライリーの暮らしに思いを馳せる。常に周囲の敵を警戒しているのだろう。ライリーは畏まった態度でリリアナに向き合った。

「良い機会だから、貴方に訊きたいんだ。私の婚約者候補という立場について」

リリアナは首を傾げる。婚約者候補から外れて欲しいというのならば、リリアナにとって吉報だが、仮にライリーが申し入れるなら、リリアナではなく、クラーク公爵のはずだ。案の定、ライリーは優しく真摯《しんし》な口調で、全く違うことを尋ねた。

「公爵は、婚約者候補になることについて何か仰っていた?」

『いいえ——特に、何も申してはおりませんでしたわ』

リリアナの答えは、嘘ではなかった。クラーク公爵は、婚約者候補から外れるなと遠回しに告げ、態度で婚約者候補から外れろと圧力を掛けているだけだ。明らかな『矛盾した命令《ダブル・バインド》』だ。リリアナに前世の記憶がなければ、混乱し、大きな心労《ストレス》を抱えたに違いない。ただでさえ、公爵はリリアナの恐怖や不安を煽る言動を執拗に繰り返していた。母親の態度も、リリアナの精神状態を悪化させる一因だ。幸いにも、リリアナは記憶を取り戻す前から感情の起伏がほとんどなく、情緒は安定していた——そこまで考えたところで、ようやく複数の点が繋がったように思えた。

（ゲームのリリアナは、魔物襲撃《スタンピード》に巻き込まれて恐慌状態に陥り、魔力暴走を起こしたのよね。お父様は、わたくしの魔力暴走を計画してらしたのかしら）

あまりにも荒唐無稽だ。しかし、魔力暴走は、精神状態が不安定になった時に起こりやすい。公爵がそれを見越していた可能性は、否定できない。

（お父様は、魔物襲撃《スタンピード》があることを、ご存じだった――？）

魔物襲撃《スタンピード》は予知できない。しかし、魔物襲撃《スタンピード》の後にすれ違ったクラーク公爵《父親》の呟きは、リリアナの仮説を裏付けているように思えた。

「リリアナ？」

黙り込んだリリアナに、ライリーが心配そうに声を掛ける。リリアナは慌てて微笑を浮かべ、何でもないと首を振った。

「そう？　それなら良いんだけど――無理はしていない？」

『滅相もございませんわ。お心遣い、ありがとうございます』

たおやかに否定するリリアナを、ライリーは複雑な表情で見つめる。リリアナの言葉を信じられないが、それを指摘する根拠がない、というところだろう。だが、リリアナにしてみれば、ライリーを信じて打ち明ける理由がなかった。求めることは婚約者候補の取り下げ、それだけだ。

「――何かあったら何でも言ってね。私にできることなら、いくらでも力を貸すよ」

『ありがとうございます』

王太子の申し出としては破格だ。親切心からの台詞はありがたく受け取るべきだろうが、そんな日が来ることはないと、リリアナは知っていた。

◇◇◇

ライリーとの面談を終えたリリアナは、颯爽《さっそう》と魔導省に向かった。

王太子毒殺未遂については、ライリーが処理を済ませると言う。リリアナも被害者だが、実質的な被害もなく、ライリーに一任することにした。だが、実行犯の侍女を取り調べたところで黒幕は突き止められないだろうというのが、ライリーとリリアナの見解だ。

前回と同じようにリリアナはペトラと合流し、今度は魔導士に絡まれることなく、副長官室に辿り着いた。どうやらベン・ドラコは仕事があるらしく不在だ。

「鍵、預かってるんだよ。これ、ナイショね」

片目を瞑ったペトラは、手慣れた様子で鍵を開けて中に入った。鍵を内側から掛けて、地下室に降りる。既に解呪の準備は整えられていた。

「持って来た？」

『ええ、こちらに』

リリアナは、見えないよう細工を施した鉢植えを机の上に置いて、魔術を解いた。

「花はないんだね」

『今は花と茎は枯れておりますが、球根が生きております。季節が廻《めぐ》りましたら、再び花を咲かせますわ』

「へえ」

ペトラは興味津々に鈴蘭を観察している。魔導士は薬草も扱うはずだが、ペトラは花に詳しくないらしい。リリアナが首を傾げていると、ペトラは苦笑した。

「本当は覚えなきゃいけないんだけど、どうもこの国の草花とは相性が悪いんだよね」

『まあ、そうなのですね』

草花との相性、とはリリアナの人生で初めて聞く言葉だ。ペトラは優しく付け加えた。

「ベンはそこら辺、完璧《パーフェクト》だよ。気持ち悪いぐらい知ってる」

ペトラは口が悪い。嫌悪している魔導士に対しては一際だ。だが、ベンに対する憎まれ口には優しさが籠っている。感情に疎いリリアナでさえ気が付くほどだ。

(ペトラに自覚がない様子が――なんとも申せませんけれど)

そんなことをリリアナに思われているとは全く思っていないペトラは、口笛でも吹きそうな様子で、解呪の準備を手早く始めた。先日はなかった石台にチョークで魔術陣を描き、中央に人型の白い紙を載せる。その紙は、リリアナの前世の記憶にはあった。だが、この世界で見たことはない。

『それは？』

「形代《かたしろ》っていう呪具の一種だよ。元々は東方式の呪術で良く使われていたけど、結構これが便利でね。人に見立てることができるんだ」

リリアナの記憶にある形代と同じ使い方だ。つまり、東方式の呪術は、陰陽道《おんようどう》や神道と似た形態を持つのだろう。意外と東方式の呪術も把握できるかもしれないと、リリアナは独りごちた。

(森羅万象は陰と陽に分類され、万物の生成消滅は陰陽に依るとする、ですわね)

東方式の呪術も魔術も、陰と陽に分類される木、火、土、金、水の五大元素を基礎とする。一方、西方式——即ちスリベグランディア王国とユナティアン皇国西部で使われている魔術は、火、風、土、水の四大元素から世界が成立すると定義している。

(東方式魔術の理解が難しい、と仰るのも当然ですわね。魔導士の多くは頭が四角くていらっしゃるようですから)

柔軟な思考ができれば、東方式の魔術も解明が進むだろう。リリアナはペトラ以外の魔導士を知らないが、以前ペトラに嫌みを言っていた男たちを思い出す限り、お世辞にも優秀とは言い難い。魔導省には、実力ではなく縁故で採用された魔導士が多いのだろう。

「東方式の呪具とか魔道具を使うと、ベン以外の魔導士連中がうるさいから、一人仕事の時しか使わないけどね。この国で魔術と呪術がなかなか発展しないのって、あの連中のせいだと思うよ」

相変わらず舌鋒《ぜっぽう》鋭く同僚たちをこき下ろしながら、ペトラは鈴蘭の鉢植えを形代のすぐ傍《そば》に置いた。小さな声で詠唱を唱え魔術陣に魔力を流すと、金色の光が柔らかく鉢植えを包む。それは、リリアナに掛けられた呪術を解析した時と同じ光だった。幻想的な光景に、リリアナは目を奪われる。

やがて、魔術陣の上に不可思議な文様が現れた。文様は様々に形を変える。

「単純な術だね。それほど難しくない。術者は特定できないけど、あんたに近しい存在か、あんたに関連している何かを使った、っていうのは確かだ」

『近しい、というのは、血の繋がりという意味でしょうか？』

「そう。魔力の質が近い」

リリアナは目を瞬かせた。可能性が高いのは両親のどちらかだ。普通であれば肉親に呪われたと嘆き悲しむところだが、リリアナは至って平然としていた。そんなリリアナを見やり、ペトラはニヤリと笑った。

「ほっとしたみたいだね」

『ええ。正直、想像しておりましたから。予想が当たって宜しゅうございましたわ』

「ほんと、全く年相応じゃないお嬢サマだよ」

ペトラは苦く笑って肩を竦める。リリアナの言葉が決して強がりではないと分かっている様子だった。むしろリリアナは、警戒対象が増えずに良かったとすら考えている有様だ。

「じゃあ、さっそく解呪しようか。術者本人には気付かれないようにする、で良い？」

『お願いいたしますわ』

「そこに立って」

リリアナはペトラに指示された通り、鈴蘭が置かれた石台の隣に立った。ペトラはリリアナを囲むように、新たな魔術陣を描き、白い水晶を四方に配置する。詠唱すると、先ほどと同じ金色の光に、白銀の光も混じってリリアナを包んだ。

「【汝の影を白き形代に遷《うつ》せ】」

その言葉が微《かす》かにリリアナの耳に入った途端、白い紙がふわりと空中に浮き、旋風《つむじかぜ》に巻き込まれた木の葉のように、ひらひらと舞う。ペトラが詠唱する度に、形代は縦横無尽に翻弄される。絡み合った糸が一つずつ解《ほど》かれるように、ペトラは呪術を無効化していった。リリアナの体に染みついていた術が引き剝がされ、一つの完成された術式となって形代に還《かえ》る。形代はあっという間に、赤紫色の文字に埋め尽くされた。

金と白銀の光は唐突に、霧が晴れるように消え去った。ぽとりと地面に落ちた形代は、ペトラの魔術で燃やされ浄化される。

「終わったよ。声、出る？」

形代を冷たく見下ろしていたペトラは、顔を上げてリリアナに尋ねた。表情はわずかに硬い。リリアナが本当に声を取り戻したか、不安に思っている様子だった。

リリアナは恐る恐る口を開く。半年間、決して出ることのなかった自分の声がどのような響きを持っているのか、記憶は既に薄れていた。

「――あ、」

掠れた声が出て、リリアナは思わず口を引き結ぶ。咄嗟にペトラを見れば、ペトラは満面の笑みを浮かべていた。茫然としていたリリアナは、ようやく言葉を紡いだ。

「声が、出ます、わ」

「よし、成功っ！」

ペトラの歓声がリリアナを遮る。半年ぶりの声は掠れていて聞き取り辛かったが、懐かしい感覚だった。徐々に実感が湧いて、リリアナの微笑が本物に変わる。

ペトラは喜びのあまり、飛びつくようにしてリリアナを抱きしめた。

「――っ!?」

触れ合いに慣れないリリアナの体は硬直する。しかし、戸惑いながらも、ゆっくりと持ち上げた両手をペトラの背中に回した。ペトラはリリアナから体を離し、リリアナの顔を覗き込む。「良かった」と小さく漏れたペトラの言葉が、リリアナの鼓膜を揺らした。

ペトラのように、感情の発露と共にリリアナに触れる人など居ない。家族はもちろん、マリアンヌは世話の一環として、ライリーはエスコートのためにリリアナに触れるだけだ。貴族はそういうものだと、リリアナは理解していた。だからこそ、初めて感じる人肌と純粋な感情に動揺する。リリアナのことで、これほどまで喜びを露わにする人は初めて見た。

心をざわつかせる感情に名前を付けられないまま、リリアナは微笑を取り繕った。

「ありがとうございます」

「気にしないでよ、十分金も貰ったし。正直、お嬢サマなら金がなくても解呪したけど」

ペトラが離れて、心許なさと共に安堵を覚える。衝撃が抜けた今、胸の奥がふわふわ温かくなるのを感じた。そわそわと落ち着かないが、頬が自然と綻んでいく。

(これが、嬉しい——ということなのかしら)

生まれて初めての感情に、持てる知識を総動員して名前を付ける。ペトラの会話に合わせながら、ようやくリリアナは一つの仮説に辿り着いた。

(きっと、わたくしは、ペトラが喜んでくれたことが嬉しいのですわ)

リリアナが声を失い解呪で声を取り戻したことは、ペトラにとって他人事《ひとごと》だ。他人《リリアナ》のことで他意なく喜ぶペトラを、リリアナは理解できない。解呪が成功して誇らしいのかとも思ったが、嬉しいという方が、ペトラの様子には相応しい気がした。いずれにせよ、表裏がないペトラの存在はリリアナにとって心安いものだった。

リリアナが、素直に心に満ちる喜びを噛み締めようとした時、頭に鋭い痛みが走る。単なる頭痛ではないそれに、リリアナは眉根を寄せる。ぞわりとした気持ち悪さが押し寄せ、リリアナは口元を手で覆った。同時に、心を満たそうとしていた歓喜が、波が引くように消え去る。しかし、後片付けを始めたペトラは気が付かない。幸いにも痛みは一瞬で治まり、リリアナは嘆息した。

(きっと、慣れない体験で疲れただけですわね)

自分を納得させ、リリアナはペトラの片付けを手伝う。とはいえ、解呪に使ったものはほとんどなく、あっという間に片付けが終わった。ペトラはどことなく浮き立っている。

「これで第一目標は達成したね。でも、声が出るようになったって、あの侍女サンにも誰にも言うつもりはないんだろ？」

「ええ、ございませんわ。まだ懸念事項がございますの」

乙女ゲームの筋書き《シナリオ》にある悪役令嬢《リリアナ》の破滅を回避する第一歩が、王太子妃候補から外れることだ。そのために声が出ない状態は必要だった。だが、ペトラには、政治的な絡みで自分の身が危険に晒されている、とだけ伝えている。アルカシア派や隣国など、有力貴族であるクラーク公爵の娘を弑《しい》そうとする勢力には事欠かないから、決して嘘ではない。ペトラはリリアナの返答に微妙な表情を浮かべたが、マリアンヌにだけは告げるべきだと諫《いさ》めることはしなかった。

「それじゃあ、これからは呪術と魔術のお勉強？」

「そうなりますわね。これからも是非、ご教授いただければ幸いですわ」

「うん、良いね。とっても良いよ」

ペトラは笑った。リリアナは、自分の身を守るために、魔術や呪術を極めたいとも話している。だから、ペトラの問いは自然だった。

「呪術好きなんて、滅多にいないからね。やっぱりこの国では魔術人気が高いし」

「確かに呪術は嫌厭《けんえん》されていますけれど、多少は居らっしゃいそうなものですのに」

「呪術士の地位なんて底辺だよ、底辺。そんなものに憧れる人間もいないしね」

呪術は、闇魔術を連想させるせいだ。ペトラは事実を淡々と口にするが、多少の口惜しさはどうしても滲んだ。

「だから、貴方は魔導士と名乗っていらっしゃるのですか?」

「そうだよ。一応魔術も使えるから、嘘じゃない。でも、あたしの本業は呪術さ」

リリアナの脳裏を、さんざんペトラを馬鹿にしていた魔導士の姿が過った。もしかしたら、ペトラが呪術を得意としていることも、魔導省での立場を悪いものにしているのかもしれない。異国出身の平民女性だから、という一言で片付けるには、あまりにも魔導士たちの態度は酷かった。

「呪術の奥は深そうですもの。学ぶことで新たな発見がありそうですわ」

「良く分かってるじゃん。今度許可が出たら、ベンの家にも連れてってあげる。魔導省よりも随分と良い道具と呪術書が揃ってんだ、あいつの家」

既に幾度となくベン・ドラコの家を訪問していると、爆弾を落としたペトラは、楽しそうな様子で茶用の湯を沸かし始めた。

声が出るようになってから、リリアナの日常は少し変わった。必要以上に人と接触せず、屋敷で魔術の練習をしたり、王宮でライリーと交流したりすることは変わらない。だが、そこに、魔導省でペトラから呪術を学ぶという時間が加わった。そして今日はとうとう、ベン・ドラコの屋敷へ招かれるという事態に直面している。

オルガが御者を務める馬車に揺られながら、リリアナは遠い目をした。目の前では、徹夜のペトラがうつらうつらとしている。普段はジルドも護衛として同行するが、今日は休みを取っていた。

（ベン・ドラコは、攻略対象者の兄ですのに――）

王太子ライリー、将来近衛《このえ》騎士となるオースティン、そして兄クライドに続き、ベン・ドラコの弟は四人目の攻略対象者だ。魔導省で会うならばまだしも、自宅を訪問すれば、彼の弟に会う可能性も高くなる。唯一の幸運は、招かれたのがドラコ家の本邸ではなく、仕事のためにベン・ドラコが購入した私邸という点だった。

（まさか、会うことはございませんわよね）

ベン・ドラコは、呪術で失われていたリリアナの声が無事に戻ったと知っている。その上、リリアナの魔術と呪術の才能、非常に多いらしい魔力量に、並々ならぬ関心を抱いていた。お陰で、リリアナもベン・ドラコの誘いを断り切れなかった。

(確かに、彼の魔術に関するお話はとても面白いのですけれど、熱量が凄《すご》すぎて――無詠唱の原理ですとか、わたくしの使う術の解説を求められても、ご理解いただける説明なんてできませんもの)

そもそも、前世の知識を活用して術式を構築したリリアナと、この世界しか知らないベン・ドラコでは、魔術体系の前提が異なる。結果だけを考えれば、リリアナは現在の魔術体系の効率化に成功したように見えるだろう。魔力消費量も減らし、詠唱を省略して魔術発動までの時間も短縮したからだ。だが、リリアナの使う魔術を理解するためには、前世の科学知識を理解しなければならない。数百年かけて積み重ねられた知識を伝えるなど、現実的に不可能だ。

リリアナを乗せた馬車は、王都中心部を抜け裕福な商人が住む一角に入った。もうじき、ベン・ドラコの私邸に着く。

(断った方が宜《よろ》しかったでしょうか――でも、手に入るはずのない呪術書や呪具があると伺えば、行きたくもなるでしょう)

破滅回避よりも、好奇心に負けたリリアナである。身を守るためには知識が必要、という大義名分を掲げても、結局、リリアナはペトラやベン・ドラコに負けず劣らずの、魔術と呪術愛好家《オタク》だった。

「もうすぐ着くよ」

いつの間にか起きていたペトラがリリアナに声を掛ける。リリアナは答えず、頷《うなず》いた。

馬車が停《と》まり、ペトラが扉を開ける。先に降りたペトラの手を借りて、リリアナも門の前に降り立った。ベン・ドラコの屋敷は、貴族たちが王都に構える屋敷よりこぢんまりとしていたが、裕福な商人のそれよりも随分と大きい門構えだった。造りこそ簡素だが、趣味良く庭も整えられている。副長官室の荒れ具合を考えれば、屋敷を管理する使用人たちの意識が高いことが容易に想像できた。

「ベンは頓着しないから、ポールが全部仕切ってるんだよね」

興味津々に屋敷を眺めるリリアナに気が付いて、ペトラが説明する。

「ポールさん？」

「そう。ベンの雇ってる家宰さん。ベンの乳兄弟なんだよ」

貴族でもない家で家宰を雇うのは珍しい。

「ベンは一応長男だからさ、家のこともしなきゃいけないんだけど、あの通りド が付く研究馬鹿だから。ポールが居ないと家のことが何も回らないんだって」

副長官としての仕事はどうにかこなしているらしいが、普段から研究をしたいと文句たらたららしい。家宰と言っても、使用人を束ねるという典型的な仕事ではなく、秘書が主業務のようだ。

ペトラは手慣れた仕草で門を開けて敷地に入る。庭は可愛《かわい》らしい花で統一されていて、ベン・ドラコのイメージにそぐわない。ペトラはリリアナの様子に気が付いて笑った。

「ポールの趣味が、前に来た時より強く出てる」

「――ポールさんという方は、可愛らしいものがお好きなのですか？」

「刺繍《ししゅう》とか恋愛歌劇《ラブロマンス》とか大好きだよ。この前なんて、五段重ねのケーキを作って食べさせられたって、ベンが青い顔してた」

ポールという家宰は有能だが少女趣味が濃いらしい。そんな彼渾身《こんしん》の庭を楽しみながら、二人は玄関に辿《たど》り着く。ペトラはドアノッカーも叩《たた》かずに、屋内に入った。玄関《ロビー》には大きな花瓶や押し花の額などが置かれ、可愛らしい雰囲気で統一されていた。繊細な飾りつけに、リリアナは目を奪われる。しかし、ペトラにとっては見慣れた光景らしく、彼女は二階に続く階段へ足を向けた。

「あ」

ペトラが間抜けな声を上げて足を止める。玄関正面《ロビー》の扉が開き、慌ただしく人影が飛び出て来た。筋骨逞《たくま》しい体を仕立ての良い御仕着《おしき》せに包んだ背の高い青年だ。

「ミューリュライネン殿、いらした時はお声掛けくださいと何度も申し上げました」

「別に良いでしょ、来客があったら大人しく別室に居るんだからさ」

「そういう問題ではございません」

渋い表情でペトラに苦言を呈した男は、リリアナに向き直ると優雅に一礼した。

「お初お目もじ仕《つかまつ》ります、私《わたくし》、家宰を務めておりますポール・パーセルと申します」

庭やホールの様子から、もっと女性らしい人物を想像していたリリアナは内心で呆気《あっけ》に取られた。だが、表情には出さず、微笑を浮かべる。

（このような筋骨逞しい方が、あのように可愛らしい庭を整え、五段重ねのケーキを作っていらっしゃるのね）

人は見かけによらないものだと内心で思いつつ、リリアナはペトラに視線を向けた。ペトラはリリアナの無言の要求を悟り、ポールにリリアナを紹介する。

「こちらはクラーク公爵家のリリアナ嬢。声が出ないから、気を使ってあげて。今後も、度々ここに来ることになると思うし」

「承知いたしました」

リリアナは瞬く。言葉が出ない芝居は継続するが、何度もベン・ドラコ宅を訪れる気はない。あっさりと外堀を埋めたペトラを、微笑《ほほえ》みの中に恨みを込めて見上げると、ペトラは得意げにリリアナを見下ろす。ポールは二人の無言のやり取りには気が付かなかったようだった。ペトラは、用は済んだとばかりに階段に向かうが、ベンが引き留める。

「お待ちください。お客人ではございませんが、今しばらくお待ちいただいた方が宜しいかと」

「誰か来てるの？」

「ええ――その、嵐が」

ポールは言い辛《づら》そうに言葉を濁す。ペトラはその比喩の意味をすぐに悟り、微妙な表情を浮かべる。

「あー……出直した方が良い？」

「いえ、いらしたのは二時間ほど前ですから。あと少しでお帰りになるでしょう」

「そっかー。それなら待っとこうかな」

ペトラの返答を受けて、ポールは先ほど自分が出て来た扉に二人を案内しようとする。

しかし、ペトラとリリアナが一歩踏み出したところで、物を殴るような派手な音が響いた。

二階の回廊に面した扉が乱暴に開き、まだ幼い少年の甲高い声が怒鳴る。

「兄貴の癖に親父面《おやじづら》すんな！　何も知らないくせに！　ただの研究馬鹿が、知ったように言うなよ！」

咄嗟《とっさ》にリリアナは声がした方向を見上げた。ポールがリリアナの視界の端で、顔の右半分を覆って俯《うつむ》く。ポールの言う『嵐』は、少年のことらしい。回廊から一階へと階段を駆け下りて来た少年の顔をはっきりと見て、リリアナは内心で瞠目《どうもく》した。

（――あら、なんてこと）

リリアナの記憶にあるその人はもっと成長した姿だったが、面影はある。この屋敷がベン・ドラコの私邸であり、恐らくベン・ドラコを『兄貴』と呼んだ状況から考えると、間違いなく少年は攻略対象者の一人だった。

「お坊ちゃん」

少年はリリアナを一瞥《いちべつ》して頬を紅潮させる。しかし、ペトラの顔を見ると、口をへの字に曲げて無言で玄関《ロビー》を突っ切ろうとした。

「ぐえっ」

素早く大股で歩み寄ったポールが、少年の襟首を引っ摑《つか》む。

「おい小僧、躾《しつ》け直してやろうか」

リリアナに配慮してか、低く早口で告げられた言葉は、生憎《あいにく》リリアナの耳にしっかり届いてしまった。紳士然としたポールだが、怒れば口が汚くなるらしい。少年は暴れるが、体格差もあり、親猫に首を咥《くわ》えられた子猫のようだ。少年の反抗も意に介さず、ポールはリリアナに向き直って殊更《ことさら》丁寧に頭を下げた。

「躾が行き届いておりませんで、誠に申し訳ございません。こちら、ドラコ家末男のベラスタ様でございます。ベラスタ様、こちらはクラーク公爵家がご息女リリアナ様でございます。——ご挨拶は？」

最後の一言はドスが利いていた。ポールの物騒な気配に危機感を覚えたのか、ベラスタは大人しくなる。自由になった襟首を撫《な》でながら、ベラスタは渋々と頭を下げた。

「——ベラスタ・ドラコです。宜しくお願いいたします」

やはり攻略対象者だ。ゲームのベラスタは魔術の才能を如何《いかん》なく発揮し、最終的には最年少で魔導省長官にまで上り詰めた。ベラスタの筋書《シナリオ》きでも、リリアナは最後は死を迎える。ベラスタに殺害されるか暗殺されるかの違いはあれ、避けたい未来だ。

不貞腐《ふてくさ》れるベラスタを見下ろしたポールの額に青筋が立つ。

「大変申し訳ございません。再度躾け直して参ります」

地獄から這《は》い上がるような声に、ベラスタの顔からは血の気が引いた。ポールが教育係の役割を担っていることにリリアナは驚く。

本人は嫌がっているが、今の内から礼儀作法を覚えた方が間違いなくベラスタのためだ。ゲームでベラスタは、優秀な兄に対する劣等感、負い目と後悔を、主人公《ヒロイン》との交流で乗り越える。その中で、魔導省長官になった彼は、貴族との慣れないやり取りに苦労していた。

そんなことをリリアナが考えているとは露知らず、ベラスタは、優美に微笑むリリアナを前に、顔を真っ赤にして硬直していた。視線が泳いでいる。

ポールは横目でベラスタを見下ろし、他の誰にも気が付かれないよう小さく鼻を鳴らした。ベラスタに別室で待つよう言いつけ襟元を正すと、改めてリリアナに向き直った。

「旦那様の部屋に御案内申し上げます」

「別にいいのに。場所知ってるし」

腕を組んで傍観していたペトラが言うが、ポールは頑として聞き入れない。

「私の仕事ですので。お客様を放置申し上げる訳には参りません」

ペトラは肩を竦《すく》めた。拘《こだわ》ることでもない。反論がないことを確認し、ポールは階段を先導する。回廊を少し歩き、重厚な扉の前に立つと、ポールは片眉を上げて扉の足元を睨《にら》みつける。ポールの視線の先では、重厚な扉の、ベラスタが蹴ったらしい部分が大きく凹《へこ》んでいた。

「魔力込めやがったな、あのクソガキ」

ポールの苛《いら》っとした表情には、そんな台詞《せりふ》が滲《にじ》み出ている。しかし、ポールはリリアナの存在をすぐに思い出し、空咳《からせき》を二、三度漏らした。何事もなかったように扉を叩く。

「旦那様、お客様がいらっしゃいました」

「ミューリュライネンとリリアナ嬢だよね？　通して」

「承知いたしました」

扉を開いたポールに促され、リリアナとペトラは室内に入る。室内は雑然としていたが、副長官室よりも整然としていた。ポールが管理しているからだろうと、リリアナは見当をつける。ポールと話したのは短い時間だが、ベン・ドラコに小言をぶつけながら整理整頓するポールの姿が目に浮かぶようだった。

椅子に腰かけていたベン・ドラコは、立ち上がってペトラとリリアナを出迎える。自宅に居るというのに、彼はローブを纏《まと》っていた。

「お茶をお持ちいたしますので、ソファー《そちら》におかけください」

何故《なぜ》か主人《ベン・ドラコ》ではなく、家宰《ポール》が取り仕切る。いつものことなのか、ベン・ドラコは文句も言わず、さっさとリリアナたちの対面に腰かけた。手早く茶の準備をするポールを眺めながら、ベン・ドラコが楽しげに笑う。

「この家にはポールしかいないからね。執事と侍従と秘書と御者をやってくれてるんだよ。時々、庭師と菓子職人《パティシエ》と、ついでに護衛も」

リリアナの予想より仕事が多い。しかも、皆当然のことのように平然としていた。

「私の体は一つしかないと常々申し上げております。ご自分のことはご自分でなさってください」

「またあのお菓子食べたいな、ババ？　だっけ」

「――ラム酒かキルシュヴァッサーを購入すれば作れますよ」

ポールの苦情はあっさり無視して、ベン・ドラコが菓子をねだる。ポールは素っ気なく答えた。

『ババ』という菓子は、リリアナも食べたことはない。だが、ラム酒かキルシュヴァッサーと言われて思いつく菓子はサヴァランだ。ラム酒はサトウキビ、キルシュヴァッサーはサクランボを原料とした蒸留酒で、紅茶味のシロップを染み込ませ冷やしたブリオッシュに掛けて食べる。前世の記憶でも、サヴァランは元々『ババ』と呼ばれていた。

（ベン・ドラコはお酒がお好きなのでしょうか）

乙女ゲームにベン・ドラコの設定は全く出ていなかったが、酒が苦手な人はサヴァランも好まない。いずれにしても、この屋敷では、スリベグランディア王国で滅多に見ない菓子が作られるようだった。

ポールは茶菓子をリリアナたちの前に置くと、頭を下げて退室する。足音が遠ざかってから、ようやくペトラが口を開いた。

「あの扉、凹んでたけどどうすんの」

「あー、あれねー。ベラスタがやっちゃったんだよね。感情が荒ぶるとすぐに物理に訴えるの、止《や》めた方が良いよって言ったら、更に怒っちゃって」

「怒らせて楽しんでるんでしょ」

「可愛いよね、年の離れた弟って。反抗期だけど」

あ、妹も可愛いよ、とベン・ドラコは悪びれない。無言で二人の会話を聞いていたリリアナは、ベンの言葉にわずかに首を傾《かし》げた。妹——という言葉に引っかかる。リリアナの反応に気が付いたのはペトラだった。

「ああ、さっきのベラスタって双子でさ。姉貴のタニアってのも居るんだよ」

「ドラコ家《うち》の一番下の子たちで、皆可愛がってるんだよ」

「まあ。可愛らしいのですね」

　リリアナに同意を貰《もら》えて嬉《うれ》しいらしく、ベン・ドラコは「そうなんだよ」と満面の笑みだ。リリアナは微笑ましいと言いたげな表情を作るが、タニアという名には覚えがあった。

（タニア・ドラコ——忘れていましたわ）

　乙女ゲームのベラスタの分岐《ルート》で、タニアはヒロインのライバル役として登場する。だが、リリアナと違って悪役ではない。ベラスタとのエンディングを迎えるためには、タニアの好感度も上げなければならない。タニアとうまく切磋《せっさ》琢磨《たくま》すれば、タニアとの友情エンドも迎えられる。

「それで、今日の予定なんだけど」

　ペトラが本題に入った。ベンは了解していると頷く。

「大丈夫。全部準備してるから」

「宜しく」

リリアナは、この屋敷で呪術の実技をするという話しか聞いていない。公になれば焚書《ふんしょ》となる呪術書を、ベン・ドラコは優先的に保管しているそうだ。魔導省では憚られる研究も、この屋敷では心置きなく実施できる。更に、魔導省長官ニコラス・バーグソンとクラーク公爵の交流も、リリアナの懸念事項だ。リリアナが頻繁に魔導省を訪問することで、妙な疑惑を持たれないようにする意図もあった。

「それじゃあ、始めようか」

ベン・ドラコとペトラが立ち上がる。リリアナは二人を追って、隣室に通じる分厚い扉を潜《くぐ》った。

◇◇◇

リリアナたちがベン・ドラコの部屋で呪術講義を始めた時、一階にはポールとベラスタが居た。椅子に座って畏《かしこ》まるベラスタを、腕を組んだポールが見下ろす。

先ほどは素を出してしまったものの、基本的に、ポールは客人の前では家宰としての立場を崩さない。主従関係もきっちりと守るようにしている。しかし、ポールはベン・ドラコの乳兄弟でありベラスタにとってはもう一人の兄だった。

「さっきの態度は一体何だ。相手が公爵令嬢ってこと以前に、人としての礼儀がなってないぞ」

「――だって、あの二人だってオレじゃなくて、兄貴に会いに来たんだろ」

「それと挨拶とは全く別の話だろう」

ポールは溜息《ためいき》を吐《つ》く。ベラスタは唇を引き結んで俯いてしまった。

六歳になったばかりのベラスタが、年の離れた長兄に複雑な感情を抱いていると、ポールは気が付いていた。そのせいで一般より早めの思春期を迎えている末子に、ドラコ家の大人たちは手を焼いている。そのため余計にベラスタは苛立っているのだが、ドラコ家は研究者肌の人間が多いばかりに、少年の繊細な心を理解できない。

(タニアも、あんな性格だからな。ベラスタとは正反対だ)

繊細なベラスタに対し、タニアは豪胆だ。言葉も達者で、大人相手に引けを取らない。ポールにとっては生意気な少女だが、年取ってから生まれた娘を、年長者たちはただただ可愛がっている。一方、ベラスタは考えや感情を表現することが得意ではない。双子であるにも拘《かか》わらず、現時点で二人の性格は大きく違った。そして、我《が》が強い女性に囲まれたベラスタは余計に鬱屈している。ポールは思わず遠い目をした。

(まさか、王太子の婚約者候補に一目惚《ひとめぼ》れするとはな……自覚はなさそうだが)

初心《うぶ》な末弟が清楚な少女《リリアナ》に見惚《みと》れ、緊張のあまり頭が真っ白になったことにも、ポールは気が付いていた。しかし、自覚はさせない。幼い少年の心をいたずらにまどわす趣味はなかった。

「それに、扉をへこませるのも止めろって言ったよな」

「扉があるからいけないんだ」

「足で蹴るな、足を魔術で強化すんな。何でもかんでも魔力を使うから、魔力制御を毎日ちゃんと練習しろって言われてるんだろうが」

「……できるようになって来てたんだ、最近は上達したって先生だって」

言ってた、と蚊の鳴くような声でベラスタは漏らす。まだ幼さの残る頬をぷくりと膨らませて俯いた。ベン・ドラコが優秀だからこそ、一層もどかしいのだろう。ベラスタの母はそんな末息子の様子を見て、天使だと相好を崩し絶賛する。それも、ベラスタは嫌で堪《たま》らないようだった。

「感情が荒れて制御ができなくなるなら、それはまだ練習不足だってことだろ」

ポールの指摘はもっともだった。自覚があるからか、ベラスタは膨れっ面のままだ。

ポールは頭痛を堪《こら》えるように、こめかみを人差し指で押さえた。

「それで、今日は何の話をしに来たんだ？　最近じゃお前、ベンに用がないと来ないよな」

「――別に、大したことじゃないんだ、けど」

ベラスタは言葉を濁す。ポールは辛抱強く待った。やがて、ベラスタは小さな声で打ち明ける。

「タニアが――魔術の勉強、本格的に始めるって、聞いて」

ポールは納得した。タニアは早々に魔力制御を覚えた。だから、魔術の勉強に本腰を入れると決まった。それが劣等感を刺激し、多感な年頃の少年が抱え込んでいた鬱憤を爆発させたのだろう。

ドラコ家では、年齢に応じた教育ではなく、本人の能力や資質にあわせた教育課程《カリキュラム》を組む。特に魔術や呪術に関しては、その傾向が強い。魔力制御ができるようになれば専門の家庭教師が雇われる。稀代《きたい》の天才と言われるベン・ドラコは、五歳の時に専属の家庭教師が付いた。一般的に魔力制御を習得する年齢は十歳前後と言われているから、ベン・ドラコの凄さが分かるというものだ。

「自分も家庭教師を付けて欲しいと言ったのか？」

「――駄目だって言われた」

そりゃそうだろうな、とポールは遠い目になるが、ベラスタは悔しそうだ。

ベン・ドラコは一族の中でも一際《ひときわ》研究家気質で、他人に関心がない。彼なりに家族を大切にしているし、末の弟と妹には特に目を掛けている。しかし、その想《おも》いが正確に伝わっているかと問われたら、ポールは首を傾げる他なかった。ベン・ドラコは、口は良く回る癖に余計なことしか言わないし、決定的に言葉が足りない。その上、天才であるが故に、凡人の気持ちを理解できなかった。ポールですら時折、勘違いしたり腹が立ったりする。

それでも、年を重ねて多少マシになった。

ベラスタは、目を真っ赤にして歯を食い縛っている。ベンに断られた悔しさを思い出しているようだ。ポールは、ベラスタの自尊心を傷つけないように溜息を堪えた。

「俺は魔術は得意じゃないが、魔力制御ができない理由は三つある、と聞いたことがある」

ベラスタは目を瞬かせて顔を上げ、初めて真正面からポールの顔を見た。泣くのを我慢していたのか、薄《うっす》らと涙が滲んでいる。ポールも正式に学んだわけではなく、酒の肴《さかな》にベン・ドラコから聞いた豆知識だ。ドラコ家では常識で、話題にすら上らない。タニアも家庭教師から学ぶことになるはずだ。

「一つは、元から適性《センス》がない。もう一つは、攻撃魔法が得意。最後に、魔力量が膨大」

ポールの予想通り、ベラスタは大きな目を更に大きく見開いた。やっぱり教えてなかったなあの研究馬鹿、と内心で乳兄弟に毒づきつつ、ポールは何食わぬ顔で続けた。

「お前がその内のどれかは知らんが、一般的には魔力制御ができるようになるのも十歳前後らしいし、お前はお前のペースで良いんじゃないか」

ベラスタは小さく頷く。多少立ち直ったものの、完全には納得できていないらしい。だが、これ以上ポールには説得材料がない。あとはベラスタが自分で乗り越えるべきだ。優秀な家族を持つと大変だと、ポールは内心でベラスタに同情した。

「取《と》り敢《あ》えず、こっちに来い。帰りの馬車を呼ぶから、クッキーでも食って待っとけ」

「――クッキー、また作ったの」

いそいそと椅子から立ち上がったベラスタは呆《あき》れてみせた。しかし、その顔は期待を浮かべている。

「作りすぎたんだよ」

「またストレス？」

「言うな」

ベラスタは、苦々しいポールの声音に何を察したか、気の毒そうになった。

ベン・ドラコが研究に没頭すればするほど、ポールの仕事は増える。家事だけでなく、ベンから指示される仕事——例えば遠い国にしかない特殊な薬草や鉱物、書物の手配に忙殺され、睡眠時間と精神力が削られるのだ。そのような状況が長く続くと、ポールはストレス解消と称して大量の菓子を作る癖があった。

「クッキーで済んでる内に、兄貴が正気に戻ってくれたら良いね」

「五段重ねのケーキ、作ったらまた呼ぶから食えよ」

「やだよ。しばらく生クリームは食いたくない」

うえ、と顔を顰《しか》めるベラスタに年相応の表情が戻ったことを確認し、ポールは乱暴に少年の頭を撫でる。ベラスタは首を振って嫌がり、ポールより先に台所《キッチン》へ向かった。

◇◇◇

リリアナが招き入れられた部屋は、非常に広かった。屋敷の外観や回廊の大きさからは考えられない。書物や魔道具、呪具が、天井まである棚に所狭しと押し込められ、棚の前にも用途の分からない道具が積み上がっている。それでも、部屋には十分な余裕があった。

ベン・ドラコはさっさと部屋の鍵を閉め、広いテーブルの前に立つ。

「ここ、魔術で拡張してるんだ。この部屋に入れるのは魔力を持ってて、かつ僕が許可した相手だけだよ。ちなみに、許可を出してない人間には、この部屋の扉自体見えない」

にこやかなベン・ドラコは自慢げだ。どうやら渾身の部屋《作品》らしい。

「驚きました」

リリアナは素直に告げた。その返答に満足したベン・ドラコは詠唱する。その途端、テーブルの上に大小の地図が現れた。大きい地図にはスリベグランディア王国が、小さな地図には王都と周辺が描かれていた。地図の上には、十数ヵ所に親指程度の矢、四ヵ所に一回り大きな矢が突き刺さっている。無言で見つめるリリアナに、ベン・ドラコは解説を始めた。

「小さな矢は、ここ一年で、本来現れないはずの魔物が出現した場所。大きな矢は、魔物襲撃《スタンピード》が発生した場所を示している」

リリアナはわずかに目を見張った。確かに、およそ半年前にリリアナが魔物襲撃《スタンピード》に遭遇した街にも、大きな矢が突き刺さっていた。矢が刺さっている場所はどこも街道か街道沿いの街だが、共通点は見当たらない。敢えて言えば、深遠な森が近い。しかし、魔物襲撃《スタンピード》が発生していない場所でも該当する街はある。

ペトラは無表情だ。更に、ベンは魔術で数冊の書物を棚から取り出し手元に引き寄せた。

呪術と魔術に関する書籍だ。だが、酷《ひど》く古い上に、遠い異国の言語も含まれている。

「それで、今回の授業はコレ。授業といっても、ほとんど研究だけどね」

「――研究、ですか」

リリアナは首を傾げた。魔物襲撃《スタンピード》と呪術がどう重なるのか、見当がつかない。ベン・ドラコの説明を、ペトラが補足した。

「あんたの発想って面白いからさ。それに、あたしもそうだけど、魔物襲撃《スタンピード》の現場に居たあんたが居れば、新たな発見があるかもしれない」

ペトラの発言は意味深だ。もしかしたら、リリアナが最高位の光魔術で魔物襲撃《スタンピード》を制圧したと気付いているのかもしれないと、リリアナの背筋を冷たいものが走る。しかし、追及されないのを良いことに、リリアナは気付かない振りを貫くことにした。

ベン・ドラコがペトラに同意を示す。

「ここ一年、魔物の数が異常でね。これまで出現しなかった場所にも出てるし、魔物襲撃《スタンピード》の数も被害も、スリベグランディア王国建国以来、最悪だ」

異質な出来事には必ず原因がある。そこで、魔導省は、魔物退治と合わせて原因究明に乗り出した。しかし、芳しい成果は出ない。

「その上、これは自然発生的なものであるって報告書を提出して、終わりそうなんだ」

普段は飄々《ひょうひょう》としている彼には珍しく、はっきりと侮蔑の表情を浮かべた。リリアナは目を瞬かせる。

「つまり、対症療法で凌《しの》ぐということでしょうか」

「その通り。本当馬鹿だよね、魔導士の風上にも置けないよ」

ベン・ドラコは笑いながら告げるが、目が全く笑っていない。どうやら魔導省内で対立があったようだ。ベン以外の魔導省高官は自然発生的な事象という判断を崩さず、ベンを筆頭とした若手が調査すべきと反発しているらしい。苛っと彼は吐き捨てる。

「原因が分からない限り、被害はなくならないってのにね。最高位の光魔術以外の対応策を見つけるべきなのに、その提言すら無視されてるんだから、やってられないよ。何らかの政治的意図があるのは想像がつくけど、そんなに権力って大事か？　まあ、若い奴《やつ》らは諦めて自主的に研究を始めたみたいだから、見所はあるけど」

魔物を消滅させられる唯一の方策は、最高位の光魔術だ。しかし、使える人間が限られ、実行するにも制約がある。現状を考えると、ベン・ドラコの考えは理に適《かな》っていた。できれば、魔力がない者にも使える対抗策を確立することが望ましい。

リリアナとペトラが同意したことを確認し、ベン・ドラコは気分を切り替えたようだ。声音が普段通りに戻る。

「というわけで、ミューリュライネンにも手伝ってもらって研究はしてたんだけど、限界が見えてね。せっかくだから君も巻き込もうってわけだ。新たな風ってことだね」

「承知いたしました。できるだけ早急な、原因追究が重要ですわね」

「話が早くて助かるよ」

魔物襲撃《スタンピード》で犠牲になるのは、発生地周辺に住む庶民だ。その上、魔物襲撃《スタンピード》の発生間隔は徐々に短くなっている。魔導省が巻き込まれているらしい権力闘争など気に掛ける余裕はない。

「一応、可能性は幾つか見当をつけている。一つは、魔王復活の予兆。もう一つは、人為的な要因。まず一つ目だけど――、魔王が王都に封印されてるって話、知ってる？」

「えっと――おとぎ話だと、思っておりましたが――」

リリアナは一瞬頬を引き攣《つ》らせたが、すぐに困惑を浮かべてみせた。

（突然、重大な秘密を打ち明けて来ましたわね）

魔王が王都に封印されているという話は、一般的には単なる物語だ。魔の三百年を終わらせスリベグランディア王国を建国した三人の英雄のように、事実に近い伝承だという者もいる。ただし、史実として扱われる三傑と異なり、魔王の封印は信じられていない。だが、リリアナは魔王の封印が現実だと知っていた。乙女ゲームでは、それが重要な要素《ファクター》となっていたのだ。実際に、全攻略対象者の結末《エンディング》をクリアした後、二周目以降の攻略対象者として、魔王は出て来る。

（でも、タイミングが早すぎますわ）

魔王の封印が解けるのは乙女ゲーム開始後、つまり、少なくともあと六年経過した後だ。それまで時間を稼がなければ、何もかもが間に合わない。内心で動揺するリリアナには気が付かず、ベン・ドラコはあっけらかんと言った。

「うん、そう思うよね。でも事実なんだよ。あ、国家機密だから誰にも言わないでね」

「え、ええ、もちろん――申し上げませんけれども」

リリアナは表情を取り繕う。国家機密を突然打ち明けられた少女に相応《ふさわ》しい態度になっているはずだ。戸惑いを隠さずペトラを見上げると、ペトラは苦笑交じりにベンを見ていた。どうやら、ペトラは魔王が封印されていることを知っていたらしい。

「魔王復活の予兆って、つまりは封印が弱まっているっていうことなんだよね。封印が弱まれば、魔の源となる気が世界に充満し始める。その気が濃くなると瘴気《しょうき》って呼ばれるわけだけど、更に一定の濃度を超えると魔物が生まれるんだよ」

ただし、とベンは続けた。

「実際に魔王が封印されている所に行ったんだけど、封印が原因ではないみたいなんだよね。経年劣化で所々、術に綻びは見られたけど、魔物が異常発生するような状態じゃなかった。だから、恐らく他の要因だと思う。例えば――人為的な」

「人為的に魔物を生み出すことができるのですか？」

人が魔物を生み出せるというのは、リリアナも初耳だった。普通に考えれば、魔王の封印が解けない限り発生しない瘴気を作り出すなど、できるわけがない。言外にそう告げれば、ベンは満足そうに頷いた。

「さすが僕たちが見込んだだけのことはあるね。その通りだよ。普通なら、瘴気なんて作り出せるはずがないんだ。理論上は可能だけど、事実上、不可能なんだよね」

「理論上は可能なのですか？」

「魔王の封印が解けること以外で瘴気が何から生まれるか、知ってる？」

問われたリリアナは沈黙して考える。これまで読んだ書物にも答えはなかったが、ベンの話を聞けば、答えは自《おの》ずと導き出せた。

「魔物、でしょうか」

「半分正解で、半分ハズレ」

惜しい、とベン・ドラコは首を振る。その表情は、いつしか真剣なものになっていた。

「憎悪、悲哀、絶望――人間の負の感情が行き過ぎた時に、瘴気の素《もと》となる気が生まれると言われている」

「負の感情――」

リリアナは反芻《はんすう》した。東方では、怨恨や憤怒によって邪気を引き込み、人が鬼になる話が数多《あまた》ある。ベンが話す魔物の誕生も似たものかと、リリアナは思い至った。

「ただ、魔物が生まれるほどの気ともなると、普通の人間では無理なんだよね。人間って脆弱《ぜいじゃく》だから、瘴気になるほどの負の感情を抱けば、すぐに狂死する。魔力が多ければ可能性はあるけど、人間が持つ魔力の上限量を考えると、やっぱり魔物は生み出せない。万が一、いや、億が一くらいはスライムができるかもしれないけど、まあ難しいよね」

スライムも魔物の一種だが、人間の脅威ではない。ペトラも真剣だ。

「だから、瘴気を発生させるのに、呪術か魔術を使ったんじゃないかって考えたワケ」

二人の仮説が立証されたら、ここ最近頻発している魔物襲撃《スタンピード》が人為的なものである可能性が高くなる。当然、魔導省の調査が不自然に打ち切られたことも関連するはずだ。だから、ベンもペトラも秘密裏に調査することにしたのだろう。リリアナの気が引き締まる。

「どのような呪術や魔術が使われたのか、見当は付いていらっしゃるのでしょうか」

「いや、全然」

ペトラは首を振った。リリアナがベンに顔を向けると、彼は肩を竦める。

「魔物が発生したのは森だと考えられている。ただ、森の中に術の反応はなかったんだ。元々存在してなかったのか、発見される前に撤去されたのかは分からない」

少し考えて、リリアナは一番近くにある書物を手に取った。呪術に関するもので、東方から取り寄せたものだ。呪術はユナティアン皇国東部以東で頻用されている。そのせいか、書物は最初の数頁《すうページ》でリリアナの知識を凌駕《りょうが》していた。

「スリベグランディア王国《このくに》の呪術研究は全く進んでないから、東から情報を仕入れるしかなくてね。でも、膨大すぎて、理論体系を理解するだけで随分と時間を食ったよ」

ペトラが苦笑交じりに言う。リリアナは索引と目次からおおよその当たりを付け、記述に目を通す。そして可能性はあると判断した上で、一つの仮説を披露《ひろう》した。

「呪術と魔術を組み合わせたと考えることはできますでしょうか」

「例えば？」

ベン・ドラコは全ての内容を頭に叩き込んでいるらしく、面白がる顔で腕を組んだ。一方、ペトラはまだ読んでいない書物があるらしく、適当な一冊をぺらぺらと捲《めく》っている。

リリアナは書物を卓上に戻し、顎に指を当てる。

「そうですわね。例えば人に恐怖を与え、生まれた気を増幅させる、ですとか」

「恐怖を生み出すのが呪術で、増幅させるのが魔術ということかな？」

「ええ。もしくは、その逆でも」

ふむ、とベン・ドラコは頷く。ペトラは「それはあり得るね」と感心した様子だ。どうやら、ベン・ドラコはリリアナと同じことを考えていたようだった。

「それなら、課題は大まかに三つだな。負の感情をどうやって集めたのか？　増幅させた方法は？　増幅させた上で、どうやって魔物を生み出したのか？」

そもそも、瘴気から魔物が生まれるということはほぼ明らかでも、具体的な発生機序は明確でない。三人は顔を見合わせた。

情報は書物のみで、具体的な証拠も研究成果もない。推論を組み立てたところで、机上の空論だ。真相に辿り着くのは難しいだろう。リリアナは自然と一つの結論に至った。

「今後、魔物襲撃《スタンピード》がありましたら、即座に実地調査へ向かうべきですわね。魔導省や騎士団よりも先に」

「同感」

リリアナの提案にペトラも頷く。三人が魔物の異常発生を調査していると魔導省や騎士団に知られたら、横槍《よこやり》が入る可能性がある。証拠を隠滅されては元も子もない。

ベン・ドラコは、リリアナが言い出すのを待ち構えていたらしく、会心の笑みを浮かべた。ポケットから小さな石を取り出し、二人に差し出す。

「そう言うだろうと思ってね。これを僕たち三人で持つことにしよう」

「これは？」

石を受け取ったリリアナは首を傾げた。宝石のようだが、宝飾品ではない。ベンはあっさりと「魔導石だよ」と答えた。

「正確に言えば、普通の宝石に術式を組み込んだ。これを使えば遠方でも連絡を取り合える。三人の魔力にだけ反応するようにしてるから、他人に悪用される心配はないけど、また作るの面倒だから無くさないようにしてね」

組み込まれた術式に見覚えがあり、リリアナは一瞬躊躇《ためら》った。記憶を探るまでもない。似た術式を使った国宝級の魔道具は、今もリリアナの手首にある。ライリーとの念話《テレパシー》を可能にする腕輪《ブレスレット》だ。つまり、腕輪《ブレスレット》を作った人物はベン・ドラコで、彼は更に開発を進め、双方向の音声通話を可能にしたのだ。

「――分かりましたわ」

リリアナは言及せず、素直に頷く。ちらりと横目でペトラを窺《うかが》えば、彼女はうんざりとしていた。終業後も上司《ベン・ドラコ》から連絡が来る状況が嫌なのだろう。

「これがあれば、お二方が魔導省の柵《しがらみ》で動けない時も、わたくしが対応できますわね。魔物襲撃《スタンピード》の発生は、魔導省ではどのように管理されているのでしょう」

「さすがに公爵令嬢に無茶をさせるつもりはないよ。魔導省は、基本的に事後報告だね。国土全体を常時監視するには、人手も魔力も足りない」

「騎士団の方が報告は早い、ということでしょうか」

「似たようなものじゃないかな？」

　多少は騎士団の方が情報は早いかもしれないが、いずれも事後報告であることに変わりはない。魔導省や騎士団がすぐに対応できない現状はあまりにも魔物襲撃《スタンピード》に対して脆弱だ。言いかえればリリアナたちが彼らより先に現場へ到着することも可能ということだった。

リリアナもペトラも転移の術を使えるため、移動は大した問題ではない。

　ペトラやベンも重々承知しているようで、重い溜息を吐いた。ペトラが苦く言う。

「最高位の光魔術を使える魔導士、それから魔物に対抗し得る魔導騎士が現場に居ないと、結局は街が壊滅して終わりだからね。今のところ、他の街に被害が及ばないように食い止められてはいるけど、その体制もいつまで持つか分かったものじゃない」

　ベンもその通りだと頷いた。

「魔物襲撃《スタンピード》の発生場所と規模は、瘴気の様子である程度把握できるけど、時期の予測は無理なんだよね。あと半刻程度で魔物襲撃《スタンピード》が起きるってことしか分からないから、対処のしようがない」

　黙って二人の話を聞いていたリリアナは、一つの仮説を思いついた。

（空気と同じように瘴気の成分を分析すれば、正体が分かるのではないかしら）

元素まで分解して普通の空気と比較し、異常な成分を特定できれば、その成分が毒の可能性がある。もっとも、複数の成分が組み合わさって初めて毒性を発揮することもあるだろう。そして、特定した成分が魔物襲撃《スタンピード》を引き起こす濃度の閾値《いきち》を見つければ良い。

（今度、魔物襲撃《スタンピード》があれば、瘴気を分析できるか試してみましょう）

そして、無毒化の方法をリリアナが術式に書き起こし、ペトラとベン・ドラコに一般化してもらえば、実用化もできるだろう。今は時期尚早だが、術式を作った暁には提案しようと、リリアナは心が浮き立つのを感じた。

◇　◇　◇

王太子の執務室で、ライリーは魔導省の報告書に目を通していた。痛む頭を片手で押さえる。国王が病に臥《ふ》せ、王太子《ライリー》も成人していない今、決裁は宰相が担っていた。以前よりはライリーの元に来る書類も増えたが、今確認している報告書は、仕舞い込まれていたものを文官に命じ運ばせたものだ。

「魔物襲撃《スタンピード》は自然発生的なもの故に調査は中止、か――」

書類には魔導省長官ニコラス・バーグソンの署名もある。重要度によって署名する役職が異なるが、長官と宰相の署名があるということは、最重要の書類である証明だ。更に、報告内容の精度も高いと判断される。昔のライリーならば不思議に思いながらも、有識者の見解ということで自らを納得させただろう。だが、先王の『負の遺産』について聞いてから、疑念をそのままにしておくことができなくなっていた。

「本気か？　このまま規模が拡大すれば、被害は悪化するだけだろうに」

魔物襲撃《スタンピード》の増加と拡大について、何の解決策も取られていない。申し訳程度に付け加えられた対策は「主要街道における騎士団あるいは衛兵の増強」であり、全く現実的ではなかった。

「王立騎士団にも魔物討伐に特化した騎士は少ないから派遣できないし、各領地の諸侯に要請しても反発されるだけだぞ。それに、諸侯の騎士は大半が農民だ」

諸侯が有する騎士は、魔物討伐の訓練を積んでいない。実質、最高位の光魔術を使える魔導士以外の対抗手段は、王立騎士団の魔導騎士くらいだった。

「これを、クラーク公爵《宰相》が了承したのか？」

ライリーは違和感を拭えなかった。提出された報告書とは別に対応策を考えていると信じたいが、疑いは晴れない。次に宰相と会った時に確認しようと、ライリーは書類を卓上に置いて立ち上がった。

気分転換に壁に掛けた愛剣を手に取り、剣の型を練習するため部屋を出る。騎士団に入ったオースティンは忙しいようで、ライリーの鍛錬にあまり付き合ってくれない。少しよそよそしさを感じて寂しいが、成長したのだから当然だとライリーは自分を戒めた。それに、ライリーもオースティンに隠し事をしている。そのせいで、引け目を感じてもいた。

だが同時に、自分のすぐ傍《そば》にオースティンが近衛騎士として控えるようになれば楽しいだろうと、将来が楽しみだった。

回廊に差し掛かった時、ライリーは反対側から歩いて来る人物に目を留めて、歩調を緩めた。今年二十九歳になる国王《ホレイシオ》の異母弟だ。ライリーは内心で顔を顰めながらも、穏やかな微笑を浮かべてみせた。

「珍しいですね、フランクリン叔父上。王宮にいらっしゃるのは随分と久しぶりでは？」

「異母兄上《あにうえ》が病に臥されたと聞いてな。昔馴染《むかしなじ》みに会うついでに、様子伺いに来たのさ」

大公フランクリンは、先王の庶子だ。女性に好かれそうな甘い顔立ちにすらりとした長身で、昔から数多の浮名を流している。根っからの遊び人で、先王には全く相手にされなかった。一時期は王立騎士団一番隊にも所属していたが、それも女性からちやほやされるためだったと言うから、実力主義である七番隊の面々には今でも非常に受けが悪い。現在も独身のまま、王都から離れた王家直轄領の屋敷で悠々自適に暮らしている。彼の言う昔馴染みが愛人であることは明らかだ。恋人との逢瀬《おうせ》の方が異母兄の容体よりも重要と言わんばかりの態度に、ライリーは溜息と、湧き起こる苛立ちを堪えた。

「そのまま領地へお戻りになられるのですか？」

「戻った方が、お前には都合が良いか？」

フランクリンは意地悪く笑って質問で返す。王太子はライリーだが、フランクリンも王位継承権を持っている。血筋の正統性はライリーに利があるが、年齢はフランクリンの方が王位に近しい。それを承知した上での嫌みだった。だが、その程度で動揺するライリーではない。ライリーは苦笑して肩を竦めた。

「まさか。普段でしたら、王宮にもお立ち寄りにならず、真《ま》っ直《す》ぐご自宅へお戻りになられますので。今回はどうなさるのか、と思ったまでですよ」

途端にフランクリンは気まずそうな顔になる。彼が王族の務めを放棄して遊び呆《ほう》けているのは周知の事実だ。自覚はしているらしいと、ライリーは叔父の反応から悟った。

「先王《ちちうえ》も居《お》らず、異母兄上もこのような状況ではな。お前も苦労するだろうと、まあ、俺でも居た方が助けになるんじゃないかと思ったまでだ。不要であればとっとと領地に戻っても良いが——相談相手にはなれるだろう」

「お心遣い感謝申し上げます。しかし私は大丈夫です。優秀な臣下がおりますので」

「ふん、先王《ちちうえ》の代から政治を牛耳っている古狸《ふるだぬき》共がな」

フランクリンは鼻を鳴らした。ライリーは誰にも気付かれない程度に眉根を寄せた。ライリーの叔父は背中で手を組んだまま、小馬鹿にした表情で毒を吐く。

「奴らは王族の尊さを理解しておらん。自分たちが居れば十分だと過信して、王族《俺たち》を蔑《ないがし》ろにする。思い上がりも甚だしい。スリベグランディア王国を作ったのは王族《俺たち》の祖先だと言うのに敬意が足りん。先ほども、俺が決裁をすると言ったのに、あの愚鈍な男が不要だと切り捨てよった」

「——どなたにお会いになったのですか？」

「青炎云々《うんぬん》と呼ばれて調子に乗っているいけ好かないジジイだ」

辛うじてライリーは溜息を堪える。ジジイと言うが、青炎の宰相《クラーク公爵》はフランクリンや国王と同世代だ。その上、王家と王国に対する貢献度はクラーク公爵の方が段違いに高いし、政治能力に至っては言わずもがなである。突然、王族だからと首を突っ込まれても、彼には迷惑でしかないだろう。ライリーでさえ、細心の注意を払ってようやく、多少の介入が許されるようになったほどだ。

「そうですか。それでは、叔父上は彼らにはできないお仕事をなされば宜しいのではないでしょうか」

「俺にしかできない仕事、だと？」

ライリーは、叔父《フランクリン》の自尊心を擽《くすぐ》る言葉を選ぶ。

「例えば、市井で情報を集めることは、叔父上にしかできないことかと。ああ、護衛は必ずお付けください。このような情勢ですと、御身に危険が迫るかもしれません」

「うむ、そうだな」

フランクリンは鷹揚《おうよう》に頷く。ライリーの言い分が気に入ったらしい。隠し切れない喜びで頬が緩んでいる。これで、政治を掻《か》き乱すことはないだろうと、ライリーは安堵《あんど》した。

どのみち、フランクリンの手札は多くない。市井で情報を集めるために彼ができることは、娼館《しょうかん》で娼婦《しょうふ》に自慢話をすることくらいだ。政治の中枢に係わらず、ろくな領地経営もしていない彼が話せる内容は、他国の間諜《かんちょう》でも欲しがらない情報ばかりだった。自覚がないのは本人だけである。

「俺はこう見えて忙しいからな。今日はこれで失礼するが、何かあれば声を掛けろ」

片手を上げて、フランクリンはいそいそとその場を立ち去る。その後ろ姿を表面上はにこやかに見送り、ライリーは肩から力を抜いた。背後の護衛二人が、仏頂面の裏にフランクリンへの不快感を隠していることも、容易に想像がつく。

「――リリアナは、まだしばらく来る予定がなかったな」

無意識の呟《つぶや》きが漏れて、ライリーはハッとした。耳が赤く染まる。

幼馴染《おさななじみ》のオースティンと過ごす時間は、ライリーにとって気安い空間だ。だが、それと同様か、もしかしたらそれ以上に、対等に議論を交わせるリリアナとの茶会は、ライリーにとって大切なものになっていた。

◇◇◇

王宮の兵舎では、その日も一番隊を除く騎士たちが訓練に明け暮れていた。オースティンも一介の見習い騎士として訓練を終わらせ、雑用に走る。公爵家の次男であれば特別待遇を望むことも不可能ではないが、それが許されるのは一番隊だけだ。他の隊に所属したければ、平民や下位貴族に交じって泥臭く下積みを重ねなければならない。オースティンは実力主義の七番隊を目指しているため、積極的に雑用をこなしていた。

「これで掃除はできたから、あとは道具倉庫の整理だな。ミックの奴、もうそろそろ終わったかな?」

ミックはオースティンの同期だ。元々コミュニケーション能力も高く人懐っこいオースティンは、先輩からも可愛がられ、同期とも良好な関係を築き上げている。一部に公爵家の威光を借りていると陰口を叩く者も居るが、ごく少数だった。

心地好《よ》い疲労感を覚えながら、オースティンは倉庫に向かう。集中が切れると、オースティンは無意識に溜息を吐くようになっていた。

「一番の友だと、思っていたんだけどな」

オースティンは自嘲する。脳裏に浮かぶのは、最近会う頻度を減らした幼馴染《ライリー》だった。

ライリーと初めて出会ったのは、まだ一人で座ることもできないほど小さな時だった。国王《ホレイシオ》の末弟とオースティンの伯母が結婚したこともあり、王家とエアルドレッド公爵家は頻繁に交流していた。特に同い年のライリーとオースティンは、共に過ごす時間が長かった。成長するにつれて家族に言えないことも増えたが、二人の間に隠し事はなかった。だからこそ、今回初めてライリーがオースティンに隠し事をしたのが、衝撃的だった。他の誰に対しても抜かりなく取り繕うライリーは、幼馴染《オースティン》の前で、酷く狼狽《ろうばい》し憔悴《しょうすい》していた。

隠し事をして欲しくないという想いと裏腹に、ライリーが胸の内を明かしたくないと考えていることも分かってしまった。だから、大人ぶって助言したのだが、結果的にオースティンは、消化できない感情を持て余している。ライリーに会えば八つ当たりをしてしまいそうだ。だから、騎士団に入ったばかりで余裕がないと言い訳して、あれほど好んでいたライリーとの鍛錬も避けるようになった。

「おい、オースティン！」

落ち込むばかりだったオースティンは、呼び止められて振り返る。木陰に座って雑談していた二人の騎士が、オースティンを見ていた。

「雑用は終わったのか」

先に問い掛けたのは細身の男だった。細身とはいえ、騎士として鍛えているだけあってかなりの筋肉質だ。茶髪に茶色の目で色合いだけは地味だが、顔の造作は整っていた。人好きのする笑顔で取っつきやすく、王宮勤めの侍女にも人気がある。

「お疲れ様です、カルヴァート隊長。ミックが道具を片付けてるんで、手伝おうかと」

「それなら、さっき終わったって報告しに来たぞ」

黒髪の騎士があっさり告げる。それほど背は高くないものの、もう一人よりも更にがたいが良い。鋭い目は彼の真面目さを良く表していた。するつもりだった仕事がなくなり、オースティンは狼狽する。茶髪の騎士は驚いたように目を丸くした。

「働き者だな。俺が見習いだった時とは大違《うえ》いだ。ちょっと頑張りすぎじゃないか？」

「お前はサボりすぎだった。その割には、隊長に気に入られるのが上手《うま》かったよな」

黒髪が低い声で突っ込む。

「黙れ、ブレンドン。後輩の前では俺の顔を立てろよ」

「それなら少しは真面目に働け」

茶髪は苦情を申し立てるが、ブレンドンは容赦がない。そして、真面目な顔になると、直立不動のオースティンを見上げた。

「だが、オースティン。ダンヒルの言うことには俺も同感だ。全力で取り組むのも悪いことではないが、お前は遮二無二すぎる」

「遮二無二——ですか」

予想外の言葉に、オースティンは目を瞬かせる。真面目一徹のライリーとは違い、オースティンは自身を要領が良いと評価していた。適度に手を抜いていると思っていたのだが、二人には、がむしゃら過ぎると思われていたらしい。複雑な表情のオースティンに、ダンヒル・カルヴァートは腕を組んで「うんうん」と頷く。王立騎士団の中でも有数の実力者と評される騎士二人の指摘に、オースティンは反論できなかった。

ダンヒル・カルヴァートは魔導騎士を纏め上げる二番隊隊長、ブレンドン・ケアリーは実力主義の七番隊隊長だ。ダンヒルはカルヴァート辺境伯家の次男で、ブレンドンは平民である。性格も出自も正反対の二人だが、騎士団の中では一番気が合うらしい。

「努力は良いことだけどな、後先考えずに頑張りすぎても良いことないぞ？　短距離を駆け抜けるならまだしも、人生って長いからなあ。時々は無茶する時期も必要だけど、今じゃないだろ。ペース配分考えないと、後半へばっちまうぜ」

二人は騎士として優秀なだけではなく、後輩の面倒見も良い。だからこそ、他の騎士たちからも一目置かれていた。オースティンを見る二人の目は優しい。ダンヒルの言葉は的を射ていたが、オースティンはすぐに返事ができなかった。探るようにオースティンを注視していたダンヒルが、ふっと表情を緩める。

「悩み事があるならいつでも聞くぜ、少年。でもまあ、言えないってなら仕方がない。代わりに、俺たちに付き合えよ」

「――はい」

一体何を言われるのかとオースティンは緊張する。ダンヒルは立ち上がった。

「明日、休みだろ？　せっかくだから飯、食いに行こうぜ。着替え終わったら門のところに集合な」

「分かりました。ありがとうございます」

オースティンは拍子抜けしたが、上司を待たせるわけにはいかない。宿舎へ着替えに走り、手早く準備を整えて門に行けば、ブレンドンが既に待っていた。

「申し訳ありません、お待たせしました」

「気にするな。そもそも、言い出した奴《ダンヒル》がまだ来てない」

生真面目にブレンドンは首を振る。それから少しして、ダンヒルもやって来た。

「遅いぞ」

「お前が早いんだって。先輩だったら後輩に気を使わせないように、少し遅めに行くのが親切ってもんだぞ」

「——気にする必要はない」

少し気まずくなったのか、ブレンドンはオースティンに向けて言う。オースティンは慌てて首を振った。ダンヒルはそんな二人を放って、門を潜る。ブレンドンも何も言わずにその後を追い、オースティンは慌てた。

「あの、他には誰も誘われていらっしゃらないんでしょうか」

「誘ってねえなあ。皆、明日非番じゃないからな」

斜め後ろを歩くオースティンに、ダンヒルはニヤリと笑う。憧れの隊長たちと三人だけの夕餉《ゆうげ》と思っていなかったオースティンは、目を白黒させる。

「ダンヒル。店は決めてるのか」

「ニシンのシチュー、食いたい気分だなって思ってな。お前も一回行っただろ」

それだけで、ブレンドンは店を把握したらしい。「あそこか」と頷いた。あまり外食しないブレンドンとは違い、ダンヒルは王都中の飲食店を練り歩いているようだ。

周囲から人が減ったところで、ダンヒルは、野良猫が子猫を産んだと噂話《うわさばなし》をするような口調で言った。

「そういえば、大公が戻って来たって知ってるか？」

ぴくり、とオースティンの眉が動く。彼は声を潜めてダンヒルに尋ねた。

「——どちらの大公ですか」

「遊び人の方」

遊び人の大公、と言えば、フランクリン・スリベグラードだ。かつて騎士団に所属していたらしく、今でも時折、当時の話を耳にする。だが、良い噂は一つもない。オースティンは舌打ちを堪えたが、自然と苦々しい顔になった。

「何のために──」

「本人は『昔馴染みに会いに来たついでに、陛下の見舞い』って言ってたらしいぞ」

相変わらず耳が早いと、オースティンはダンヒルに賞賛とも呆れともつかない視線を向ける。以前から、ダンヒルは情報収集に掛けては一級品だった。

「普通は逆でしょう」

「だよなあ」

ダンヒルは苦笑する。ブレンドンは無言だが、二人共、不快感を覚えていることは間違いない。周囲が冷気に包まれた気がして、オースティンは身震いした。

「昔馴染み、というのも気にかかるところですね」

「どの昔馴染みだろうな？」

「ダンヒル」

下世話な話になりかけたところで、ブレンドンが止めた。ダンヒルは口元を歪《ゆが》める。まだ幼いオースティンを気遣ったのだろう。だが、フランクリンの遊びは一種の伝説で、ある程度はオースティンも把握していた。

かつての社交界では、毎回大公が違う花を侍《はべ》らせ、見初めた相手は婚約者や夫が居ようが、気にせず手折ったという。手に入るまでは執着するが、思い通りになった後はすぐに手放す。見咎《みとが》めた先王が早々に王都から離れた直轄領に飛ばしたため、大きな問題が起こることはなかったが、放置していれば社交界は大荒れに荒れただろう。

「その昔馴染みが誰かによっては、王都も荒れるだろうな」

先王が崩御してからというもの、政局は不安定だ。フランクリン大公は政治能力こそないものの、血筋は正統だ。庶子という問題さえ解決できれば、打って付けの傀儡《かいらい》である。

深刻な話を打ち切るように、良い香りが三人の鼻腔《びこう》を擽る。目的地に到着したらしい。ダンヒルお勧めの店は、庶民が好む大衆食堂だった。オースティンは下町にお忍びで出掛けたことはあるが、さすがに食事を摂《と》ったことはない。

「ニシンのシチュー以外も美味《うま》いから、好きなものを腹一杯食えよ」

嬉しげなダンヒルを見たオースティンの気も晴れる。もしかしたら、二人はここ最近ずっと落ち込んでいるオースティンを心配してくれたのかもしれない。そう思うと、無意識のうちにオースティンの頬は緩んでいた。

◇◇◇

月が綺麗《きれい》な夜だった。星が輝き、遠くには照らし出された物見の塔が見える。

暗闇の中、ジルドは目を瞬かせた。飲んでいたスピリタスの瓶を足元に転がし、舌打ちを漏らすと立ち上がる。寝台《ベッド》の横に立てかけた剣を片手に部屋を出た。

「ったく、飽きねェなァ。俺たちが来るまでも、こんな調子だったのか？」

たまには休めと思うが、恐らく雇い主が別人なのだろう。内心で毒づきながら、気配を消しているつもりの刺客の位置を把握する。完全に気配を消したジルドは、屋敷への侵入者たちに近づいた。

ジルドには魔力がない。だが、傭兵《ようへい》の中では身体能力も経験値も抜きん出ていた。本業は白兵戦だが、刺客への対処も一通り心得ている。

（『下の上』が一人と『下の中』が一人、ってとこかィ。この前より質は高いが、まだまだだな）

数日前の刺客は『下の下』だった。その前は『中の下』。最近はろくな奴が居ねェらしい、と内心で呟く。

ジルドは、『下の中』の刺客が潜む木に近づいた。まだ敵はジルドに気が付いていない。それを良いことに、ジルドは音もなく地面を蹴って、一跳びで刺客の背後を取った。慌てた敵が刃物を取り出そうとするが、その屈強な腕で首を絞め上げる。一瞬で敵の意識を奪い、次の獲物を狙う。『下の上』は、ジルドが肉薄する前に気が付いた。

「おっ――と」

茂みに隠れた敵が投げた三本の短剣を軽く躱《かわ》し、その勢いでジルドは宙に飛ぶ。敵は茂みに隠れている方が不利だと判断したのか、短剣を逆手に構え姿を現した。

(毒を仕込んでるのかィ、ご丁寧なことで)

短剣の形状から、切っ先に毒が塗られていると推察する。致死毒かもしれないし、麻痺《まひ》毒かもしれなかった。いずれにせよ、切っ先には触れられない。

「――まァ、関係ねェけどよォ」

にやりとジルドは笑う。獰猛《どうもう》な牙が月光の下《もと》に晒《さら》される。剣を抜くことすらせず余裕を見せるジルドに、わずかに刺客が怯《ひる》んだ――その瞬間を、ジルドは見逃さなかった。

全身の神経を研ぎ澄ませていたジルドの体が一瞬にして敵の間近に迫る。正面から接近するジルドに向け、反射的に刺客は短剣を振るったが、それこそジルドの狙いだった。ジルドの体が地面に沈み、長い脚が回し蹴りの要領で刺客の足を狙う。敵は咄嗟に避《よ》けたが、体勢は崩れる。地面に深く沈んだ体勢から飛び上がり、刺客の背後に回ったジルドは、短剣を握った敵の右腕を背中に捻《ひね》り上げていた。

「ぐぅ――っ！」

肩の関節を外して短剣を取り上げ片手で押さえつけながら、ジルドは切っ先を嗅いだ。

「麻痺毒かィ。これ、お前に試したら、喋《しゃべ》れなくなるわけかィ？」

「――っきさ、ま――！」

「喋れンなら試してみてェンだけどよォ」

痛みに歯を食い縛り、肩越しにジルドを睨《にら》む刺客を全身で押さえ、ジルドは短剣を放り投げる。そこへ、男にしては高めの声が響いた。

「ちゃんと背後を吐くまでは丁重に扱え、ジルド」

「見てねェで手伝えや」

ジルドは不服そうに、オルガを振り返った。ジルドと刺客の攻防を眺めていたオルガは、苦笑しながらも、ちゃっかり両手に縄を持っている。

「刺客の対処はお前の方が適任だ。――もう一人は？」

「森の中に転がしてる。数刻は目が覚めねェだろうよ」

オルガが縄を持っていたことに多少機嫌を直し、ジルドは手早く刺客を縄で拘束する。

「でもよ、捕まえても、多分裏は吐かねェぜ？」

「報告書に書かねばならないだろ――おいお前、まさか書いていないと言うか」

「――まとめて出しゃ良いんだろ、まとめて」

ジルドは気まずそうにオルガから視線を逸《そ》らす。オルガは深く溜息を吐いたが、代わりに報告書を出すとは言わなかった。刺客を捕らえたのはジルドなのだから、報告書を出すまでが彼の仕事だ。オルガが報告書を引き受けないと分かっていたジルドは、無言でもう一人の刺客も回収しに行った。二人の刺客を牢《ろう》に放り込む手筈《てはず》を整える。ジルドは自室に戻る前に、新しいスピリタスの瓶を取りに調理場へ向かった。

「それにしてもまァ、他のお貴族様の屋敷でも、こんなに刺客が来ることねェぞ」

眉間に皺《しわ》を刻みながらぼやき、ジルドは調理場の棚を漁《あさ》る。貴族の屋敷に雇われたことはほとんどないが、傭兵仲間の話を聞いても、これほど物騒な環境で暮らす貴族はいない。

その耳に、足音が届いた。彼は一瞬警戒したが、現れた人物の姿に緊張を解く。

「誰かと思えば、ジルドか。夜遅くに、こんな所でなにをしているんだ？」

ジルドは片眉を上げる。声を掛けて来たのは馬番のミカルだ。地味な風貌で、肉体労働者らしい体つきだ。手には鋤《すき》を持っている。鋤を持って調理場に姿を見せるミカルの方が、調理場で酒を漁るジルドよりも異様だ。ジルドは見つけたスピリタスの瓶を掲げた。

「新しいのが欲しくてよ」

「飲みすぎだろ。一応、お前は護衛だろうが」

ミカルは苦笑した。リリアナの護衛に雇われたジルドが屋敷に来た初日、二人は顔を合わせた。一瞬訝《いぶか》しげな表情を浮かべたジルドに、ミカルは意味深な笑みを見せた。明確な言葉はなくとも、同族であることは明らかだった。以来、二人は親しく言葉を交わす間柄になっている。

「これしきじゃあ酔わねェよ。お前もどうだ？」

「要らん。肉体派のお前とは違うんだよ」

あっさりとミカルは断るが、ジルドは気に留めない。丈夫な歯で瓶の蓋を開け、一口飲むとぐるりと首を回した。

「今し方も、招いてもねェ客人らを持て成したばっかりなんだけどよ。妙に刺客が多くねェか？　三大公爵家だからつっても、さすがに妙だと思うぜ」

眉根を寄せるジルドに、鋤を持ち直したミカルは肩を竦める。

「だから、護衛も兼ねて俺がマリアンヌ様と潜り込んだんだよ。ケニスの爺《じい》さんの命令でな。マリアンヌ様が狙われることもなかったし、お嬢様に関しては前の護衛の腕が立ったから、実際に俺が動くことはほとんどなかった。護衛は俺の得意分野じゃないから助かったけどな。でも確かに、ここ最近はやたらと増えてる」

「――きな臭ェな」

ジルドは鼻息を漏らした。顔を顰め、彼はミカルに更に問う。

「大元は分かってンのか？」

ミカルは首を振って声を潜めた。ジルドだからこそ、辛うじて聞こえる程度の音量だ。

「いいや。公爵は敵が多いからな」

「なるほどな」

刺客は単なる下請けで、本当の依頼主を知らない。早急に手を打たないと、睡眠と酒の時間が奪われる。渋い顔になったジルドに、ミカルは口角を上げてみせた。

「そうだな。俺が思うに、裏社会の伝手《つて》がないと特定は難しいぞ」

ジルドは弾《はじ》かれたように顔を上げる。彼は、一枚の紙切れを思い出していた。

「――そうだった、これの結果聞きに行くついでで、どうにかなるんじゃねえか」

ポケットに突っ込んだままの紙切れを引っ張り出す。くしゃくしゃになりほとんど文字も読めないが、そこに何が書かれているかは覚えていた。

不思議そうなミカルに、ジルドは犬歯を見せてにやりと笑った。

「助かったぜ」

「そうか？　それなら良かった」

ミカルに片手を上げ、ジルドはスピリタスの瓶を持って部屋に戻る。

――タナー侯爵領に出入りしている商人について。

ジルドが持っていた紙切れは、リリアナに調べて欲しいと言われていた案件だ。

◇◇◇

数日後、ジルドは休暇を取った。日が傾く頃に、不機嫌な顔で王都郊外の店に立ち寄る。裏通りに面した店は入り口が小さく、普通に歩けば見過ごしてしまうほどだった。実際、その店に用があるのはごく限られた客だけだ。

「よォ」

「来たか」

「来たか、じゃねェよテンレック。相変わらずしけた面してんな」

鼠《テンレック》と呼ばれた壮年の男は、毒づくジルドを面白そうに見やった。中肉中背で髪は渋い灰色と、地味で目立たない風貌だ。体つきも華奢《きゃしゃ》で、平民がひしめく往来を歩けばあっという間に姿を紛れ込ませてしまう。だが、その冴《さ》えない見かけで判断すると非常に危険な男だ。裏社会にも手を伸ばしている彼の本名を知る者はいない。

「あの狼狩人《クズリ》がとうとう飼い主を見つけたって、界隈《かいわい》じゃあ有名だぜ」

「んな訳あるか。魔物襲撃《スタンピード》に巻き込まれて金がねェんだよ」

「そういうことにしておいてやる」

ニヤニヤと楽しげな男は全てを把握しているに違いないと、ジルドは苦い顔を隠せない。ジルドを狼狩人《クズリ》と呼ぶのも彼の悪癖だ。一時期、畏怖の眼差《まなざ》しと共に呼ばれた異名は既に封じているというのに、テンレックは時折嫌がらせのようにその名を口にする。

だが、文句を垂れるには、テンレックは多くを知りすぎていた。そもそも依頼した内容が問題だ。貴族を毛嫌いする男《ジルド》が、何故そんなことに気を回すのかと考えれば、答えは自ずと明らかだ。

「まず一つ。お前からの依頼分だ」

テンレックが差し出した紙を、ジルドは乱暴に引っ摑む。短い文章を斜め読みして、ジルドは片眉を上げた。

「許可証、持ってたのか」

国外の商人には、王国内での商売を許可する許可証が発行される。手渡された紙は、その写しだった。魔術を使った精巧なものだ。

「ああ。だが、お前の雇い主は面白いところに目を付けたもんだな」

「――どういう意味だ？」

ジルドの依頼は、タナー侯爵家が懇意にしている商人に関する情報一切だった。リリアナの要望は、その商人がスリベグランディア王国内での商業許可証を得ているかどうかという一点だけだったが、テンレックは昔のよしみで更なる情報を調べてくれたらしい。

テンレックは酒の瓶を摑み、一口呷《あお》った。本心を悟らせない表情で淡々と言葉を続ける。

「その商人はユナティアン皇国の布製品を扱ってる。が、接触している客が偏ってんだ。まァ、お貴族相手の商売ってのは、貴族の伝手を使って販路を増やすもんだって相場が決まってるからな、妙ではないが——それにしても偏りが激しい」

「具体的には？」

「国王派とアルカシア派には一切、近づいてない。現当主か次期当主が中立派の貴族にだけ、売り付けに行ってる」

思わぬ説明に、ジルドは歯を剝《む》いた。

「面倒臭ェな」

「俺は関わらない方が良いと思うが、お前の雇い主は、そうもいかねえだろうなぁ」

現国王とライリーを支持する国王派と、エアルドレッド公爵を国王に推すアルカシア派。二大派閥である国王派とアルカシア派を除けば、中立派の貴族は非常に少ない。商品を売る以外に目論見《もくろみ》があるのではないかと疑念を抱いても、おかしくはなかった。

ジルドは苛々と舌打ちして頭を搔いた。考えるのは性に合わないと言わんばかりだ。

「まァ良い、俺の仕事は情報を嬢ちゃんに渡すことだけだ」

「随分懐いてるな」

「目が腐ってやがんじゃねえのか」

吐き捨てるジルドを見やり、テンレックはにやにやと笑って足を組んだ。

「お前が王都で一年間、護衛の仕事をするって子鼠《こねずみ》から聞いた時は、別人じゃないかと思ったもんだが」

「――二度と来るつもりはなかった」

「だろうな。だが、色々話を聞いて思った。面白い雇い主を見つけたじゃないか」

「しつけェ」

ジルドは不貞腐れる。その様子が楽しいらしく、テンレックは非常に愉快そうだ。ジルドの機嫌は更に低下するが、テンレックは全く気に留めない。しばらく笑い続けていたが、ジルドの「それだけか？」という視線を受けて、ようやく笑いを引っ込めた。

「もう一つ。あの一族が動き始めた。気をつけろ」

「火元は？」

「そりゃもう、至る所から」

お道化《どけ》た仕草で、テンレックは肩を竦める。ジルドはテンレックを睥睨《へいげい》した。

「どっちが動き出した？」

「両方」

あっさりと答えるテンレックの口調に緊張が滲む。ジルドは痛烈な舌打ちを漏らした。

「十七年前と一緒か」

「あの頃より悪いだろうな」

「ンだと？」

ジルドが目を眇《すが》める。テンレックは意味深にジルドを見やり、更に声を潜めた。

「一昨年に、上が代替わりしたらしい。お陰で本家と分家が対立状態だ」

「混乱するってことか」

「面倒が嫌なら王都から離れた方が良い――と言いたいところだが、国境も危ういぜ」

沈黙が降りる。ジルドが放った殺気が店内の温度を下げる。

テンレックの情報は、ジルドにとって衝撃的だった。歴史の表舞台には決して姿を現さないあの一族は、陰から時代に影響を与える。ジルドは直接関わらなかったものの、十七年前の政変では、一族が先王を勝利に導いたのだとすら噂されていた。

「それは情報があってのことか？　それともテメェの直感か」

「まだ俺の直感だ」

ジルドは肩から力を抜く。苦々しい表情は未《いま》だ消えていないが、殺気は収まっている。

煩わしいと言わんばかりだが、王都を離れるとは言わない。以前のジルドであれば、一も二もなく王都を立ち去っただろう。テンレックは目を細めて付け加えた。

「当然、お前の雇い主も、身辺が騒がしくなるだろうな」

何と言っても、リリアナは王太子の婚約者候補筆頭だ。ジルドは顔を顰めた。

「もし、嬢ちゃんが言ったらの話だが――影を用意するならどれだけ集められる」

その問いは、テンレックには予想外だったらしい。一瞬目を丸くし、珍しく言葉を失う。ほとほと呆れた表情で首を振るが、ジルドが本気だと理解していた。

「今はどこも人手が足りない。魔物も増えてるし、優秀な奴らはたいてい手が取られてる。俺が声を掛けても長期間働ける奴は一人か二人、ってところだ」

「足りねェ」

不十分だ、とジルドは唸《うな》る。予想していたテンレックは肩を竦めた。ジルドは食い下がった。

「それなら、嬢ちゃん本人に訓練を付けられる奴は？」

テンレックは絶句した。穴が開くほどジルドを凝視するが、ジルドは動じない。

「本気かよ」

「その方が手っ取り早い気がして来たぜ」

下手に技術の足りない護衛を付けるより、護衛対象者《リリアナ本人》が戦闘術を身に付けた方が生存率は上がる。少なくとも、護衛のされ方を学ぶだけでも随分と違うはずだ。普通の令嬢には無理だが、リリアナならできるのではないか——魔物襲撃《スタンピード》の時からリリアナを間近で見て来たジルドは本気でそう考えていた。

だが、リリアナを情報としてしか知らないテンレックは、俄《にわか》には信じられない。ジルドは無言でテンレックの反応を待つ。テンレックは額に手を当てて小さく首を振った。

「頭でも打ったか、って言いたいところだが」

「本気だ」

「余計に性質《タチ》が悪いぜ」

呆れ返ったテンレックは、少し考えて一人の男の名を口にする。

「それなら、カマキリはどうだ。金は高いが技術的にも身分的にも問題ないだろ」

「カマキリか――確かに、あいつなら良さそうだ」

ジルドも頷き、テンレックは「決まりだな」と言った。

「嬢ちゃんに確認したらまた連絡する。カマキリには、その後に連絡つけてくれ」

「分かってる」

ジルドはポケットから金の入った袋を取り出した。テンレックに放り投げると、彼は難なく左手で袋を掴む。卓上に銅貨をばら撒《ま》いて確認し、にやりと笑った。

「毎度あり」

これ以上、テンレックに用はない。無言で踵《きびす》を返し店を出たジルドの気配が遠のいたところで、テンレックは表情を消す。途端に、存在感が薄くなった。

「おい」

声を掛けると、部屋の暗がりから小さな人影が現れる。テンレックは一瞥もせず告げた。

「カマキリの居場所を探しとけ。それから、デス・ワームもだ」

「――奴は今、分家の仕事を手伝ってるはずですが」

小さな人影は一瞬躊躇う。だがテンレックは構わなかった。

「引き抜きの話が出てるとでも伝えてやれ」

「承知」

人影は、するりと店から出て行く。テンレックは葉巻を咥えて、美味そうに煙を吸った。ジルドの前では出さなかった、見る人を総毛立たせるような暗い笑みで嬉しそうに呟く。

「さあ、稼ぎ時だ」

その言葉は誰もいない、暗く静謐《せいひつ》な空間に響いた。

◇◇◇

太陽が中天に輝く頃、カマキリと名乗る小柄な男がリリアナの屋敷を訪れた。細身で、顔には深い皺が刻まれている。常に笑んでいるような垂れた瞼《まぶた》から、底知れない鋭さを放つ瞳が覗《のぞ》いていた。この上なく怪しいが、ユナティアン皇国の爵位があり、紹介状を持参していた。爵位が本当に存在するのかも判断できず、門番は、貴族である彼を門前払いすることもできなかったらしい。門番以外に知られないよう、ジルドは事前にリリアナと打ち合わせた通り、男を離れの部屋に通した。

リリアナは、清楚《せいそ》なワンピースに身を包み、ジルドとオルガを引き連れカマキリの前に姿を現す。カマキリは胡散臭《うさんくさ》い笑みを浮かべたが、貴族らしく立ち上がって礼を取った。

「初めまして、便宜上カマキリと名乗らせてもらいますよ、お姫さん」

カマキリに答えたのはオルガだった。一分の隙もない態度で事務的に告げる。

「お嬢様は声が出ないので、何かあれば筆談で伝えることになる。ちなみに、ここに我々しか居ないのは貴殿の身分を慮《おもんぱか》ったお嬢様のご厚意だ」

「へえ、そりゃあ、ありがてェこってですな」

オルガの態度は相手を威圧するものだったが、カマキリに怯《おび》えた様子はない。むしろ、面食らったように、わざとらしく口をへの字に曲げた。リリアナは気にせず、微笑を浮かべて優雅に礼をしてみせた。カマキリはつるりと顎を撫で、首を傾げる。

「ジルドに聞《こ》い《っ》た話だと、そこのお姫さんに、刺客への対処法を教えて欲しいってことだったと思うんですが」

まさしくその通りだ。頷いたリリアナを見て、カマキリは心底呆れたようだ。年端も行かない貴族の令嬢が依頼することではないと言いたいのだろう。ジルドの頼みで屋敷を訪れたものの、半ば以上、単なる冷やかしだと思っているに違いない。だが、警戒心を露《あら》わにしないのはさすがだった。騎士に追われても逃げ切れる自信があるのだろう。

「暗殺ってのは、決まったお作法があるわけじゃあない。事故死か病死か自殺か、方法はいくらでもあるってもんです。お姫さんのような方は、自ら学ばれるより、護衛を増やした方が良いのでは？」

公爵家の令嬢なのだから、大枚を叩《はた》いて護衛を雇えば良い。自ら鍛錬するよりも現実的だ。しかし、リリアナは既にその反論を予想していた。

〈敵を知り己を知れば百戦殆《あやう》からず、と申します。貴方様《あなたさま》には、ご存じの暗殺方法をご教授願いたいのです。また、もし存在するのでしたらその対策も〉

さすがのリリアナも、自ら鍛錬する気はない。乙女ゲームの悪役令嬢《リリアナ》は魔術に秀でていたが、それだけだ。ただ、前世には環境犯罪学という学問があった。割れ窓理論で知られる、環境の改善で犯罪率を減少させる方策だ。刺客の手の内を把握しておけば、魔術や呪術を駆使して敵を退けられる。術に頼らずとも、暗殺し辛い環境を作り出せるはずだ。

カマキリは曖昧な笑みを消し目を眇めた。探るようにリリアナを窺う。リリアナは、堂々とカマキリの視線を受け止めた。先に目を逸らしたのは、男の方だった。

「そういうことなら、分かりましたよ。刺客の中には魔術や呪術を使う奴もいる、その場合の対抗策は魔術だけです。それも声が出ないんじゃあ、どうしようもない」

〈魔導士の知人が居りますから、その方に頼りますわ〉

無論、リリアナは他人に頼む気は毛頭ない。しかし、カマキリも裏社会の人間だ。手の内を晒す気は、さらさらなかった。

「なるほどねぇ。さっすが、お金のあるお方は違いますね」

感心したような呆れたような、なんとも言い難《がた》い声音だ。しかし、カマキリにはリリアナを馬鹿にする意図はないようだった。

「刺客には二種類居ます。夜闇《やあん》に乗じて殺《ヤ》る奴、これは他殺だと気付かれても下手人が分からなければ構わないと考えるんで、まあ、護衛に任せれば良いでしょう」

護衛が隙を見せなければ良いし、そのような刺客は標的を殺す直前に殺気をまき散らす、とカマキリは説明した。

「もう一つは、事故死や病死、自殺に見せかけて殺る《や》奴ですな。たいていは昼日中に実行しますんで、数年、時間をかけることもあります。一般人に擬態して、殺す方法もちょっと凝らなきゃならない。魔術や呪術を使う奴も中にはいますが、さっきの奴よりは、少ないですな」

魔術を使うと、どうしても魔力の痕跡が残る。そこから足が付くことを恐れるのだと、カマキリは補足した。呪術も、手間と時間が掛かる。それよりも、物理的な手段の方が遥《はる》かに安価で楽だ。カマキリの説明は手慣れていた。彼は非常に優秀な刺客だったらしい。商人や職人が師弟制度を取っていることを考えれば、彼も刺客を育成していたのかもしれなかった。

既に引退したようだが、知識量は圧倒的だ。もっとも、現役の刺客の仲間《たち》の迷惑にならない程度に情報は制御しているだろうが、リリアナには十分だった。貴族の中で、刺客から直接手ほどきを受ける者はリリアナくらいだろう。

「ジルドとオルガ《その二人》は優秀な護衛ですからな、どちらの護衛が忍び寄って来ても、最上級の腕を持った刺客でない限り、対処は容易でしょう」

オルガは表情を変えなかったが、ジルドは苦虫を噛《か》み潰したような顔になった。リリアナは首を傾げる。

〈最上級の腕を持った刺客は、王国と近隣諸国で何名くらいいらっしゃいますの？〉

「――刺客にも敬語使うんですかい、徹底してるねェ」

カマキリは苦笑して、そんな感想を溜息と共に吐き出したが、すぐに答えてくれた。

「そんなには居ませんや、三、四人ってところですかねえ。中でも抜きん出た奴が一人居ますが、――一番性質《タチ》が悪ィ奴で」

疲れたようにカマキリは遠い目をする。

〈性質《たち》が悪い、とは？〉

「誰にも手綱が握れねェんです。獲物を甚振《いたぶ》る。暗殺ってのは、標的を殺しゃ良いんだ。獲物を甚振るのはいただけねェよな」

しみじみと首を振る彼は、苦労を滲ませていた。刺客の世界も何かと大変なのだろう。

〈前世でも連続殺人犯《シリアルキラー》は、独自の規範《ルール》を持っていましたわね。ただ、その規範《ルール》が一般には馴染まず、社会秩序を乱すものですけれど〉

気を取り直して、リリアナは話を元に戻した。

〈毒殺以外の物理的な方法というと、どのような手段がございますの？〉

予想外のことを訊《き》かれたというように、カマキリは目を瞬かせた。少し考えて、ポケットから何やら道具を取り出す。

「一番単純なのは毒ですが、毒は標的に接触しなければなりませんからね。すれ違いざまに細い針で首筋を一突きするか、もしくは――これですわ」

カマキリが指に持ってみせたのは、何の変哲もない縫い針だった。

「普通には無理ですが、熟練の術者が使うと、こうなります」

そう言ってカマキリは軽く手を上げた。知り合いに挨拶するような気軽さだったが、いつの間にか縫い針が消えている。リリアナの背後でジルドとオルガが警戒するが、すぐに二人とも力を抜いた。

「見えますかね？」

リリアナは、カマキリが指し示した先を見た。随分と離れた場所に石の置物がある。目を凝らすと、きらりと光る何かが突き刺さっていた。ジルドが無言で近づき、置物から縫い針を力任せに引き抜く。さすがに目を丸くしたリリアナを見て、カマキリは面白そうに顔を歪めた。

「技術によりますが、慣れりゃあ、かなりの距離から標的を殺《ヤ》れますよ」

他にも、カマキリは幾つかの道具を見せてくれる。

「あとは、お姫さんの体力次第ですかねえ。ヤバいと思ったら逃げて、助けが来るまで死なねェようにしねえと——その細腕じゃあ、剣は止めといた方が無難でしょう」

カマキリは気の毒そうな目をリリアナの体に向けた。王太子妃候補として教育は受けているが、剣術や体術は含まれない。当然、体は貧弱だ。しかし、リリアナには勝算があった。魔術には身体強化も含まれる。魔術を組み合わせれば、敵の意表を突けるだろう。

〈習得できないまでも、挑戦はしてみたいのですが、ご教授いただけますでしょうか〉

ほんの数刻でリリアナの性格を把握したカマキリは、苦笑しつつもすぐに頷いた。

「護身用の得物もお姫さん用にお渡ししますよ。金払いも良いから、餞別《せんべつ》です」

〈まあ、それはありがたいですわ〉

リリアナは本心から笑む。一瞬カマキリはその表情に目を奪われたが、すぐに気の毒そうな視線を背後の護衛二人に向けた。お転婆なお姫さんの護衛は大変だろうという同情だったが、すぐに何食わぬ顔でリリアナに告げた。

「手近にある物を武器にする方法も、ついでにお教えしましょう」

常に武器が手元にあるわけではないことを考えると、カマキリの提案は願ったり叶《かな》ったりだ。基本は魔術で対応するが、魔術を使えない場合も想定しなければならない。

リリアナは、喜々としてカマキリを質問攻めにした。当初は簡単に終わらせるつもりだったカマキリも、いつの間にか熱が入り、全ての講義が終わるまで三ヶ月の時間を要した。もちろん、頻繁に講義があったわけではないが、随分と長い期間だ。内容はほとんどが理論と実例の紹介だったが、リリアナは優秀な生徒だった。最終日、幾分かリリアナに慣れたカマキリは、苦笑しきりで見送るリリアナに声を掛けた。

「貴族のお姫さんにしちゃあ、筋が良くて驚きましたよ」

初日に見せた鋭い眼光は消え去っている。それどころか、気安さが窺えた。

〈色々と教えていただき、ありがとうございました。とても勉強になりましたわ〉

貴族令嬢にはあり得ない台詞も、リリアナであればそう言うだろうと、カマキリはいつしか悟っていた。同時に、慣れない礼に照れ臭くなったらしく、彼は誤魔化すように肩を竦めた。軽く会釈をしたカマキリは、無言でリリアナの前から立ち去る。三大公爵家の令嬢であるリリアナと裏社会を生きるカマキリは、二度と会うこともない――リリアナは、そう信じていた。

◇　◇　◇

昨日まで続いていた雨が止み、久しぶりの晴天に、リリアナは少し気分が良かった。王宮での王太子妃教育、ライリーとの茶会も恙《つつが》なく終え、帰路につく。ジルドが御者を務める馬車に揺られながら、リリアナは車窓からゆったり流れる夕闇の景色を眺めていた。

リリアナを王太子の婚約者に推す声は、国王、王太子、そしてエアルドレッド公爵から上がっている。一方、実父のクラーク公爵は『十歳になっても声が出なければ婚約者候補から外させる』という考えを変えていない。その条件が早められる可能性も考えたが、やり手のクラーク公爵も、彼らの意見を無視して事を進めることはできないらしい。お陰で、リリアナの王太子妃教育も大詰めを迎えていた。正式に婚約者に決定すれば、王族にのみ許された情報が伝えられるのだろう。

(――普通でしたら、逆ですわよねえ……)

リリアナは嘆息する。クラーク公爵がリリアナを婚約者候補に留《とど》め置き、エアルドレッド公爵が辞退を迫るなら話は簡単だ。だが、現実は真逆だった。父親の考えはもちろん、エアルドレッド公爵の思惑も良く分からない。ライリーやオースティンは素直にエアルドレッド公爵の意見を受け取っているが、リリアナは疑心暗鬼になっていた。

「お嬢様、どうやら事故があったようです。裏道を通りますが宜しいでしょうか？」

馬車が止まり、ジルドの隣に座っていたオルガが声を掛ける。了承の代わりに壁を一度叩くと、馬車は方向を変えて動き出した。王都の裏道はそれほど危険ではないが、念のためにカーテンを閉める。仮に無頼漢に襲われても、オルガとジルドが居れば大丈夫だ。リリアナは、父親が手配した以前の護衛より、オルガとジルドの腕を信用していた。決して以前の護衛も弱かったわけではないが、実力は比べるべくもない。

裏道に入ると、馬車の揺れが激しくなった。表通りは貴族が通るため、綺麗に整備されている。だが、裏道は使用人が使う。整備も掃除もろくにされていない。

（――あら？）

滅多に通らない裏道の様子を、カーテンの隙間から覗いていたリリアナは、目を瞬かせた。道の端に黒塗りの馬車が停まっている。紋章はないが、明らかに高位貴族のお忍びだ。何となくカーテンの隙間を更に狭くして注視すると、案の定、屋敷の裏口から人目を憚《はばか》るように長身の男が出て来た。フードを目深に被《かぶ》っているが、身に着けたローブは仕立てが良い。その背後には、扉に隠れ、縋《すが》るような眼差しを男に向ける女性が居た。

（フィンチ侯爵夫人？　このお屋敷はフィンチ侯爵家の邸宅でしたのね）

フィンチ侯爵はエアルドレッド公爵家の傍系だ。賢夫人と呼ばれるフィンチ侯爵夫人は教育者として名高く、アルカシア派の夫を持つ身でありながらライリーの家庭教師を務めている。普段はきっちりと髪を纏め、隙のない夫人の髪が珍しく乱れていた。人目を忍ぶ姿からも、男との関係は明らかだ。そこで気になるのが男の素性だった。フードさえなければ男の顔は見える。一瞬悩んだが、リリアナは次の瞬間、魔術を放った。情報が多いほど、不安要素は減る。

(【吹風《ルフツ》】)

瞬間的に風が巻き起こり、男のフードが浮き上がる。露わになった顔は、侯爵夫人よりも幾分か若く、端整だった。男は慌ててフードを押さえて周囲を窺う。既にリリアナの馬車は男たちを後方へ置き去りにしていた。揺れる馬車の中で、リリアナは絶句する。実際に会ったことはないが、男の姿絵を見たことがあった。

(フランクリン・スリベグラード大公――!)

大公が浮名を流していたという噂は、リリアナも耳にしていた。そして、先王の手で王家直轄領に追いやられたという話も知っている。だが、王都に戻って来ているとは知らなかった。その上、あのフィンチ侯爵夫人と愛人関係だったとは、露ほども思わない。フィンチ侯爵はアルカシア派の中でも、プレイステッド卿《きょう》に次ぐ実力者だ。

(単なる愛人でしたらまだしも、夫人から何か情報が流れていたら――?)

エアルドレッド公爵家は大打撃を受けるかもしれない。大公本人は享楽的で深く物事を考えないが、大公フランクリンを傀儡としたい勢力にとっては、最高の情報源だ。

（殿下にお伝えすべきかしら。でも、まだ殿下も幼くあらせられますから、申し上げたところで何ができる訳でもございませんでしょうし）

それに、リリアナよりもライリーの方が、クラーク公爵と話す機会が多い。何かの拍子に、ライリーが情報を漏らしてしまう可能性もある。他に頼れそうな相手と言えば、ペトラとベン・ドラコくらいだ。だが、二人共魔術や呪術の研究に没頭する性質で、権力闘争は忌避しがちだ。特に王族が絡めば、彼らにはどうしようもない。

リリアナが貴族の勢力図に興味を持つのは、身の破滅を避けるためだけではない。乙女ゲームの筋書き《シナリオ》以外でも、リリアナを追い落とそうとする勢力から身を守るためだ。

結論を出せないまま、リリアナは屋敷に到着した。馬車から降りて自室に戻る。簡素なドレスに着替え一人になったところで、リリアナはベン・ドラコから貰った魔導石が光ったことに気が付いた。部屋に防音の結界を張り、手を翳《かざ》して魔力と反応させる。魔導石から流れて来たのはペトラの声だった。

『お嬢サマ、今動ける？』

「ええ、動けますわ。如何《いかが》いたしました？」

『魔物襲撃《スタンピード》じゃないんだけど、ちょっと面倒なことになってさ。人助け、来てくんない？転移であたしの場所まですぐ来れるかな。プローフェンの森なんだけど』

リリアナは首を傾げた。ペトラにしては珍しい要請だ。しかし、普段からペトラには世話になっている。断る選択肢はない。

「もちろん、すぐに伺いますわ」

『助かるよ、ありがとね』

通話が切れると、魔導石は単なる石にしか見えない。リリアナは結界を消して、鈴を鳴らしマリアンヌを呼んだ。優秀な侍女はすぐに来る。

〈王宮でお茶菓子をたくさん頂いてしまいましたの。ですから、今日の夕食は結構ですわ〉

「まあ、そうなのですね。承知いたしました」

ライリーとの会話が弾んだと思ったのか、マリアンヌが口元を綻ばせる。

〈それから、今日は少し疲れたので休みます〉

「畏まりました。それでは寝る準備を整えさせていただきますね」

マリアンヌは手早く支度を済ませた。これから出掛けるため、寝間着に着替える必要はないが、優秀な侍女の目を欺くためには必要だ。マリアンヌは部屋の灯《あか》りを消し、退室する。寝台《ベッド》に潜り込んでいたリリアナだったが、部屋の周囲から気配が遠のくと、すぐに服を簡素なワンピースに替えた。

(プローフェンの森でしたわね。魔力感知が干渉されなければ良いのですけれど)

幻術で姿を消し、リリアナは転移の術を発動させる。転移先はペトラの魔力で特定した。大まかに場所を指定すれば、転移先の障害を避けて転移できるように、術は改良済みだ。

一般の魔導士が転移陣を使う理由の一つは、転移先の障害物を自力では避けられないからだった。

視界が変わる。転移先に移った瞬間、リリアナは術に失敗したと思った。

「――っ!!」

ぞわりと総毛立つ。リリアナは反射的に、周囲に結界を張った。次いで視界に入ったのはペトラとその背後に隠れる少女、リリアナたちを囲む無数の赤い目――瘴気の闇だ。

ペトラは空気の揺れに気が付いた。冷や汗を額から垂らして、独り言のように呟く。

「ありがと。ちょっとコレ、さすがにあたし一人じゃ厳しいって思ってたんだよね」

『ベン・ドラコ様はお手隙では？』

ペトラの傍に蹲《うずくま》る少女が気になり、リリアナは姿を消したまま念話《テレパシー》を使う。

「通じなかった。多分、魔導省に居る」

そこでようやく、緑髪の少女が動いた。少し吊《つ》り上がった水色の目は子猫のように愛らしく、勝気な性格が表れている。しかし、小柄な体は恐怖に震えていた。

「――ペトラ姉様？　どなたかとお話しになってるの？」

ペトラは励ますように少女の頭を軽く撫でた。

「あたしたちの仲間だから安心しな、タニア」

リリアナはまじまじと少女を見つめた。まさか、彼女とここで会うとは露ほども思っていなかった。周囲の魔物すら一瞬脳裏から消え失《う》せる。確かに、少女の顔立ちには面影があった。ベラスタの分岐《ルート》のライバルで、その人気から、友情エンドも用意されたタニア・ドラコだ。リリアナの気配は感じても、姿が見えないペトラは、リリアナの驚きには気が付かず言葉を続けた。

「魔物がこれ以上近づけないように結界張ったんだけどさ、これ以上瘴気が出て来たら結界でも防ぎ切れないし、魔物連れて転移するわけにもいかないから、迂闊《うかつ》に陣も使えないし。それに何でか、前の魔物襲撃《スタンピード》の魔物より個体の知能が高いみたいでね」

改めてリリアナは周囲を見回す。魔物たちは全て、リリアナたちの出方を窺っていた。以前の魔物襲撃《スタンピード》では、魔物は動くものを片っ端から、本能の赴くまま襲っていた。

（魔物って、知能がある存在でしたの？）

転移には結界が邪魔になる。リリアナも、ペトラが張った結界の外側にしか転移できていない。つまり、ペトラが転移しようと思えば、結界を解除する必要がある。魔物たちは、その瞬間を狙っている様子だった。

『転移の前に、魔物を殲滅《せんめつ》しなければなりませんわね』

「その通り」

だが、ペトラは呪術士で、防衛に特化している。ペトラ一人ならどうにか対処できても、少女《タニア》を守りながら複数の魔物を討伐する技術は、持ち合わせていなかった。

（知能のある魔物が、人里に降りても大変ですわね。確かに、魔物襲撃《スタンピード》ではないけれど助けが必要な状況、ですわ）

リリアナは周囲を改めて確認した。木々の生え方から、人の入らない場所だと分かる。土と空気の臭い、そして湿度から考えて、一日中陽《ひ》が当たらず、近くには水場があるようだ。耳を澄ましても激しい水音は聞こえないから、あるとしても湖か川――滝ではない。湿度が高く暗い場所は瘴気が停滞しやすく、水の流れがある場所や明るい場所は瘴気と相性が悪い。今リリアナたちが居る所は、瘴気溜《だ》まりができやすい環境だった。

ざわ、と空気の澱《よど》みが深くなる。魔物がじりじりと包囲網を狭める。攻撃の準備だ。

前回の魔物襲撃《スタンピード》で、リリアナは最高位の光魔術を使った。だが、その後に書物を漁り、それが非効率だと理解した。大規模な魔物襲撃《スタンピード》ならまだしも、数十匹程度の魔物相手では必要ない。

（蠅《はえ》を殺すために大砲を使うようなものでしたものね）

そして、以前ベン・ドラコやペトラを交えて議論した時の仮説を検証する、絶好の機会だ。ペトラもそれを見込んでリリアナを呼び出したに違いない。

『死体を残せば、この魔物が自然発生的なものかどうか分かりますかしら？』

ペトラは答えなかったが、はっきりと頷いた。リリアナの口角が弧を描く。少女は高揚していた。貴族令嬢である以上、実戦経験は滅多に積めない。現状は、実力を試す数少ない好機だ。リリアナは魔力を練り、結界を解除した。

（【空間分析《ラマーナルーザ》】、そして【記録《エファッセン》】）

瘴気の構成成分を分析し記録する。それは、魔物に攻撃される直前の刹那の早業だった。

先んじて攻撃を仕掛けた一体を軽くいなし、リリアナは体内の魔力に集中する。魔物襲撃《スタンピード》の時と違い、魔力的にも精神的にも余裕があった。魔力が体に充満するのを感じながら、リリアナは魔物を惹《ひ》き付け、無詠唱で術式を展開する。リリアナの緑の瞳が煌《きら》めき、銀髪がふわりと宙に浮く。

（【鎌風《エリーガンストーム》】）

それは、触れるもの全てを切り裂く――風の魔術だ。

鋭い爪を持つ風は、魔物の体に触れた瞬間、容赦なく分厚い皮膚を切り裂いていった。逃げる時間など与えない。触れただけで魔物の命は屠《ほふ》られる。

「うっわ、エゲつな……」

リリアナの背後で、ペトラが唖然《あぜん》と声を漏らした。少女の風魔術は、一切の躊躇《ちゅうちょ》がない。最強の剣士が一太刀で魔物を斬り伏せる様と似ていたが、リリアナはそれを全方位に展開していた。普通は、たとえ魔術であっても、視認できない敵や動きを感知できない敵に攻撃は当てられない。魔物は瘴気を纏っているため、気配を感じ取れても動きや位置を特定できず、当然、討伐も困難を極めるというのが常識だった。

つまり、リリアナは瘴気の影響を祓《はら》った上で、全ての魔物の位置と動きを把握しているということだ。視界が三六〇度ある状態で、数十の武器を反射的に振るう。並大抵の精神力、魔力量、反射神経で成せることではない。

最高位の光魔術で魔物襲撃《スタンピード》を殲滅した時も驚愕《きょうがく》したが、今回はそれ以上だった。あまりにも人間離れした所業に、ペトラは絶句する。

「普通、ソレやると、神経がイカれるんだけどね……？」

辛うじて零《こぼ》れた声は、ペトラ自身どうかと思うほど掠《かす》れていた。無意識に、ペトラは冷や汗を拭う。

魔物は咆哮《ほうこう》し、口角から泡を零す。何が起こったのかすら自覚できないまま、血反吐《ちへど》を吐き地に倒れ伏すものもいる。一方で、体力のある魔物は、諸悪の根源であるリリアナに突進した。姿は見えなくとも、魔力の大元の居場所は分かるらしい。だが、その時には、リリアナは既にそこに居なかった。

【旋風《ヴィルベルヴィント》】

リリアナの魔力が凝縮された空間に突っ込んだ六体の魔物は、縦に引き延ばされ、無惨に引き千切られる。竜巻を模した局地的な風魔術は、魔物が肉片になった瞬間に解除された。三十近く居た魔物は、リリアナの手によりほんの数分で物言わぬ骸《むくろ》となる。

【浄化《ライニグング》】

最後は光魔術で瘴気を浄化すれば終了だ。最高位の光魔術とは異なり、【浄化《ライニグング》】では魔物の肉体は消滅しない。あっという間の神業に、タニアも愕然《がくぜん》としていた。その顔は蒼白《そうはく》だが、六歳の少女が気絶していないだけ立派だ。

「なんていうか……さすがだねぇ」

感心したような、呆れたようなペトラの声が、戻った静寂に落ちた。安全を確認して、ペトラは周囲を覆っていた結界を解除する。

『それにしても、何故このような時間帯にこの場所にいらしたのです？』

「あたしは、昨日ここで魔物が出たって報告聞いたから、実地調査に来たんだけど」

ペトラは自分の腰にしがみつくタニアをちらりと見下ろす。その顔は少し困った表情を浮かべていた。リリアナの声が聞こえないタニアは不思議そうに首を傾げている。ペトラは少し考えて、「ねえ、あんた何でここに来たの？」とタニアに尋ねた。

「あの──タニアね、魔術のお勉強を始めたのよ」

「うん、それは知ってる」

勝気な目を煌めかせてタニアは自慢げだ。だが、夕方の森に居る理由にはならない。ペトラは「それで？」と先を促した。タニアは不服そうに頬を膨らませる。

「分からないの？　今日の授業で、先生は強くなる方法を教えてくださったわ。魔力を増やすのに、サフラワーとジュニパー、それからバードックが要ると教えてくださったの」

それで分かるでしょう、とでも言いたげだが、やはり分からない。ペトラが眉間に皺を寄せているのを見て、タニアはイラっとしたように声を荒らげた。癇癪《かんしゃく》一歩手前だ。

「だから！　タニアはその草を取りにきたのよ」

「こんな夜中に？」

「──だって」

タニアは泣きそうに顔を歪める。恐らく、教師は一般論としてタニアに教えたのだ。ただ、魔力の増強は、精神も体も成長過程にあるタニアには勧められない。魔力を増やすのはもちろん、そのために服用する草も、大量摂取に適さないと書物には記されていた。

（サフラワーは血流促進、ジュニパーとバードックは利尿、浄血作用があるのでしたか）

体内の魔力をスムーズに循環させることを目的とした選別だ。だが、ジュニパーは腎臓に作用する。過度な負担が掛かれば腎機能障害に陥り、最悪の場合は死に至る。ハーブティーやアロマで少量を使うなら良いが、魔術で効果を最大限に引き出した場合の悪影響は計り知れなかった。ペトラもまた、リリアナと同じ結論に至ったらしく、呆れ顔だ。

「あんた、そういうことやってると死ぬよ」

「で、でも――！」

「でも、じゃない。ベンには報告する。あんたには魔術の家庭教師は早かったって」

「なんでっ！　ペ、ペトラなんて、タニアのお姉ちゃんじゃないのに！」

タニアはとうとう癇癪を起こすが、魔物に襲われた恐怖が残っているのか、ペトラにくっついて離れない。ペトラはうんざりと空を仰いだ。小さく舌打ちを漏らすが、タニアの耳には届かなかった。

二人の様子を眺めていたリリアナは、埒《らち》が明かないとペトラに提案する。

『差し支えなければ、そのお嬢様を転移でお送りしては如何でしょう？』

「――お嬢様って……タニア、そういう柄《これ》じゃないって」

物言いたげなペトラだが、賢明にも口を噤《つぐ》んだ。タニアと一歳違いであるにも拘わらず、リリアナがタニアを『お嬢様』と呼んだことが引っ掛かったらしい。

「そうだね、そうするよ。あたしが送り届けて来る。あんたはどうする?」

『わたくしは、ここで調査をしてから屋敷に戻りますわ。貴方は如何いたします? そのお嬢様を送り届けた後、こちらに戻られますか?』

「ああ、うん。そうするよ」

『でしたら、お待ち申し上げておりますわ』

迷わず頷いたペトラに、リリアナは答える。ペトラは懐から転移陣を取り出し、タニアと共にその場から姿を消した。リリアナは幻術を解き、近辺の調査を開始する。

魔物が発生する瘴気の起源は明らかではない。現在の有力説は、空中に分散している瘴気の素が一ヵ所に集まることで高濃度となり、瘴気として認識される、というものだ。

(説得力はありますけれど、一つ疑問が残りますのよね)

瘴気で魔物が形作られるのか、それとも動物が瘴気に中《あ》てられることで魔物となるのか、説明が付かないままだ。

「今日の魔物は知能が高そうでしたわ。もし動物が瘴気に中てられて魔物になるのでしたら、今回は知能が高い動物が犠牲になったと考えられますわね」

問題は何をもって知能が高いとするかだが、この場合は理論的に物事を考える能力と定義すれば良いだろう。つまり、体重に対して脳の重量が大きいことが一つの指標となる。具体的には、人間、象やイルカ、ゴリラ、烏《からす》、狼《おおかみ》、蝙蝠《こうもり》だ。この中でスリベグランディア王国に居るのは、人間、鳥、狼、そして蝙蝠である。魔物の死骸を見ると、人間以外の動物が魔物に変じたと考えてもおかしくはなかった。

「【魔術探知《マギス・ズーハ》】」

リリアナは、魔力消費量を抑えるために詠唱した。周囲に魔術や呪術の痕跡が残っていないか確認する。【魔術探知《マギス・ズーハ》】は本来、魔力や魔術を感知する術だ。だが、術式を一部変更すれば、魔力を使った呪術にも反応する。

（そうそう上手くは行きませんわね。それらしきものは見当たりませんわ）

小さく溜息を吐いて、リリアナは「【収集《ザムルング》】」と唱える。途端に、あちらこちらに散らばった魔物の肉片が一ヵ所に集まった。念のため残骸の周囲に結界を張る。

「【構築《アウフバーン》】」

イメージはAIアルゴリズムだ。同じ遺伝子配列の蛋白質《たんぱくしつ》を同一グループと定め、その中でも同一の魔力を纏っている箇所があれば、下位グループに分類する。細胞や組織の構造、付着する微生物からも推測を重ね、魔物の姿を再現した。

必要な魔力量も、術式を構築する知識も、人間の能力を遥かに超越した魔術だ。人が見れば、魔王の所業だと恐怖のあまり失神したに違いない。だが、リリアナは無自覚だった。不老不死の術でもなく、化石から恐竜を復元させるようなものだから、禁忌にも当たらないと、リリアナは認識している。とはいえ、今回の魔物は三十近く居た。その全てを選《よ》り分けて復元するなど狂気の沙汰だが、リリアナは細かい作業も嫌いではなかった。

「不明な場所もございますけれど、仕方ありませんわね。分かる範囲で復元しましょう」

魔物と戦っている間は、瘴気が邪魔で魔物の細部は認識できない。

魔物の復元は数分で終わった。命を吹き返すこともなく、単なる剥製のようなものだ。

再度、瘴気をまき散らし始めたら面倒だと思っていたリリアナは、安堵した。

「狼のような姿形の魔物が多いですわね。他には鳥と鷹《たか》、それから——ウサギも」

一つ一つ魔物を確認していたリリアナは、空気の揺れを感じて一瞬警戒する。だが、すぐに良く知る魔力を感じて力を抜いた。

「お早いお戻りですわね」

姿を現したのはペトラだ。ペトラはしばらく状況が理解できなかった。リリアナと復元された魔物を交互に見て、優秀な頭脳を最大限に働かせ——そして事態を把握する。

「——あんた、人間やめたの？」

げんなりとした顔で零れた言葉が、静けさの戻った森に響いた。思わず、リリアナは笑みを深める。

「あら、人間をやめたつもりはございませんわ」

「まあ、あんたに人間業《にんげんわざ》は求めてないけど——これはなんで復元したわけ？」

ペトラは、リリアナに常識を求めることを止めたらしい。未だ呆れた口調で問う。

「生きている時は、瘴気で形を確認できませんでしょう？」

言葉は足りないが、ペトラは理解した。魔物の正体を突き止める作業の一環だ。結界のすぐ傍に近づき、まじまじと復元された魔物を観察する。

「なるほど。普通の動物に見えるね。――術式は意味分かんないけど」

リリアナが構築した術式の欠片《かけら》も確認したものの、ペトラは理解できなかったらしく、解読を諦めた。リリアナは術式の部分を無視して答える。

「わたくしにも普通の動物に見えますわ。これが何故、尋常でない身体能力と魔力を持つに至るのでしょう」

「うーん……分からないよねぇ。標本《サンプル》も足りないけど、こうして復元しても、納得できる結論は導き出せそうにない」

リリアナは指先を顎に当てて首を傾げた。骨格や筋肉、内臓の比率だけでなく、各臓器を構成する蛋白やホルモンなども、一般的な動物と大きな差はない。

（体組成も通常の獣と変わらないですし、血液循環もあるようですし――違いがあれば、調査のきっかけになったでしょうに）

残念だと、リリアナは肩を落とす。同じものを前にしても、前世の知識がある分、リリアナが得る情報はペトラより格段に多い。だが、それでも、現状は『何も分からないことが分かった』だけだった。

「次の機会がありましたら、生け捕りにする必要がありそうですわね」

「――は？」

「生け捕りにした方が、生体の様子が分かって宜しいのではございません？」

聞き間違いかとペトラがリリアナを振り返る。リリアナはきょとんとしていた。可愛らしい仕草だが、言っている内容は愛くるしさの欠片もない。

「魔物を生け捕りにするって、どうやって？　あいつらは魔力を使うんだ、こっちの身を守るには魔力制御の術を掛けた檻《おり》に入れなきゃいけない。そうすると、魔術を使った研究はできないよ」

「生きていても意識があれば、分析も難しゅうございましょうね」

リリアナは淡々とペトラに同意する。ペトラは目を剝いた。リリアナが何を示唆しているのか、ペトラは違《たが》うことなく理解した。

「魔物の意識だけを奪うってこと？　本気で言ってんの？」

魔物は意識を失わない、というのが通説だ。肉体が朽ちるまで、破壊の限りを尽くす。肉体がある程度の形を留めている限り、彼らは止まらない。

リリアナは意に介さず、感情の読めない表情で、朝食の献立《メニュー》を答えるように軽く言った。

「不可能ではないと思いますのよ」

ペトラは目を細め、リリアナの本気を測った。リリアナは詳細を明かさない。

「ただ、術式の実効性を確認しなければなりませんから。お披露目までは少々お待ちくださいな」

「——その機会があって良いのか悪いのか、判断に悩むところだね」

リリアナの『お披露目』は、魔物が出現した時にしか起こらない。新たに開発される術式に興味はあれど、リリアナを危険に遭わせたいわけでもなく、ペトラは頭を抱えた。

リリアナは、魔物を囲う結界を解除して、囁《ささや》くように、祈るように呟いた。

「【消滅《ヴァーシュウインドン》】」

さらさらと、魔物たちの欠片が砂のように風に流され消えていく。木々の隙間から漏れる月光を反射した灰塵《かいじん》は、天の川のように白く輝いていた。

◇　◇　◇

——深い森の中。ざわりと総毛立つほどの瘴気が育つ。

少女は膨れっ面で、しかし初めての冒険に胸を高鳴らせながら一人歩いていた。魔術で足元を照らしながら慎重に歩く。光を灯《とも》す魔術は、習ったばかりだった。

（ここは——プローフェンの森？）

リリアナは瞠目する。この森でペトラと別れたリリアナは、屋敷に戻り眠ったはずだ。

（——ああ、夢かしら）

そんなことを思う。一人で暗い森を歩いているのは、つい数刻前に会ったタニア・ドラコだった。もう闇に沈んでいるはずの森が、わずかに明るい。

『だって、みんなタニアのこと、子供扱いしすぎなのよ。ベラスタよりも先に魔術のお勉強ができるようになったんだから、タニアはもう大人よ』

齢《よわい》六つにして魔術の授業を受けられることは、彼女にとって誉れだった。

『サフラワー、ジュニパー、バードック。ふふ、タニアはちゃんと覚えられるんだから』

物覚えが良いというのも、タニア・ドラコにとっては自慢の種だった。

『ベン兄さまも五歳の時に先生がいらっしゃったって言ってたもの。タニアは六歳だけど、じゅうぶんベン兄さまのお手伝いができるわ』

長兄のベン・ドラコは、史上最年少で魔導省の副長官に就任し、一族の中でも優秀と名高く、タニアの憧れだ。ベラスタは最近よく反発しているが、タニアは馬鹿らしいと思っていた。『タニアのベン兄さま』は誰より素晴らしく素敵な人だ。そんなベン兄さまに反抗するなんて、ベラスタは子供だ。だから、最近はベラスタとも会話をしていない。

ただ、最近のベラスタは以前よりも少し真面目に魔力制御の練習をしているらしい。もし追いつかれたらどうしようと、タニアは焦っていた。それでも、自分の方が一歩も二歩も先に進んでいるのだ。だから、タニアは少し気分が良い。タニアは更に強い魔導士になって、ベン兄さまの右腕になるのだ。

『そのためにも、魔力を強くしなくっちゃ。先生はまだ早いって言ってたけど、そんなこと言ってたら遅れちゃうわ。タニアは普通の女の子じゃないのよ』

口数が多いのは、夜闇に包まれ始めた森が怖いからだ。街中と違い、木々が繁《しげ》る森は暗くなるのも早い。だが、タニアは自覚がない。もし意識してしまえば、恐ろしくてその場から動けなくなってしまうだろう。

そして、薬草探しに夢中な少女は、その存在が近くに現れるまで全く気が付かなかった。

『――?』

不穏な気配を感じたタニアは顔を上げ、周囲を見回す。しかし、気のせいだろうと思い込み足を進めてしまう。次の瞬間、周囲に黒い霧が発生した。吐き気のする空気に、タニアは足を止める。

『えっ――!?』

湧き上がる恐怖に呼応するように、魔物が次々と姿を現す。タニアは慌てて結界を張るが、本格的に魔術の訓練をしていない彼女の結界は弱い。その上、六歳になったばかりの少女の心は、初めて相対《あいたい》する十数体の魔物を前に平静を保てなかった。

魔物はタニアを獲物と見定める。狂気に満ちたどろりとした暗い目を少女に向け、臭気に満ちた息を咆哮と共に吐き出す。タニアの顔は絶望に染まった。身を守るための結界が解《ほど》ける。最初の一体が鋭い爪をタニアに向ける。タニアはその場に腰を抜かし、精一杯身を縮めた。恐慌に陥り、叫ぶことも、防御することもできない。魔物の爪がタニアの小さな頭を切り裂くと思われた――その時。

断末魔が、夜闇に響き渡った。

痛みを感じなかったタニアが恐る恐る顔を上げれば、目の前にはローブを纏った女が立っていた。爛々《らんらん》と目を光らせ、眼前の魔物たちを睥睨している。

『全く、あんたが居ないってベラスタが騒いでるから探してみれば。こんなところで何してんだい』

『あ、ぺ、ペト――』

タニアは震える唇で自分を助けてくれた人の名を呼ぶ。ペトラ・ミューリュライネンは、タニアの大好きなベン兄さまが、家族以外で唯一打ち解けている女性だった。ベン兄さまとペトラが話す内容はあまりにも難しくて、タニアは理解できない。仲間外れにされているようで、タニアは決してペトラに勝てる気がしなくて、いつも悔しかった。

愕然とするタニアの前で、ペトラは次々と襲い掛かる魔物たちを魔術で迎撃する。自分も戦わなければと、タニアはようやく自分を取り戻した。立ち上がってペトラの前に出ようとする。だが、タイミングが悪すぎた。

『邪魔だよ、退《ど》きな!』

『なによ、偉そ――っ!?』

反射的に噛み付いたタニアを、魔物の牙が襲う。反対側の魔物を魔術で燃やしたペトラは、タニアを襲う魔物への対処が間に合わないと察知した。

『――――つっ!』

咄嗟にタニアを胸に引き寄せ庇《かば》う。ざっくりと、魔物の牙がペトラの脇腹に食い込む。魔物の牙にはかなりの毒が含まれていた。ぞわりぞわりと、脇腹から侵食する熱と、全身を襲う寒気に意識が飛びそうになる。ただでさえ、魔物に付けられた傷からは瘴気が入り込むというのに――毒を持った魔物の牙を受けるなど、最悪に運が悪かった。

『ペトラ姉様――？』

庇われたタニアが、ペトラの腕の中からその顔を見上げる。ペトラは力を振り絞って、ローブの下に潜ませた短剣を魔物に突き刺した。魔物の力が緩んだところでその牙から逃れる。傷口は、魔術で焼いた。血は止まるが、体内に入った毒は治癒魔術でなければ浄化できない。だが、治癒魔術は自分には使えない。それに、まだ魔物は残っていた。

『っ』

荒い息を零し、ペトラはその場に崩れ落ちる。そこでようやくタニアは、ペトラの脇腹を真っ赤に染める血に気が付いた。幼い顔が蒼白になる。

『ペトラ――、』

『帰るよ』

息も絶え絶えになりながら、ペトラは最後の力を振り絞った。タニアと共に、慣れ親しんだ部屋に転移する。

『ミューリュライネン!?』

霞《かす》んだ意識の中で、ペトラは決して自分を名で呼ばない男の声を聞いた。必死に治癒魔術を掛ける男の気配を感じていた。目を開ければ、霞んだ蒼白な顔が見えた。

『――頼む、頼むから――死なないでくれよ、ペトラ』

初めて彼が呼んだ自分の名は、優しくも悲しかった。

意識がある時に呼べよ腰抜け、と、声に出さないまま朦朧《もうろう》としたペトラは男を想った。

『生きてくれ、ペトラ』

何度も何度も、男は意識のないペトラに呼びかけた。慣れない手つきで必死に看病していたと、ペトラは後からベンの乳兄弟であるポールに聞いた。

母を戦で亡くし孤児となったペトラを拾ったのは、ベン・ドラコだ。彼は、名前しかなかったペトラにミューリュライネンという姓を与えた。そして、魔導省で働けと言った。呪術士であった母の後を継げば良いと言ってくれた。

ベン・ドラコは、大怪我《おおけが》から目覚めたペトラの傍には居なかった。脇腹に大きな傷は残ったものの、日常に戻ったペトラに、ベン・ドラコは素っ気なかった。ペトラもベンに声を掛けられず、月日は流れる。タニアは会う度に物言いたげな視線をペトラに投げるが、ペトラは相手にしなかった。ベンは、妹を庇ったペトラに引け目があるのだろうと、ポールは言う。だが、ペトラは嘲笑を浮かべただけだった。

一体どうして、自分を避ける相手に声を掛けられるというのか。

『——腑《ふ》抜《ぬ》け野郎』

本心を口にする気には、とうていならなかった。手を伸ばして拒否されることこそが、一番怖い——腰抜けはベン《あいつ》なのか自分なのか。自嘲を浮かべながらも、ペトラは自分から歩み寄ろうとはしなかった。

そのことを後悔する日が来るとは、思ってもいなかった。

永遠などないと、嫌になるほど知っていたはずなのに。

◇◇◇

リリアナは目覚める。呆然《ぼうぜん》と、彼女は天井を見つめていた。見慣れた屋敷の天井だった。

「――夢？」

夢にしては現実的《リアル》だった。ぐったりとして、青い顔で深く溜息を吐く。

魔物討伐から帰宅したリリアナは、【記録《エファッセン》】した瘴気と、通常の空気を比較した。疲れ果てていたが、早く対応した方が良いだろうと、多少無理をした。案の定、成分には明確な差があった。瘴気には、二酸化硫黄やシアン化水素などの有毒物質が含まれていたのだ。それらの有毒物質は互いに反応せず空中で分離したまま浮遊していた。

そこまで確認したら、リリアナは力尽きた。滅多になく疲労していたから、悪夢を見たのかもしれない。リリアナは上手く働かない頭を動かす。手は小刻みに震えていた。冷や汗が全身をしっとりと濡《ぬ》らしている。

「どういうことなのかしら。現実の出来事――ではありませんわよね」

現実に近い夢だった、と考える方が納得できる。しかし、現実ではないと断言するのは躊躇われるほどの感覚だった。

これまでも、リリアナは明晰夢《めいせきむ》を見たことがある。どれもが、乙女ゲームの筋書き《シナリオ》に沿っていた。ここまで現実ともゲームとも乖離《かいり》した内容は初めてだ。

「これから起こる出来事、ということ？　いいえ、そんなはずございませんわ」

リリアナは上半身を起こし、自分に言い聞かせた。魔物と遭遇した以上、プローフェンの森に、タニアが一人で行くことはないだろう。タニアは年相応の少女だが聡明《そうめい》だ。妙な動悸《どうき》を感じて、リリアナは右手で胸元を摑む。しかし、鼓動はなかなか落ち着かない。じっとりとした脂汗が、背筋を伝って流れるのを感じた。

第四章　連れ去られた北の民

ライリーは、執務室の椅子に座り、痛む頭を少しでもマシにしようと、こめかみを揉《も》む。

「それで、ダンヒル隊長、ブレンドン隊長、そしてオースティン。これを私に持って来た理由は？」

「宰相はお忙しいようでしたので」

しれっと答えたのはダンヒルだ。ライリーの前には、幼馴染《おさななじみ》のオースティン、騎士団二番隊隊長ダンヒル・カルヴァート、七番隊隊長ブレンドン・ケアリーが立っていた。全員神妙な顔だが、ダンヒルはどこか楽しむような色を表情に乗せている。

「確かに、宰相は最近頓《とみ》にお忙しくていらっしゃるな」

「宰相室には、ここ以上に書類が積み上がっていると噂《うわさ》ですので、その書類に紛れてしまっては、我が辺境伯領としてはいささか頭の痛い問題でして」

ライリーは首を傾《かし》げた。

「宰相は、カルヴァート辺境伯の言葉を無下にするような方ではないと思うが」

「ええ、如何《いか》にも。カルヴァート辺境伯《我が父》は、恐れ多くも過分なお言葉を先代ならびに今上陛下より頂戴いたしております。しかしながら、どのような超人であってもついうっかり、過失によるなんたらがあると申しますし、父もここ数年は辺境伯領に引きこもり、中央への影響も衰えております故」

飄々《ひょうひょう》と答えるダンヒルの腹の内は読めない。だが、彼を含めた三人が、宰相に報告を上げる気がないのは確かだった。ライリーは再度報告書に目を落とす。

その報告書は、カルヴァート辺境伯領で最近失踪人が増えている、というものだった。失踪者の名前も記載されているが、ほとんどが男だ。普通の人身売買なら、女子供を攫《さら》う方が実入りが良い。その点も妙だった。

「辺境伯領内で対処することは難しいのか」

貴人の誘拐であればともかく、通常はこのような些事を王宮に持ち込むことはない。反応したのは、ブレンドンだった。

「――ケニス辺境伯領でも同様の報告が上がっていると聞き及んでおります」

ライリーは眉根を寄せて沈黙する。ライリーは、ダンヒルとブレンドンとはほとんど接点がない。ダンヒルはともかく、ブレンドンからは頑《かたく》なな雰囲気を感じ取っていた。

ライリーは知らないが、当初、二人はライリーに報告せず、宰相に直談判《じかだんぱん》するつもりだったのだ。それを、オースティンが説得した。

「失踪人は、移民か？」

ふと、報告書の一文にライリーは目を留める。ダンヒルは頷《うなず》いた。

「はい。ケニス辺境伯領の失踪人も同様に移民だと聞いています。土地に馴染《なじ》みがなく、捜索願が出されません。出される場合も、失踪時期よりかなり遅いのが現状です」

「だから、失踪時期と捜査開始時期に乖離《かいり》があるのか。それに、二大辺境伯領だけ報告が上がるのも説明が付く」

ダンヒルとブレンドンは、意外そうに目を瞬かせた。ライリーを毒にも薬にもならぬ王太子だと揶揄《やゆ》する噂は、騎士団にも届いている。だが、むしろ年齢の割に聡明《そうめい》だ。

カルヴァート辺境伯領とケニス辺境伯領はいずれも国防の要で、人の流出入も多い。そのため、広大な土地であるにも拘《かか》わらず、租税台帳など、人口を把握するための書類が整備されている。その上、いずれの辺境伯領でも、租税台帳は一定期間で内容が見直され、微に入り細を穿《うが》っている。一方、他領はそのような書類がない。存在していても、二大辺境伯領と比べれば管理は杜撰《ずさん》だ。

「クラーク公爵領からの報告は聞いていないな。オースティン、エアルドレッド公爵領はどうだ？」

「報告は上がっていないらしい。一応、兄上が再度、確認を取ると言っていた」

二大辺境伯の他に、ある程度見られる租税台帳を管理しているのは三大公爵家だけだ。だが、その公爵家も辺境伯領よりは管理が甘い。失踪人を把握する時機《タイミング》が遅れているだけとも考えられた。

そこまで考えて、ライリーは訝《いぶか》しげに三人を見た。全てを見透かすような視線に、ダンヒルとブレンドンが居心地の悪さを感じ始めた時、ようやくライリーは口を開いた。

「移民が最近増えているという報告も上がっていたが、両辺境伯領ではどうだ？」

「ええ、増えていますね」

頷いたのはダンヒルだけだ。ブレンドンとオースティンは、分からないと首を振る。移民がいないわけではないが、以前と同程度の人数なのだろう。

「分かった。ケニス辺境伯領に関しては私も確認を取る。この件は私が預かろう。他言無用で頼む。それから——オースティン。この後に予定がないなら少し確認したいことがある、残ってくれ」

ライリーが告げると、オースティンはダンヒルに顔を向けた。ダンヒルは視線だけで許可を出す。今のオースティンの直属上司は騎士団長だが、この場に居ない今、貴族のダンヒルが指揮命令権を持つ。オースティンは、ライリーへ騎士の礼を取った。

「御意」

隊長二人が退室した後、オースティンに近寄るように告げたライリーは声を低めた。

「オースティン、正直に言ってくれ。あの二人は——いや、カルヴァート辺境伯とケニス辺境伯は宰相を信用していないのか？」

オースティンは逡巡《しゆんじゆん》したが、同じく声を潜めて答える。

「一応、宰相に直談判しようとは思ってたみたいだけど、対応はされないだろうって仰《おつしや》っていたからな。あまり信用はなさっていないのだと思う。お前に話を持ち込むべきだってのは、俺が提案したんだ」

ライリーは曖昧に頷いた。信頼する部下に提案されても、普通に考えれば、まだ成人していない王太子に話を持ち込もうと決断はしないはずだ。ライリーも、貴族や騎士団に蔓《まん》延《えん》する自身の噂は承知している。まじまじとライリーは目の前の幼馴染を凝視した。オースティンは、戸惑って顎を引く。

「な、なんだよ」

もしかしたら、とライリーは内心で唸《うな》った。ライリーの次期国王としての資質と、オースティンの次期国王側近としての能力を測られている可能性はある。

「ブレンドン・ケアリーは、ケニス辺境伯の遠縁だったな」

「そういえば、そうだ」

ライリーの独り言に、オースティンは今気付いたと頷く。ブレンドンは、現辺境伯の姉の長男だ。当然、現辺境伯とは繋《つな》がりがある。そして、二大辺境伯は三大公爵家に匹敵する影響力と武力を持ち、いずれの派閥にも属さない。彼らが支持したいと思う候補が現れてようやく、その立場を表明する。

オースティンはにやりと笑った。

「お前の考えは何となく分かる。半分正解で半分ハズレだ。俺も詳しいことは聞いていないが、間違いなく言えることは——クラーク公爵は先王が目を掛けていたってことだ」

「——なるほどな。優秀な男、か」

老獪《ろうかい》な二大辺境伯が何を目論《もくろ》んでいるのか、誰にも分からない。ブレンドンやダンヒルも把握していないだろうし、仮に聞き及んでいたとしても、簡単には口を割らないだろう。

だが、クラーク公爵を警戒していることは、容易に推測できた。クラーク公爵は、先王が目を掛け宰相にまで引き立てた男である。一筋縄ではいかないどころか、『裏の裏は表』という常識すら通用しないだろう。ライリーは嘆息した。

「クライドとリリアナ嬢に話を聞いても、分からないだろうな」

「でも、クライドは領地経営に関わり始めたそうだから、参考にはなるかもしれないぞ」

リリアナは知らないだろうが、嫡男のクライドなら何かを知っているかもしれない。

オースティンとライリーの考えは一致していた。ライリーは次の手を考える。

「今度、クライドに話を聞こう。その席にはお前も居てくれ」

「分かった」

二人は話を切り上げた。ライリーには執務が残っているし、オースティンも騎士団の訓練がある。簡潔に次の約束をした二人は、そのまま別れた。いつの間にか、二人の間に存在していたはずの気まずい空気は、綺麗《きれい》に消え去っていた。

◇◇◇

ライリーが二大辺境伯領での失踪者に関する報告を受けている頃、午後のひと時《ティータイム》を過ごしていたリリアナは、侍女のマリアンヌが浮かない顔をしていることに気が付いた。普段は明るい彼女にしては珍しい。不思議に思って問えば、彼女は言い辛《づら》そうに口を開いた。

「私の弟が今、王都に来ているのですが――友人が居なくなってしまったらしく居なくなったとは穏やかではない。リリアナは首を傾げた。

〈それは、姿を消したということ？〉

「左様でございます。王都の屋敷に泊まって、観光を楽しんでいたのですが、一昨日、戻って来なかったそうです。庶民なので気軽にうろついていたそうですし、実家も気にしていなかったそうですが、昨夜の時点で、さすがに事件に巻き込まれたのではないかと」

マリアンヌはケニス辺境伯の娘だ。だからこそ、マリアンヌの説明を、リリアナにはすぐに理解できなかった。

〈貴方《あなた》の御実家は、庶民とそんなに距離が近いの？〉

マリアンヌは苦笑した。リリアナの指摘は至極当然だ。普通、貴族は平民と親しくしない。階級意識が強くない貴族も中にはいるが、決して馴《な》れ合うことはない。平民を伴っての王都観光は、どう贔屓目《ひいきめ》に見ても『行き過ぎた交流』だ。

「私の実家は、そういう意味では特殊なのです。他の領地と比べると、貴族と平民の垣根が非常に低く――特に騎士団は、平民だろうが爵位持ちだろうが、徹底的な実力主義です。弟も今は領地の騎士団で見習いとして働いていますが、そこでできた友人だそうですよ」

辺境伯の娘でありながら、マリアンヌがリリアナの侍女として働いている理由は、辺境伯の独特な価値観からだと説明は受けていた。だが、リリアナが想像していたよりも遥《はる》かに辺境伯領は自由闊達《じゆうかったつ》らしい。

〈そういうことでしたのね。捜索願は出したの？〉

「はい、出したようですが――」

マリアンヌは苦い顔だ。リリアナは、その理由を理解した。

〈失踪したのが平民だから、捜査がされないのね〉

苛立《いらだ》たしさを交えた口調で、マリアンヌはリリアナの答えを肯定する。

「はい。しかも移民ですので。一応、書類を受理したという体裁だけは整えたようです」

それも、捜索願を出したのがケニス辺境伯家の人間だったからだ。他の貴族であれば、たかが子供一人のために、辺境伯領の人員を割くわけにもいかなかった。マリアンヌの弟は門前払いだったに違いない。ケニス辺境伯領の人間を使って捜索をした方が確実だが、蒼白《そうはく》になって、夜も眠れないそうだ。マリアンヌも、弟のために何かをしてあげたいが、打つ手を思いつかない。ぽつりぽつりと漏らされた事情を聞いたリリアナは、即決した。

〈今日から明後日《あさって》まで、わたくしに予定はあったかしら？〉

「いえ、特にはございませんが――」

唐突な質問に、マリアンヌは首を傾げる。リリアナは、にっこりと笑みを見せた。

〈マリアンヌ。貴方の弟を紹介していただけないかしら〉

「お嬢様？」

マリアンヌはリリアナの本意を摑《つか》めず、きょとんと首を傾げる。その顔が驚きに彩られたのは、次にリリアナが差し出した文章を読んだ時だった。

〈わたくしも力を貸します。一緒に、弟御のご友人を探しましょう〉

信じられずに何度も読み返すが、文章は変わらない。反対しようとした時には、リリアナは既にジルドとオルガを呼び出すため護衛専用の呼び鈴を鳴らした後だった。

◇　◇　◇

王都のケニス辺境伯邸は、その権勢を示すように、王都内でも一、二を争う豪邸だ。だが、質実剛健の家風を示すように、伝統的な造りを踏襲しながらも、装飾は華美ではない。リリアナは、護衛のジルドとオルガに加え、マリアンヌも同伴していた。

(さすがケニス辺境伯邸ですわ)

マリアンヌが事前に報《しら》せたため、リリアナたちはすぐに居間でマリアンヌの父と弟に会うことができた。まさか辺境伯本人が居るとは思わず、リリアナは目を丸くする。しかし、気を取り直して完璧な微笑を浮かべ、淑女の礼を取った。

五十を幾つか越えた辺境伯は、精悍《せいかん》な体軀《たいく》を保っている。厳《いか》つい風貌は女性受けこそ悪そうだが、堅実な人柄を思わせた。しかし、気難しいわけではない。声を持たないリリアナにも気分を害することなく、穏やかに口を開いた。

「お初お目に掛かる。いつもマリアンヌが世話になっておりますな。本日は愚息の件でご足労いただいたとのこと、感謝申し上げる」

〈突然の訪問にも拘わらず、御歓待を賜り誠にありがたく存じます〉

リリアナは手早く手元の紙に文章を綴《つづ》り、マリアンヌを介して辺境伯に渡す。ケニス辺境伯家はマリアンヌの実家だが、今の彼女はリリアナの侍女だ。辺境伯も理解しており、娘に向ける視線は優しくとも、リリアナの侍女として接していた。

ケニス辺境伯は、リリアナの流麗な文字を見て片眉を上げる。何かに納得したように頬を緩め、彼は顔を上げた。最初の挨拶の時よりも幾分か寛《くつろ》いだ様子だ。辺境伯家の侍女が茶を用意し部屋の隅に控えると、辺境伯は傍らの少年を示した。

「こちらは愚息のビリー・ケニスにございます。ビリー、ご挨拶を」

「はい。僕はビリー・ケニスと申します。クラーク公爵令嬢、本日はお越しくださり誠にありがとうございます」

リリアナよりも七つほど年上の少年はリリアナを見てはきはきと挨拶するが、緊張で頬を紅潮させている。快活な素振りだが、疲労も窺《うかが》える。マリアンヌが言っていた通り、友人が心配で眠れない夜を過ごしているのだろう。

リリアナは微笑《ほほえ》みで応え、さっそく本題に入ることにした。その場で文字を書くと時間が掛かるため、確認したい内容は事前に書き出している。マリアンヌに視線をやれば、マリアンヌは心得て、鞄《かばん》から紙を取り出した。

「お嬢様がご確認なさりたい内容の一覧《リスト》でございます。ご確認いただけますでしょうか」

「――これは、」

　質問内容に目を通したケニス辺境伯が、意表を突かれたように目を見張る。一瞬後には目を細め、眼光鋭くリリアナを見やった。最初に見せていた人の良いにこやかさは鳴りを潜め、歴戦の猛者としての迫力が滲《にじ》み出る。だが、リリアナは微笑を浮かべたまま、平然と視線を受け止めた。ケニス辺境伯は、視線をリリアナに向けたまま息子に言った。

「ビリー、お前はここに書いてある通り、あの子の持ち物を持って来なさい。マリアンヌ、ついて行ってやってくれ――積もる話もあるだろう、語って来ると良い」

「畏《かしこ》まりました」

　しばらく部屋に戻って来るなという言いつけを正確に理解したのは、マリアンヌとリリアナだけだった。ビリーはあまり良く分かっていない様子で、立ち上がりマリアンヌと共に部屋を出て行く。更に、辺境伯はリリアナの背後に控える護衛二人を一瞥《いちべつ》した。リリアナは手ぶりで、二人に部屋を出るよう指示する。ジルドもオルガも良い顔をしない。辺境伯は口角を上げた。獰猛《どうもう》な肉食獣のような表情だが、満足そうにも見える。

「随分な忠犬だな。問題はない、扉は少し開けておけ」

　辺境伯にそこまで言われると、平民でしかないジルドとオルガは従うしかない。ジルドは威嚇するようにケニス辺境伯を睨《にら》み据えたが、オルガと共に部屋を出た。辺境伯家の侍女も下がり部屋に二人きりになったところで、辺境伯は声を低めリリアナに尋ねる。

「貴殿は、愚息の友人を呪術で探すおつもりですかな？」

　てんでバラバラな質問を一読しただけで、ケニス辺境伯はリリアナの魂胆に気が付いたようだ。スリベグランディア王国の武人は魔導士を見下す傾向があり、魔術に詳しくない。だが、ケニス辺境伯は例外のようだった。

リリアナは嫣然《えんぜん》と微笑む。厳密には呪術と魔術の組み合わせだが、手の内を全て明かす気はない。辺境伯は淡々と言葉を続けた。

「貴殿はお声を失ったと、マリアンヌから聞いた。つまり魔術は使えん。だが、この質項目を見る限り——貴殿が使う呪術には魔力発動が必要となるのではないか?」

逡巡したリリアナは、腹を括《くく》った。ケニス辺境伯は、乙女ゲームの筋書き《シナリオ》では完全に脇役《モブ》だったから、ある程度情報を渡しても大きな影響はないはずだ。それに、下手な言い訳をしようものなら話し合いの席すら蹴る男だと、リリアナは直感していた。リリアナの緊張に、辺境伯は気が付いていない——少なくとも態度には出ていない。リリアナは無言で部屋に防音の結界を張った。

「——実は、声は既に戻っておりますの」

辺境伯は驚かない。どっかりとソファーに腰かけたまま、鋭い眼光でリリアナを射貫《いぬ》く。

「声が出ないと偽っている理由を聞いても?」

マリアンヌにも護衛にも、声が出ないと振る舞っている理由は分からないのだろう。

「他言無用にお願いできますのでしたら」

「無論だ」

合格だ、と言うようにリリアナは笑みを深めた。

「わたくしの父も、政敵が多いもので、わたくしも身辺に危険が迫っておりますの」

リリアナが住んでいる屋敷にも刺客が幾度となく潜入している。食事に毒が混入されたこともあった。だから、決して嘘《うそ》ではない。そのため、敢《あ》えて声が出ない素振りを続けていると言えば、辺境伯は見定めるようにリリアナを凝視した。

「なるほど。声が出ると知っている者は？」

「わたくしの声が出るよう図らってくださった方のみですわ」

「図らった、ね」

辺境伯は薄《うつす》らと笑みを唇に乗せる。その脳内で何を考えているのかは分からない。

「ここに来たと知る者は？」

「本日、伺った者だけです。他に知らせる予定もございません」

「あの護衛二人は、傭兵《ようへい》ですな」

「ええ、わたくしが直接雇いましたの」

リリアナは意味深に告げた。父親は頼らず、全て自分の手の者だという言外の告白を、辺境伯は正確に汲《く》み取ったようだ。当然、クラーク公爵は娘の声が出ると知らないことにも確信が生まれ、辺境伯の表情が改まる。

年齢的にも立場的にも、リリアナには失踪事件に首を突っ込む権利はない。マリアンヌは、失踪事件に辺境伯家の人員を割けないと言っていたが、辺境伯本人が王都に入っている時点で、何かしらの対策は打たれているはずだ。リリアナの助力は余計かもしれない。

それでもリリアナが手を出すと決めたのは、マリアンヌの心労《ストレス》を軽くしてやろうという主《あるじ》心《ごころ》と、ほんの少しの下心だった。

「閣下は既に捜索を指示されているかと存じますが、首尾は如何《いかが》でございましょうか？」

リリアナは単刀直入に尋ねる。これ以上自分について話す気はなかったし、そろそろビリーたちも戻る頃合いだ。辺境伯は面白がるように片眉を上げた。

「それは、マリアンヌが言ったのかな？」

「いいえ。彼女は、辺境伯家の人員を割けないと信じておりますわ」

辺境伯の笑みが深まる。彼は肘掛に肘を載せ、顎を指先で撫《な》でた。

「それでは、何故《なぜ》捜査を開始していると？」

「社交シーズンでもないこの時期に、閣下が王都へいらっしゃる理由がございまして？」

社交シーズンですら、ケニス辺境伯は王都にほとんど姿を現さない。辺境伯は喉奥で笑った。

「その言い様《ざま》だと、私が愚息の友人が失踪すると承知していたように聞こえるな」

「ケニス辺境伯領から王都まで、早馬でも一週間はかかりましょう」

言外に、リリアナは辺境伯の言葉を肯定した。視線は逸《そ》らさない。部屋に緊張が満ちる。

ここが勝負所だと、リリアナは本能的に悟っていた。辺境伯は問いを重ねる。

「私が、失踪に関与していると考えているのかな？」

「とんでもございません。ただ、予測なさった可能性はございましょう」

「予測、か。面白いことを考えるご令嬢だな」

辺境伯は鼻で笑った。リリアナは動じない。祖父と孫ほどの歳《とし》の差があるが、互いに本気で相手の腹を探っていた。それは、竜虎が睨み合う様子に似ていた。

しかし、リリアナは確信していた。自由闊達なケニス辺境伯領の友人同士とはいえ、その内の一人はケニス辺境伯の末息子だ。王都観光で護衛が居ないなどあり得ない。つまり、ビリー・ケニスは知らないようだが、彼の友人は失踪事件調査の囮だ。辺境伯とリリアナはしばらく睨み合っていたが、やがて、これほど面白いことはないと言うように、辺境伯は声を立てて笑った。

「貴殿は殿下の婚約者候補だったか。他の候補が霞《かす》みそうだ」

「勿体《もったい》ないお言葉、ありがたく頂戴いたします」

婚約者候補から降りようと画策しているリリアナは、ひやりとした。だが、辺境伯がどう考えようと、大きな流れさえ作ってしまえば、リリアナは王太子妃にはならない。辺境伯はにやりと獰猛な笑みを浮かべた。

「いやいや――私に真っ向から勝負を挑める七歳など、初めてだよ」

踏み込み過ぎたかと、リリアナは少し焦る。普段から大人に囲まれている上に、接している子供は、一般的な子供より遥かに厳しい教育を受け大人びた王太子と三大公爵家の子息だけだ。そのせいで、普通の七歳がどのような振る舞いをするのか、リリアナの頭から抜け落ちていた。しかし、後悔は先に立たずだ。リリアナは開き直った。

「わたくしに過分なご評価をくださるのは、閣下だけですわ」

「貴殿のご家族は、評価なさらないのか」

「ええ、何も存じてはおりませんでしょう」

リリアナの家族は何も知らない。辺境伯は真面目腐って頷き、言葉遣いを改めた。

「それは光栄。他には打ち明けぬという己に課した規則《ルール》を破ってまで、何故この件に手を貸そうとなされたのかな」

「マリアンヌが心を痛めていたからですわ」

辺境伯が、リリアナをどこまで関与させるか迷っていることに、リリアナは気が付いていた。だが、どうやら辺境伯の眼鏡には適《かな》ったらしい。リリアナが用意した建前に納得したか定かではなかったが、辺境伯は面白そうに目を輝かせただけだった。

「そこは年相応ですな。安心しました。こちらの手の者が、多少難儀していることも事実。他言無用ということで協力いただけると助かるのだが、如何ですかな」

あっさりと話が進み、リリアナは目を丸くする。辺境伯は頰を緩めた。

「意外ですかな？」

「ええ――正直、そうですわね。少なくとも、呪術の能力に関してはお疑いになるのではないかと思っておりました」

「呪術の腕――ええ、いやまあ、それはそうですが」

正直にリリアナが答えると、これまでとの差が面白かったらしく、辺境伯は小さく噴き出した。首を傾げたリリアナに、辺境伯は笑いの残る声で答える。

「ご令嬢。これは老人からの忠言だが、普通は、助力を受け入れられた、もしくは信頼された時点で喜ぶものです。実力を過信した者は当然と考えるが、貴殿はそうではない。ご自身の交渉力には自信がおありだが、実績のない魔術に関しては全面的に信頼される可能性が低いと冷静に判断されている。やはり、並みのご令嬢ではありませんな」

辺境伯には全て見透かされていた。リリアナも相手の言動から性格や能力を見定めるため、辺境伯のことは言えないが、改めて気を引き締める。

そんなリリアナをやはり興味深そうに眺めながら、辺境伯は「貴殿の心一つにお納めいただけるのなら、お話ししましょう」と告げた。もちろん、リリアナに否やはない。頷いたリリアナに、辺境伯は改めて説明する。

「今回、誘拐された少年の名はイェオリ。年は十四、五でしょう。我が辺境伯領の騎士団に、昨年から見習いとして所属しています。彼は『北の移民』です」

スリベグランディア王国以北の国から流れて来た民を、『北の移民』と呼ぶ。ここ数年、徐々に増えていた。王国北部に高く聳《そび》える山脈に遮られ、北方の国々とスリベグランディア王国は国交がない。だが、移民はユナティアン皇国や西方の海を越えてやって来る。

「ここ数ヶ月ほど、我が辺境伯領では『北の移民』の失踪が増えておりましてな。組織的な人身売買ではないかと調査しているところです」

辺境伯の説明を聞いて、リリアナは唇を引き結んだ。

「『北の移民』ばかり狙われているとは、気にかかりますわね」

「如何にも。移民も、手続きを行えば我が領民です。我々には、彼らを守る義務がある」

ケニス辺境伯が本心から領民のためを考えていることは明白だ。王太子妃教育の一環で各領地についても一通り学んでいるが、ケニス辺境伯領が他領より富んでいる理由の一端に、辺境伯の性質が絡んでいるようにも思えた。

「辺境伯領だけでなく王都でも狙われたとなると、組織的な犯行のようですわね。犯人の見当はついていらっしゃいますの？」

「こちらで摑めたのは、大規模な組織が絡んでいるということだけです。尻尾を摑むために王都まで来たが、向こうの方が上手《うわて》のようでしてな」

囮《おとり》まで用意したが、すんでのところで取り逃がしたようだ。そのため、様子見をしつつ、リリアナの申し出を受ける気になったのだろう。未《いま》だ腹の探り合いは続く。

リリアナは小首を傾げ、問いを重ねようとした。しかし、マリアンヌたちが戻って来た気配がして、口を噤《つぐ》んで防音の結界を解除する。

「皆、入ってくれ」

辺境伯が許可を出すと、マリアンヌとビリーだけでなく、ジルドとオルガも入室した。

ジルドは、リリアナが無事で居ることにほっとしたようだ。マリアンヌは、リリアナが緊張していることに気が付き、父である辺境伯を責めるような目になった。一方、最初と同じ場所に座ったビリーの表情は晴れていた。マリアンヌと会話をして、前向きになったのだろう。

「こちらをお持ちしました。イェオリの革帯です。王都では、剣を持ち歩くと衛兵に睨まれると聞いたので置いて行きましたが、辺境伯領では常に帯剣しておりました」

ビリーが差し出したのは、失踪者であるイェオリの持ち物だ。対象者が常日頃身に着けている物や長く所持している物には、本人の魔力が定着しやすい。リリアナは、その残留魔力を利用して本人の居場所を突き止めようと目論んでいた。

革帯を受け取ったリリアナは目を眇《すが》めて観察する。革帯は簡素だが趣味の良い意匠だった。正式な騎士であれば、肩から斜め掛けのストラップで、幅広の腰帯を支持することもある。だが、イェオリの革帯にはストラップ部分がなく、代わりに鞘《さや》を吊《つ》るすスリングがあった。スリングには毛糸で編まれた幅広の布が絡ませてあり、その布には浮き出るように縄編みの柄が入っていた。剣本体であれば他者の魔力が残留している可能性もあるが、革帯であれば本人の魔力のみが残留しているに違いない。

（残存魔力は一種類ですわね。魔力というより、これは気配に近いものかしら）

魔力とは多少異なるが、呪術を使えば魔力類似の気配でも対象者の場所を特定できる。

リリアナは紙を広げた。紙面一杯に六芒星《ろくぼうせい》が描かれている。中心に革帯を置き、魔力を使っていると気付かれないよう、リリアナは自分と紙に認識阻害の術を掛けた。その上で、六芒星の角に六つの魔導石を置く。魔導石には火、水、風、土、光、そして闇を意味する古代文字が刻まれている。置くと同時に魔力を流せば、刹那に六芒星が光を放った。

「――！」

リリアナの手元を注視していた者たちが、息を呑《の》む。六芒星が光ったのは、リリアナの魔力で術が発動したからだ。だが、魔力を隠したため、魔導石を置くことで術が完成したように見えただろう。

光が天井近くまでを照らし出し、徐々に薄れて行く。残ったのは、六芒星の上に薄らと広がる白い霧と、そこに揺らめく金文字だった。茫然《ぼうぜん》としながらも、マリアンヌが金の文字を読み上げる。

「青い屋根、風見鶏《かざみどり》、港、水車――？」

「暗号のようだな」

辺境伯が唸った。マリアンヌも首を傾げる。

「この四つの単語から連想される場所に居る、ということでしょうか？」

全員の視線がリリアナに向けられ、リリアナは頷いた。四つの単語は、対象者の居場所を暗示している。だが、それ以上は誰も発言しない。四つを併せ持つ場所を、誰もすぐに思いつかなかった。気難しい表情で辺境伯が呟《つぶや》く。

「既に失踪から一日半経《た》っているからな。王都から出ている可能性も加味して、虱潰《しらみつぶ》しに探すか。王都と近郊の地図を持って来てくれ」

辺境伯の命令を受けて、侍女がそそくさと地図を持って来る。リリアナが魔術陣を退《ど》けると、辺境伯が地図を広げた。屋敷と王宮の往復しかしていないリリアナはもちろん、王都を滅多に出歩かない辺境伯は戦力にならない。代わりに、王都探索をしたビリー、普段から色々な場所を歩くジルドとオルガが中心となり、心当たりを一つずつ印付けした。

「風見鶏が曲者《くせもの》ですね。風見鶏がある建物といえば教会ですが、屋根は青くない。となると、教会以外の建物ということになりますが――」

「青い屋根は特徴的ですが、青い屋根で心当たりがある建物に風見鶏はありません」

マリアンヌとオルガが頭を抱える。全ての条件を満たす場所は、なかなかない。ジルドは何事かを考え込んでいたが、地図を睨む面々は気が付いていなかった。

「なァ。風見鶏ってなァ、元々は魔除《まよ》けだったよな」

「そうだ。何か思いついたか、ジルド？」

オルガが答えると、全員の視線がジルドに向けられる。風見鶏は風の方向を示すが、元は魔除けだ。ジルドは意味深に尋ねた。

「じゃあ、昔は教会だった場所はどうだ？」

予想外の問いに、全員目を瞬かせる。ジルドの目は鋭く光っていた。

「廃教会だから、風見鶏は屋根にはついてねェ。俺ァ一度しか行ったことがねェが、港から運んで来た物資を保管、ついでに小麦も貯蔵している倉庫だ」

最後まで聞いた辺境伯が、ピンと来たように唸った。

「アントルポ地区か！」

アントルポ地区は王都西部の地域で、スリベグランディア王国西部の港町から運ばれた物資が一時貯蔵される。そこには青い屋根の倉庫もあった。そして、小麦は水車で作られる。皆納得したが、リリアナだけは釈然とせず、無言で座っていた。

〈小麦をわざわざ水車と言うかしら？〉

一見、ジルドの説は理に適っているが、違和感がある。だが、ジルドの横顔に妙な決意を感じ、リリアナは成り行きに任せることにした。それに、他に良案は思い浮かばない。

ケニス辺境伯も同じ結論に達したらしく、低く唸ってからソファーに座り直した。

「他に可能性もなさそうですな。一旦、手の者をアントルポ地区に向かわせよう」

決断が下されたからには、リリアナたちがすることはない。リリアナは微笑を浮かべ、辺境伯に礼を伝えた。

〈突然押しかけ差し出口を申したにも拘わらず、寛大な御《み》心《こころ》を賜り、ありがとうございました〉

「いや、こちらこそ光明が差したような心持ちです。無論、御助力いただいたことは内密にしますが、これを機に今後とも好誼《こうぎ》を頂けるとありがたい」

〈勿体ないお言葉ですわ。ぜひともご厚誼《こうぎ》賜りますようお願い申し上げます〉

穏やかに別れの挨拶を交わし、リリアナは辺境伯邸を立ち去る。馬車に乗り込んだ彼女は、ポケットから小さな、鳥の形をした紙を数枚取り出した。

〈【追尾《フェアフォルゲン》】〉

紙は透明な鳥となり空を羽ばたく。その鳥は、一羽を除いて、ケニス辺境伯の邸宅に舞い戻り、イェオリの捜索に当たる辺境伯の影に張り付いた。

◇◇◇

ケニス辺境伯邸から屋敷に戻り、夕食を終えたリリアナは、部屋で一人書物を読みながら過ごしていた。そして、夜半過ぎ——使用人たちも寝静まった頃、リリアナは何かに気が付いた様子で顔を上げた。

「あら」

書物を卓上に置き、リリアナは素早く洋服を部屋着から外出着へと替える。外出着といっても上等なものではなく、旅の時に身に着ける簡素なワンピースだ。そして、魔術で眼前に地図を表示させた。リリアナのみが認識できるその地図上には、とある人物の位置が示されている。その人影は、人目を憚《はばか》るように移動していた。

「ジルドが動きましたわね」

リリアナは自分の予想が当たったことに満足げだ。ケニス辺境伯邸で、ジルドの様子がおかしかったため、何かしら企《たくら》んでいるのではないかと思えば案の定だ。リリアナは、辺境伯の手の者だけでなく、ジルドも透明の鳥で監視していた。今、本人に問い質《ただ》しても正直に答えないだろうと、リリアナは目的地で合流することにする。柄にもなくわくわくして頰が緩んでいることに気が付き、リリアナは頰を両手で押さえた。

（少なくとも、わたくしが居た方がジルドの助けにもなるでしょう。ケニス辺境伯の影は、別の場所に向かっていますし）

ジルドが示唆したアントルポ地区はジルドのハッタリだ。ただ、リリアナの予測が正しければ、今回の敵はジルド一人で太刀打ちできる相手ではなかった。それに、イェオリは助けられても、誘拐事件の根本的な解決にはならない。

いつでも転移できるよう準備を整え、リリアナはジルドの動きが鈍るのを待った。待つこと数十分、ジルドを示す光は地図上で移動を止める。透明の鳥の視界に切り替えると、ジルドは馬から飛び降り、手近な木に手綱を結び付けたところだった。

（これは――王都東部の最下層地区かしら？）

リリアナは直接足を運んだことはない。しかし、王太子妃教育で学んだ知識で見当がついた。最下層地区は、王都屈指の貧民街だ。リリアナの屋敷から徒歩で行くには遠く、しかし馬や馬車はすぐに奪われる。庶民であっても、普通に生活している者は決して近づかない場所だった。当然、マリアンヌやビリーでさえ訪れたことはないだろう。

そんな場所に誘拐犯と被害者が居るのかと、リリアナは首を傾げた。犯罪の内容を考えれば妥当だが、最下層地区には『青い屋根、風見鶏、港、水車』を満たす隠れ家など存在しないはずだ。しかし、ジルドの足に迷いはない。しばらく歩き、彼は荒れ果てた教会の裏手に辿《たど》り着いた。尖塔《せんとう》には風見鶏がついている。だが、屋根は青くない。

（頃合いかしらね）

見計らったリリアナは姿を消し、ジルドの近くに転移した。饐《す》えた臭いとアンモニア臭が鼻を突く。吐きそうな臭いに耐えられず、リリアナは自分の周りにだけ浄化の術を掛けた。そして、ジルドの間合いに入らない位置で、姿を現す。

気配を察したジルドは、腰に帯びた剣に手を掛けたが、リリアナと気付いた瞬間にぎょっと目を剝《む》いた。

「な――っ！」

言葉を失ったジルドだが、すぐに立ち直って声を潜めリリアナに詰め寄る。

「てめェこんなところで何してやがる！」

元々得意でない敬語が崩れているが、リリアナは咎《とが》めなかった。微笑みジルドを見つめている。ジルドは周囲を見回すが、当然リリアナは護衛を連れていない。

「おい、まさか一人ってことはねェよな？」

「あら、貴方がいらっしゃるではありませんか」

リリアナは嫣然と答える。ジルドには、声を取り戻したと打ち明けるつもりでいたため、躊躇《ためら》いはない。無詠唱で魔術が使える異常性より、声が出ない振りをしていると知られた方が、ジルドの信頼は得られる。それに、無詠唱での魔術発動はリリアナの切り札だ。

ジルドは妙な表情になってリリアナを凝視する。リリアナが話せることが、俄《にわか》には信じられない様子だ。やがて、ジルドは深い溜息《ためいき》を吐《つ》くと、苛立ったようにぼりぼりと頭を掻《か》いた。恨めしそうにリリアナを睨むが、リリアナは堂々としていた。

「──声が出ねェってのは、嘘だったんだな？」

「昨年、声を失ったのは本当でございますわ」

「ってこたァ、魔物襲撃《スタンピード》の時にはもう話せたってわけかい」

ジルドがボヤくが、リリアナは無言でいた。やはりジルドは、リリアナが最高位の光魔術で魔物襲撃《スタンピード》を制圧したと気が付いていたらしい。代わりに、理由を告げる。

「確かに声は取り戻したのですが、身を守るために、知る者を制限しましたの」

「身を守るため？」

「ええ」

リリアナの言葉を聞き咎めたジルドは眉根を寄せた。しかし、リリアナは明言を避ける。

「声のことはペトラとその上司くらいしかご存じありませんから、他言なさらぬよう」

「ペトラ──ああ、あの魔導士か」

他人に興味がなさそうなジルドだが、ペトラのことは覚えているらしい。意外に思いながらも、リリアナは話題の中心をジルドに変えた。

「それより、貴方がここにいらっしゃる理由ですけれど」

ジルドは露骨に嫌そうな表情になる。極力リリアナを関わらせたくないようだ。

「ここは嬢ちゃんが来るような場所じゃねぇぞ」

「まあ。貴方お一人だと、苦慮なさる場面もあるのではないかと思ったのですが」

掛け値なしの本音だったが、ジルドは納得できずに歯を剝く。

「俺が困る場面ってなァ、なんだよ」

「魔術が必要になる場合ですとか」

リリアナは小首を傾げてみせた。途端に、ジルドは苦々しく顔を逸らす。

ジルドは、魔術を使えない。リリアナも、ジルドを護衛として雇い始めてから知った。オルガは魔術が得意だが、ジルドは肉体特化型だ。武術に掛けては右に出る者がいないため、魔導士相手でも問題なく戦って来られたのだろうが、敵が魔術に秀でている場合は対応が難しい。自覚があるジルドは、痛烈な舌打ちを漏らす。迫力に満ちていたが、リリアナは泰然自若としていた。ジルドは唸るように尋ねた。

「俺がここに何をしに来たか分かってンのか？」

「イェオリの救出にいらしたのでしょう？　他にも懸念はありそうですけれど」

「その程度でも分かってたら十分だってンだ。本当、何者だよ――っクソ」

「ごく一般的な公爵令嬢ですわね」

リリアナの回答に、ジルドは「ンなワケあるかボケェ」と歯ぎしりする。怒鳴り付けたいのを我慢しているらしい。リリアナは楽しげに笑みを漏らし、「それで」と尋ねた。

「こちらへは何をしにいらしたのです？」

「嬢ちゃんが大当たりだよ。イェオリと、ついでに他の奴《やつ》らも助けに来た」

ジルドはイェオリ以外にも被害者が居ると確信しているらしい。その可能性は高いが、リリアナには、ジルドが確信する根拠が分からなかった。だが、理由を尋ねても答えてくれるとは限らない。代わりに、リリアナはもう一つの疑問を口にした。

「イェオリはお知り合いですの？」

「いいや、知らねェ」

あっさりとジルドは一刀両断する。予想外の返答で、リリアナは目を瞬かせた。ジルドは、知人ですらない少年を助けるためだけに、最下層地区まで出向いたらしい。普段は面倒事には関わろうとしないジルドが、珍しいことだ。ただ、『北の移民』は同族意識が強いと聞く。その意識が強く関係しているのだろうと、リリアナは見当をつけた。

（わたくしには、理解できない心境ですけれどね）

リリアナの心に、憧憬に似た感情が湧き起こる。しかし、すぐに気持ちを切り替えた。

「わたくし、認識阻害の術を掛けて貴方に付いて参りますわ。護衛に関してはお気になさらず。敵は、わたくしを認識しませんので」

「分かった――って待て、それだと俺も嬢ちゃんが見えねェんじゃねえか？」

前を向いて歩いていたジルドが少し慌てたようにリリアナを肩越しに振り返る。リリアナはあっさりと頷いた。

「そうなりますわね」

「それはやめてくれ、間違えて攻撃しちまうと不味《まず》い」

不思議な言葉を聞いた、とリリアナは小首を傾げる。

「貴方でしたら、気配でわたくしの居場所を認識できそうですけれど」

「普通ならな。でも、嬢ちゃんの認識阻害だろ？　それなら、話は別だ」

リリアナは至極正直に述べたが、ジルドは不機嫌に首を振った。リリアナは納得はできなかったが、敢えて強行する必要もない。素直に頷き、認識阻害の術は諦めた。

「承知しました。他に、共有するべきことはありますか？」

「魔術で敵を攻撃する時は俺に構わずやってくれ。俺は体が丈夫にできてるからな、たいていの魔術じゃ死なねェ」

リリアナはわずかに目を眇める。先ほどの言葉と矛盾しているように思えたが、ジルドはそれ以上説明しようとしない。自然と、二人は無言になった。

ジルドを先頭に、教会に侵入する。リリアナは魔術と呪術で作られた罠《わな》に注意し、ジルドは敵の攻撃に警戒しながら、足を運んだ。廃教会はとても広い。一階と二階だけでなく、地下も広がる。近辺に罠がないことを確認したリリアナは、小走りにジルドの隣に立った。

「わたくしが行った呪術の結果とは違う場所でしたのね」

「いや、あの結果を聞いて俺ァここだって思ったぞ」

ちらりとリリアナを見下ろし、ジルドはニヤリと笑う。悪巧みが成功した子供のような顔だった。リリアナは無言で続きを促す。辺境伯邸でのジルドの発言は、ケニス辺境伯を現場から遠ざける目的だと見当はついていたが、場所の見当はついていなかった。

「青い屋根と水車、港ってのは、絵のことだよ。この教会、唯一の絵だ」

ほら、とジルドが示したのは、教会の壁に描かれたモザイク画だった。他は灰色に汚れた石壁だが、そこだけ港町の青い水車小屋が描かれている。リリアナは目を瞠《みは》った。

「よくご存じでしたわね」

「最下層地区じゃあ有名な場所だからな。ここで良く炊き出しがあった」

炊き出しが最後に行われたのは、先王の頃、まだ政変の影響が色濃かった時代だ。

（ジルドはその頃、最下層地区《この辺り》に居たのかしら）

ジルドの年齢は良く分からないものの、政変の頃はまだ幼かったはずだ。一時か長期間か、身を寄せていたのかもしれない。しかし、ジルドもリリアナもそれ以上過去に思いを馳《は》せることなく、広い教会を進んだ。向かう先は地下だ。一般的な教会よりも地下は広大で、三階まであった。石造りの狭く暗い螺旋階段《らせんかいだん》をひたすら下る。足元を照らす灯《あか》りもなく、リリアナはジルドに一言断ってから、魔術で光を灯《とも》した。

地下三階は比較的広かった。複雑に入り組んだ廊下を、ジルドはどしどしと進む。リリアナはただ付き従うだけだ。少しして、ジルドが左腕でリリアナを止めた。リリアナは咄《とっ》嗟《さ》に足元を照らす光量を下げた。視界が暗くなるが、辛うじて見える。

「――来た」

ジルドが低く呟いた。緊張が高まる。リリアナは防御の結界を張った。違和感を覚えたジルドが横目でリリアナを見る。

「防御の結界でも張ったか？」

「ええ」

リリアナは言葉少なに肯定する。ジルドは複雑な表情を浮かべた。

「こっちからも攻撃できねェ、よな？」

防御の結界は、内外の攻撃を弾《はじ》く。魔術に特化した結界が一般的だが、一部には物理攻撃も無効化するものがある。防御の結界は身を守る術としては有用だが、攻撃ができないため、籠城戦と通じた戦法だ。そのため、確実かつすぐに増援があると見込める時しか使わない。ジルドの反応は当然だったが、リリアナはしれっと首を振った。

「いいえ？　わたくしたちからは攻撃できるように改良しておりますわ」

「――えげつねェ」

ジルドはわずかに顔色を青くして呻《うめ》いた。リリアナが敵だった場合に思いを馳せたらしい。しかし、味方であれば百人力だ。

次の瞬間、リリアナが張った結界が白く光った。結界の外側に、数本の暗器《ナイフ》が硬質な音を立てて転がる。ぎょっと目を見張った敵の体は、次の刹那に吹っ飛ばされ、轟音《ごうおん》を立てて石壁に叩《たた》きつけられていた。暗器が結界に触れたと同時に、結界から飛び出したジルドの早業だ。

「怪力ですこと」

リリアナは緑の双眸《そうぼう》を驚きに瞬かせ、微笑を浮かべた。

「やはりお強いですわね」

リリアナは、ジルドの白兵戦を目の当たりにしたことはない。だが、魔物襲撃《スタンピード》の時でさえ、最後まで戦い続けた男だ。その上、リリアナを狙う刺客も全て返り討ちにしている。書類仕事を面倒がって報告を上げない点が玉《たま》に瑕《きず》だが、リリアナの身辺警護という本来の役割を十二分に果たしている以上、リリアナに文句はない。

「行こうぜ」

あっという間に三人を倒したジルドは、倒した敵から興味が失《う》せたように歩き始める。

目的地にはまだ辿り着かない。リリアナは倒れた男たちを尻目に、ジルドを追った。時々、思い出したように敵の襲撃があるが、ジルドは全て片手間に片付ける。敵の間に協力態勢など存在しないらしく、ジルドは詰まらなさそうに鼻を鳴らした。

「破落戸《ごろつき》の寄せ集めだな」

「わたくしも、思った以上にすることがございませんわ」

「だから俺一人で十分だったってんだよ」

ジルドは不服そうだが、リリアナは曖昧な微笑で誤魔化す。敵と戦う時にリリアナの魔術が役立つとは、元々リリアナも思っていなかった。最奥まで辿り着くと、少し離れたところに牢《ろう》が見える。中には七つの小さな影が見えた。捕まった子供たちだ。牢の近くに敵の姿は見えない。ジルドは警戒を解かなかった。ゆっくりと牢に近づく。

「ジルド、少しお待ちなさい」

「あ?」

違和感を覚えたリリアナは、ジルドを引き留めた。目を眇めて牢の近辺を睥睨《へいげい》し、ジルドに戻るよう告げる。訝しげな表情のジルドだが、大人しくリリアナの指示に従った。

「おい嬢ちゃん、一体何が――」

ジルドの質問にリリアナは答えず、魔力を練り上げる。

「【解除《フライゼツツオン》】」

瞬間、眼前にあった牢が消え、捕らわれていた子供たちがローブ姿の魔導士へと変わった。ジルドは目を見張るが、リリアナは平然としている。

「くそっ、見つかった！」

敵は悔し紛れに、早口で詠唱した。魔道具を翳《かざ》して魔術の炎を放つが、即座に構築されたリリアナの結界に阻まれる。敵とリリアナの技量の差は明らかだ。ジルドは、魔導士たちが次の術を放つより早く、敵に肉薄した。

「【鎌風《エリーガンストーム》】」

ジルドが三人を沈める間に、リリアナが放った風の攻撃魔術は四人を無力化させる。魔物相手の時よりも威力は抑えたが、敵から魔道具を奪うには十分だ。

「【魔術・無効化《マギス・ストロームアウスファ》】」

リリアナは魔導士たちがこれ以上魔術を使えないよう術を掛けた。仕上げに「【拘束《カバートウ》】」と詠唱し、魔導士たちが着ていたローブを切り裂いて体を拘束する。ジルドは、ほとほと呆《あき》れた様子でリリアナの所業を眺めていた。

「護衛なんざ要らねェレベルだよな、ホント……」

「魔道具がなければろくに攻撃魔術も使えない方々ですもの。取るに足りませんわ」

穏やかに魔導士たちの無能をこき下ろしたリリアナは、小首を傾げた。その様子は、何も知らない者が見れば可愛《かわい》らしいと思うような仕草だった。

「この者たちの尋問は後にするとして、子供たちを探しましょう」

ジルドは溜息を吐く。リリアナの非常識にまともに取り合うのも馬鹿らしいと肩を竦《すく》め、考えるように顎をつるりと撫でた。

「ここじゃねえってことは、多分反対側だ。そっちにも牢がある」

「教会の地下に牢とは、穏やかではありませんね」

「正確には、牢じゃなくて地下墓所《カタコンベ》だけどな」

地下墓所《カタコンベ》には幾つかの種類がある。骸骨が積み重ねられた地下墓所《カタコンベ》もあるが、今、二人が居る場所は、単純に棺《ひつぎ》が納められているだけだ。

ジルドは別の通路を辿って、逆側の翼廊に向かった。リリアナも周囲を警戒するが、敵はこれまで遭遇した男たちで全てらしい。やがて、二人は反対側の端に到達した。眼前の牢には三つの棺が安置され、その陰に隠れるように子供たちが座っている。地下墓所《カタコンベ》には不釣り合いなほど、牢は堅固だ。牢として使うため後から鉄格子が設置されたようだ。力技でも魔術でも、牢は簡単には壊せそうになかった。ここまで堅牢《けんろう》だとは予想外で、リリアナは眉根を寄せ、周囲に視線を巡らせる。

（わたくしの魔力量でしたらどうにかなりそうですけれど。教会が崩れないよう土魔術で

基礎と柱を固定した後に、鉄格子の上下の岩を砕くとスムーズでしょうか）

一方、突然現れた屈強なジルドを見た子供たちは、怯《おび》えて身を硬くした。華奢《きやしゃ》なリリアナには意識が向いていない。苦いものを感じさせる表情で、ジルドは低く尋ねた。

「トネリコの鍵を持っているか？」

子供たちはきょとんとする。しかし、二人だけは、弾かれたように顔を上げた。緊張した面持ちでジルドを凝視する。年長の少年が、警戒しつつも、ゆっくり答えた。

「緑の鍵が作りし神の馬は既に枯れ果てた」

「汝《なんじ》が名は」

「イェオリ」

リリアナは牢をどのように破壊するか考えるのを一旦止《や》め、ジルドたちの会話に耳を傾ける。恐らくジルドの問いかけは符丁《ふちょう》のようなものなのだろう。そして、ジルドの問答に答えたのが、リリアナたちの探していた少年らしい。

ジルドの問いに反応したもう一人の少女も、掠《かす》れた声で答える。

「我が同胞に問う、我が名はインニェボリ」

「我が名はジルド」

二人の名を聞き終えたジルドは、自らも名乗った。そして、低い声で何事かを呟く。あまりにも小さく、リリアナには聞こえなかった。だが、ジルドが纏《まと》う空気が変わる。

「――ジルド？」

リリアナが眉根を寄せた瞬間、ジルドの気配が何倍にも膨れ上がり、鍛えられた上半身が隆起する。さすがにリリアナも目を瞠った。イェオリとインニェボリだけは平然としているが、他の子供たちは完全に怯えている。

ジルドは片手で牢の鉄格子を摑んだ。それほど力を入れていないように見えるのに、鉄格子が歪《ゆが》む。ぎしぎしと鉄が軋《きし》んだ音を立て、天井からは崩れた石の一部がボロボロと落ちて来た。子供一人なら十分に出入りできる隙間をこじ開け、ジルドは一歩下がる。イェオリとインニェボリは、すぐに牢から出た。恐れ戦《おのの》いていた他の子供たちも、慌てて二人に追随する。

ジルドはイェオリとインニェボリに視線を向けた。

「辺境伯ン所に戻んのか」

「はい。今はそこに厄介になっています」

答えたのはイェオリだった。ジルドは小さく頷いて、もう一人の少女に目を向ける。

「お前は」

少女は息を呑む。しかし、恐れた様子もなくはっきりした声で答えた。

「あたしは——行くところがないので、イェオリと一緒に行きます」

「分かった」

ジルドは頷くが、他の子供たちのことは、一瞥《いちべつ》すらしなかった。

（予想通りですわね。乙女ゲームの開始前に、彼らに会うとは思いませんでしたけれど）

内心で思ったことはおくびにも出さず、リリアナはジルドに視線を向け、どうしたいのかと無言で問う。ジルドは肩を竦めてリリアナに向き直った。

「俺ァこいつらを助けられたからそれで良い。あとは嬢ちゃんの指示に従う」

「本当に、それで宜《よろ》しいの？」

くすくすと笑い、リリアナは子供たち——といっても大半がリリアナより年上だ——に顔を向けた。

「ここからは少々、遠い場所にございますから、今から皆さまを辺境伯邸にお届けいたしますわ。ですが、皆さまはご自身の力で誘拐犯から逃れ、イェオリの知人宅へと向かわれたのです。そう、ご承知おきくださいませ」

リリアナが告げた瞬間、眩《まばゆ》い光が子供たちを包む。光が止んだ時には、その場にはジルドとリリアナの二人だけが立っていた。ジルドは目を瞬かせ、少し考える。

「——転移させたのか？」

「ええ。ついでに、この数分の記憶を少し変えさせていただきました」

何の衒《てら》いもなく精神干渉したと告白するリリアナに、ジルドは呆れ顔になった。ジルドは魔術に詳しくないが、精神干渉が禁術であることは知っているし、本来人間には不可能な術だと理解していた。

「やっぱり、人間じゃねえな。五人分の精神干渉に、七人まとめて転移だろ？　本当どうなってやがンだ。魔物襲撃《スタンピード》を一人で収めたのも伊達《だて》じゃねェってことかィ」

リリアナが魔物襲撃《スタンピード》を殲滅《せんめつ》させたとジルドが他で口にすることはないだろうが、リリアナは釘《くぎ》をさした。

「魔物襲撃《スタンピード》をわたくしが収めたという記録はございませんわ」

ジルドは苦笑する。そこでふと、リリアナはジルドの言葉に引っかかりを覚えた。

「五人分の精神干渉と仰いましたわね。他のお二人は、わたくしの術が効かないということかしら？」

ジルドは、しまった、という顔になる。だが、諦めたように頷いた。

「――イェオリとインニェボリの二人は術に掛からねェ」

「あなたと同様に？」

ジルドは一瞬言葉に詰まる。しかし、確信したリリアナに誤魔化すことはしない。

「そうだ。色々と条件はあるし例外もあるが、基本的に俺たち『アルヴァルディの子孫』に、魔術は効かねェ」

リリアナの前世で、『アルヴァルディ』は北欧神話に出て来る巨人の名前だった。だが、乙女ゲームにその名前は出て来ない。彼らはまとめて『北の異民族』と呼ばれ、その中に、少し特殊な民族が居るという扱いだった。その上『北の異民族』が出て来たのは三作目だ。辺境伯から『北の移民』と聞いた時、リリアナの脳裏を最初に過《よぎ》ったのが『北の異民族』だったが、出番が早いという印象は拭えなかった。

「アルヴァルディの子孫、ですか」

「ああ。遥か北に暮らす遊牧民だ。こっちでは『アルヴァルディの子孫』なんて言っても通じねェがな。スリベグランディア王国の連中にとっちゃ――ユナティアン皇国の連中もそうだが、北から来た奴は全員『北の民』だとか『北の異民族』って一括りだ」

ジルドは吐き捨てる。スリベグランディア王国の北部は峻険《しゅんけん》な山脈に阻まれている。皇国は王国より国交があるとはいえ、大部分は山に遮られているため、北の国々の知識は乏しい。そのため、北部の国々に住む人や民族を区別することはない。

「置いて来た奴らはどうする」

ジルドはリリアナに尋ねた。当然、誘拐犯の処罰は本職に任せるべきだ。だが、辺境伯の手の者や騎士団に引き渡す前に、確認したいことがあった。

「他にも誘拐の被害者がおりますから、彼らの雇用主に関する情報は頂きたいですわね」

「じゃあ、戻るか」

あっさりとジルドは来た道を戻り始める。リリアナも並んで歩きながら、ジルドに顔を向けた。筋肉が肥大し、全体的に体が大きくなっているせいで、見上げる首が痛い。

「北方の国も多くございますでしょう。『北の移民』と聞いて、同胞と直感されたのは何故です？」

「模様だよ」

「模様？」

予想だにしない答えに、リリアナは首を傾げた。ジルドが付け加えた説明によると、イェオリが持っていた革帯の、ストラップ部分に結ばれていた毛糸の装飾品のことらしい。

「俺たち『アルヴァルディの子孫』にとっては特別な模様なんだ。俺たちが暮らす山は気候が厳しンだよ。だから、あの模様さえ身に着けときゃあ、たとえ死んじまったとしても、誰が死んだのかってのがすぐに分かる」

リリアナは納得した。前世にも、似た役割の模様があった。アラン諸島《長い山々の島》の漁師たちが身に着けていたアラン模様というニットの柄だ。家ごとに特徴があり、海で遭難しても遺体から身元を把握するのに役立ったという。ジルドは更に説明を続けた。

「俺たちは国を持たねェ。基本的に集団で生活するが、俺みてェなはみ出し者もいて、世界中に散らばってる。だからこそ、どこかで同胞に会えば他の何を捨て置いてでもそいつを助ける。仲間を裏切れば、俺たちは力を失う。そう決まってる」

彼らは非常に結束力が強い民族らしい。乙女ゲームでは示されなかった知識を記憶に留め、リリアナはジルドに尋ねた。

「貴方もその模様を身に着けていらっしゃるの？」

「――いや」

わずかにリリアナから視線を逸らし、ジルドは気まずそうに言葉を濁す。深く掘り下げない方が良い気がして、リリアナは口を噤む。沈黙が降りてしばらく、ジルドは何かに耐えるように低く呟いた。

「……俺ァ、小さい頃に親共々抜けたから持ってねェ」

「そうなのですね」

簡単には語れない過去を感じ、リリアナは相槌《あいづち》を打つに留めた。そうしている内に、二人は最後に敵と戦った場所へ辿り着く。縛り上げられた男たちは未だ床に転がっている。それなりに時間が経過したはずなのに、誰も助けに来なかったらしい。

違和感を覚えたリリアナは眉根を寄せた。ジルドがそれに気付き、リリアナを見下ろす。

「どうした？」

「いえ、何故、この方たちはまだ転がっているのかしらと疑問に思いましたの」

「――逃げられた方が良かったって？」

「そういうわけではないのですが」

リリアナは困ったように首を傾げる。助けが来なかったということは、リリアナたちが捕まえた魔導士がトカゲの尻尾だった可能性が高いということだ。この場所が突き止められないと過信し、魔導士たちに管理を任せたとは考え辛かった。

（辺境伯ですら突き止められなかった敵が、易々《やすやす》と尻尾を摑ませるとは思えないのですよね。子供たちを助けられたことは喜ぶべきですけれど、この方々を尋問しても、ろくな情報は得られそうにありませんわ）

リリアナがそんなことを考えているとは露知らず、ジルドは手近な一人を引きずり立たせる。その双眸は爛々《らんらん》と輝いていた。

「こいつらに首謀者、吐かせンだろ。吐いても知んねぇぞ、目ェ逸らしとけ」

「ええ、お気遣いありがとうございます」

ジルドの親切な忠告に、リリアナは素直に礼を言った。だが、しっかりとジルドの行動を注視している。地面に倒れ伏した男たちは朦朧《もうろう》としながらも、逃げようと地面を這《は》うように藻掻《もが》く。極力、リリアナたちから距離を取ろうとする。彼らにとっては、ジルドはもちろん、血生臭い現場で泰然自若としている年端の行かない少女《リリアナ》も畏怖の対象だった。

「逃げないでくださいな」

リリアナは、容赦なく魔導士たちの動きを魔術で封じる。一方で、ジルドは慣れた仕草で、捕らえた男の頬を軽く叩き目を覚まさせた。髪を摑んでぶら下げたまま、ぶちぶちと髪が抜けるのも構わずに剣の切っ先をゆっくりと体に這わせる。

「このままちゃァんと歩いて生活してェなら、吐いた方が楽だぜェ？　ああ、それとも目の方が良いか？　俺としちゃあどこでも構わねェンだけどよォ。耳は千切っても全く聞こえなくなるわけじゃねェみてェだからな、耳からいくか？」

「し、知らな」

男は荒事には慣れていないらしく、ジルドが喋《しゃべ》るほど顔色が悪くなる。全身をガクガクと震わせ暴露したところによると、彼らは短期で雇われただけのようだった。魔導士も能力が高いわけではなく、詐欺の真似事《まねごと》で日銭を稼いでいたらしい。

ある日、酒場で仲間と飲んでいると、初めて見る身なりの良い男に、割の良い仕事を紹介された。たった数日、教会の地下で子供たちを監視するだけだ。余所者《よそもの》が来れば撃退し、依頼人が来た時に子供たちを引き渡す――たったそれだけだった。

「じょ、冗談じゃねェよ！　こンな目に遭うなんて聞いてねえぞ！」

「その引き渡しってのァいつだ？」

「あ、明日の夜だ！　分かったろ、俺が知ってることは全部教えてやったんだ、とっとと放しやがれ！」

　ジルドに髪を掴まれた男は喚《わめ》く。呆れ顔のジルドは横目でリリアナを見やった。リリアナは小さく首を振る。これ以上問い詰めても有益な情報は得られない。ジルドは男に視線を戻した。

「その話を持って来た男ってのァ、どんな奴だった？」

「偉そうな貴族みてェな奴だった、顔は見えねェようにローブ着ていやがったぜ。ああ、左手の親指と人差し指の間に傷はあったたっけな。左手の中指に普段から指輪してやがンだろうが、俺たちと会う時は外してたぜ」

「よく見てンじゃねえか」

「商売柄、目端は利くんだよ」

　詐欺の真似事をしていると言っていたのも嘘ではないのだろう。それなりに金も儲《もう》けていたに違いない。ジルドは男を掴んでいた手を離した。男はその場に崩れ落ち、体を打ち付ける。痛みに呻く男を無視して、ジルドはリリアナに歩み寄った。

「で、どうする？」

「恐らく、辺境伯の影がもうじきいらっしゃるでしょうから、引き渡しましょうか」

「それが面倒じゃなくて良いかもな。こいつらの記憶も消すンだろ？」

当然のようにジルドが問い、リリアナは頷いた。リリアナとジルドが子供たちを逃し、眼前の男たちを捕らえたと辺境伯に知られるのは不味い。

「それでは皆様、お元気で」

にっこりと笑ったリリアナは、破落戸たちの記憶から、自分たちに関する部分だけ消した。辺境伯の影が到着するまで身動きできないよう術を掛ければ、後は家に帰るだけだ。教会から出る道すがら、別の場所に倒れた敵の記憶も塗り替える。教会から出て木に繋いだ馬の場所に戻ったところで、リリアナはジルドを振り返った。

「このまま屋敷にお戻りになるんでしょう？」

「ああ。――あんたには返しきれねェ借りができちまったな」

思いもしなかったジルドの言葉に、リリアナは目を瞬かせる。

「借り、ですか？」

「ああ」

普段はふざけた言動ばかりのジルドが、真面目腐った顔でリリアナを真正面から見る。

「今回の件は、あんたが呪術を使わなきゃァどこに捕まってンのかも分からなかった。その前は――正真正銘、俺の命の恩人だ」

リリアナがジルドを助けたのは二度。今回と、魔物襲撃《スタンピード》の時である。言外にそう告げたジルドに、リリアナは微笑を浮かべた。

「でしたら、契約は延長ということで宜しいかしら、護衛さん」

「あァ？」

意表を突かれたジルドは鳩《はと》が豆鉄砲を食ったような顔になる。リリアナは笑った。

ジルドとオルガの護衛契約は、そろそろ期限が切れる。オルガは先日、延長を申し出てくれた。だが、ジルドからは何の話もない。契約終了が迫っていることが頭から抜け落ちていたらしい。何のことだ、首を捻《ひね》ったジルドだが、すぐに察して仏頂面になった。

「嫌とはいわねぇよ」

「それでは、引き続き宜しくお願いしますね」

「ったく、気に食わねぇ」

憎まれ口を叩きながらも、しかしジルドは決して嫌だとは言わなかった。

◇◇◇

ケニス辺境伯は、イェオリとの再会を喜ぶ末息子を優しく見つめた後、執務室に入った。執務机に座り、込み上げる笑いを堪《こら》える。

イェオリが見知らぬ少年少女を従えて戻って来たと報告があったのは、アントルポ地区に異変なしと影が報告を持ち帰ったのとほぼ同時だった。そして、イェオリたちから教えられた人身売買の拠点に影を向かわせたところ、誘拐犯たちは皆縛られ地面に転がされていたのである。尋問したものの、男たちは気が付けばこの状態だったと言って憚らない。子供たちを依頼主に引き渡すのは明日の夜だと自供したが、この分では依頼主はあの教会に姿を現さないだろう。

「――やってくれるわ」

傍《そば》に控えていた執事が、一瞬肩をびくりとさせ辺境伯の様子を窺う。物騒な声音だったが、辺境伯はどこか感心したような色も交えた瞳で宙を睨んでいる。しばらく考えていたが、彼は執事に低く告げた。

「明後日の夜、いつもの場所に来いとブレンドンに伝えてくれ」

「御意」

執事は一礼し部屋を出る。辺境伯は葉巻に火をつけ咥《くわ》えた。

「リリアナ・アレクサンドラ・クラーク――か」

本人と直接会ったのは、今回が初めてだった。一見、楚々《そそ》とした可憐《かれん》な美少女だ。穏やかで優しく、すぐに手折れそうな儚《はかな》さも持ち合わせている。王太子妃候補として最有力の彼女は、勉学に秀で、優秀だと評判も高い。

――だが、それだけではない。

「腐っても、青炎の宰相《あの男》の娘ということか」

辺境伯は更ける夜を窓から眺め紫煙を吐き出し、目を細めて思索に耽《ふけ》った。

◇　◇　◇

ブレンドン・ケアリーは、その日、騎士団の宿舎に外出届を提出し、私服に着替えて久しぶりに夕暮れ時の街に出た。

一言で王都と呼ぶが、範囲は広い。王宮を中心とした貴族の居住地区から外れると、庶民でにぎわう繁華街がある。ただし、厳密には王宮と貴族の居住区、騎士団を中心としたわずかな部分だけが由緒正しい『王都』だ。スリベグランディア王国建国以来、王都は拡張され続け、正式名称をヒュドールと言う。だが、人々は変わらず『王都』と呼んでいた。

質実剛健、質素倹約を心掛けるよう育てられたブレンドン・ケアリーは、滅多に王都を遊び歩かない。必要物資は支給されるし、宿舎と訓練所の往復で事足りる。王都の警邏《けいら》に当たる時以外では、時折同僚に誘われて食事処《しょくじどころ》に赴くくらいだった。だが、その人に呼ばれた時だけは別だ。

賑《にぎ》やかな表通りを抜けて、裏通りに入る。裏通りといっても、隠れた名店がそこかしこに建ち並ぶ『隠れスポット』だ。案の定、通《つう》と呼ばれる客たちの姿がちらほらと見えた。

更に奥へ入ると、今度は『夜の通り』だ。周囲は様変わりし、夕刻も差し迫ったこの時刻、少しずつ店が開いていく。騎士団きっての堅物と知られるブレンドンだが、彼は迷わずその内の一軒へと足を向けた。

開店前の店内では、出入り口に設置された受付で男が金を数えていた。男はちらりとブレンドンを見ると、「二階の端」と言った。

「分かった」

ブレンドンは短く答え、二階に上がる。端の部屋の扉を二度叩き開けると、豪華ではないものの清潔な室内が広がっていた。テーブルと椅子、ソファーが置かれている。他の部屋は手狭でベッドと化粧台しかないが、この部屋は特別な客のために誂《あつら》えられていた。

念のため、ブレンドンは部屋の中を見て回る。隠し通路の有無や、盗聴盗撮の術が施されていないか、確認するのが彼の最初の仕事だった。

問題がないと分かったところで、ブレンドンは窓のカーテンを引く。室内の灯りは付けない。カーテンの隙間から通りを見下ろし、彼は自分を呼び出した当人を待った。


しばらく経った時、ブレンドンの肩がピクリと反応する。前触れなく扉を開けて入って来た人物は、全身を黒一色でまとめていた。黒い外套《がいとう》に手袋、黒い中折れ帽を被《かぶ》り、手には杖《つえ》を持っている。簡素だが上質な仕立てだ。一目で社会的地位が高い人物だと分かる。

ブレンドンはその人物が持つ杖が暗器であることも知っていた。敵が牙を剝いた時、その杖は相手の命を屠《ほふ》る剣へと姿を変える。

「お久しぶりです、叔父上」

「息災にしていたか、ブレンドン」

「お陰様で」

ブレンドン・ケアリーに叔父と呼ばれた男は、帽子と外套を脱ぎ椅子に腰かけた。鋭い眼光をブレンドンにひたと当て、座るよう促す。

ブレンドンが待っていたのは、母の弟であるケニス辺境伯だった。ブレンドンは小さく頷いて、テーブルを挟んだ向かい側に座る。

「ビリーは元気ですか」

末息子の名を出されたケニス辺境伯は、嬉《うれ》しそうに目を細めた。

「ああ、相変わらず生意気な口を叩きおる。お前にも会いたがっていたぞ」

「ケニス騎士団の見習いになったそうですね。手紙を受け取りました」

「まだまだ生っちょろいガキだ。その内、お前に手合わせをさせろと言い出すだろうな」

辺境伯の言葉を聞いたブレンドンは、思わず頬を緩める。滅多に表情を変えない彼にしては珍しかった。

ビリー・ケニスは、ブレンドンがケニス辺境伯領の実家に居た時からブレンドンに懐いていた。ブレンドンの母は平民の父と結婚し、貴族籍から抜けた。平民と距離の近い辺境伯領だからこそ叶《かな》った恋だろう。無論、ブレンドンも生まれながらの庶民だ。しかし、ブレンドンの母とケニス辺境伯は今でも仲が良く、ブレンドンは小さい頃から従兄弟《いとこ》たちと良く遊んだ。ビリーもその内の一人だ。元々、ブレンドンもケニス辺境伯の騎士団に入るつもりだったが、辺境伯の推薦で王立騎士団に入団した。お陰で騎士爵を得たが、従兄弟たちとの関係は今も変わらない。

しかし、今日二人が落ち合ったのは昔を懐かしむためではない。ブレンドンは表情を引き締めた。

「例の件、王太子殿下が秘密裏に調査をなさるそうです。どこまで上手《うま》くなさるかは分かりませんが」

「なるほど。お一人でか？」

「いえ、西の虎の次男を取り込んでいます」

ブレンドンは首を振った。『西の虎』はエアルドレッド公爵家だ。なるほど、と辺境伯は頷く。天井に視線を向けて顎に手をやり、辺境伯は何事か考え込んだ。

「西の虎の次男坊は、確か母方の血を濃く継いでいたかと思ったが」

「まだはっきりとはしませんが、武に重きを置いているように見受けられます」

そうだったな、と辺境伯は呟いた。両眼に深い色を湛《たた》える。

「――父親の血を濃く継いでいれば、奴が慕うならと、迷うことなく多くの貴族が殿下を支持したろうにな」

ブレンドンは黙り込む。叔父が何を考えたのか、彼には良く理解できた。だが、分かっているからこそ口を噤むしかない。

エアルドレッド公爵は、幼い頃は神童と呼ばれていた。成長すれば天才も凡人になるものだが、彼の能力はまさしく神から与えられたものだった。今でも伝説のように語り継がれている逸話が、公爵が青年時代に挑戦を受けたチェスの多面指しだ。その時、彼が一人で相手にした対戦者は五人。更に『ハンデ』と称して、公爵自身は目隠しをした。対戦相手は皆、腕に自信がある者ばかりだった。だが、公爵は一切の迷いなく駒を進め、一人勝ちしたのだという。

その公爵の血をオースティンが引いていれば、確かに貴族たちはオースティンを側近に据えるライリーを支持しただろう。だが、現状でオースティンに公爵の血は感じられない。

元々口下手なブレンドンは逡巡し、一旦話題を変えた。

「これは自分の考えなのですが」

辺境伯は逸らしていた視線をブレンドンに戻し、続きを促した。

「恐らく、殿下は有力貴族の子息のうち、同年代で見込みのある者を取り込もうとしているのではないかと思います」

「ほう？」

辺境伯の目が煌《きら》めく。ブレンドンの見立ては辺境伯の興味を引いたらしい。

「殿下は、複数居る婚約者候補の中でただ一人との親交を深めようとなさっているご様子。西の虎のご子息は、事あるごとに青炎の長男と接触を図っています」

「青炎の子供二人を取り込もうとしている、ということか」

「恐らくは」

ブレンドンは頷く。

クラーク公爵家の子供二人は優秀だと、最近になって一部の貴族の間で噂が流れ始めた。そこに目を付けるとは、王太子と側近候補には人を見る目があるのかもしれないと、ブレンドンはライリーを見直したところだ。だが、態度に出せば不敬になりかねない。あくまでも心の内に留《とど》め、先行きを窺っている状態である。

そんなブレンドンを尻目に、辺境伯は「他は？」と尋ねた。ブレンドンは首を振る。辺境伯はそれ以上の情報を期待していなかったらしく、一つ頷いた。

「お前もそれほど気軽には動けんだろうしな」

「――殿下はローカッド公爵家も巻き込むべきと、叔父上はお考えになりますか」

ブレンドンは恐る恐る、しかしはっきりとケニス辺境伯に尋ねた。辺境伯は感情の読めない表情でブレンドンを静かに見返す。ブレンドンは一瞬気圧《けお》されたが、黙って辺境伯の言葉を待った。

ローカッド公爵家は三大公爵家の一つで、『盾』の異名を持つ。エアルドレッド公爵家、クラーク公爵家と並んで影響力があると言われているが、実態を知る貴族は限られている。平民でしかないブレンドンは知る由もない。だが、辣腕を振るうケニス辺境伯ならば何か知っている可能性があった。だが、辺境伯はふっと笑みを漏らして首を振る。

「いや――奴らとは接触できんだろう」

「殿下でも、ですか」

「殿下だからこそ、だ」

押し問答のような会話だ。ブレンドンは眉根を寄せる。だが、こうした受け答えをする時の辺境伯は、答える気がない。ブレンドンが諦めかけた時、辺境伯は言葉を続けた。

「王家と貴族の成り立ちを知っているか」

「は」

唐突な問いに、ブレンドンは言葉に詰まる。平民でありながらも、ブレンドンはケニス辺境伯の類縁として、庶民が受けられない水準《レベル》の教育を受けていた。

「主従は契約で成り立っていた――と」

「かつては、な。今は建前上、そうではない。王は絶対であり、諸侯はそれに付き従う者。だが当初は違っていた」

魔の三百年と呼ばれた群雄割拠の時代、各地を治める豪族が居た。それを統べる者が現れ、人は彼を王と呼ぶようになった。王は領地を与え保護する代わりに、諸侯は王の要請に応じ軍事力を提供する――これが王と貴族の成り立ちだ。だが、時代と共にその関係性は形を変えた。

「ローカッド公爵家は、他の貴族と違う。奴らはスリベグランディア王国建国の際に、王家と交わした契約を未《いま》だに守っている。他の貴族は交わした契約の内容を時代と共に変えたが、ローカッド公爵家は一切変えなかった。そして、かつて結んだ契約内容は他の貴族が王と結んだどの契約とも違った」

ブレンドンは眉根を寄せる。叔父の説明は、明らかに国家機密だ。自分が聞いて良いのかと胡乱《うろん》な表情をする甥《おい》に、辺境伯は顔を緩めた。

「安心しろ。この程度であれば、公爵家以上の実力を持つ者なら誰でも知っている」

つまり、ぎりぎり辺境伯も含まれる。だが、ブレンドンは直系ではない。聞くべきではないのではないか、とブレンドンは苦い顔になるが、質問したのは自分自身だった。辺境伯はブレンドンの戸惑いなど気にせず、淡々と言葉を続ける。

「契約の内容は誰も知らん。知っているのはローカッド公爵家当主と王家の当主——つまり国王、二人だけだ」

「ローカッド公爵家が動く条件を知る者は国王とローカッド公爵家当主のみ。そういうことですか」

考えた末に、ブレンドンは尋ねる。辺境伯は「その通り」と笑った。

「だが、目の付け所は悪くない。三大公爵家を取り込もうと言うのだろう。結局は二つだけしか取り込めないが——ローカッドは他の誰も取り込めないから、度外視して構わん」

完全に納得はできないが、ブレンドンは頷いて、それ以上の質問を控えた。満足そうに笑った辺境伯は、ふと表情を引き締める。そして、声音を変えて尋ねた。

「カルヴァートのところの倅《せがれ》はどうしてる」

「変わらず息災にしております」

「それは僥倖《ぎょうこう》」

辺境伯は口角を上げた。しかし、その双眸は鋭い。

「カルヴァート辺境伯とも連携は取っておけ。連中はなかなか尻尾を掴ませんぞ」

「――イェオリを囮にしても無理でしたか」

「捕まえられたのは雇われ者だけだ」

ブレンドンの問いに辺境伯は不機嫌さを滲ませる。そして、目を細め口元を歪めた。

「その件だがな。青炎の娘が絡んでるぞ」

辺境伯の言葉に、ブレンドンは珍しくも耳を疑い絶句した。

「――は？」

「我らの敵ではない、だが今のままでは味方にもならん」

ブレンドンの動揺は意に介さず、辺境伯は唸るように続ける。「どういうことですか」とブレンドンは尋ねるが、辺境伯は答えなかった。目を眇め考え込んでいる。

――あの、七歳にしかならない幼い少女が。大人顔負けの交渉をし、驚くほど手際よく呪術でイェオリの居場所を突き止めた。

だが、実際に告げられた場所には何もなかった。一方で、イェオリと誘拐された子供たちは、自分たちの足でケニス辺境伯邸まで逃げて来た。イェオリたちが告げた実際の潜伏先は、呪術で示唆された場所と正反対の方角だった上に、実行犯たちは全員縛られ転がされていた。彼らは、誰に縛られたのか一切覚えていなかった。

それが全てクラーク公爵令嬢リリアナの仕業だとはとうてい思えない。だが、間違いなくリリアナが関わっている。

口にすればあまりにも荒唐無稽だ。たった七歳の少女に、何ができると言うのか。誰に話しても、とうてい信じてもらえないだろう。むしろ辺境伯の頭がどうにかなったのではないかと疑われるに違いない。しかし、ケニス辺境伯は己の直感を確信していた。

「良いか、ブレンドン。あの娘からは目を離すな、内へ取り込め」

「——御意」

ブレンドンは、辺境伯の低い命令に首《こうべ》を垂れる。

いつの間にか、窓の外には月が出ていた。

番外編　少女と異国の曲芸団

うららかな日差しが差し込む日、その情報を持って来たのはマリアンヌだった。

「お嬢様。王都の広場に、皇国から旅芸人の一団が来たそうですわ」

マリアンヌが用意した茶菓子をほくほくと食べていたリリアナは、目を瞬かせてマリアンヌを見る。幼い主の興味を引けたことが嬉《うれ》しい侍女の頰が緩んだ。フォティア領から戻って以来、屋敷と王宮の往復を繰り返すだけのリリアナが心配だったらしい。

「結構、大きな団体だそうです。色々な獣を飼いならし、奇術師もいるとか」

普段の王都で見かける芸人といえば、吟遊詩人が関の山だ。王都の警備は厳しく広場を使う許可を得るのも一苦労だが、今回は奇跡が成ったようだ。リリアナは少し考え込んだ。

魔術や呪術以外に興味は抱けないが、マリアンヌの話は気になった。獣と言うからには恐らく曲芸団《サーカス》だろうが、現世では耳にしたことがない。

「明日にでも、参りませんか？」

もちろん、公爵家の令嬢が足を運ぶのであれば、警備を万全にするため、オルガとジルドにも相談しなければならない。だが、リリアナは少し心を浮き立たせ、口角を上げた。

翌日、渋い顔のジルドと、相変わらず本心の読めないオルガを付き従え、リリアナはマリアンヌと共に王都の広場に降り立った。屋敷に侵入する刺客を幾度となく撃退して来たジルドは、無防備にリリアナが危険へ晒《さら》される環境を良しとしない。皇国からの旅芸人が来ている広場は、貴人と庶民が入れる区画と時間帯が管理されているが、刺客には打って付けの現場だ。

「ったく、護衛は確かに俺らの仕事だが、自分で危険に突っ込んでいく主なんざァ、いくら警戒したって守り切れねェぞ」

不機嫌にぼやくジルドの肩を、オルガが軽く叩《たた》いて宥《なだ》める。ジルドは口をへの字に曲げて黙り込んだ。一方、マリアンヌは緊張感を持ちつつも、リリアナが好きそうな出し物を探して周囲を見回している。

その時、広場の一角からわっと歓声が上がった。自然と、リリアナたちの視線もそちらに引き寄せられる。だが、リリアナの身長は群衆に埋もれ、見ることすらできない。

(仕方がありませんわね。ここで魔術を使うほど気になるわけでもございませんし)

様子を見るだけのつもりだったリリアナが諦めた時、彼女の体がふわりと持ち上がる。予期しない出来事にリリアナが硬直したと同時に、マリアンヌの悲鳴が上がった。

「ジルド！　お嬢様に何をしているのですか！」

「あ？　気になンだろ？　ならこうすンのが一番手っ取り早ェじゃねェか」

しっかりと地面についていたリリアナの足が、今は空中にぶらりと垂れ下がっている。一瞬の早業で、リリアナはジルドに抱え上げられ、がっちりとした肩に座らされていた。

あまりのことに、リリアナは固まるしかない。マリアンヌも絶句したが、すぐに肩を怒らせた。

「お嬢様は公爵家のご令嬢であらせられますよ。庶民と同じ扱いでは困ります！」

「うっせェ侍女だな。おい、オルガ。飛び道具はお前が警戒しとけよ」

「分かった」

常識人だと思っていたオルガもあっさりと頷《うなず》き、マリアンヌは今度こそ言葉を失った。庶民であれば、子供を親が抱え上げることも多い。肩車をすることさえある。だが、貴族——それも高位貴族の子供は、決してそのような経験をしない。

「嬢ちゃん、俺の頭、しっかり摑《つか》んどけ」

仏頂面のジルドに促され、リリアナは恐る恐る、ジルドの頭に手を載せた。それだけで体が安定する。ようやく人心地付いたリリアナは、歓声が聞こえた方に顔を向けた。

今もなお人々の視線を惹《ひ》き付けている正体は、奇術師と鳥の共演だ。男が被《かぶ》っていた帽子を取ると中から次々と鳩《はと》が飛び出し、差し出した指先に鳩が止まれば、軽く腕を振って鳩を消す。魔術だと疑う人も稀《まれ》に居たが、奇術師の周囲には魔術を無効化する檻《おり》が置かれていた。

「へえ、なかなかのものだな」

オルガが感心する。ジルドに腹を立てていたマリアンヌも、奇術師の見事な腕前に呆気《あっけ》に取られ、怒りがあっという間に消え去った。

「魔術ではないのですね……」

思わず漏れたマリアンヌの言葉に反応したのはジルドだ。

「一応、あの檻で魔術が無効化されてンだろ？」

「魔術を使わずに、あのようなことができるとは思いませんでした。まさしく神の御業《みわざ》ですわ」

感激するマリアンヌを尻目に、リリアナは顔を巡らせる。奇術も面白いが、他にどのような見世物があるのか気になった。自分で立っていた時よりも遥《はる》かに多くの光景が視界に入る。動かない人物に向けて何本もの刃物《ナイフ》を投擲《とうてき》し一本も当てずに人型を形取る者、両手に余りある球《ボール》を次から次へと投げ、合間に逆立ちをして見せる者、様々だ。

「あら、お嬢様。気になる見世物がございましたか？」

今のリリアナは、マリアンヌよりも視界が高い。リリアナが一点を見つめて止まったと気が付いたマリアンヌに問われ、リリアナはその見世物に目を奪われたまま頷く。

「どこだァ？」

ジルドは眉根を寄せ、上目遣いにリリアナの視線を確認した。そして、足を動かし、リリアナが関心を引かれた見世物に近づいて行く。そこには、火の輪《わ》と獅子《しし》、鞭《むち》を持った男が居た。猛獣を扱う見世物だからか、近くには王立騎士団の騎士が数人居る。

曲芸団の男は、観衆が集まり切ったところで、意気揚々と口上を述べた。

「さァご覧あれ、ここに居りますは人を数多《あまた》襲い、その血肉を己《おの》が命としてきた獣にございます！　されど哀れなるかな、獣はその歯、爪こそ鋭けれ、我ら人にはとうてい及ばぬ定め。我はこの猛獣と対決し捕らえ、その配下に置きし者！　いざ、ここにお見せいたしましょう」

男が手首を返し、鞭で地面を打ち付ける。それまでゆるりと地面に座り寛《くつろ》いでいた獅子が、のそりと立ち上がった。男の指示に従い、獅子は火の輪の手前を右往左往する。

「破っ！」

曲芸師の男が活を入れる。すると、獅子は小さく唸《うな》って、軽い助走をつけ輪に飛び込んだ。観客たちが歓声を上げる。通常、獣は火を怖がる。しかし、その恐怖を乗り越えてまで曲芸師の指示に従った獅子を、観客たちは驚愕《きょうがく》の面持ちで見つめていた。

「それではもう一度！」

男が声を掛けて指示すれば、今度は逆方向から火の輪に飛び込む。幾度となく繰り返したところで、男は獅子に下がるよう命じて観客に向き直った。

初めて目の当たりにする獣の曲芸に、リリアナは固唾を呑《の》んでいたが、ようやく詰めていた息を吐く。いつの間にかジルドの髪をきつく握りしめていたため、リリアナはそっと指先から力を抜いた。それなりに痛かったはずだが、ジルドは文句一つ言わない。それどころか、にやにやと面白がりながら、リリアナに声を掛けた。

「こんなもンが楽しいなんざ、やっとガキらしいところ、見せたじゃねェか」

リリアナは目を瞬かせて、自分より下にあるジルドの顔をまじまじと見下ろす。ジルドが何を言っているのか、リリアナには判然としなかったが、マリアンヌもオルガもすぐに分かったらしい。二人共ジルドの言葉に追随はしないが、肯定の沈黙が降りた。

「お嬢様のお気に召す見世物があって、宜《よろ》しゅうございました」

マリアンヌが心底嬉しそうに言うものだから、リリアナは少し気恥ずかしい。わずかに紅潮した頬を隠すように、ふいっとそっぽを向いた。

最初は難色を示していたジルドも、妙に張り切って次の見世物を探し始める。広場は区画毎《ごと》に特色を持たせ、獣を使った見世物はほぼ同じ場所に集められていた。

「へえ、熊の輪乗りか。あんな形のもン、初めて見たぜ」

ジルドが呟《つぶや》く。獅子の火の輪潜《くぐ》りから少し離れた所では、熊が曲芸師の如《ごと》き動きで、一輪車を乗りこなしていた。一個の輪の中心に踏み台《ペダル》を付けただけのものだ。座面《サドル》もない。リリアナの前世の記憶には確かに一輪車があるが、現世で聞いたことはなかった。前世と似た歴史を歩むのであれば、一輪車の登場は遥か後年のはずだが、リリアナが生きるこの世界は独自の進化を遂げるのかもしれない。

「オルガ、お前、アレ乗れるか？」

「練習すれば可能かもしれないが、慣れるまでに時間は掛かるだろう」

「だよなァ」

見事なもンだぜ、とジルドは熊に感心する。そして悪戯《いたずら》っぽく笑うと、リリアナを揶揄《からか》うように言った。

「嬢ちゃんは、やりたくってもやるンじゃねェぞ。怪我《けが》すンのがオチだし、そこに一人、卒倒しそうな奴《やつ》が居るからな」

公爵家の令嬢として育って来たリリアナは、未《いま》だかつて、馴《な》れ馴《な》れしく絡まれたり揶揄われたりしたことがない。反応の仕方が分からず戸惑っていると、穏やかさを取り戻していたマリアンヌが柳眉を逆立てた。

「ジルド、いい加減にしなさい！　お嬢様がそのようなことをなさるはずが、ございませんでしょう」

「いやァ？　分からねェぞ。大体、大人しそうに見える奴に限って、何かヤバくてデカいことをやらかすもンさ」

訳知り顔でジルドは嘯《うそぶ》く。言外に「お前だってそうじゃねェのか」と滲《にじ》ませマリアンヌを見れば、マリアンヌは顔を真っ赤にして腹を立てた。

「そんなことは致しません！」

「どうだかなァ」

ジルドにとって、マリアンヌは揶揄うのにちょうど良い相手らしい。感情的になるほどジルドの思う壺《つぼ》だが、リリアナほどではないにしろ、対人経験の少ないマリアンヌは分からない。オルガが気の毒そうな顔になるが、マリアンヌは気が付かなかった。代わりに、彼女はリリアナを見上げる。

「お嬢様、他に気になる見世物はございますか？　もしお疲れでしたら、広場の端に休憩所もあると聞き及んでおりますので、そちらに参りましょう」

庶民が入れる区画に休憩所はないが、貴族には休息用の場所が設けられている。そこでは茶菓子も準備されていると言うが、リリアナは首を振った。

フォティア領の経験から、茶菓子は自分の家で、マリアンヌや使用人が用意したものを食べる方が美味《おい》しいと分かっている。さすがに広場で毒物を混入される可能性は低いだろうが、一々気を張るのも面倒だ。

「それなら、あちらはどうです。どうやら、綱渡りやトランポリンといった曲芸をしているようですよ」

オルガが別の方向を示して提案した。リリアナが頷くと、ジルドはリリアナを担いだまま歩き出す。いい加減下ろしてくれても構わないのだが、リリアナは、何故《なぜ》か居心地が良くなっていた。その上、普段から歩き慣れていないため、疲労も減る。

当初は、どのような曲芸が催されているのか確認するだけのつもりだった。だが、結局リリアナたちは、夕暮れ直前まで広場に居た。日が暮れると、火を焚《た》いて更に幻想的な雰囲気を作り上げるようだったが、さすがにリリアナも疲れ切っている。

ジルドに抱えられて馬車に戻ったリリアナは、屋敷に到着した記憶すらないほど、ぐっすりと夢の中へと旅立っていた。だから、部屋に運び込まれたリリアナの額を、マリアンヌが優しく撫《な》でたことも、知らないままだった。

The Villainess Never Speak

巻末資料

名前

リリアナ・アレクサンドラ・クラーク

身長

155cmくらい

年齢

6歳→16歳

特徴

銀髪・薄緑の瞳

風の魔術が得意。食にあまり興味はなく少食。果物などあっさりしたものが好きだが、好き嫌いはない。花であればデルフィニウムが好き。魔術や呪術の面白さに目覚める。

【ゲームでは、ヒロインと攻略対象者の仲を邪魔し、王太子を呪い殺そうとして破滅した。】

服飾品設定

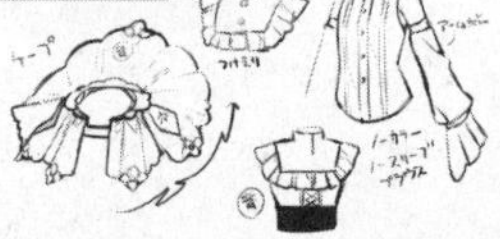

名前

ライリー・ウィリアムズ・スリベグラード

身長

170cmくらい

年齢

8歳→18歳

特徴

金髪・碧眼

火の魔術が得意。貴族たちには「毒にも薬にもならぬ王太子」と揶揄されているが、実際は有能。魔導剣士としても優れた才能がある。エアルドレッド公爵家のあり方に憧憬を抱いている。

【ゲームの冒頭では、博愛主義で執着心がなく、国のために他を切り捨てる冷徹さを持ち合わせていた。】

剣の意匠

名前

オースティン・エアルドレッド

身長

175〜177cmくらい

年齢

8歳→18歳

特徴

赤髪・濃緑の瞳

風の魔術が得意。ライリーとは幼い頃からの付き合いで、二人で悪戯をしたりしていた。ライリーの近衛騎士になるという夢のために努力している。後妻の息子だが、家族仲はとても良い。

【ゲームの冒頭では、理想主義で拘りが強く融通がきかなかった。】

剣の意匠

幼少期

成長後

名前

ペトラ・ミューリュライネン

身長

165cmくらい

年齢

18歳→28歳

特徴

赤紫の髪・紫の瞳

呪術が得意。酒と肉をこの上なく愛する酒豪。貴族嫌いで、基本他人に興味はないが、魔導省副長官のベン・ドラコとリリアナだけは別。ミューリュライネンという姓はベン・ドラコがつけた。

【ゲームには一切出てきていない。】

魔導省指定のローブ姿

あとがき

初めまして、由畝啓《よせけい》と申します。この度は本作を手に取っていただき、ありがとうございます。ウェブ作品の書籍化にあたり、軸となるエピソードやストーリーは変わらないものの、大幅に加筆修正しました。元々明らかにしていなかった設定やエピソードなども、新たに加えています。そこも含めて、皆様に楽しんでいただけたら嬉《うれ》しいです。

連載開始当初は気楽に書き始めたので、かなりの長編になることも、書籍になることも想像していませんでした。こうして本の形で出版できたのも、ウェブ連載時からお読みくださっている読者の皆様のお陰です。誠にありがとうございます。

また、ミユキルリア様、可愛《かわい》らしく魅力的なイラストの数々をありがとうございました。お陰様で一層キャラクターや世界観に深みが出ました。執筆中に、キャラクターたちがより生き生きと（勝手に）動いてくれるようになりました。

最後に、担当編集様、編集部の皆様、校正のご担当者様、デザイナーの方、本作に携わってくださった関係者の皆様に心からの感謝を申し上げます。

今後も皆様と作品を通じてお目に掛かれることを祈っております。

作品のご感想、
ファンレターをお待ちしています

あて先
〒141-0031
東京都品川区西五反田 8-1-5 五反田光和ビル４階
ライトノベル編集部
「由畝 啓」先生係／「ミユキルリア」先生係

OVERLAP

悪役令嬢はしゃべりません
1. 覚醒した天才少女と失われたはずの駒

発　　行　2024年4月25日　初版第一刷発行

著　　者　由畝 啓
発 行 者　永田勝治
発 行 所　株式会社オーバーラップ
〒141-0031　東京都品川区西五反田 8-1-5
校正・DTP　株式会社鷗来堂
印刷・製本　大日本印刷株式会社

Printed in Japan ISBN 978-4-8240-0789-6 C0193